D1687554

Franzius

KATE
DIE LETZTE GÖTTIN

PERRY PAYNE

ROMAN

Ein Buch aus dem FRANZIUS VERLAG

Cover: Yvonne Less
Buchumschlag: Jacqueline Spieweg
Korrektorat/Lektorat: Petra Liermann
Verantwortlich für den Inhalt des Textes
ist der Autor Perry Payne
Satz, Herstellung und Verlag: Franzius Verlag GmbH
Druck und Bindung: bookpress.eu

ISBN 978-3-96050-057-5

Alle Rechte liegen bei der Franzius Verlag GmbH
Hollerallee 8, 28209 Bremen

Copyright © 2018 Franzius Verlag GmbH, Bremen
www.franzius-verlag.de

Die Deutsche Nationalbibliothek verzeichnet diese Publikation in der Deutschen Nationalbibliografie; detaillierte bibliografische Daten sind im Internet über http://dnb.dnb.de abrufbar.

Das Werk ist einschließlich aller seiner Teile urheberrechtlich geschützt. Jede Verwertung und Vervielfältigung des Werkes ist ohne Zustimmung des Verlages unzulässig und strafbar. Alle Rechte, auch die des auszugsweisen Nachdrucks und der Übersetzung, sind vorbehalten. Ohne ausdrückliche schriftliche Erlaubnis des Verlages darf das Werk, auch nicht Teile daraus, weder reproduziert, übertragen noch kopiert werden, wie zum Beispiel manuell oder mithilfe elektronischer und mechanischer Systeme inklusive Fotokopieren, Bandaufzeichnung und Datenspeicherung. Zuwiderhandlung verpflichtet zu Schadenersatz. Alle im Buch enthaltenen Angaben, Ergebnisse usw. wurden vom Autor nach bestem Wissen erstellt. Sie erfolgen ohne jegliche Verpflichtung oder Garantie des Verlages. Er übernimmt deshalb keinerlei Verantwortung und Haftung für etwa vorhandene Unrichtigkeiten.

Inhaltsverzeichnis

Kapitel 1 9
Kapitel 2 36
Kapitel 3 55
Kapitel 4 70
Kapitel 5 89
Kapitel 6 101
Kapitel 7 115
Kapitel 8 126
Kapitel 9 161
Kapitel 10 177
Kapitel 11 191
Kapitel 12 203
Kapitel 13 220
Kapitel 14 231
Kapitel 15 266
Kapitel 16 276
Kapitel 17 303
Kapitel 18 310
Epilog 316

»Denn ich sehe in die Ferne, zu den Okeanos und Homer und den Göttern des Ursprungs, und ich sehe die Vollkommenheit in einem strahlenden Licht, die weit entfernt und unerreichbar für all jene ist, die dem Zweifel erliegen.«

Kapitel 1

»Vergiss heute Abend deine Analysen. Du bist nicht in der Schule. Schau mal, die Mädchen sind anders gepolt als Männer. Die wirst du mit deinem Psychodings ohnehin nicht durchschauen.«

»Aber ich will herausfinden, warum sie anders sind. Das ist doch ein spannendes Thema«, sagte Jaime und nippte an seinem ersten Bier.

William klopfte ihm auf die Schulter. »Wir sind zum Fischen hier, nicht um sie zu betrachten. Schnapp dir die Alte an der Bar. Findest du nicht, dass sie ein wenig traurig aussieht? Möglicherweise braucht sie jemanden, der sie aufmuntert.« Er zwinkerte ihm zu und ging zu seinen Freunden an der Bar.

Natürlich hatte William recht. Es brachte nichts, hier rumzusitzen und die Leute zu beobachten.

Die Lounge war schlecht besucht, die Luft vernebelt und die Musik dudelte belanglos vor sich hin. Gelangweilt beobachtete Jaime das einzige Pärchen auf der Tanzfläche, das sich im Schutz der Dunkelheit aneinanderschmiegte.

Jaime musterte die gewellten Haare der Blondine und fuhr gedanklich ihre weiblichen Rundungen ab. Der Kerl hielt ihren Hintern mit beiden Händen, als würde er ihm gehören. Dabei sah der Typ nicht mal besonders gut aus. Wie konnte sich ein attraktives Mädchen nur mit so einem Idioten abgeben?

Aber nein. Es gab nur einen Idioten in diesem Raum. Und der saß exakt auf seinem Stuhl. Gerade wurde ihm klar, wie lange er bereits keinen Mädchenpo mehr gespürt hatte, griff sich nachdenklich an den Nacken und rieb sich über die dunkelblonden Haare, die er mit viel Gel für diesen Abend einigermaßen in Form gebracht hatte. Beiläufig goss er sich den letzten Schluck aus der Bierflasche in sein Glas und hielt sich gedankenverloren daran fest.

Es war Nancys Hintern gewesen, ein fester, praller Hintern unter ihrer schmalen Taille, mit dem er vor fast einem Jahr näheren Kontakt gehabt hatte. Genau genommen war das sein absolutes Sex-Highlight der vergangenen Jahre gewesen. Diese Tatsache war überaus deprimierend, besonders wenn man bedachte, dass sie von diesem Kontakt nicht einmal etwas mitbekommen hatte. Dafür war das Gedränge auf dem Flur in der Highschool einfach zu groß gewesen.

Auf Anraten von William hatte sich Jaime vor knapp zwei Monaten eine Liste mit den Wunschkriterien für seine Traumfrau zusammengestellt und längst damit begonnen, die meisten Punkte wieder zu streichen. Er brauchte dringend eine größere Vielfalt, um überhaupt ein Mädchen zu bekommen. Mit gesenktem Blick zog er das schlabbrige Papier aus seiner Jeans, legte es auf die Tischplatte und strich es mit dem Handrücken glatt. Was war das für eine lächerliche Liste? Die Hälfte seiner glorreichen Stichpunkte war bereits durchgestrichen. Er hatte sich vom unglaublichen Humor, den Modelmaßen und sämtlichen Wunschhobbys (Rennfahrerin, Extremsportlerin, Tänzerin und außergewöhnlich gute Köchin) verabschiedet. Das traf ebenso auf die mögliche Haarfarbe – ein helles Blond, was sehr gut zu seinen dunklen Haaren passen würde – sowie eine optimale Körpergröße zu. Die wenigen Punkte, die noch verblieben, beschränkten sich auf Treue, Ehrlichkeit und dass sie unternehmungslustig sein sollte. Wenn er heute nur noch eine Sache durchstreichen würde, könnte er die Liste gleich vergessen. Denn dann würde in ein paar Wochen nur noch ein einziger Punkt übrig bleiben. Und das war »Traumfrau«, der über allem stand.

Ich muss endlich etwas unternehmen, dachte er, während er den überlaufenden Schaum einsog, sein Glas anhob und über den nassen Rand am Glasboden wischte.

William hatte sich zu zwei Mädchen an den Tisch gesetzt und unterhielt sich eifrig mit ihnen, lachte und erzählte vermutlich die alten Geschichten, von denen nicht einmal die Hälfte der Wahrheit entsprachen. Immerhin hatte er mit dieser Masche Erfolg.

Alan, ein Kommilitone aus der Uni, hatte sich an den Lippen einer Blondine festgesaugt und Mike saß mit zwei Kumpels vom Bikerclub an der Bar, lästerte so laut über die Autofahrer, die Schule und die billigen Nutten im Viertel, dass Jaime immer wieder Auszüge davon mitbekam.

Einige leere Barhocker weiter saß das Mädchen mit den kurzen Strubbelhaaren. Vielleicht suchte sie wirklich jemanden und hatte ebenso wenig Mut wie er?

Also gut. Ich werde es tun, beschloss er und rieb sich die Hände an der Jeanshose.

Er stellte sein Glas ab und ... Und sein Mut verflog alleine bei dem Gedanken, sie anzusprechen. Was würde er sagen? *Komm schon, das ist kein Problem,* spornte er sich an. Immerhin hatte er monatelang für solche Momente in vielen schlaflosen Nächten geübt. Dummerweise verschwanden gerade sämtliche coolen Sprüche im heillosen Wirrwarr seiner Gedanken. Und wenn er jetzt den Mund aufmachen würde, käme entweder irgendein Schwachsinn heraus oder nur warme Luft.

Mit auseinandergestelltem Daumen und Zeigefinger maß er ihre Größe von den Füßen bis zu den aufgestellten Haaren ihrer frechen Frisur. Dann hielt er das Maß seiner Finger vor sich über den Tisch und sagte leise: »Sie ist nicht einmal zehn Zentimeter groß. Also kann ich das Problem locker bewältigen.« *Wer nicht wagt, der wird ewig die Chipstüte alleine leerknabbern müssen, seine einsame Zeit mit Pizza vor der Glotze verbringen und Selbstgespräche führen.*

Beherzt erhob er sich und lief zielstrebig auf sie zu. Jetzt würde er die gewaltige Hürde zwischen Wunsch und Realität überwinden wie eine steile Wand ohne Ausrüstung und jegliche Erfahrung.

Der Barkeeper stellte dem Mädchen einen Cocktail hin und zeigte zum anderen Ende des Tresens. Sie nickte einem jungen Mann zu und hob ihr Glas an.

Jaime fasste sich in den Nacken und drehte sich um sich selbst. *Verdammt, ich bin zu spät,* dachte er und wurde von jemandem gestoßen.

»Pass doch auf«, sagte der Typ harsch und ging weiter. Das Mädchen drehte sich zu Jaime, der sich gerade wie ein Idiot vorkam. Sie trug ein knappes, enges Shirt und hatte einiges an Rouge aufgetragen. Unsicher fragte Jaime: »Darf ich mich setzen?«

Sie sah über die vielen leeren Plätze an der Bar, verzog kaum merklich den Mund und wendete sich ab, ohne etwas zu entgegnen.

Okay, Jaime. Sie hat dich angesehen. Entweder versteht sie deine Sprache nicht oder sie ist generell taub. Möglicherweise hielt sie ihn einfach für einen Idioten, was allerdings deutlich schlimmer wäre. Egal. Er war hier und konnte nicht verlegen herumstehen. Also setzte er sich.

»Ich habe dich schon des Öfteren im ›Firestone‹ gesehen«, sagte er laut, um die Musik zu übertönen.

Jetzt musterte sie ihn. Der Blick war missfällig. Ihre Mundwinkel verrieten ihm eine neutrale Genervtheit (falls es das überhaupt gab?). Jedenfalls schien sie, wie es zu erwarten gewesen war, nicht allzu begeistert von seiner Anwesenheit zu sein. Verdammt.

Sie sah ihn an. Also könnte sie darauf warten, dass er etwas sagte. Natürlich, er brauchte jetzt einen guten Spruch, um das Eis zu brechen.

»Krasse Tischplatte.« Er klatschte mit der Handfläche viel lauter, als er es vorgehabt hatte, auf den Tresen. Sie drehte sich weg und nippte an ihrem Cocktail.

Krasse Tischplatte?, dachte er. *Sah sie aus wie ein Schreinermädchen? Reiß dich zusammen, Jaime. Noch so ein Ding und du hast es endgültig verbockt.*

Er räusperte sich. »Seit einigen Wochen komme ich regelmäßig her. Läuft eine coole Mucke. Na ja, vielleicht ist sie gar nicht so cool, aber immer noch besser als das Bier.«

Sie reagierte nicht und er legte nach: »Entweder kannst du nicht sprechen oder du redest allgemein nicht mit jedem Idioten. Was davon ist es?«

Jetzt lächelte sie wenigstens. »Zieh Leine, Sunny. Werde erwachsen und lerne, bevor du dir die Finger verbrennst. Du bist nicht meine Klasse.« Ihre Stimme klang rau und ruhig.

»Ich bin Jaime«, ignorierte er ihre Worte und grinste. Ihm wurde bewusst, dass er jetzt noch bescheuerter aussehen würde, und schob vorsichtig seinen Mund zusammen. »Weißt du, zu Hause habe ich ein Sammelalbum mit den besten Abfuhren. Die mit dem Klassenunterschied war neu.«

Sie zog ihr Shirt glatt und überschlug die Beine. Ihr Blick war auf die Tanzfläche gerichtet.

»Herrje, wie die Zeit vergeht.« Er sah auf seine Armbanduhr, ohne jedoch die Zeiger wahrzunehmen. »Ich muss dann auch wieder.« Er zeigte auf den leeren Tisch, stand auf und sie warf ihm einen mitleidigen Blick zu.

»Du bist also Jaime?«, sagte eine weiche Mädchenstimme neben ihm und er drehte sich um. Sie war einen Kopf kleiner als er und hatte ein unglaublich niedliches, fast kindliches Gesicht. Das Mädchen, um die Zwanzig, hatte lange, schwarze Haare, eine deutlich schwarz gefärbte Augenpartie und nahezu schwarze Lippen. Sie trug einen grauen Pullover mit viel zu langen Ärmeln. Fragend starrte er sie an.

»Ja, das mein Name.« *Oh Gott.* In Gedanken griff er sich an die Stirn. *›Ja, das mein Name?‹ Was sollte das gerade sein? Kann ich jetzt schon nicht mehr richtig reden?*

»Bestellst du mir einen Drink, Jaime? Ich nehme einen Chamborlada mit doppeltem Rum.« Mit ausgestrecktem Arm zeigte sie auf einen leeren, abseitsstehenden Tisch. »Ich sitze gleich dort drüben.« Selbstbewusst schwang sie ihren Kopf herum, sodass ihr die langen Haare hinter die Schulter fielen. Ihre runden Pobacken schienen ihm in anmutiger Bewegung etwas sagen zu wollen.

Als er bemerkte, dass sein Mund offenstand, drehte er sich rasch zur Bar, doch irgendetwas zwang ihn, ihr erneut hinterherzusehen. Er ging alle möglichen Bekanntschaften durch und versuchte sich an Schülerinnen aus anderen Altersstufen, Freundinnen von Freunden, Verkäuferinnen und Pizzalieferantinnen zu erinnern. Dieses hübsche Ding wäre ihm mit Sicherheit aufgefallen.

Er bestellte zwei Chamborlada und sprach das strubbelige Mädchen an der Bar wieder an. »Ich möchte dir gerne einen Drink spendieren. Für die tolle Abfuhr hast du es echt verdient.« Seine Blicke hafteten weiter auf der mysteriösen Schwarzhaarigen.

»Spare dir das Geld. Du bist einfach nicht mein Typ.«

Lächelnd sah er zu ihr. »Möglicherweise. Übrigens bist du auch nicht mein Typ.«

Sie schmunzelte und drehte sich mit einem Augenzwinkern weg.

»Machen Sie ihr noch einmal dasselbe«, sagte Jaime dem Barkeeper und zeigte auf ihren Drink.

»Das macht achtzehn Dollar«, bestätigte der und griff bereits nach einer Flasche, die er kurz schwenkte und gekonnt die richtige Menge in die Gläser goss. Kurz darauf stellte er die Drinks ab, verzierte noch schnell die Coconut Cream mit je einer Lotusblüte und schob sie über den Tresen.

Jaime legte zwei Scheine hin, nahm die Gläser und lehnte sich mit dem Rücken an die Bar. *Die ist so süß wie ein Fass voller Honig. Ich muss ein Glückspilz sein,* dachte er und je näher er dem Mädchen mit den schwarzen Haaren kam, umso mehr ertrank seine Freude in der Nervosität. *Und wenn sie mich verwechselt hat oder sie eine blöde Wette von William folgt?*, dachte er. Immerhin hatte der Typ so etwas schon öfter gemacht. Unsicher trat er an ihren Tisch.

»Woher kennen wir uns?«

»Setz dich.« Ihre Iris war schwarz und groß und er konnte ihre Ausstrahlung nicht deuten. Sie lächelte sanft, ihre Augen waren klar und sie strahlte eine ungeheure innere Kraft aus, die das zarte Mädchen äußerst selbstsicher und geheimnisvoll wirken ließ.

Langsam rückte er den Stuhl ihr gegenüber zurück und setzte sich breitbeinig. Sie war wunderschön.

»Glaubst du an den Himmel?«, rutschte ihm heraus.

»Ich glaube nicht daran, vielmehr weiß ich, dass es ihn gibt«, sagte sie eintönig.

»Dann ist dir die Liebe auf den ersten Blick also auch bekannt?«

»Nur als dummes Geschwätz der Menschen.«

Seine Hoffnungen schmolzen zusammen wie ein Schneeball im Hochofen. »Wer bist du?«

»Ich bin Melantho, Tochter des Dolios. Die meisten nennen mich Trish.« Ihr rundliches Gesicht war makellos. Die Nase war klein und eine Seite ihrer Haare hatte sie hinter ein Ohr geklemmt. So stolz sie auch wirkte, so traurig und verletzlich sah sie aus. »Ich habe eine ganze Weile nach dir gesucht, Jaime.«

»Habe ich einen Preis gewonnen oder so etwas? Ich kann ...«

Mit erhobener Hand stoppte sie seine Worte und begutachtete ihn eindringlich. Dafür beugte sie sich etwas über den Tisch. »Wie ist dein voller Name?«

»Jaime Richmond.«

»Gut, also Jaime Richmond.«

»Meine Freunde nennen mich Jay.«

»Dann weißt du ja, wie ich dich niemals nennen werde. Du hast eine Mission zu erfüllen.«

»Ich? Wieso?«, stotterte er und ergänzte rasch: »Was denn?«

»Hast du schon mal etwas vom Tartaros gehört oder vom Olymp der Götter?«

»Klar, worauf willst du hinaus?«

»Bist du dir über die Existenz der Götter bewusst?«

»Ja«, sagte er lang gezogen. »Das ist jetzt nicht dein Ernst? Bist du von irgendeiner Sekte und willst mich anwerben?« Er verzog den Mund und stemmte sich schwerfällig mit den Händen auf dem Tisch hoch. »Schade. Angenehmen Abend noch, schönes Mädchen, aber so etwas ist nichts für mich.« Er drehte sich um und machte den ersten Schritt, als sie neben ihn sprang und schwungvoll auf den Sitz zurück schleuderte.

»Aua!« Jaime wusste gar nicht, wie ihm geschah. Ihr fester Griff hinterließ eine schmerzende Schulter und seine Wirbelsäule tat weh. Er rieb sich den Rücken und verfolgte ihre Bewegungen, bis sie auf dem Stuhl gegenüber Platz nahm. Als ob nichts geschehen wäre, blickte sie ihn friedlich lächelnd an.

»Du hast einen festen Griff. Hätte ich nicht erwartet. Kannst du das bitte lassen? Ich werde mich jetzt erheben und zu meinem Tisch rübergehen. Wäre das für dich okay?«

»Versuche es«, sagte sie liebevoll und ihm lief ein Schauer über den Rücken.

»Was willst du von mir? Ich meine nur, wie sieht es denn aus, wenn ich mit der Erstbesten abhänge, die einen knackigen Hintern hat?«

»Du denkst ernsthaft, ich habe einen knackigen Hintern?«

»Das habe ich nicht gesagt.«

»Pass auf, Kleiner. Zunächst möchte ich deine ungeteilte Aufmerksamkeit.«

Er schnaubte. »Um was geht es?«

»Ich habe eine Aufgabe für dich.«

»Also gut. Ich gebe dir eine Minute. Hast du das verstanden? Möglicherweise wartet nämlich die Lady an der Bar noch auf mich.«

»Noch verzeihe ich dir deine Arroganz.« Sie stellte beide Hände neben ihrem Cocktail auf, als ob sie eine Rede halten wollte und behielt ihn gelassen im Auge: »Kennst du die Macht der Götter?«

»Ich stehe nicht besonders auf solche Sachen. Es wäre gut, wenn du gleich auf den Punkt kommst.« Seine Worte wurden immer leiser, als er ihre dampfenden Hände sah. Der feine, weiße Dunst sank auf die Tischplatte ab, kroch das Glas hinauf und breitete sich wie ein Flüssiggas darum aus.

»Es geht nicht um deinen Gott oder irgendeinen Glauben«, sagte sie ruhig.

Überaus gespannt starrte er auf den Dunst und wie sich das Cocktailglas langsam schräg stellte und schmolz. Die austretende Flüssigkeit baute sich als winziger Berg vor ihr auf und verdunstete in einer Nebelwolke, die sich sanft erhob, bis nichts mehr vom Cocktail übrig war. Es wirkte beiläufig, wie sie diesen Nebel durch ihre Nase einsog, bis sich ihre Augen verdrehten und nur noch das Weiße darin zu sehen war. Plötzlich schnellten sie wieder vor und starrten ihn an.

Das ist unheimlich, dachte er.

Der Dunst war verschwunden. Genau wie das Glas mitsamt seinem Inhalt und der Dekoration.

»Wow. Wie hast du das gemacht?«

»Materie ist reine Energie und durch seine Anordnung und Informationen an die jeweilige Form gebunden. Es ist also kein Problem die wenigen Grundstoffe beliebig neu aufzubauen. Wahrscheinlich wirst du das nicht begreifen. Für das komplexe Gefüge der Grundstoffe ist das menschliche Gehirn schlicht zu unterentwickelt.«

»Du meinst, ich bin unterentwickelt? Bist du hier, um mich zu beleidigen?«

Sie atmete hörbar ein. »Nein. Ich möchte dir damit nur zeigen, womit du es ab jetzt zu tun haben wirst.«

»Ab jetzt?«

»Ursprünglich stamme ich nicht von der Erde. Meine Mutter Penelope gebar mich als dreizehntes Kind, einem Kind von Talaos, den sie, genau wie meine Geburt, geheim halten musste. Odysseus, der Ehemann von Penelope, war während des Umbruchs viel zu lange unterwegs und die Freier standen irgendwann vor ihrer Tür Schlange. Wie es aussieht, konnte sie einem davon nicht widerstehen. Was dabei herausgekommen ist, sitzt dir also gegenüber. Penelope musste mich im Hades zur Welt bringen, von wo ich in die Tiefen des Tartaros geschickt wurde.«

»Tartaros? Du meinst das Inferno mit Satan und den ewigen Höllenqualen?« Er lächelte abwertend.

»Nenne es, wie du möchtest. Die Menschen haben dafür verschiedene Namen. Jedenfalls war ich denen ... nun, sagen wir mal, eine Spur zu übel, und sie schoben mich zu den Menschen ab. Das ist inzwischen einhundertzwanzig Jahre her. Damals war ich drei Jahre und bin bei einer netten Ziehfamilie in Albany aufgewachsen. Inzwischen sind beide verstorben.« Sie hob beide Hände. »Dafür bin ich aber ausnahmsweise nicht verantwortlich.«

»Was erzählst du mir da für eine seltsame Geschichte? Du bist über einhundert Jahre alt? Du gehörst definitiv in die Geschlossene. Ich weiß nicht, warum ich mir das noch länger anhören soll.«

Sie stöhnte leise. »Weil du dir Schmerzen ersparen möchtest.«

»Glaube nicht, dass ich mir alles gefallen lasse. Gut, du bist ein kleines Mädchen und ich würde dich nicht anfassen, aber ich lasse mich nicht herumschubsen. Auch nicht von dir.«

»Du hast überhaupt keine Wahl. Wir könnten ein Spiel daraus machen. Ich stoße dich an und breche vor dir zusammen und schreie und weine. Sieh dich um. Wir können auf jemanden wetten, wer es ist, der dir dein loses Mundwerk stopft. Na, wie wäre es? Ich hätte sicher viel Spaß dabei.«

»Du bist völlig durchgeknallt. Wie wird man nur so?«

»Wenn du mich richtig kennen würdest, wäre das rein gar nichts. Es kostet mich Überwindung, lieb zu sein.«

Er stützte seine Ellenbogen auf den Tisch und legte seinen Kopf in die Hände. Gelangweilt blickte er sie an. »Du fängst an zu nerven.«

»Ungefähr so eine Reaktion habe ich erwartet. Also, Mensch, ich habe nicht vor, dir alles dreimal zu erklären. Wie kann ich also deine volle Aufmerksamkeit bekommen?« Sie lehnte sich zurück. Ihr Brustkorb füllte sich sichtlich mit Luft, die sie langsam wieder ausströmen ließ. »Sieh zum Barmann, Kleiner.«

Mit ausgestrecktem Arm machte sie eine Handbewegung, als ob sie etwas greifen würde. Jaime drehte sich zur Bar und sah den Barkeeper hinter dem Tresen herumwirbeln, gegen das Wandregal stoßen, dann gegen die Zapfanlage und mit dem Kopf an die Kasse, als ob er gegen jemanden kämpfen würde. Aber es war niemand in seiner Nähe. Jetzt griff er sich an die Kehle und es sah so aus, als ob er sich selbst würgen würde und nach Luft rang. Mit hochrotem Kopf und verzerrtem Gesicht versuchte er zu schreien, bekam aber keinen Ton heraus. Sein Gesicht veränderte sich. Blasen oder Geschwülste traten aus seinen Wangen hervor und quollen zügig auf. Auch seine Hand und der Arm begannen anzuschwellen und bekamen das Aussehen einer blutenden Kröte.

»Bist du das? Hör schon auf. So etwas finde ich nicht witzig.«

Ein junger Kerl trat an den Tresen und rief: »Drei Lager. Wir verdursten.« Er sah den Barkeeper, berührte dessen Arm und winkte seine Freunde herbei. Auch seine Hand schlug Blasen und fing zu bluten an. Schreiend rannte er am Tresen vorbei und verschwand in der Toilette.

Trish schnippte mit den Fingern. Dem Barkeeper lief ein Schwall Blut unter seiner Hand hervor. Mit dumpfem Schlag brach er hinter dem Tresen zusammen.

»Was ist das für ein abartiger Trick?«, schrie Jaime sie an.

»Ich habe es nicht nötig zu täuschen.«

»Das haben wir gleich.« Jaime sprang auf, rannte zum Tresen, sah darüber und entdeckte den Barmann reglos in einer großen Blutlache liegen. Sein Kopf wirkte zusammengedrückt und war von großen Wucherungen übersät. Seine Beine lagen unnatürlich zur Seite verrenkt. Feine Venen pulsierten auf den Blasen und drohten zu platzen. Das konnte kein Trick sein! Dieser Mann war wirklich tot und glotzte ihm mit grauenvoll entstelltem Gesicht und hervorquellenden Augen entgegen. So etwas Entsetzliches hatte er noch nie gesehen. Als eine wabernde Geschwulst aufplatzte und hunderte winzige Käfer oder schwarze Spinnen daraus hervorkrochen, wurde Jaime schlecht.

Das Mädchen mit den strubbligen Haaren saß inzwischen nicht mehr auf seinem Platz. Entsetzliche Schreie waren zu hören und einige Gäste waren in Aufruhr.

Mit verschränkten Armen stand Trish lässig am Ende des Tresens und betrachtete das Schauspiel.

»Was geht hier vor?«, schrie Jaime und zeigte auf den Barkeeper, über dessen Kopf und Hals sich diese schwarzen Punkte ausbreiteten, bis sein gesamter Kopf davon überzogen war. Es sah wie ein lebendiger Brei aus, der weiter über seine Brust und die Arme wanderte und schnell seinen restlichen Körper bedeckte. Die Masse quoll ineinander, bis der Mann zu zerfließen begann, an Substanz verlor und wie eine erhabene, ölige Pfütze aussah, die sich den Weg durch die Fugen der Fliesen suchte, sich verteilte, unter die Schränke lief und gespenstisch in den Ritzen versickerte.

Erschrocken wich Jaime der öligen Flut aus und sah mit großen Augen zu Trish, die sichtlich gelangweilt an seinem Drink nippte. Als er wieder auf den Boden blickte, verschwanden gerade die letzten schwarzen Tropfen in den Fugen. Sein Herz schlug nie gekannte Wellen.

»Was war das gerade?«

»Beruhige dich. Das war überhaupt nichts.«

»Das war nichts? Das soll *nichts* gewesen sein?« Er kannte selbst seine hysterische Stimme nicht wieder, die in diesem Augenblick wie ein kochender Teekessel klang.

Trish griff über den Tresen, nahm sich eine volle Flasche Bakers und sagte: »Komm vor.«

Langsam ging er um den Tresen herum, sah immer wieder zurück und zu Trish. Sie schnappte seinen Arm und zerrte ihn zu ihrem Tisch. Er hatte nicht die Spur einer Chance, sich ihrer unglaublichen Kraft zu widersetzen.

»Keine Sorge, die Bar wird deswegen nicht schließen. Es gibt genug andere Leute, die seine Arbeit übernehmen. Außerdem wirst du ab sofort Wichtigeres zu tun haben, als hier sinnlos abzuhängen.« Sie drückte ihn grob auf den Stuhl und strich ihm eine Falte am Pulli glatt.

»Wer bist du?«, fragte er außer sich.

Sie verzog keine Miene. »Manche Leute kapieren es wirklich nie.« Sie setzte sich und trank von seiner Chamborlada. »Wenn ich dich nicht brauchen würde, könnte ich mir diese ganze Tortur ersparen. Also, noch einmal ganz von vorne. Sie bezeichnen mich als Abschaum des Tartaros ...« Sein Gesicht entstellte sich und sie verbesserte sich: »... oder deiner Hölle. Ganz wie du es willst. Ich möchte lediglich, dass du dich verliebst.«

»Nach allem, was passiert ist, willst du, dass wir uns verlieben?«

»Nein, Idiot. Doch nicht in mich.«

»Da bin ich aber erleichtert. Denn so eine Anmache wäre wirklich nicht allzu förderlich für eine Beziehung.«

»Glaub mir, es funktioniert. Aber darum geht es nicht, denn genau genommen reicht es, wenn sich die Person in dich verliebt.«

»Du willst mich verkuppeln? Hast du gerade den Barkeeper auf diese abartige Weise umgebracht, nur um mir jemanden vorzustellen?« Seine Stimme überschlug sich. Er sprang auf und stützte sich auf den Tisch.

»Du musst dich unbedingt beruhigen, sonst verstehst du kein einziges Wort von dem, was ich dir zu sagen habe.« Sie schnellte hoch und drückte ihn mit flinker Bewegung zurück in das Polster.

»Ich bin ruhig«, schrie er und atmete heftig.

Trish sah sich in der Lounge um. »Moment, ich glaube, du hast recht. So geht das wirklich nicht. Du kannst dich so überhaupt nicht konzentrieren.« Sie legte ihre flache Hand auf den Tisch und presste sie fest darauf. Schwarzroter Nebel stieg unter ihren Handflächen hervor, der langsam über den Tisch kroch. Feine Spitzen schossen wie stachelige Tentakeln daraus auf, die sich blitzschnell aufbauten und sofort wieder auflösten.

»Was machst du da?«, fragte Jaime nervös und sah ihre trüb gewordenen Augen. Ihre Pupillen waren nicht mehr zu sehen und es sah aus, als ob sich eine Schleimschicht darübergelegt hätte.

Der merkwürdige Nebel vermehrte sich und floss die Tischbeine hinunter, tropfte von der Platte ab und begann den Boden einzunehmen. Unerwartet schurrte ihr Stuhl zurück und landete krachend am Tisch hinter ihr. Sie erhob sich und breitete die Arme aus. Ihre blinden Augen gaben ihr einen furchteinflößenden Ausdruck. Der dunkle Nebel folgte ihr, floss ihre Beine hinab und hatte bereits die Nebentische eingenommen.

Trish begann leise zu singen und dirigierte zum langsamen Lied. Jaime kannte diese Sprache nicht. Es hörte sich wie antike Worte an, die niemand mehr beherrschte.

Aus allen erdenklichen Ecken der Lounge kroch der gleiche Nebel und lief an der Decke entlang und die Wände hinunter. Er verbreitete sich ebenso aus den Ritzen des Mobiliars und überzog inzwischen den gesamten Fußboden.

Jemand schrie auf. Ein schriller Knall beendete die Musik und Qualm stieg von der Anlage auf. Immer mehr Leute zappelten, schrien und sprangen in die Höhe oder auf die Barhocker, Stühle und Tische. Andere zogen an der Tür zum Ausgang, bekamen sie aber nicht auf. Hektisch liefen die Leute durcheinander. Der Nebel blitzte dunkelrot auf und griff mit seinen Tentakeln nach den Gästen, schoss in ihre Körper hinein. Ein Mädchen neben der Bar schmolz in sich zusammen, als ob es in den Boden versinken würde. Ein Junge, dessen Arm er vollständig eingenommen hatte, kämpfte mit dem Nebel, der ihm ins Gesicht schnellte, durch seinen Mund eindrang und seine Haut in wenigen Sekunden schwarz färbte. Schreiend kippte er zur Seite und tauchte im zornigen Sumpf ab.

Jemand flüchtete zu den Toiletten und wurde von einer schwarz glühenden Nebelwand dahinter empfangen, die sich über ihn stülpte und mit in die Dunkelheit riss.

Inzwischen hatte sich der aggressive Nebel über die Wände und alles in der Lounge gelegt. Jämmerliche Schreie sangen das Lied des Todes und verzerrte Gesichter tanzten dazu.

»Hör auf damit!«, schrie Jaime. »Lass die Leute in Ruhe.«

Trish reagierte nicht. Ihr Gesang wurde lauter und schneller und der Nebel stieg auf Hüfthöhe an, erwischte jeden im Raum, löste die Leute auf und nahm ihre kläglichen Schreie mit sich. Nur um ihren Tisch war der Boden noch frei davon.

»Was ist das?«, schrie er und rüttelte sie heftig am Arm.

Sie war standhaft wie eine schwere Statue, die sich nicht bewegen ließ. Dann hörte sie auf zu singen, ihre Augen wurden klar und die Pupillen kamen zurück. Der Nebel floss von den Wänden und der Ausstattung ab, legte sich auf den Boden und verzog sich träge. Trish blickte zur doppelflügeligen Ausgangstür, die scheppernd aufsprang. Ein kräftiger Luftzug trug die abgestandene Luft nach draußen. Die flackernden Strahler über der Bühne explodierten nacheinander und das Deckenlicht wurde heller. Dann schlug die Tür zu und überließ die Lounge der Stille.

Jaime fröstelte und sein Atem kondensierte. Er wärmte sich selbst mit den Armen, rieb sich darüber und zog seine Jacke über. Was er gerade gesehen hatte, erreichte nur schwerlich seinen Verstand. Diese Situation war überaus abstrus und er hatte das Gefühl, mit Drogen vollgepumpt zu sein. Er hielt seine Hand nach vorne und nahm ihre Maße zwischen Daumen und Zeigefinger in der gedachten Linie.

»Was treibst du da, Mensch?«

»Wenn ich ein Problem sehe, erfasse ich es mit meinen Fingern und mir wird bewusst, wie klein es aussehen kann. Das gibt mir den Mut, nicht aufzugeben.«

»Du bist ein Idiot«, sagte das unscheinbare Mädchen, setzte sich, schraubte den Bakers Whiskey auf und schurrte ihn über den Tisch. Kurz vor der Tischkante blieb er stehen. Jaime zeigte keine Reaktion und gaffte starr auf die Flasche.

»Trink einen Schluck von dem Teufelszeug.« Ihr Lachen hatte einen merkwürdigen Hall, wirkte unheimlich und passte nicht zu der zierlichen Gestalt.

Ängstlich tat er, was sie von ihm verlangte, und kippte sich einen großen Schluck davon in den Mund.

»So. Haben wir jetzt endlich verstanden, wer ich bin?«

Entsetzen stand in seinen Augen. Dagegen wirkte sie äußerst entspannt. »Na, Mensch?«

»Trish aus der Hölle«, sagte er eingeschüchtert.

»Na endlich. Geht doch. Weißt du, die meisten Menschen glauben, dass über dem Bösen stets eine dunkle Regenwolke schwebt. Doch bei mir ist es andersherum. Denn ich stehe in der Sonne, während die anderen im Sturm versinken.«

»Du bist wirklich übel.«

»Vielleicht bin ich ein bisschen wie Rumpelstilzchen, nur dass ich nicht darauf warte, dass du meinen Namen errätst. Ich hole mir auch so dein erstgeborenes Kind und wenn es sich ergibt, den Rest deiner Familie dazu.« Schmunzelnd verschränkte sie ihre Arme.

»Ist das gerade wirklich passiert?«

»Für diesen Fall darfst du deinen Sinnen vertrauen. Okay, du wirst noch eine Weile brauchen, bis du es richtig verstehst, aber solange wir zusammen sind, wirst du dich daran gewöhnen müssen.«

»Sind alle tot?«

Sie schmunzelte zufrieden. »Ich liebe es, Menschen zu vernichten und alles, was sie erschaffen haben. Es fühlt sich verdammt gut an und hat etwas Großartiges, Wichtiges, Vollkommenes und Erlösendes. Manchmal streife ich einfach durch die Straßen, breite meine Arme aus und genieße, wie hinter mir die Stadt in einem wunderschönen Chaos versinkt.« Sie wirkte verträumt und sehnsuchtsvoll.

»Du bist total irre.«

»Vielleicht nach deiner jämmerlichen Definition. Ab sofort befindest du dich in den Sphären der Götter. Na ja, in meiner Gesellschaft eher in denen des Tartaros und der ewigen Verdammnis.« Sie lächelte verschmitzt und blinzelte ihm kokett zu.

»Weißt du, wie viele Menschen du umgebracht hast?«

»Ich habe schon lange aufgehört zu zählen.«

»Eigentlich meinte ich hier und jetzt. Aber du machst das wohl schon eine Weile?«

»Ich kann es einfach nicht lassen. Jede Seele macht mich ein klein wenig stärker. Was bei den Göttern die Liebe ist, sind bei mir die Seelen. Ich kann nichts dafür, Mensch.«

»Ich ertrage das nicht. Mein Herz schlägt mir bis zum Hals und ich habe große Angst. Bitte, lass mich gehen.«

»Du glaubst doch nicht ernsthaft, dass ich dich gehen lasse, nachdem ich so lange nach dir gesucht habe. Das ist ein ganz schlechter Einfall. Zeige ein wenig mehr Rückgrat, springe mir an die Kehle und verteidige die Menschheit, schrei mich an oder schlage mich und sitze nicht wie ein elendes Häufchen Unglück herum und jammere mir die Ohren voll.«

Er starrte sie nur an.

»Herrgott. Du bist ganz blass. Fang mir jetzt bloß nicht an, zu hyperventilieren.« Sie ging um den Tisch zu ihm.

Ausweichend lehnte er sich zurück. Sanft nahm sie seine Wangen zwischen ihre Hände und küsste ihn auf die Lippen. Ihr süßlicher Atem war angenehm und er spürte ihre kalte Haut. Dann bahnte sich ihre Zunge den Weg in seinen Mund und er hatte kaum die Kraft, sich dagegen zu wehren. Auch ihre agile Zunge war überaus kalt, doch sie war weich und schmeckte betörend nach Himbeeren und Zuckerwatte.

Mit zusammengeschobenen Augenbrauen sah er ihre reine Haut dicht vor sich und wie sie sich mit geschlossenen Augen um ihn kümmerte, den Kopf wild drehte und sich wie in Ekstase befand.

Unerwartet schnellte sie zurück, stemmte die Arme in die Hüfte und sagte laut: »Du musst schon ein wenig mitmachen. Glaubst du, ich mache das zum Spaß?«

»Ich ... Ich weiß nicht, was ich glauben soll«, stotterte er.

Trish lächelte liebevoll, schob ihre Hand über die Hüfte und hob ihren Pullover an. Aufreizend präsentierte sie ihm eine runde, feste Brust. Sie nahm seine Hand und drückte sie darauf.

Jaime schluckte, spürte ihre weiche, kalte Haut und vergaß für den Moment tatsächlich die vielen toten Leute. Wieder näherte sie sich seinem Mund und küsste ihn leidenschaftlich. Seine allgemeine Scheu erlaubte es nicht, dass er sich spontan darauf einließ. Stattdessen lag seine Hand reglos auf ihr, als gehörte sie dort hin. Nur den Kuss erwiderte er mit langsamer Bewegung seiner Zunge. Ihre Anmut bannte sich in sein Herz und vernebelte den Geist. Ihm blieb keine andere Wahl, als sie fest zu umarmen, zu halten und zu spüren. Mit geschlossenen Augen ergab er sich der Verführung.

Selbstgefällig ließ sie sich auf seinen Schoß fallen, umschlang seinen Körper, wühlte durch die Haare, schlängelte sich mit ihren Beinen um seine und fing an, lustvoll auf ihm zu reiten. Dabei stöhnte sie leise.

Zart umfasste er ihre Hüfte und fuhr über ihren Rücken nach oben. Sie drängte ihn weiter nach hinten, rieb fest über seinen Körper und strich ihm gierig über die Wangen. Ihre Hände schienen überall zu sein und die Welt begann, sich um ihn herum schneller zu drehen.

Der Stuhl kippte.

Gemeinsam schlugen sie auf den Boden und rollten auseinander. Schon stand sie neben ihm und reichte ihre Hand nach unten. Zögerlich griff er danach und wurde kraftvoll auf die Beine gestellt.

»Das müssen wir noch üben«, sagte sie.

Verlegen strich er sich über den Hinterkopf. »Du bist ziemlich direkt. Das hat mich überrascht, aber es gefällt mir. Vielleicht könnten wir beide zusammen gehen?«

»Was? Du denkst, ich stehe auf dich?«

Er nickte kaum merklich und hoffte so sehr, dass es wirklich so war.

»Für so etwas brauche ich keine Menschen. Und wenn ich doch mal einen als Spielzeug verwende, überlebt er es nicht.« Ihre Stimme war kühl, auch wenn Jaime darin die wärmende Sonne erkannte, die freilich weit weg war und eine gehörige Portion Einbildungskraft benötigte.

»Vielleicht würde ich das in Kauf nehmen?« Seine Stimme war kaum hörbar. Er wog seine eigenen Worte ab und fand, dass sie jedes Risiko wert war.

Sie lachte, zog ihren Pullover ordentlich zurecht und strich sich über die Hose. »Na, glaubt man es denn? Da steckt wohl ein kleiner Casanova in dem schüchternen Menschen drin?« Ihre Hand schnellte vor und stieß gegen seine Schulter. »Ich verspeise dich zum Nachtisch, Kleiner.«

Er räusperte sich. »Kannst du mir sagen, warum du mich verkuppeln willst? Wer ist sie und wieso ich?«

»Du bist genau der Typ, auf den eine mächtige Göttin abfährt. Also wirst du mich nach Griechenland begleiten.«

»Aber das liegt in Europa.«

»Ja, wo denn sonst?«

»Ich habe jetzt keine Zeit zu verreisen. Können wir das in den Ferien machen oder wenn ich ein paar freie Tage bekomme?«

Sie blickte ihm direkt in die Augen. Dieser Anblick war durchdringend und schmerzte beinahe wie ein Elektroschock.

»Heute?«, fragte er ergeben.

»Genau jetzt.«

»Dann werde ich keine Zeit mehr zum Packen haben?«

»Die bekommst du. Kleide dich an, um wenigstens halbwegs einer Göttin gerecht zu werden.«

»Das klingt irgendwie abschätzig. Warum ich? Warum suchst du dir nicht irgendeinen feinen Lord oder Milliardär, der ihr gerecht wird?«

»Weil sie genau auf solche Idioten wie dich steht.« Erniedrigend zeigte sie mit der flachen Hand auf ihn.

»Danke«, sagte er sarkastisch. »Und wer ist sie?«

»Ihre Herkunft ist etwas kompliziert. Ich werde es dir grob erklären, damit du halbwegs verstehst, um was es geht. Also, ihre Mutter wurde als Mensch geboren und ist als Mensch gestorben, aber dazwischen war sie eine angesehene und überaus einflussreiche Göttin. Diese menschliche Seite ist auch bei ihrer Tochter sehr dominant. Zumindest, was ihr Interesse betrifft. Setz dich.« Sie richtete den Stuhl auf und schob ihn vor den Tisch. Ohne Gegenwehr folgte er ihrem Befehl.

»Wie heißt sie?«

»Kate Neverate. Weißblonde Haare, makelloses Gesicht und ein wahrhaft göttlicher Körper. Ihre Schönheit diente den Bildhauern und Malern als Vorbild, ihre Intelligenz überragt die der Götter, wie es seit über eintausend Jahren nicht mehr geschah. Bla, bla, bla.«

»Kennst du sie persönlich?«

»Zum Glück nicht. So eine Gesellschaft ist nichts für mich. Wäre ja noch schöner, wenn ich ständig mit einer Brechschüssel herumlaufen müsste.«

»Und dennoch willst du mich mit ihr zusammenbringen.«

»Das hat andere Gründe.«

»Die du mir nicht anvertrauen willst.«

»Exakt.«

»Kannst du mir sagen, wie eine Göttin zu einem Menschen werden kann, so wie ihre Mutter?«

»Amathia wurde mit dem halben Herz eines Stieres bestraft, welches sie ihr eingesetzt haben. Die andere Hälfte bekam übrigens ihr Mann Charon, der einstige Herrscher der Unterwelt. Sie starb, als das Herz zu alt wurde, und ihn hat man angeblich im Tartaros gesehen. Aber das tut für unsere Aufgabe nichts zur Sache.«

»Kannst du mir mehr über Kate erzählen? Wer ist sie?«

»So mag ich dich. Du wirst noch eintausend weitere Fragen haben, aber bedenke, dass ich dir nur das beantworte, was ich will. Also, Kate war seinerzeit die mächtigste Nachwuchsgöttin im Olymp und sollte den Thron des allmächtigen Zeus übernehmen.«

»Was heißt seinerzeit? Wie alt ist sie denn?«

»Kate Neverate ist mit ihren einhundertneunundneunzig Jahren eine der jüngsten Gottheiten des Olymp.«

Jaime stützte seinen Kopf auf und sagte niedergeschlagen: »Na toll.«

»Zeig ein bisschen mehr Enthusiasmus, Mensch. Nicht jeder erhält die Chance, eine edle Göttin kennenzulernen.«

»Nun, du bist ja auch schon fast so alt. Da darf ich noch hoffen.«

»Du wirst von ihrer Anmut begeistert sein. Sie ist kein schlechter Fang. Und mache dir wegen ihres Alters keine Gedanken. Für einen Menschen sieht sie wie eine Zwanzigjährige aus.«

»Aber ich wollte immer nur ein einfaches Mädchen, was zu mir passt. Wir würden uns lieben und bis ans Ende unserer Tage zusammenhalten.«

Trish blinzelte ihm kokett zu und schmunzelte. »Schweig jetzt und höre mir genau zu.«

Er nickte und machte es sich mit verschränkten Armen bequem.

»Im schwersten Krieg, nach der Goldenen Ära, in der Verbrechen, Laster und Kriege noch nicht existierten, wurden die Titanen in den entferntesten Winkel des Tartaros getrieben und mit einem Fluch belegt, um den alten Konflikt zwischen den Göttern für immer zu besiegeln. Fortan herrschten die Olympier unter der Sonne, dem Himmel und der Erde.

Vor dem aktuellen Konflikt gediehen die Welt und Eros, Uranos und Nyx überaus prächtig. Sie erlangten die vorhergesehene Eleganz der vergangenen Epochen zurück. Die Kräfte der Unterwelt und der Finsternis hielten sich in diesen Zeiten weitestgehend aus den Entscheidungen des Hohen Rates heraus. Völlige Einigkeit und Harmonie verbanden sich mit der vertrauten Ordnung.

Als schließlich die Zeit gekommen war und der alte Fluch über die Titanen einen schrecklichen Teil seiner Macht verloren hatte, begehrten die Titanen dessen Aufhebung. Mit den Plänen einer Neubesiedlung in der Hand wollten sie fernab des Olymp ihr Volk neu ordnen und marschierten zu den heiligen Hallen. Nur der mächtige Zeus und höchste Gott des Rates war in der Lage, diesen Fluch aufzuheben.

Nur wenige Stunden bevor die Titanen den Olymp erreichten, wurde Zeus von einem Sterblichen getötet. Dieser Tage war nur noch das Orakel, die allmächtige Pythia, in der Lage, diesen Fluch zu brechen. Doch sie hatte sich mit den Göttern zerstritten, längst von ihnen abgewandt und lebt seit vielen hundert Jahren zurückgezogen und unauffindbar unter den Menschen auf der Erde.

Dieser Konflikt entflammte erneut den Zorn zwischen den mächtigen Kräften. Und, genau wie es zu alten Zeiten war, schlossen sich auch diesmal die Zyklopen und die einflussreichen Geschwister des Zeus den Göttern des Olymp an. Bereits in den ersten Tagen des Krieges wurden die drei hunderthändigen Hekatoncheiren befreit, die wegen ihrer rasenden Gier auf Menschenfleisch seit tausenden von Jahren im Tartaros gefangen gehalten wurden. Niemand rechnete damit, dass sie lediglich eine einzige Schlacht an der Seite der Götter kämpfen würden, bevor sie dem Heer den Rücken kehrten und irgendwo untertauchten. Da sie noch immer wild und ausgehungert waren, vermutete Atlas, der den Thron nach dem Tod von Zeus übernommen hatte, diese Gestalten auf der Erde. Jemand wollte sie Jahre später nahe einer Höhle auf Kreta gesehen haben. Einer Höhle, in der Zeus' letzter Sohn aufgewachsen war.

Genau an diesen Ort führte der Weg Kate Neverate. Und jetzt, Mensch, pass genau auf und merke dir die Namen. Sie ist die Tochter der mächtigen Meeresnymphe Amathia und dem einstigen Gott der Unterwelt Charon. Kate war ihr ganzes Leben lang auf der Suche nach ihrem Sohn Galeno, einem Sohn von Zeus, den sie im Tartaros gebar und der ihr dort entrissen wurde. Kate selbst wurde an ihrem neunzehnten Geburtstag auf die Erde verbannt, wo sie nahezu ununterbrochen lebt.

Zeus war damals die einzige Verbindung zu ihrem Sohn. Nur er alleine kannte das Versteck. Doch dieses Geheimnis nahm er mit in sein Grab. Seither pilgerte Kate durch die Lande und folgte den grausamen Taten, Gerüchten und den Geschichten der Leute.

Die Zeit verging, bis sie ihre Bestimmung auf Pythia stoßen ließ, die ihr den Weg nach Kreta wies. Und genau wie Pythia es gesagt hatte, fand Kate in der Lasithi-Hochebene die besagte Höhle. Doch sie kam zu spät.

Kate vermutete, dass Galeno Neverate fernab liebevoller Kontakte zu den Göttern oder den Menschen und in gänzlicher Abgeschiedenheit in der Wildnis aufgewachsen war. Sie hörte von den alten Sagen, von unheimlichen Vorkommnissen und dem unerklärlichen Verschwinden der Menschen, die sich in dieser Region konzentrierten.

Ganze siebzehn Monate verbrachte sie am Rande der Hochebene, um den Spuren ihres Sohnes zu folgen. Sie wollte verstehen, wie er aufgewachsen und was für ein Gott aus ihm geworden war. In Mitgefühl und tiefer Trauer verbrachte sie die letzten Jahrzehnte in völliger Abgeschiedenheit auf einer kleinen Insel in dessen Nähe. Doch davon haben wir erst jetzt erfahren, denn die Götter verloren für lange Zeit ihre Spur, als sich die Jahreszeiten über das Land legten und ihre Existenz und die Unsterblichkeit ins Belanglose abdrifteten. Nur Zealot, ein zotteliger Papagei, der Kate von dem Tag an begleitet, als ihr Mann diese Erde verließ, blieb an ihrer Seite.

Ihr Mann, Luan Hensley, war ein gewöhnlicher Sterblicher, genau wie du es bist, Jaime. Damit wiederholte sich das Geschehen ihrer wahren Eltern.

Luan Hensley hatte ihr in schweren Zeiten beigestanden und erreicht, was niemals einem Menschen vor ihm zuteilgeworden ist. Er wurde vom Hohen Rat in den Olymp eingeladen, wo er für die Menschheit und Kate eintreten musste und im Zuge eines ungleichen Kampfes den Olymp für alle Zeiten veränderte. Es war der Tag, an dem Zeus starb.

Kates Vater verlieh ihm daraufhin den göttlichen Titel ›Luan vom Schicksalsberg, der Mensch, der Zeus besiegte‹. Ihm wurde für die Zeit nach seinem Tod ein Platz am Firmament neben den Göttern des Sternzeichens Orion reserviert. Wenn es dunkel wird, zeige ich dir diesen Stern. Damit kannst du Kate sicherlich beeindrucken.

Es gibt Gerüchte, dass die Seele von Luan in Zealot weiterlebt und Kates letzten Halt im Universum darstellt. Aber das Leben auf der Erde besteht nun mal aus der Vergänglichkeit und seine Kräfte werden in diesen Tagen versiegen. Genau zu diesem Zeitpunkt wirst du in ihr Leben treten und ihr zeigen, wie wundervoll diese Welt sein kann, bevor die Einsamkeit über sie hereinbricht.

Des Weiteren ist mir zu Ohren gekommen, dass sie in diesen Tagen von einem mächtigen Gott kontaktiert wird. Dabei handelt es sich um eine höchst delikate Angelegenheit und für mich wird es höchste Zeit zu handeln.«

»Aber was soll ich tun?«

»Nichts. Du sorgst einzig und alleine für ihre Liebe zu dir.«

Jaime senkte den Kopf. »Ich schaffe es ja nicht einmal, ein Mädchen richtig anzusprechen.«

»Dann gebe ich dir ein paar Trainingsstunden, Jaime Richmond.«

»Was muss ich noch wissen?« Jaime war niedergeschlagen.

»Zunächst genügt es, wenn du die Grundlagen über die Götter und Kates Stammbaum verstehst. Wir sind noch eine Weile zusammen und ich werde dich unterrichten. Der Rest wird sich ergeben, wenn du sie erst einmal kennst.«

»Also fliegen wir nach Kreta?«

»So soll es geschehen. Ach, und noch eins, Mensch. Wenn du diese Aufgabe aus irgendwelchen Gründen abbrechen möchtest oder sie nicht akzeptabel erfüllst, solltest du dir den Barkeeper ins Gedächtnis zurückrufen und darüber nachdenken, ob du so enden willst wie er.«

Ängstlich starrte er sie an und schüttelte mit dem Kopf.

»Gut. Ich denke, es kommt heute niemand mehr für die Rechnung, oder was meinst du?« Ihr Lächeln wirkte selbstgefällig. »Lass uns aufbrechen.«

Kapitel 2

»Hier, nimm.« Kate legte Zealot eine Zitrusfrucht in den Sand, die er drehte, mühelos mit dem Schnabel schälte, mit einem Fuß festhielt, um sich dann eifrig über den saftigen Inhalt herzumachen.

Im Schneidersitz schwebte Kate über dem weißen Sand auf Akoníza, einer kleinen menschenleeren Insel, die einst Leto, Tochter der Titanen, gewidmet worden war. Nachdenklich blickte sie über die Millionen glitzernder Sternchen auf den seichten Wellen der Messara-Bucht.

Hinter ihr erhob sich ein gewaltiges Gebirge. Es war mit üppigem Grün überzogen und über einem imposanten Wasserfall stand ein Regenbogen in der Gischt. Paradiesische Vögel sangen ihr Lied in der Ferne, ein Vogelschwarm kreiste über der Düne, ließ sich nieder und stieg wieder auf wie ein Tanz im seichten Wind.

Kates einzige Habe trug sie am Körper. Es war ein ergrautes und stark verschlissenes Gewand mit Kapuze aus grobem Leinen sowie durchgetretene Sandalen, die sie bis zu den Knien geschnürt hatte, und ein kleiner Lederbeutel, gefüllt mit Goldstücken und etlichen Erinnerungen von Leuten, die sie nicht einmal kannte.

»Weißt du, Zealot, dass du der Letzte deiner Art bist?« Sie griff nach den Sternen, baute vor sich winzige leuchtende Punkte auf und ordnete sie nach dem Vorbild der Sterne am Nachthimmel an. »Das macht mich traurig und mir drängt sich eine Träne auf. Für dich und deine Art und für jede andere Art, die ihr Dasein auf dieser Welt für immer verwirkt hat. Es sind so viele Tiere ausgestorben, dass ich keinen klaren Blick mehr hätte, wenn ich für jede Spezies nur eine einzige Träne vergießen würde.« Sie wischte sich über ein Augenlid und pustete ihren kleinen Sternenhimmel auseinander. Er verteilte sich wie Staub und legte sich als glitzernder Puder über den Sand. »Als ich auf die Erde kam, habe ich mich als Erstes darüber gewundert, warum die Menschen ihr Essen vergiften und Millionen Automobile benutzen, die die Stoffe des Tartaros produzieren. Ich wunderte mich, dass sie die Kenntnisse über die nachteilige Wirkung besaßen und dennoch an dieser Strömung festhielten, als sei es begehrenswert, Leid als Preis ihrer Ideen zu zahlen. Sie sind doch schlau und wissen, wie es besser geht. Mir fällt es sehr schwer, dieses Handeln nachzuvollziehen.«

Kate half Zealot, an die andere Hälfte der Frucht zu kommen, und schälte ihm ein Stück von der Schale ab. »In letzter Zeit denke ich viel an den Olymp, mein Heim und meine Freunde. Doch gehöre ich überhaupt noch dorthin? Ist mein Zuhause nicht inzwischen auf der Erde und bin ich eine von ihnen geworden? Ich weiß es nicht mehr.«

Entfernt des Ufers sprang eine Gruppe Delfine aus dem Wasser, tauchte wieder ab und hinterließ eine aufgewühlte Oberfläche. »Ich sehne mich nach der Geborgenheit und der Ordnung im Olymp und ich möchte den Schicksalsberg wiedersehen, den heiligen Fluss und die goldene Arena. Ich vermisse die Reinheit und ein gutes Mahl aus Nektar und Ambrosia. Was würde ich dafür geben, um noch einmal zurückzukehren. Mir bleibt nur die Hoffnung, dass sie das Tor wieder freigeben. Der Krieg ist doch längst vorbei, und ohne meinen Mann mag ich nicht mehr hierbleiben.«

Sie strich dem zotteligen Vogel über das Köpfchen. »Du warst mir stets ein treuer Begleiter.«

Gedankenverloren beobachtete sie Zealot beim Fressen. Sein Gefieder war zerzaust und sein Schnabel stand schräg. Er war sehr alt geworden und Kate vermutete gar, dass er nicht mehr richtig sehen konnte. Doch er ließ es sich kaum anmerken. Seine Zeit neigte sich dem Ende zu.

Ihr verträumter Blick wanderte in die Ferne und zu Luan. »Er war ein guter Mann.« Die Erinnerungen mit all den glücklichen Momenten ihres Zusammenseins kamen in letzter Zeit seltener. Sie schloss ihre Hand, legte sie gefühlvoll auf ihre Brust und schmunzelte. »In seinem Leben tat er alles aus seiner großartigen Liebe zu mir. Ich vermisse ihn und es wird ewig so bleiben.«

Mit dem Finger malte sie Kreise und Schlangenlinien in den Sand. »Damals dachte ich noch, dass die Zeit die Sehnsucht zu vertreiben vermag. Aber so ist es wohl nicht. Die Zeit trägt zwar bedächtig die Erinnerungen davon, aber vergisst, die Sehnsucht mitzunehmen.«

Sie strich Zealot erneut über das Köpfchen.

»Wenn du reden könntest, müsste ich mir jetzt bestimmt anhören, dass ich dir diese Geschichte schon eintausend Mal erzählt habe.« Sie wischte sich Sand aus einem Auge. »Vielleicht ist die Zeit für einen Neuanfang gekommen?«

Die Linien im Sand verbanden sich mit winzigen Hügeln zu einer Landkarte.

»Seitdem ich auf der Erde bin, sind mir wahrlich viele Menschen begegnet. Die meisten von ihnen versanken in ihrem Tun und dachten weder an sich selbst noch an andere. Viele von ihnen waren selbstsüchtig und verachteten gar ihr eigenes Leben oder das Leben um sie herum. Dabei haben wir ihnen doch Mitgefühl und die Sorgfalt gegeben und die Fähigkeit der Begeisterung. Es muss in den letzten einhundert Jahren etwas Katastrophales passiert sein. Warum erkennen so viele den Glanz dieser Welt nicht mehr? Vielleicht ist den Göttern ein Fehler unterlaufen und wir haben etwas übersehen?«

Sand rieselte aus ihrer Hand und bildete einen Hügel, von dem kleine Körnchen in Rinnsalen herunterrutschten. Dann kehrte sich der Strom des Sandes um, erhob sich von dem Hügel in ihre Hand und füllte sie wieder auf. Kate begann mit dem Zeigefinger darüber zu kreisen und ein winziger Tornado entstand, der in einer Spur die Landkarte zerbarst.

»Lass uns gehen, Zealot.«

»Du redest in letzter Zeit sehr viel mit deinem Papagei.«

Kate drehte sich um, sah Larina, erhob sich, ließ den Sand aus ihrer Hand fallen und rieb sich die restlichen Körner ab. Der kleine Tornado fiel in sich zusammen.

Larina hatte sich vor über zwanzig Jahren auf diese Insel zurückgezogen und führte ein einsames Leben hier draußen. Sie war eine wunderschöne ältere Frau mit großen wachen Augen und einer sehr breiten Nase. Ihre beinahe schwarze Haut war an diesem Tag mit grauem, getrocknetem Schlamm bedeckt. Unter dieser Schicht war noch immer ihre übliche Bemalung zu sehen. Diese weißen Formen waren wie Stoßzähne gebogen und verliefen unterhalb ihrer Augen bis zum Kinn. Eine Reihe schwarzer Punkte vervollständigte das Werk. Ihre Halskette hatte sie aus Samen verschiedenster Früchte gefertigt, genau wie sie die unzählig vielen Armreifen und ihre knappe Lederschürze selbst gemacht hatte.

»Er ist ein wunderbarer Zuhörer, Larina. Außerdem redet er nicht immer dazwischen.«

»Na, na, junge Dame. Irgendjemand muss dir schließlich die Flausen austreiben. Ich denke, dir fehlt Gesellschaft. Es wird Zeit, unter die Leute zu gehen, und dass du dir endlich einen Mann suchst. In dieser Ödnis verkümmerst du in Einsamkeit. Sieh hinauf zu den Wolken und in den klaren Nächten zu den Sternen. Nimm die Strömung in dich auf und höre, was der Wind dir rät. Frage dein Herz. Es wird wissen, was gut für dich ist.«

»Wie immer hast du recht.«

»Natürlich habe ich das, Kate. Wenn du erst einmal so alt bist wie ich, dann wirst du mich verstehen.«

Alt?, dachte Kate und schmunzelte. *Wenn du wüsstest ... Ich muss es ihr sagen.*

»Sag mal, du Träumerin, wieso sehe ich keine Fische in deinem Korb? Hast du wieder vergessen, dass du an der Reihe bist?«

»Ich erledige das gleich.« Gedankenverloren blickte Kate auf das glatte Wasser hinaus.

Larina alberte herum. »Du machst das immer später und ich muss mich jedes Mal wundern, wie du deinen Tag am Strand vertrödelst.«

»Wir sind jedenfalls noch nicht verhungert, oder?«

»Nein, wildes Mädchen. Du bist fleißig und anständig. Und du hast dich hervorragend eingelebt. Ich muss gestehen, dass ich anfangs nicht daran geglaubt habe.«

Kate sah sie verwundert an.

»Jetzt gehe schon fischen. Wie es den Anschein hat, fliegen dir die Fische ohnehin nur so zu.«

»Das tun sie.«

»Was?«

»Ach nichts. Mach dir um das Abendessen keine Gedanken. Denkst du wirklich, ich sollte zu den Menschen gehen?«

»Unbedingt, Mädchen. Du bist zu jung, um alleine mit einer alten Frau die Zeit zu verschwenden. Gehe in die Welt hinaus, lerne und schaue dir die Möglichkeiten an, die sich dort bieten. Und eines Tages kehrst du zu mir zurück und erzählst von deiner Reise. Ich bin mir fast sicher, dass dann eine reife Frau vor mir steht, erfahren und erwachsen. Dann wirst du mir von den unterschiedlichen Kulturen berichten, von den Menschen und Meinungen, von blühenden Landschaften und wundersamen Begebenheiten. Ich bin jetzt schon ganz aufgeregt.«

»Wie es scheint, solltest du diese Reise selbst einmal antreten. Warst du nie unterwegs?«

Larina winkte ab und lächelte unsicher. »Nein. Und jetzt bin ich zu alt für ein Abenteuer.«

»Du bist rüstig und könntest mich begleiten.«

»Ach, papperlapapp. Ich habe genug in meinem Leben gesehen.« Rasch wechselte sie das Thema: »Du wirst mir doch von der Liebe erzählen, wenn du ihr begegnest?«

»Klar. Aber ich suche sie nicht. Luan ist noch immer in meinem Herzen.«

Sie winkte ab. »Du bist eine wunderschöne, schlaue Frau. Luan liegt in der Vergangenheit. Hänge nicht ewig den alten Dingen nach. Deine Trauer wird vergehen und du wirst immer das Gute im Herzen behalten, das ihr gemeinsam erlebt habt. Richte deinen Blick in die Zukunft und empfange das Wunder des Lebens.«

Ohne sie anzusehen, nickte Kate.

»Wenn du zurückkehrst, wirst du ein paar kräftige, gesunde Kinder haben und du wirst erfahren, was nur eine Mutter fühlen kann.«

»Wie immer bist du sehr charmant.« Kate umarmte sie. »Ich lasse dich nur ungern alleine.«

Gespielt beleidigt verzog Larina ihren Mund. »Glaubst du, ich komme nicht ohne dich zurecht? Weißt du nicht mehr, dass ich auf diese Insel gekommen bin, um meine Ruhe zu finden? Wie hätte ich ahnen können, dass eine Quasselstrippe angeschwemmt wird, die mir tagein und tagaus in den

Ohren liegt. Es wird höchste Zeit, meine ersehnte Ruhe in Anspruch zu nehmen. Nein, junge Dame, du gehst mal schön in die große weite Welt. Ich habe dir alles beigebracht, was ich weiß. Alles Weitere findest du dort draußen.« Sie zeigte über das Meer.

»Gut, ich werde gehen. Aber bevor ich mich auf den Weg mache, muss ich dir noch etwas zeigen.« Kate eilte ins flache Wasser, stellte ihre Beine auseinander und hob ein wenig die durchgestreckten Arme an. Mit den Handflächen nach unten gerichtet, spreizte sie ihre Finger weit auseinander. Um sie herum fing das Wasser zu brodeln an und unzählig viele Fische umkreisten ihre Füße.

Kate hob eine schwere, silbergraue Finte heraus, die kurz zappelte, von einem Blitz überzogen wurde und eine Sekunde später leblos auf ihren Händen lag. Im gleichen Augenblick wurde das Wasser wieder ruhig und die letzten kleinen Wellen trieben in sanften Kreisen hinaus. Kate drehte sich um und trat ans Ufer zurück. Larina war verschwunden.

Irritiert schweiften ihre Blicke über den Sand bis zu den Dünen und den ersten Palmen. Sie war nicht zu sehen. »Larina? Hast du das gesehen?«

Stille.

Behutsam legte Kate den Fisch auf den feuchten Sand, kniete sich davor nieder, legte ihre Finger ineinander und murmelte etwas von Dank und Vergebung. Dann nahm sie die Finte und ging zum Lager.

Unter ihren Füßen richtete sich das trockene Gras auf, wurde saftig grün und bildete Knospen, die hinter ihr zu perfekten Blüten aufsprangen.

Larina saß auf dem abgewetzten Stamm an der Feuerstelle und putzte die große Reisschüssel mit ein paar Blättern.

»Ich wollte dir zeigen, wie ich Fische fange. Wo warst du?« Sie hielt Larina die Finte entgegen.

»Gib mir das Prachtexemplar. Wie ich sehe, hattest du wieder eine große Portion Glück.«

»Nein, hatte ich nicht. Ich muss dir etwas sagen.«

»Wieso zögerst du? Ist etwas passiert?«

»Nichts Schlimmes.« Kate überlegte. »Ich wollte es dir schon viel früher sagen, aber ich ...«

Larina stellte die Schüssel beiseite und sah Kate in die strahlenden Augen, deren Farbe dem wolkenlosen Himmel glichen. »Raus mit der Sprache.«

»Ich bin eine Göttin.«

Larinas Miene änderte sich kein bisschen. Dann griff sie nach neuen Blättern und widmete sich wieder der Schüssel.

»Warum sagst du nichts?«

»Ist das alles?«

»Ja«, sagte Kate verwundert.

»Dann ist es ja gut.«

»Du wusstest es?«

»Aber natürlich weiß ich es. Wir sind alle Götter. Und eines Tages wird es uns bewusst. Schau mal, kleine Dame, wenn zum Beispiel Warane Nachwuchs bekommen ... Was kommt dabei heraus?«

»Ein kleiner Waran?«

»Nein.«

»Viele kleine Warane.«

»Ja, aber es sind Geschöpfe der Götter. Jedes einzelne Wesen auf dieser Erde ist das Resultat der Erschaffung durch die Götter. Oder was meinst du, wie der Funke des Lebens entsteht?«

»Die Seele findet das neue Leben.«

»Genauso ist es. Glaubst du, bei den Menschen ist es anders? Wir alle sind Kinder der Götter, wurden nach ihrem Ebenbild erschaffen und sind demnach ...?«

»Götter?«

»Ja. Und zwar alle Lebewesen auf diesem Planeten.«

»Du hast ja recht, aber so meine ich das nicht. Ich bin die Tochter der Meeresnymphe Amathia und des Charon, dem einstigen Gott der Unterwelt.«

»Ich weiß. Und dafür danke ich dir.«

»Du glaubst mir nicht.«

Larina legte die Schüssel wieder beiseite, knüllte die aufgespaltenen Blätter zusammen und legte sie neben den Stamm. »Bisher habe ich nie nach deiner Herkunft gefragt. Die Zeit muss für alles reifen und mit der nötigen Geduld wirst du entweder die Wahrheit erfahren oder kundtun. Du sollst wissen, dass ich deine Sehnsüchte genauso teile wie deine blühende Fantasie. Denn all das bildet deinen wunderbaren Charakter.«

»Aber es gibt sie wirklich.«

»Ja, mein Kind.« Larina erhob sich, nahm die Finte und sagte: »Wir brauchen noch ein paar Kräuter. Kannst du dich darum kümmern?«

Sie legte den Fisch vor dem Zelt ab und ging in das Wäldchen, um Reisig zu holen.

Kate sah ihr nach, hockte sich auf den Boden zu einer Eidechse und flüsterte ihr, ohne die Lippen zu bewegen, die Namen einiger Kräuter zu.

Es dauerte nicht lange, bis die Schar Eidechsen mit Salbei, Thymian und Lavendel zurückkam und alles vor Kates Füßen ablegte. Rasch verschwanden sie wieder im Unterholz. Kate legte die Kräuter auf den Stamm und ging zum Strand hinunter.

Als die Sonne den Horizont streichelte und das Meer in ein wunderschönes Gemälde verwandelte, wehten feine Düfte von gebratenem Fisch über die Küste. Eine seichte Rauchsäule stieg vom Lager auf.

Kate dachte an Larina und daran, sie einmal dem Hohen Rat vorzustellen. Wenn Zeus sie früher kennengelernt hätte mit all ihrem Wissen über die Natur und den Menschen, ihrer Liebe und ihrem reinen Herzen, dann wäre sein Blick auf die Menschen ein anderer gewesen. Sie war wie ein Relikt aus der ursprünglichen Zeit.

»Komm, Zealot. Larina wird schon auf uns warten.« Kate erhob sich und winkte ihrem Papagei zu. Dann strich sie sich den weißen Sand vom Cape und verließ den Strand.

Das Abendmahl duftete lecker. Um das Feuer standen zwei hübsch drapierte Teller aus Palmenblättern mit ein wenig Reis und gezupften Kräutern darauf. Für Zealot war je eine aufgeschnittene Kiwano und eine Tamarillo bereitgelegt.

Larina kam aus dem Zelt. »Na, das wird ja Zeit, junge Dame. Das Essen wird schon kalt.« Sie deutete auf den Sitzstamm, zupfte sich die Haare zurecht und gesellte sich zu ihnen.

»Du bist eine fabelhafte Köchin«, sagte Kate, aß wie immer aus Anstand ein Stück und widmete sich dem saftigen Obst.

»Und dennoch isst du wie ein Kolibri. Greif zu. Du musst stark für deine Reise sein.«

Kate stellte ihren Teller neben sich ab und rückte näher zu ihr heran. Sie fiel Larina um den Hals und flüsterte: »Danke. Ich fühle eine feste Verbundenheit zu dir.«

»Hoffentlich bin ich noch hier, wenn du zurückkehrst.«

»Das hoffe ich auch. Doch mein Gefühl verrät mir eine lange Reise, von der es kein Zurück geben wird. Aber egal, was auch immer geschieht, ich werde dich nie vergessen.«

Im Folgenden aßen und tranken die beiden und erzählten sich Geschichten, bis der sternenklare Himmel ihre festliche Beleuchtung bildete. Zwischendurch zeigte Kate zum Sternenbild Orion und erzählte von ihrem Mann. Sie begann bei ihrer Begegnung im Lancaster Community Park und beschrieb sehr anschaulich ihren ersten Kuss und wie sehr er in sie verknallt gewesen war und dass sie doch keinen Menschen hatte küssen wollen.

An dieser Stelle verbesserte sie sich und umschrieb es als die Liebe auf Umwegen. Ihren gemeinsamen Weg zum Tartaros schilderte sie als gewichtiges Ereignis einer langen Reise in ein fernes Land. Bei all ihren Erzählungen gestikulierte sie eifrig und versuchte alles so anschaulich wie möglich auszumalen, holte kaum Luft in ihrem Redeschwall und ließ Larina nur hin und wieder zu Wort kommen. Als mitten in der Nacht das Meer die kalte Luft über die Insel trug, wurde es still im Lager. Ihre Abschiedsworte waren leise.

»Ich liebe dich, Larina. Du hast einen Platz an der Tafel des Rates verdient.«

»Halte die Augen auf, mein Kind. Die Welt dort draußen ist anders als die Einsamkeit bei uns. Sie ist schnell und laut und sie ist beherrscht von Macht, Gier und Manipulation. Aber wenn du genau hinsiehst, findest du das Gute dazwischen. Halte an jenem Ort Ausschau nach der Liebe. Es ist das Größte, was du dort draußen finden wirst. Und wenn du die Liebe gefunden hast, halte sie fest und verweile an diesem Ort. Wo auch immer er sein mag.«

Das Feuer knackte einige Male und das gleichmäßige Schlagen der Wellen spielte in der Dunkelheit sein unablässiges Lied.

Am folgenden Morgen waren die Steine der Feuerstelle noch warm. Larina schlief im Zelt und Kate stand mit klaren Augen am Ufer und hieß die ersten Sonnenstrahlen willkommen. Sie atmete bewusst die salzige Luft ein und versank im Glanz der spiegelglatten Oberfläche des Meeres, die das Firmament verdoppelte. Ein lauer Wind strich ihr durch das Haar. Immer wieder schnappten Fische nach Insekten, die zu dicht über der Wasseroberfläche flogen.

Kates Sandalen warfen den Sand auf und hinterließen Spuren vom Lager bis zum Wasser. Dann schwebte Kate über dem Meer. Eine Weile saß Zealot auf ihrer Schulter, bis er seine Flügel ausbreitete und auf das Meer hinaus, der Sonne und Kreta entgegenflog.

Kate beschloss, nach Lancaster zu gehen. Dem Ort, wo ihre Reise nach ihrer Verbannung begonnen hatte.

Plötzlich wurden ihre Füße festgehalten, sie tauchten ins Wasser und Kate verlor den Halt, fiel vornüber und platschte hinein. Hastig ruderte sie mit ihren Armen, drehte sich im Wasser, tauchte unter, vernahm die gedämpften Geräusche, sah die aufsteigenden Luftblasen und spürte die Kälte unterhalb der warmen Wasserschicht. Verwirrt schwamm sie an die Oberfläche, blinzelte, schüttelte sich das Wasser aus den Haaren und suchte nach einer Erklärung für ihren Sturz. Ein dicker Tropfen auf ihren langen Wimpern spiegelte die aufgehende Sonne und nahm ihr blendend die Sicht. Sie breitete ihre Arme aus, um sich zu erheben, doch anstatt aus dem Wasser zu gleiten, sank sie tiefer.

Als sie wieder auftauchte, landete Zealot krächzend auf ihren nassen Haaren. Am Ufer saß jemand im Sand und warf desinteressiert Steinchen ins Wasser. Jedenfalls war das nicht Larina.

Als Zealot zu viel Spritzwasser von Kate abbekam, stieg er auf und flog zum Strand. Kate erhob sich im flachen Wasser und watete auf den jungen Mann mit den kurzen schwarzen Haaren zu. Er trug eine schwarze Lederjacke und Bluejeans und hatte lässig ein Tuch um den Hals gebunden. Unbeeindruckt von ihrer Anwesenheit warf er weiter Steinchen.

»Wer seid Ihr?«

Lächelnd schenkte er ihr seine Aufmerksamkeit, ließ einen Stein in den Sand fallen und erhob sich langsam. Er wischte sich den Sand von der Kleidung und seinen Händen. In der Tradition der Götter verneigte er sich mit der Hand auf der Brust.

»Wie seid Ihr auf diese Insel gekommen? Ich habe kein Boot gesehen«, bohrte Kate weiter, stemmte ihre Arme in die Hüfte, schüttelte sich, sodass das Wasser zu allen Seiten aus ihren Haaren sprang.

»Euer Anblick ist entzückend. Ich habe in den vergangenen Jahren viele Kunstwerke von Euch gesehen und besitze sogar einen echten Oionos mit Eurem Konterfei, doch das Original übertrifft es bei Weitem.«

Kate zupfte an ihrem nassen Cape, das viel zu eng an ihren Brüsten und dem Bauch klebte und zu leicht seine Blicke auf ihre Konturen lenkte.

»Ihr könnt mich Pandion nennen.«

»Pandion, der Sohn des Erichthonios? Ist er nicht tot?«

Seine freudige Miene versteinerte kurz, doch sie kam schnell zurück, als er sich umsah, noch ein Steinchen aufsammelte und es über die Wasseroberfläche springen ließ.

»Das waren sieben Sprünge. Wollt Ihr auch mal?« Er hielt ihr einen flachen Stein entgegen.

Kate reagierte nicht darauf.

»Ihr seid nicht schlecht, verehrte Meeresnymphe. Bereits nach wenigen« Sekunden habt Ihr mich durchschaut. Vielleicht bin ich nicht Pandion. Was hat das schon zu bedeuten? Könnt Ihr mich dennoch so nennen?«

»Was habt Ihr zu verbergen? Ich sehe, dass Ihr eine Gottheit seid, doch ich kenne Eure Augen nicht.«

»Zu viel steht auf dem Spiel.« Er räusperte sich. »Ich möchte Eure Zeit nicht mit Vorgeplänkel verschwenden, Kate Neverate. Der wahre Grund, warum ich hier bin, ist es, Euch um die Macht des Schwarzen Lichtes zu bitten. Missversteht mich nicht. Ich schätze und verehre Euch zutiefst. Aber Ihr werdet mir Eure Gabe übergeben müssen.«

»Glaubt Ihr, ich verteile meine Kräfte mit vollen Händen an unbekannte Götter?«

»Natürlich nicht. Seht es einmal so: Jeder mächtige Gott ist dieser Tage an Eurer einmaligen Kraft interessiert. Es werden andere kommen, um sie Euch abzuluchsen. Nur kann ich mir beim besten Willen nicht vorstellen, dass auch nur einer von ihnen freundlich mit Euch verhandelt. Wenn Ihr diese Macht nicht mehr besitzt, wird Euch nichts passieren. Ich bin also hier, um Euch zu helfen.«

Kate verschränkte die Arme. »Ich kann gut auf mich selbst aufpassen.«

»Dann muss ich sie mir holen.«

»Ihr seht intelligent genug aus, um zu wissen, wie Eure Erfolgsaussichten stehen.«

»Ja, schon. Mir sind Eure Fähigkeiten bestens bekannt. Ich habe dem Kampf beim Fest der Feste beigewohnt. Aber meine Bitte ist eine ernste Angelegenheit. Gebt Eurem Herz einen Ruck. Ich habe nicht vor, gegen Euch zu kämpfen.«

»Dann nennt mir einen guten Grund dafür.«

»Gerne. Es gibt wichtige Neuigkeiten aus dem Olymp, verehrte Nymphe. Seit Ihr den Olymp verlassen habt, ist viel geschehen.«

»Von was redet Ihr?«

»Ich rede von dem Krieg im Olymp und der Entscheidung, die Erde aufzugeben.«

»War deshalb das Tor geschlossen? Ich habe in den letzten Jahren mehrfach versucht zurückzukommen.«

Pandion nickte. »Es tut mir leid für Euch. Aber niemand hatte vor, den Krieg auf die Erde auszudehnen.«

»Was meint Ihr damit, ›die Erde aufzugeben‹?«

»Ganz so, wie ich es sage. In diesen Tagen verlassen die Götter den Olymp. Es ist beschlossene Sache. Sie haben eine neue Galaxie gefunden, in der sie ganz von vorne beginnen wollen. In zwei Monden wird nichts mehr von der Welt und dem Olymp übrig sein. Wenn Ihr mich fragt, finde ich diese ganze Sache reine Verschwendung. Denn ich war gerne hier, auch wenn ich nicht blind bin und sehr wohl die Gründe nachvollziehen kann.«

Kate sah ihn schräg an. Sie konnte nicht glauben, was sie hörte. »Ich weiß nicht, wovon Ihr redet. Wieso wollen sie alles aufgeben? Was soll aus der Erde werden, den Menschen, den vielen Tieren und dem reichhaltigen Leben darauf? Wenn die Götter verschwinden, zerfällt die Welt in den Ursprung.«

»Das mag durchaus sein. Wir wissen aus sicherer Quelle, dass die Menschen selbst die Vernichtung vorbereiten. Wisst Ihr, Kate, Zeus bemerkte sehr früh, wie aggressiv die Menschen voranschreiten, und wollte sie rechtzeitig stoppen, also den Fehler der Erschaffung rückgängig machen. Doch wie Ihr wisst, hat Euer Mann den einzigen Gott getötet, der dieses Unheil hätte aufhalten können. Jetzt ist es zu spät, Kate Neverate. Letztlich ist Euer hochgeschätzter Mann für den Untergang dieser Welt verantwortlich. Ganz nebenbei hat Euer närrischer Vater ihm auch noch den göttlichen Titel für seine Missetat verliehen.«

Harsch schüttelte sie den Kopf. »Niemals! Luan hat diese Welt und mich immer beschützt. Er hat die Menschheit vor dem Untergang bewahrt. Zeus war im Unrecht.«

»Ich weiß. Damals hätte ich nicht anders entschieden und genau wie Luan vom Schicksalsberg gehandelt. Es ist oft nur der Blickwinkel, der die Ereignisse in Recht und Unrecht unterteilt.«

»Erklärt mir diese Entscheidung. Was hat sich in den vergangenen einhundert Jahren so drastisch verändert?«

»Seht Ihr nicht, was die Menschen mit ihrer Welt getan haben und wie sie alles zum Nachteil verändern? Sie machen aus der Zufriedenheit die Unzufriedenheit, aus der Kraft die Kraftlosigkeit, aus dem Mitgefühl den Hass und aus der Liebe die exzessive Fleischeslust. Aber das ist nicht alles. Sie produzieren solch heftige Waffen, um sich und die Erde für immer zu vernichten. Zugegeben, es sind nur wenige, die diese Waffen erfinden, und noch ein paar weitere, die sie bauen. Aber alle anderen lassen es gleichgültig geschehen.«

»Jeder Mensch für sich genommen ist im Kern gut und genauso, wie wir sie sehen wollten. Ich kenne sehr viele Menschen, die Zeus gefallen hätten.«

»Das mag sein. Leider trifft diese Gutherzigkeit in der Gemeinschaft offenbar nicht mehr zu. Inzwischen sind sie zu weit gegangen, haben ihre Kompetenzen überschritten und mit ihrer Arroganz die Schöpfung beleidigt. Ich kann es leider nicht anders sagen, aber die Menschen sind die Geschwulst der Welt geworden. Sie stülpen sich über alles, breiten sich unkontrolliert aus und machen sich selbst krank, genau wie den Lebensraum um sie herum. Sie vernichten und verändern unsere Ordnung. Inzwischen machen sie es derart gewissenhaft, dass dieser Zustand unumkehrbar ist. Seht Euch die verseuchten Meere an, die hohe Radioaktivität in vielen Gebieten, Plastikteilchen anstelle von Plankton im Meer und neuerdings versetzen sie großflächig das Lebenselixier mit mehreren hundert Chemikalien für ihre eigenen Profite. Über achtzig Prozent der Artenvielfalt haben sie schon ausgerottet und es gibt kaum noch eine Stelle auf der Erde, die sie nicht konterminiert haben.«

»Ich weiß, dass Schreckliches geschieht. Das ist einer der Gründe, warum ich mich auf den Weg machen wollte. Wenn alle Götter mit anpacken, können wir sie in ihrem fürchterlichen Drang stoppen.«

»Das wäre viel Arbeit. Und doch stehe ich ganz auf Eurer Seite. Nur hätte es wirklich einen Sinn? Sie würden auch beim nächsten Mal nicht anders handeln. Es ist besser, nicht einzugreifen, wenn sie ihre Macht ohne Rücksicht auf das Leben demonstrieren wollen.«

»Bereits in zwei Monden?«

Pandion nickte. Sein Blick wirkte traurig.

»Kann ich irgendetwas tun, um die Katastrophe zu verhindern und die Götter umzustimmen? Ich könnte versuchen, die Liebe zu den Menschen zurückzubringen.«

»Sie kennen längst das alte Wissen nicht mehr. Und Ihr könnt keine gigantische Krankheit mit Eurer Liebe heilen. Sie werden das Undenkbare tun und haben noch nicht mal einen Plan parat, wie es ohne ihre Lebensgrundlage mit all ihren durchdachten Strukturen weitergehen soll. Im rasenden Eifer werden sie sich selbst vernichten.«

»Dann ist es beschlossen?«

»Ja, die Götter beginnen von Neuem. Das Problem sind die Streitigkeiten um die folgende Herrschaft. Mein Platz ist mir sicher und mir ist auch ziemlich egal, wer etwas zu sagen hat. Allerdings würde ich mich freuen, wenn wir beide einen Deal aushandeln könnten. Ihr gebt mir die Macht des Schwarzen Lichtes und ich schleuse Euch durch das Himmlische Tor.«

»Netter Versuch.«

Er verzog seinen Mund. »Notfalls nehme ich mir diese Macht.«

»Ich bin Euch für Eure Offenheit dankbar, auch wenn ich nicht verstehe, warum Ihr mir Euren wahren Namen verschweigt. Jedoch würde ich Euch nicht raten, mir zu nahe zu kommen. Ihr werdet den Kürzeren ziehen.«

»Hinter mir steht ein gigantisches Heer. Ich wäre ohne Weiteres in der Lage, mir zu nehmen, was ich möchte.« Er drehte sich mit ausgebreiteten Armen hin und her. »Seht Ihr etwas davon? Ich bin – verdammt noch mal – alleine zu Euch gekommen.«

»Ich habe bereits gegen ganze Armeen bestanden. Droht mir besser nicht. Und jetzt wird es Zeit für Euch zu gehen.«

»Wollt Ihr zurückbleiben und mit ihnen sterben?« Er schoss einen glühenden Feuerball auf sie, der so überraschend kam, dass er ihr Cape entflammte und Kate durch die enorme Wucht ins Wasser schleuderte. Die Wellen löschten die Flammen. Aufgestützt im Wasser sitzend sammelte sie sich.

»Entschuldigung, verehrte Göttin«, sagte er glaubwürdig.

Sie richtete sich auf und ging grimmig zum Strand zurück. Bevor sie das Wasser verließ, wurde sie am Knöchel gehalten und zurückgezogen. Der nasse Sand unter ihr wurde weich, saugte sie innerhalb einer Sekunde in die Tiefe und legte sich über ihren Körper, als ob sie nicht dort gestanden hätte.

Der Boden riss auf, spritzte hoch aus dem Wasser und Kate schoss daraus empor, bis sie in fünfzehn Metern Höhe verharrte. Flink wich sie zwei Blitzen aus und schrie: »Haltet ein. Das ist meine letzte Warnung.«

»Gerne. Wenn Ihr mir die Macht gebt.« Er täuschte einen Feuerball an, ließ aber das Meer an ihrer Stelle ansteigen, was sie überspülte und mit sich riss.

Als Kate aus dem Wasser emporschwebte, wurde sie von einem Felsbrocken getroffen und strauchelte rückwärts. Einige Meter weiter fing sie sich mit ausgestellten Armen in der Luft ab und bremste den Flug des Felsens, zermalmte ihn und schleuderte die entstandenen Brocken zurück wie die Kugeln eines Schrotgewehrs. Pandion schützte sich mit einer Energiewelle aus dunkler Energie, rollte zur Seite und ließ über Kate Lava vom Himmel regnen. Sie verbrannte sich am Arm und der Hand, bevor sie den Regen auflösen konnte, und riss die Luft um Pandion auseinander, dass er in einer luftleeren Kugel schwerelos ruderte.

»Lasst ab, wer auch immer Ihr seid. Geht nach Hause oder Ihr werdet diesen Tag nicht überleben«, schrie sie ihm zornig entgegen.

Kopfüber schwebend rief er in Gedanken: »Ihr habt gewonnen, Kate. Lasst mich runter.«

Sie ließ ihn sanft in den Sand fallen, blieb aber in Abwehrstellung und sicherer Entfernung schweben.

»Vielen Dank, Kate.« Er richtete seine Kleidung. »Ich habe Euch gewarnt. Es werden andere kommen und nach Eurem Leben trachten. Und am Ende werdet Ihr einsam mit dieser Welt untergehen.«

»Selbst wenn ich wollte, könnte ich nicht mit Euch gehen. Meine Kinder verweilen noch auf der Erde. Auf keinen Fall werde ich sie zurücklassen.«

»Findet sie schnell.« Pandions Aura begann zu leuchten. Er breitete seine Arme aus und verblasste zusehends. Er zwinkerte ihr zu. »Andernfalls werde ich mich persönlich um Eure Töchter kümmern, verehrte Neverate.« In den warmen Winden zerstreute er sich. Nur seine Stimme säuselte noch: »Ab sofort wird Eure göttliche Kraft bei jedem Tun versiegen.«

Mit der heiligen Woge der Anziehung holte sie seinen Schatten aus den Wolken zurück, doch es war zu spät. Pandion war nicht mehr auf dieser Welt.

Wütend blickte sie ihm nach. »Ich werde Euch finden und Ihr werdet für diesen Frevel bezahlen.«

Kapitel 3

Vor dem Kleiderschrank hielt sich Jaime ein Shirt mit Stehkragen an die Brust. Trish fläzte derweil auf der schmalen Couch seines Zimmers und lackierte sich ihre Fingernägel auf besondere Weise. Er konnte nicht anders, als diesem Schauspiel neugierig zu folgen.

Aus ihrem Zeigefinger sprudelte ein magischer Strahl, der wie kolorierte Energie aussah, den sie auf ihre Nägel richtete und sie in Sekunden pink, dann rot und schließlich zart lila färbte.

Er staunte nicht schlecht, als sie darüberpustete und er das Ergebnis sah. Sie wedelte mit ihrer Hand und zeigte ihm die Finger. »Gefällt dir das?«

»Ich fand Pink besser. Passt zu deinem Gesicht.«

»Prinzessinnenpink also. Hm«, sagte sie und überlegte. Ohne den Kopf anzuheben, blickte sie ihn von unten herauf an. »Ich will aber keine Prinzessin sein. Die sind immer so unnatürlich süß.«

»Aber du bist süß, wenn du mal keine Leute umbringst.«

Ihr Lächeln wirkte anziehend. »Also kein Pink. Warte, ich habe eine Idee.«

Wieder prasselte der Strahl auf ihre Fingernägel. Konzentriert schoben sich ihre Lippen schräg und ihre Zunge fuhr hektisch dazwischen und hin und her. Mit leuchtenden Augen präsentierte sie ihre neuen Nägel mit auseinandergespreizten Fingern. Sie waren deutlich länger, verliefen jetzt spitz nach vorne und trugen ein akkurat aufgebrachtes mattes, dunkles Violett. Darauf leuchteten gelbe Augen, die schwarz gerahmt waren, wie in einem Comicheft, nur dass sie tatsächlich blinzelten.

Jaime musste sich das näher ansehen. Die aufgemalten Augen verfolgten seine Bewegung und zwinkerten ihm unterschiedlich zu.

»Das ist heftig gruselig. Du entführst mich in eine Welt der Albträume.«

»Also findest du das nicht gut.« Sie zog einen Flunsch.

»Ich würde die Augen und die Spitzen weglassen. Die Farbe ist toll.«

Sie betrachtete ihre Nägel, hielt die Hand gegen das Licht und zur Seite und sagte: »Meinst du wirklich?«

»Ja. Ich fühle mich total beobachtet.« Er lief zum Fenster und zurück zur Tür und achtete auf die gelben Augen, die ihn stets im Blick behielten. »Wie soll ich jemals wieder ein normales Leben führen? Wenn ich auch nur ein Wort darüber erzähle, stecken die mich in die Klapse und lassen mich nie wieder raus.«

Sie überschlug ihre Beine und zeigte zum Schrank. »Beeile dich ein bisschen. Wir haben nicht ewig Zeit. Im Übrigen brauchst du dir über solche Sachen keine Gedanken zu machen. Du wirst nie wieder in dein altes Leben zurückkehren.«

»Nie wieder? Was wird aus der Uni? Ich brauche den Abschluss.«

Trish lachte. »Du bist lustig. Was meinst du, welche Abschlüsse du für eine Göttin aus dem Olymp brauchst oder im Hades, bei den verlorenen Seelen, falls du unsere Mission versaust?«

»Ja, klar. Mach mir nur Mut«, sagte er etwas lauter und versuchte nicht, den Sarkasmus zu unterdrücken.

Die Haustür schlug zu. Trish lauschte aufmerksam. »Hast du das gehört? Wer kommt uns besuchen?«

»Das wird meine Mom sein.« Er legte sofort in ernstem Ton nach: »Du wirst ihr nichts tun.«

»Sonst was?«, sagte sie ruhig und ihre Stimme kratzte leicht.

Jaime schloss die Zimmertür und stellte sich breitbeinig und mit verschränkten Armen davor. »Nichts sonst. Sie hat nichts mit unserer Sache zu tun. Lass sie da raus.«

Trish klopfte mit flacher Hand auf das Polster neben sich. »Beruhige dich. Ich bin doch nicht blöd, auch wenn ich sie liebend gerne quälen und töten würde.« Sie zwinkerte ihm zu, doch ihn schien das nicht sonderlich zu beruhigen. »Jetzt krieg dich wieder ein.« Sie hob ihre Hand in die Luft und streckte zwei Finger nach oben. »Ich schwöre.«

»Schwörst du beim Leben deiner Mutter?«

»Was hat Penelope damit zu tun? Ich kenne sie nicht einmal persönlich.«

»Dann schwöre bei deinem Leben.«

»Was soll das bringen?« Sie lehnte sich zurück. »Jetzt beruhige dich. Ich werde ihr wirklich nichts tun.«

Die Zimmertür sprang auf und seine Mutter trat ein. Sie zupfte am Ärmel ihrer weißen Strickjacke und sah erstaunt zu Trish.

»Mom, du sollst anklopfen«, sagte Jaime genervt.

»Entschuldige bitte. Wie ich sehe, hast du einen Gast mitgebracht.« Sie ging zur Couch und reichte Trish die Hand.

Diese lächelte freundlich und schlug mit festem Handdruck ein. »Hallo, Mom von Jaime. Schön, Sie kennenzulernen.«

»Du kannst mich Sophie nennen. Macht ihr zusammen Hausaufgaben?«

»Mom, bitte.« Jaime zeigte zum Ausgang.

»Wir haben eine wichtige Mission zu erfüllen, Miss Sophie. Leider muss ich dafür Ihren Sohn entführen. Ich hoffe, Sie haben nichts dagegen?«

Sophie lächelte. »Schon gut. Ich freue mich, wenn ihr euch gut versteht. Nehmen Sie ihn mit und bringen ihn wieder heil zurück. Ich wünsche euch viel Spaß.« Sie drehte sich um, setzte einen Fuß in den Flur und blickte noch mal zu Jaime. »Sie ist ein nettes Mädchen. Pass auf sie auf.«

Als die Tür in Schloss gefallen war, sagte Trish: »Siehst du, sie findet mich nett und hat nichts dagegen, wenn ich dich mitnehme.« Sie strich sich durch die Haare. »Wenn ich mir das recht überlege, ist sie die Einzige, die mich jemals nett gefunden hat. Nicht mal du kannst es schätzen, wenn ich dich einer Göttin vorstellen will.«

»Ich habe dich schließlich Dinge tun sehen, die ein ›Nett‹ oder jede andere positiv besetzte Eigenschaft verhöhnen würden.«

»Beleidigst du mich gerade?«

»Vermutlich nicht.«

Sie stützte ihren Kopf auf die Hand und den Ellenbogen auf ihr überschlagenes Knie. »Ich kann mich nicht erinnern, dass schon irgendjemand so frech zu mir war. Bisher standen sie alle nur blöd herum und haben sich in die Hosen gemacht.«

»Ich gehe mal davon aus, dass sie danach alle gestorben sind.«

»Klar, woher weißt du das?«

Er winkte ab. »Sag mal, legst du überhaupt keinen Wert auf Freundschaften?«

»Diese Frage stellt sich doch gar nicht. Das wäre so, als ob ich dich fragen würde, ob du dir nichts aus Leid und Tod machst. Manche Dinge kann man einfach nicht vergleichen.

Im Übrigen bist du mit der Auswahl deiner Kleidung noch kein Stück weitergekommen.«

Jaime ging wieder zum Schrank, griff nach einer Bluejeans und drehte sich wieder um. »Hast du überhaupt keinen festen Freund?«

»Ich mag Feinde viel lieber. Das gibt den richtigen Kick für den Tag. Außerdem erhält nur derjenige mit den meisten Feinden den größten Ruhm.«

»Dann bist du mit niemandem zusammen, mit dem du träumen und rumalbern kannst und ...« Er hüstelte. »... Sex hast?«

»Sehr wohl habe ich so jemanden. Er lebt in Minneapolis. Nur würde ich nicht auf die Idee kommen, mit ihm herumzualbern.«

Jaime grinste und wandte sich wieder dem Schrank zu.

»Was findest du so lustig daran?«

Er fand einen schwarzen Ledergürtel, der zur Hose passte. »Ach nichts.«

»Nein, im Ernst. Warum grinst du?«

Mit der Hose und dem Gürtel in der Hand drehte er sich zu ihr. »Du hast nur die eine Sache ausgeschlossen. Das bedeutet, dass ihr gemeinsam träumt. Ich meine nur, diese Eigenschaft hebt ungemein deine Liebenswürdigkeit.«

»Lehne dich nicht zu weit aus dem Fenster, Mensch, und zügle dein loses Mundwerk.« Sie ließ den magischen Strahl wieder über ihre Fingernägel sausen.

»Kann ich ein Foto von dir machen?«

»Wenn es dich glücklich macht.«

»Ich habe noch eine alte Sofortbildkamera.« Jaime wirbelte herum, kramte in den Schubfächern einer Kommode und kam mit der Kamera zurück. Er fotografierte sie und erwischte ihre Zungenspitze auf dem Bild und einen kecken Blick von unten herauf. Auf dem folgenden Bild zeigte sie ihm den Mittelfinger, dann grinste sie breit mit zusammengekniffenen Augen. Jaime setzte sich neben sie und hielt die Kamera vor sie. Auf diesem Bild war er nur halb zu sehen, das zweite war schon besser, nur dass sie wegen einer schnellen Bewegung unscharf war.

Sie alberten noch etwas herum, bis das Papier verbraucht war und die Fotos auf dem Teppich verteilt lagen. Jaime trat auf eine freie Stelle dazwischen und betrachtete seine Kunstwerke.

»Los, hopp, hopp. Anziehen.« Sie klatschte in die Hände.

Er stakste über die Bilder zum Schrank, stand wieder davor und sagte: »Ich glaube, ich habe nichts Passendes.«

»Herrgott«, sagte sie, stand genervt auf und wedelte mit ihrer Hand mit gespreizten Fingern. »Das wird ja nicht so schwer sein.«

»Ich habe nichts Passendes für eine Göttin. Was soll ich nur anziehen?« Er trat zur Seite und zeigte zum Schrank.

Trish bemalte die Nägel der anderen Hand, wedelte damit herum und kam zu ihm. Sie lugte in den Schrank und fing an, seine Shirts und Pullover herauszuziehen und achtlos auf den Teppich zu werfen. Die Hemden und Jeanshosen flogen als Nächstes heraus.

»Was soll das sein?«, schrie sie ihm ins Gesicht.

Er zuckte mit den Schultern. »Ich habe nichts anderes.«

Schweigend sahen sie sich gegenseitig an. Trish überlegte.

»Und wenn du mir etwas mit deinem Zauberfinger machst?«, fragte er und fuhr sich nervös durch die Haare.

Sie stemmte ihre Hände in die Hüfte. »Hältst du mich für eine abgefuckte Hexe?«

»Weiß nicht genau.«

»Du machst mich wahnsinnig mit deiner ruhigen Art. ›Weiß nicht, weiß nicht.‹« Sie zeigte ihm die Fingernägel. »Besser so?«

Die Comicaugen waren verschwunden und die spitz zulaufenden Nägel vorne abgerundet. Das matte Violett stand ihr gut, auch wenn die Farbschicht ungewöhnlich nach feinem Sandpapier aussah.

»Gefällt mir. Erzählst du mir etwas von deinem Freund in Minneapolis?«

»Er ist der letzte Sohn eines bedeutenden Gottes. Aber warum erzähle ich dir das überhaupt? Es geht dich nichts an.« Sie griff nach seinem Shirt und zog ihn dicht an sich heran. »Wir gehen einkaufen. Außerdem müssen wir noch üben, wie du ein Mädchen anbaggern kannst.«

»Oh nein. Bitte erspare mir das.«

Mit ihrem Zeigefinger fuchtelte sie hin und her. »Da kommst du leider nicht drum herum.«

»Warum können wir beide nicht zusammen üben?«

»Wir haben uns schon geküsst. Also funktioniert das nicht mehr.«

»Dann lass uns mit dem zweiten Schritt weitermachen.«

Sie kniff ihre Augen zusammen. »Das gibt es doch nicht. Der kleine Wurm geht aber ordentlich ran. Willst du mich gleich hier nehmen?«

»Ich weiß nicht.«

Sie nickte seitlich mit ihrem Kopf zur Couch. »Lass es uns hier treiben.«

»Nein«, sagte er energisch.

Sie ging ein Stück vor, lockte mit dem Finger und hauchte: »Na komm schon, Kleiner. Treiben wir es auf dem Fußboden.« Sie griff um seinen Hals, zog ihn zu sich heran und stellte sich auf die Zehenspitzen, damit sie mit ihren Lippen seine erreichen konnte. Kurz vor der Berührung hielt sie inne und säuselte verführerisch: »Küss mich, Mensch.«

Bei seiner Berührung schnellte sie zurück und drehte sich im Kreis. »Ha! Spare dir deine Liebe für Kate auf.«

»Was hast du eigentlich davon, wenn ich mit ihr zusammen bin?«

Flink legte sie einen Finger über seine Lippen. »Du musst nicht alles wissen.« Mit ausgebreiteten Armen tanzte sie zurück und riss eine Flasche vom Regal, die mit Sand gefüllt war. Sie bückte sich und fuhr mit den Fingern durch die ausgelaufenen Körnchen. »Was ist das?«

»Ich sammle Sand.«

»Nur Sand?«

»Ja, aus der ganzen Welt.« Er stellte die Flasche zu den anderen auf das Board zurück und zeigte auf ein Fläschchen mit fast schwarzem Sand. »Der hier ist aus Zypern.« Dann nahm er die Flasche daneben in die Hand und schüttelte sie leicht. »Dieser fast weiße Sand stammt aus Palm Beach. Ich habe bisher über zweihundert Sorten. Willst du sie mal sehen?«

»Nein! Warum sammelt jemand Sand?«

»Keine Ahnung. Vielleicht sind es die Erinnerungen an die Orte. Aber manche Proben sind von Freunden. Ich habe sogar Sand aus der Sahara und Neuseeland.«

Sie verzog den Mund, nahm ihm die Flasche aus der Hand, stellte sie ab und sagte: »Lass uns gehen.«

In der East Main Street, einer kleinen, etwas heruntergekommenen Einkaufsstraße in Bridgeport, zerrte Trish an seiner Schulter und drängte ihn in den Amgens Fashion Store. Im Geschäft war es vollgestellt, eng und recht dunkel. Es roch nach Reinigungsmitteln. Sie hielt ihm ein weißes Hemd mit kleinen Sternchen entgegen. »Wie wäre das?«

Jaime schüttelte den Kopf und zog ein T-Shirt mit großem Print heraus. Jetzt schüttelte sie den Kopf, sah zum eingeschalteten Fernseher über der Kasse und zeigte auf das Bild. »Genau so.«

Der junge Mann in der laufenden Fernsehserie trug einen sportlichen Anzug aus grobem Stoff, dunkelgrau und leicht kariert.

»Hey, wir nehmen das«, sagte sie zur jungen Verkäuferin, die verwundert ihrem Finger folgte. Die Szene hatte gewechselt und zeigte nun zwei Frauen, die sich über irgendetwas stritten.

»Ich glaube, hier finden wir nichts«, sagte Jaime. »Falls wir noch Zeit haben, machen wir einen Umweg über New York. Dort werden wir mit Sicherheit fündig.«

»Mach das Bild zurück«, funkelte Trish die Verkäuferin an.

»Sorry, das kommt nicht vom Band. Beschreiben Sie mir einfach, was Sie gesehen haben. Ich kenne die Serie recht gut.«

»Das muss doch zurückgehen.« Trish richtete ihre ausgebreitete Hand zum Fernseher. Augenblicklich begann das Bild zu flackern, verzerrte sich und fiel blitzend in sich zusammen. Als aus der Seite Funken sprühten, sprang die Verkäuferin zurück. Gerade noch rechtzeitig, bevor die alte, schwere Röhre aus der Halterung rutschte und scheppernd vor der Kasse auf die Fliesen schlug.

Ein untersetzter Mann kam durch die Hintertür und schrie seine Verkäuferin an: »Das ziehe ich dir vom Lohn ab. Mach das weg und kümmere dich um die Kundschaft.« Fluchend nahm er einige Textilien von der Stange hinter dem Tresen und verteilte sie im Laden.

»Der Typ gefällt mir«, sagte Trish zu Jaime und ging breit lächelnd zu dem Mann. »Richtig so. Lassen Sie sich nicht alles gefallen und werfen Sie die unfähigen Leute raus.«

Boshaft blickte der Mann Trish an. Dann heiterte sich seine Miene sichtlich auf. »Du hast recht.« Er schrie zur Theke: »Du bist gefeuert. Verschwinde.«

»So ist es recht«, lobte ihn Trish. »Und jetzt feuerst du die anderen Tagediebe.«

Jaime erkannte den feinen Nebel, der von ihren Augen in seine wanderte.

Der Mann sagte: »Aber sie ist meine Frau. Ich kann sie nicht feuern.«

»Tue es und verlange gleich die Scheidung«, sagte Trish ruhig und er schrie in den Raum: »Ihr seid alle gefeuert. Yuna, ich lasse mich scheiden.«

Eine rundliche Frau mit hochgesteckten Haaren kam aus der Schuhabteilung zu ihm. Ihr stand der Zorn im Gesicht. »Hast du wieder getrunken?«

»Lass uns nach New York gehen, Mensch.« Trish schob Jaime aus dem Laden, während hinter ihnen ein heftiger Streit ausbrach.

»Ich bin heute richtig gut drauf. Das muss an dir liegen.«

»Das nennst du gut? Musste das unbedingt sein?«

Abrupt blieb sie stehen. »Was? Bist du überhaupt nicht stolz auf mich?«

»Nein, verflucht. Wir wollten nur einkaufen.«

»Habe ich etwa jemanden getötet? Na, habe ich das?«

»Nein. Du hast nur einigen Leuten das Leben schwer gemacht.« Jaime atmete tief durch. »Ich hoffe, du bist zufrieden.«

»Wenn du mich so fragst, bin ich das nicht. Ach, was soll's, ich kann ja doch nicht widerstehen. Warte kurz.« Sie kehrte um und lief zurück in den Amgens Fashion Store.

Es dauerte nur wenige Sekunden, bis die Tür wieder aufging und Trish zu ihm zurückkam. »Jetzt bin ich zufrieden.«

»Hast du alle umgebracht?«

»Nein, ich habe niemandem etwas getan. Nur beim Haus habe ich ein wenig nachgeholfen.«

Krachend stürzte das Haus hinter ihnen ein. Eine Hälfte des Daches kippte auf die Straße, zwei Fahrzeuge rasten ineinander, dann barst die Vorderfront, das Ladenschild rutschte über den Gehweg und Glas verteilte sich darauf. Mit dem folgenden Schlag brach die restliche Hausfront nach innen, das Dach und das gesamte Haus stürzten krachend in sich zusammen und eine dichte Staubwolke nebelte die East Main Street ein.

Jaime hustete und beschleunigte seine Schritte. »Das hast du getan, weil das Mädchen die Fernsehsendung nicht zurückspulen konnte?«

»Vielleicht auch. Jedenfalls haben wir unsere Zeit in diesem Laden verschwendet. Sieh es mal positiv. Kein Mensch wird mehr seine Zeit dort vergeuden. Lass das unsere gute Tat für heute sein.«

Jaime verzog den Mund. »Dann will ich keine gute Tat mehr von dir sehen.«

»Das ist einfach. Ich könnte dich erblinden lassen. Damit wäre dein Wunsch leicht erfüllt.«

»Du weißt, wie ich das meine. Hör auf, die Leute umzubringen«, schrie Jaime.

»Ich habe schon mitbekommen, dass du nicht sonderlich auf Spaß stehst. Also gut. Siehst du das Mädchen in dem grünen Shirt? Sie dürfte in deinem Alter sein. Los, mach sie klar.« Trish zeigte auf sie.

»Ich soll jetzt ein Mädchen anbaggern? Dort sind gerade Menschen gestorben.«

»Blick nach vorne. Alles, was hinter dir liegt, kannst du ohnehin nicht mehr ändern.« Ihre Stimme wurde gefühllos. »Du gehst auf der Stelle zu ihr. Ich will Resultate.«

»Was soll ich denn sagen?«

»Rede über das zusammengebrochene Haus. Warne sie weiterzugehen oder so etwas und versuche ein Kompliment einzubinden. Los, auf geht es.«

»Mir ist jetzt nicht danach. Ich bin wütend und deprimiert.«

»Seit wann geht es um dein Befinden? Du musst üben und ich muss sehen, wie weit du bist.«

Schweren Herzens überquerte Jaime die Straße und lief langsam dem Mädchen entgegen. Kurz vor ihr blieb er stehen und sah das zierliche Mädchen mit den langen, glatten Haaren und der Brille an. Es war Joleen. Sie war vergangenes Jahr nach Bridgeport gezogen und hatte sich noch immer nicht so recht eingelebt.

»Hallo, Joleen. Was machst du hier?«

Sie drängte sich an ihm vorbei. »Lass mich.«

»Warte kurz. Hey. Hast du von dieser Schülerzeitung gehört? Wollen wir da nicht mitmachen?«

Sie schnellte herum. »Was willst du von mir?«

»Diese Sache mit deiner Tasche und den Jungs tut mir wirklich leid. Ich hätte dir helfen müssen.«

»Vier gegen einen und jede Menge Gaffer. Niemand von euch hat den Anstand besessen, mir zu helfen. Niemand! Und jetzt verschwinde. Ich will nichts mit dir zu tun haben.«

»Warte, Joleen. Heute weiß ich, dass es ein Fehler war. Ich mache es wieder gut. Gehen wir ein Eis essen.«

Diese Worte schienen sie zu besänftigen. »Also gut. Und wir gehen zur Schülerzeitung, wo du alle Namen von denen nennst, die mich und andere verprügelt haben.«

Jaime senkte seinen Kopf. »Ja«, sagte er leise und Joleen kam zurück. »Bei Kimberly haben sie das neue Kumquateis. Das soll richtig gut sein.«

Trish schob sie zur Seite und küsste Jaime auf den Mund, legte ihren Arm auf seine Schulter und zog ihn weg von ihr.

Er stieß sie von sich und schrie: »Was soll das?«

»Gut gemacht. Nur leider kanntest du dieses Mädchen bereits.«

»Das ist nicht fair«, fuhr er sie an. »Kannst du nicht ein bisschen sensibler sein?«

Trish wandte sich an Joleen: »Verschwinde, Lusche. Du bist so hässlich, dass du nie einen Mann abbekommen wirst.«

Eine schallende Ohrfeige traf Trish im Gesicht. Jaime hatte zu heftig zugeschlagen, aber seine Wut brannte lichterloh. Trish griff seinen Handknöchel und drückte fest zu. Feiner Nebel breitete sich davon aus. Joleen ging dazwischen und wurde heftig von Trish zurückgestoßen, taumelte und schlug gegen die Hauswand.

Schmerzerfüllt verzog Jaime das Gesicht. »Töte mich, du Bestie. Na los, mach schon.«

Trish ließ augenblicklich sein Handgelenk los, der Nebel verschwand und ihre Augen wurden klar.

»Heute lasse ich dir das noch einmal durchgehen«, sagte sie ruhig, aber besonders ernst. »Wage es nicht noch einmal, dich gegen mich zu stellen.«

Jaime zeigte auf Joleen, die sich gerade erhob. »Was soll sie jetzt denken? Ich will nicht mit den Gefühlen der Leute spielen und ich werde dich nicht begleiten und mit ansehen, wie du Menschen tötest. Das mache ich nicht länger mit.«

»Du machst dir Gedanken um diese Göre?«

»Ja, mache ich. Um sie und um alle anderen. Das geht so nicht weiter.«

»Dann muss ich mich leider von dir trennen.«

»Nur zu. Aber dafür hast du nicht genug Mumm. Du brauchst mich.«

Joleen klopfte sich die Kleidung ab, schrie wütend und lief zügig die East Main Street weiter.

»Du kennst sie nicht und weißt nicht, dass sie keinen einzigen Freund hat, seit sie in der Stadt ist. Sie ist ein anständiges Mädchen und hat so etwas nicht verdient.«

»Beruhige dich, Mensch. Konzentrieren wir uns auf die Aufgabe. Mir gefällt es auch nicht, wenn ich mich permanent zurückhalten muss.«

»Du machst doch ohnehin, was du willst, und niemand wird dich aufhalten. Ich sehe keinen Grund zum Jammern.«

»Es ist, als ob ich ausgehungert vor einem prächtigen Buffet mit den köstlichsten Speisen stehe und nichts davon essen darf.« Sie strich sich eine Haarsträhne hinter das Ohr. »Überall lauert die Verführung, doch ich widerstehe. Ein wenig mehr Dank wäre angebracht. Aber nein. Der Herr ist unzufrieden und beschwert sich auch noch darüber.«

»Ach ja. Jetzt erzähle mir auch noch, dass die Leute in der Lounge alle sterben wollten und du sie voller Gnade erlöst hast und das Haus dort sowieso abgerissen werden sollte, während die Bewohner noch drinnen sind. Du bist ja so barmherzig.«

»Ja, ich war gnädig«, schrie sie. »Oder habe ich ihre Körper umgekrempelt und sie bei lebendigem Leibe den Qualen des Tartaros ausgesetzt?«

Sie ballte ihre Fäuste und stampfte heftig auf. Ein kleines Beben ließ Staub und feine Körnchen von den umliegenden Fassaden bröckeln, ein alter Ford kam von der Straße ab, nahm zwei Werbeaufsteller mit und knallte gegen die Eingangstür einer Reinigungsfirma. Der Wagen hupte dauerhaft.

Trish entspannte sich, lächelte gespielt schüchtern, legte ihre Hände auf den Rücken und sagte: »Entschuldigung.« Sie reckte eine Hand zur Seite, in die unmittelbar darauf ein braungelber Waldsänger stürzte, den sie flink hinter ihrem Rücken versteckte.

»Dir ist nicht mehr zu helfen. Ich habe die Schnauze voll. Vergiss unsere Sache. Ich bin raus.« Er drehte sich um und ging mit großen Schritten Richtung Boston Avenue.

»Warte. Ich verspreche dir, nichts mehr anzustellen.«

Er lief weiter.

»Ehrlich«, rief sie ihm nach. »Ich muss nicht unbedingt vom Buffet essen. Bist du jetzt zufrieden?«

Er blieb stehen und sah sie prüfend an. »Ja, bin ich.« Sein Blick war finster. »Lass uns die Sache so schnell wie möglich hinter uns bringen.«

Kapitel 4

Nackt bis auf einen schmalen Lendenschurz schwamm Kate dicht über dem Meeresgrund. Sie hatte ein Bündel daran befestigt und glitt geschmeidig durch die Tiefe. Die Entfernung von vierunddreißig Meilen bis zum Festland konnte sie ohne Probleme und ohne aufzutauchen durchhalten.

Durch die friedliche Stille schwammen massenweise Schwarmfische, einige Schildkröten und die farbenprächtigen Doktorfische. Seelilien standen zwischen den üppigen Korallen am klaren, kalten Grund. In der Bucht vor Kokkinos begegnete sie einigen Haien, die sie mehrere Meilen verfolgten, umkreisten und mit ihr spielen wollten.

Als Kate von Weitem die Insel sah, tauchte sie auf, um nach Zealot Ausschau zu halten. Mit einer schnellen Kopfbewegung spritzte das Wasser aus ihren Haaren. Die wärmende Sonne stand im Zenit und vereinzelte Möwen waren hier draußen auf Beutezug unterwegs.

Zealot ließ sich auf ihrem Kopf nieder. Er war erschöpft und musste sich ausruhen.

»Siehst du das Land dort vorne? Wir haben es bald geschafft.« Sie ließ ihn auf ihre Hand steigen, drehte sich im Wasser auf den Rücken und setzte ihn auf der Brust ab. Mit dem Kopf nach hinten gestreckt und den Armen langsam rudernd, gönnte sie ihm die ersehnte Pause. Seichte Wellen ließen sie auf- und abtreiben. Zealot wurde nass gespritzt und floh auf ihre Stirn, wo er mit dem Schnabel durch sein Gefieder fuhr, es aufstellte und von der Sonne trocknen ließ.

»Treffen wir uns am Strand? Ich möchte mir noch die gelben Barsche und das Riff ansehen.«

Zealot krächzte.

»Na los, flieg schon, alter Vogel. Bewege deine müden Knochen. Wir treffen uns am Ufer.«

Schimpfend erhob er sich und flog zielstrebig dem Land entgegen.

Kate tauchte ab.

Unter ihr lag die schillernde Weite des Korallenriffs mit dem artenreichsten Lebensraum der Erde. Über eintausend leuchtend orange Korallenwächter kreuzten ihren Weg, darunter tummelte sich ein bunter Schwarm von Meerpfauen und Anemonenfischen.

Kate wurde es mulmig und es drängte sie nach Luft, doch sie war eine Meeresnymphe und ignorierte dieses seltsame Verlangen, schwamm noch tiefer zu einer heißen Quelle, die aussah wie ein vertrockneter Baum, dessen Spitzen glühten und von denen dunkler Rauch an die Oberfläche trieb.

Sie verharrte und fasste sich an die Kehle, weil ihr Körper nach Sauerstoff verlangte. Ein Krampf in der Lunge schmerzte, das Zwerchfell zitterte und der Herzschlag verlangsamte sich.

Schnell kehrte sie um, schwamm in Begleitung purer Panik und Todesangst nach oben. Sie schoss an die Oberfläche, japste nach Luft, saugte den Sauerstoff in sich ein und ächzte, während ihr das Wasser über das Gesicht lief.

Eure göttliche Kraft wird bei jedem Tun versiegen, erinnerte sie sich an Pandions Worte. Jetzt wurde ihr klar, was er damit gemeint hatte. Jede ihrer göttlichen Kräfte konnte sie exakt noch einmal anwenden, bevor sie für immer dahinschwand. Das war der mächtige Bann der Hekate, mit dem bereits Bia und Echidna bestraft worden waren. Pandion war zweifellos ein mächtiger Gott, wenn er die Macht besaß, diesen Bann zu beschwören. Nur die großen Götter waren in der Lage dazu und sie mussten das Einverständnis vom Hohen Rat eingeholt haben. Oder war er gar von ihnen beauftragt worden?

Kate hustete und beruhigte sich schnell. Mit dem Tauchen war es vorbei. Ab sofort musste sie aufpassen, ihre Kräfte nicht unüberlegt zu verschwenden.

Sie schwamm Zealot hinterher.

Weit draußen fuhr eine große Fähre in Richtung Darna.

Kate überlegte, welche Kräfte überhaupt göttlich waren und welche nicht. Die meisten benutzte sie völlig selbstverständlich jeden einzelnen Tag und beiläufig. Jetzt musste sie sich genau aussuchen, was sie für einen Notfall aufsparen musste.

Die Spur aus sanften Wellen zog sich hinter ihr in die Breite und deuteten zum steilen Strand, wo das klare, blaue Wasser auf weißgelben Sand traf. Erschöpft legte sich Kate an das Ufer. Die Wellen schlugen über ihre Beine und verebbten. Weiter hinten, bei den ersten saftig grünen Büschen, saß Zealot auf einem sonnigen Fleckchen und putzte sein Gefieder.

Als die Sonne hinter dem Horizont unterging und die kühle Nachtluft nach Kreta brachte, rührte sich Kate. Um sie herum waren saftiges Gras und exotische Blumen gediehen. Schmetterlinge und farbenprächtige Käfer schwirrten über die neu entstandene Oase.

Kate kroch ein Stück ins Trockene und knotete das zusammengeschnürte Cape auseinander, zog es über, erhob sich mit ausgebreiteten Armen und schwebte über einen steilen Pfad zwischen steinigen Felsen zum Ort hinauf.

Auf einer schmalen, schlecht beleuchteten Küstenstraße waren zahlreiche belebte Cafés und Bars. Sie bekam einen Schreck, als ihr bewusst wurde, dass sie schwebte. Augenblicklich landete sie hart neben einem alten Haus, an dem der weiße Putz von der kargen Fassade abgeblättert war.

»Oh nein. Ich habe nicht daran gedacht.« Vorsichtig breitete sie wieder ihre Arme aus und versuchte sich zu erheben. Wie vermutet, passierte nichts. Wie festgeklebt blieben ihre Füße auf dem staubigen Boden haften.

Neben ihr befand sich eine Baustelle, die aussah, als sei schon lange nichts mehr daran gemacht worden. Der Mond schien hindurch und beleuchtete den Weg.

Zealot landete auf ihrer Schulter.

»Wir brauchen ein Nachtlager und etwas zu Essen«, sagte Kate ihm zugewandt. Er schüttelte sich und döste mit halb geschlossenen Augen.

Kate betrat die erstbeste Taverne. Die kargen Blumengestecke auf den Tischen, an denen sie vorüberging, entfalteten sich zu prächtigen Blüten.

Die Leute in unmittelbarer Nähe spürten ihre Aura als heilenden Wind, die Gespräche wurden freundlicher und die Leute entspannter.

Etliche Blicke richteten sich auf sie. Zwischen den Menschen trug sie die falsche Kleidung. In ihrem groben Leinencape konnte sie schlecht unauffällig bleiben. Aber derzeit konnte sie nichts an der Situation ändern.

Neben der Bar, an dem einzigen heruntergekommenen Tisch, saßen zwei ältere Männer. Ein kleines Radio mit breitem Holzrahmen dudelte leise vor sich hin.

Als sie Kate erblickten, unterbrachen sie ihre Unterhaltung. Einer sagte lächelnd, als ob er sie kennen würde: »Hallo, schöne Frau. Suchen Sie sich einen freien Platz aus. Um diese Zeit gibt es reichlich davon.«

»Ihr werdet gewiss ein Tauschmittel für Speis und Trank benötigen, nicht wahr?«

»Setzen Sie sich.« Er zeigte zum Tisch neben ihm. »Bisher ist bei uns noch niemand verhungert.«

»Kann ich etwas für mein Essen tun?«

»Oh nein, Señorita..« Er erhob sich und drängte sie zu dem Tisch, schob ihr den Stuhl zurück und sagte: »Ich kümmere mich persönlich um Ihr Essen. Genießen Sie den herrlichen Abend.« Betulich wandte er sich ab und schlurfte in die Küche.

Kate war gespannt. Immerhin war ihr dieser Mensch freundlich gesonnen. Das war ein guter Anfang für ihre Aufgabe.

Der Mann kam mit einem Krug voller Wein, einem Korb Brotscheiben und kleinen Stücken Wurst und Käse zurück, legte ein Gedeck auf und setzte sich neben sie. »Essen Sie.«

Kate sah ihn ungläubig an, dann stopfte sie das Weißbrot in ihren Mund und trank gierig aus dem Krug. Der Rotwein lief ihr auf beiden Seiten das Kinn hinunter. Sie schluckte und biss nochmals ab. Mit vollem Mund sagte sie: »Es ist ein Fluch, dass ich Hunger habe und essen muss.«

»Sie sind nicht aus der Gegend, Señorita. Wo werden Sie wohnen?«

»Ich bin auf der Durchreise.« Sie kaute und sprach mit vollem Mund weiter: »Sagen Sie, wie komme ich am schnellsten nach Lancaster in Pennsylvania?«

»Ohne Geld? Kindchen, wie stellen Sie sich das vor?«

Sie zuckte mit den Schultern.

»Nach Amerika brauchen Sie um die zweitausend Euro.«

»Also gut. Wo bekomme ich diese zweitausend Euro her?«

»Sie müssen sich eine Arbeit suchen und fleißig sparen. Dann werden Sie das Geld in zwei bis drei Jahren zusammenhaben.«

Kate sah ihn skeptisch an. Vorsichtig fragte sie nach: »Was versteht Ihr genau unter Arbeit?«

»Sie sind ein attraktives Mädchen. Wenn Sie wollen, können Sie bei mir anfangen. Ich könnte jemanden im Service gebrauchen.«

»Was müsste ich tun?«

»Sie bedienen die Gäste, bezirzen sie und locken das ein oder andere Trinkgeld aus ihren Taschen. Wie wäre das? Haben Sie Interesse?«

»Ich soll Gäste bedienen? Aber ich bin eine ... Ich habe noch nie Gäste bedient.« Sie kräuselte die Stirn. »Und zwei Jahre habe ich auch nicht Zeit. Ich habe nur zwei Monde.«

Freudig hielt er ihr die Hand entgegen. »Das bekommen wir hin. Ich stelle Sie für zwei Monate ein.« Sein Lächeln wirkte aufrichtig. »Wenn Sie wollen, können Sie im Haus übernachten. Ich habe ein kleines Zimmer frei. Ist nicht besonders komfortabel, aber besser als nichts. Natürlich müsste ich das vom Lohn abziehen. Also, was sagen Sie dazu?«

Kate zögerte, schlug aber ein. »Nicht komfortabel, aber besser als nichts«, wiederholte sie seine Worte und lächelte zurück.

»Stärken Sie sich ordentlich. Ab morgen geht es an die Arbeit. Mein Name ist Philip.« Er drehte die Blumenvase mit der leuchtend roten Dahlie zu ihr. »Sind sie nicht prächtig?«

Kauend nickte Kate.

Philip ging geradewegs in die Küche. Kate sah, wie er dem Koch von hinten gegen den Kopf schlug, und hörte seine Worte: »Wie oft habe ich dir gesagt, dass wir kein Geld haben, um jeden Tag frische Tischdeko zu kaufen?«

Sie fuhr mit der flachen Hand über ihren Tisch, wo die Blumen augenblicklich zu welken begannen. Ihre leuchtende Dahlie wurde dunkel und die Blätter fielen auf das Deckchen. Dann ließen sie das Köpfchen hängen und sahen trostlos aus wie zuvor.

Kate nahm ein Stück vom Käse, legte ihn auf eine Brotscheibe und streute die Würze darüber. Sie roch daran und kostete. Noch nie hatte ihr das Essen der Menschen geschmeckt. Wenn das so weitergehen würde, wäre sie wirklich bald eine von ihnen. Und wie sie so kaute und überlegte, beschloss sie, den Bann der Hekate zu lösen, um in den Olymp zu ziehen und Pandion zur Rede zu stellen. Dafür gab es nur eine Möglichkeit. Sie musste Enagonios, die Orphische Hymne, singen, um von den Göttern erhört und gerettet zu werden. Mit diesem Hilferuf würde sie die Tore der Welten durchdringen können. Und genau darin bestand die Gefahr. Das Lied würde auf gleiche Weise die Aufmerksamkeit der Götter und der Herrscher der Unterwelt auf sich ziehen. Dadurch wäre sie angreifbar. Aber das Risiko musste sie eingehen, solange sie noch imstande dazu war und ihr genug Zeit blieb.

»Wenn Sie wünschen, zeige ich Ihnen das Zimmer.« Philip stand neben ihr und lächelte freundlich.

Kate tupfte sich den Mund mit einer Serviette ab und stand auf. »Gehen Sie voran.«

Er führte sie über eine schmale, dunkle Treppe nach oben in den hinteren Teil des Obergeschosses, wo am Ende des Ganges ein kleiner Raum lag. Er besaß eine hohe, schmale Öffnung anstelle eines Fensters, durch die Kate das Meer und den Mond sehen konnte. Ein staubiges Bett aus schwerem Holz stand davor, wovon die meiste weiße Farbe bereits abgeblättert war. Abgelöste Fliesen lagen in dem schmutzigen Waschbecken neben der Tür. Sie besann sich darauf, wie man einen Wasserhahn benutzte. *Warm, kalt, warm, kalt,* dachte sie und erinnerte sich an Luan, wie er ihr die Funktion der Badewanne erklärt hatte.

Die restlichen Fliesen an der Wand waren schmutzig und teilweise gesprungen. Staub beherrschte das Zimmer. Kate konnte sich kaum im Spiegel erkennen.

»Ich bringe Ihnen morgen früh die Arbeitskleidung. Wenn Sie noch etwas benötigen ...« Er vollendete den Satz nicht und machte eine Geste, bei der er durch die Tür nach draußen zeigte. »Machen Sie es sich bequem. Einen schönen Abend und gute Nacht, Señorita.«

»Danke, Philip.« Sie drehte am Wasserhahn, doch diese Quelle war versiegt.

Dem alten Schrank fehlten seitlich einige Bretter und ein schräger Bilderrahmen ohne Inhalt hing über dem Kopfende des Bettes. Neben der Tür befand sich ein kleines verziertes Tischchen, auf dem eine Vase stand, die mit reichlich Spinnweben dekoriert war. In einer Sekunde hätte dieser Zwergenraum glänzen können, doch war es eine göttliche Gabe, Ordnung zu schaffen. Vorsichtshalber hielt sich Kate damit zurück.

Zealot flog auf das schmale Fensterbrett und blickte hinaus in die Ferne. Kate setzte sich zu ihm auf das Bett. Ihre Bewegung löste feine Teilchen aus der Matratze, die sich als schwebende Wolke in den Raum stellten.

Sie dachte über ihre Lage nach, über Pandion und ihre Kindheit, rollte sich auf der unbequemen Matratze zusammen, aus der Filz und eine Spiralfeder lugten, umschlang sich selbst mit den Armen und starrte in die Wolken hinaus. Die Schatten wanderten durch das winzige Zimmer, bis dunkle Wolken den Mond verdeckten.

Im Schatten, direkt neben der Taverne, genoss Kate den Blick auf das Meer. Leise begann sie das Lied der Enagonios zu singen, steigerte sich und hob ihre Arme empor. Ihre Aura flirrte sanft und leuchtete bis zur schmalen Straße vor. Sie rief Helios und Phanes, Eubueus, die Schüler des Orpheus und die großen Götter, die ihr zu Hilfe eilen und zu sich holen sollten. Der Wind umkreiste sie, fegte kleine Zweige und Sand herbei, die sich erhoben und sie einhüllten. Zuerst verstummten die Vögel, dann die Musik und die restlichen Geräusche in der Nähe. Die Sterne verschoben ihre Position und gaben einen schwarzen Strudel frei, in den ihr Lied zusammen mit dem Wind emporstieg:

»Ich erhebe die Augen zum Zentrum der Spitze, dem Reich der Wiege und meinem Heim. Sehet das Unheil, die Not und die Seelen im Leid und der Schmach, der Verbannung und dem baldigen Ende. Errettet das Land und löset die Pein wie den Fluch der Enagonios und schüret den Altar, bis die Winde mich finden im fernen Land und davontragen, hinauf zu den Wurzeln, bis zum Hohen Rat.

Ich verweile, bis die Berge im Meer versinken, und halte die Kraft, bis sie verbrennt. Eilet herbei, Ihr Mächte des Chaos, in Sturm und Ergebenheit, und führet meine Reise zum großen Tor aus dem Diesseits und bietet den Schutz, der Eurer Verpflichtung erlassen. Höret, oh Götter des Olymp, mein Lied. Die Stadt ist in Gefahr und der Bogen zersprungen. Die Reiche werden fallen und aufgehen in Flammen, bis sie sind eins mit der Unterwelt und nichts mehr existiert. Holet zurück die Götter, die verbleiben, und einigt uns im ewigen Licht.«

Ihre Augen verharrten starr in den Sternen, als ob sie den Olymp von ihrem Platz aus sehen könnte. Hoffnungsvoll atmete sie noch einmal tief durch und senkte dann langsam ihre Arme.

Kurz darauf kläffte ein Hund, der wie ein Taktgeber den Start für die anderen Geräusche gab, die nacheinander in die Gasse zurückkehrten.

An diesem lauen Abend waren viele Menschen unterwegs. Die meisten davon waren Urlauber, die durch die kleinen Geschäfte schlenderten oder einkehren wollten. Kate mischte sich unter die Leute, deren Stimmung und Gesundheit sich im Vorübergehen verbesserte. Plötzlich umarmte sich ein Pärchen, das gerade noch heftig gestritten hatte. Ein alter, humpelnder Mann warf seinen Gehstock beiseite und tanzte freudig über die Straße. Eine bekümmerte Frau, die ihren Mann vor Wochen verloren hatte, begegnete ihrer neuen Liebe, und zwei Nachbarn, die sich seit Jahren nichts mehr zu sagen hatten, fielen sich in die Arme und begannen nachzuholen, was sie versäumt hatten.

Die Liebe umgab Kate in einem heftigen Strom aus nahrhafter Energie, in dem sie sich wohlfühlte und ihre Kräfte sammeln konnte.

Sie betrat ein Geschäft, wo sie Zeitungen und Fototechnik anboten. Auch hier hellte sich die Stimmung auf. Die Kasse klingelte und die Kunden verließen das Geschäft sichtlich erfreut.

»Sie haben mir Glück gebracht«, sagte der Verkäufer.

»Die Güte und Zufriedenheit steckt in jedem von uns. Wir müssen uns nur manchmal erinnern.«

»Was kann ich für Sie tun?«

»Gute Frage.« Sie überlegte. »Vielleicht wisst Ihr einen schnellen Weg, wie ich ohne Geld nach Pennsylvania komme.«

»Ohne Geld? Das ist nicht so einfach. Ich höre mich mal um. Mein Cousin ist Fischer. Der kennt die Routen der Schiffe, wie sie rausfahren und wer auch mal jemanden unter der Plane mitnimmt. Kommen Sie morgen um diese Zeit wieder, dann weiß ich bestimmt mehr.«

»Danke. Ihr seid sehr gütig, Mensch. Ich werde pünktlich sein.«

Den restlichen Abend verbrachte sie zwischen den Menschen und trug mit ihrer puren Ausstrahlung die Liebe zu ihnen.

Am folgenden Morgen klopfte es an der alten Tür, dann folgte das eiserne Quietschen der verrosteten Scharniere. Ein Sonnenstrahl, der durch den schmalen Fensterschlitz einfiel und den Boden und die gegenüberliegende Wand bemalte, zeigte tanzenden Staub in der Luft.

Philip hielt sich an der Klinke fest und blieb in der Tür stehen. Er war mit einem schlabbrigen Shirt und einer Hose mit ausladenden Beinen bekleidet.

»Aufstehen, Señorita Kate. Es gibt Frühstück, und die Arbeit wartet.«

Kate sah ihn mit wachen Augen an. »Ich bin gleich soweit, Mensch.« Mit wischender Handbewegung forderte sie ihn auf, ihre Schlafstätte zu verlassen.

Er verstand die Geste, legte einen Stapel Textilien auf das Fußende ihrer Matratze und nickte ihr gewogen zu.

»Ziehen Sie das an. Ich werde im Gastraum erwartet.«

Mit dezentem Blick auf den Boden wandte er sich ab und verließ eilig die Kammer. Nochmals stöhnte die Tür und brachte mit dem einrastenden Riegel die Ruhe zurück.

Kate erhob sich und betrachtete die sonderbare Kleidung. Es handelte sich um ein weißes, kurzärmliges Hemd, einen schwarzer Minirock und schwarze Schuhe. Sie hatte früher schon die Kleidung der Menschen getragen und erinnerte sich an deren Gebrauch. Beim ersten Mal hatte sie noch die Knöpfe aufgerissen, weil sie gedacht hatte, dass es ein Fehler war und das Hemd zu eng geschnitten, doch nun wusste sie es besser.

Emsig zupfte Kate an ihrem Hemd und richtete den Kragen. Dann trat sie in den schmalen Flur, strich neugierig mit einem Finger über einen alten Bilderrahmen, atmete durch und stieg zuversichtlich die Stufen hinab. Sie war bereit, für einen Menschen zu arbeiten.

Der Gastraum war leer und die Stühle standen auf den Tischen. Lediglich auf der sonnigen Terrasse war eingedeckt. Dort saßen bereits die ersten Gäste.

»Komm her, Mädchen«, sagte Philip und stellte eine kleine dampfende Tasse vom Automaten auf den Tresen und bereitete den nächsten Espresso zu. Das Mahlwerk quälte sich lautstark, gab wieder Ruhe und eine Pumpe drückte den frischen Espresso aus silbernen Röhrchen. Dann legte er fein säuberlich Zuckertütchen und je einen runden Keks auf die Untertassen und griff nach den kleinen Löffeln.

Kate kam die Treppe herunter. Philip musterte sie sichtlich zufrieden, lächelte breit und zeigte mit der flachen Hand zu den Gästen.

»Bringen Sie die Espressi zum Tisch an der Säule.«

Kate nahm eine der drei Tassen, lief los und mit jedem Schritt wurde es heißer an den Fingern, bis sie die Tasse fallen ließ.

Philip lachte laut und sagte: »Was machen Sie denn? Kommen Sie zurück.« Er eilte hinter den Tresen zum Kaffeeautomaten, drückte wieder an komischen Knöpfen und Hebeln herum und stellte eine neue Tasse unter den Auslauf.

»Jetzt nehmen Sie schon das Tablett. Damit sparen Sie sich den Weg und haben mehr Zeit für andere Dinge.« Aufmunternd blinzelte er, schob ihr das Tablett zu und stellte die Tassen darauf. Der fehlende Espresso war inzwischen durchgelaufen und landete bei den anderen Tassen auf dem Tablett. »Ganz ruhig. Und los.«

Kate nahm das Tablett und ging behutsam durch die Tischreihen bis in die Sonne, stellte es bei den Gästen ab, roch vorsichtig an einer Tasse und kostete davon.

Der junge Mann runzelte seine Stirn. »Was wird das, wenn es fertig ist?«

Kate hob streng den Zeigefinger und verkostete in aller Seelenruhe seinen Espresso. Dann spuckte sie den Schluck aus und sagte: »Diese Flüssigkeit schüttet Adrenalin aus. Bereiten Sie sich auf einen Kampf vor?«

Irritiert sahen die drei Gäste sie an.

»Diese Wirkung wird in ungefähr dreißig Minuten abklingen und sie werden sich erschöpft und gereizt fühlen. Mit Kopfschmerzen und Müdigkeit klingt dieses Mittel ab.«

»Keine Sorge, Miss, das ist nicht mein erster Kaffee«, sagte der Mann.

»Wenn Sie das schon länger machen, werden Sie an Schlafstörungen leiden und Sie werden leicht reizbar und depressiv. Ich kann nur davon abraten.«

Der Mann stand auf. Er sah leicht verunsichert und erbost aus und schüttelte den Kopf.

Vielleicht hat er bereits diese Flüssigkeit zu sich genommen?, fragte sich Kate.

»Komm, Schatz, wir trinken unseren Kaffee woanders«, sagte er streng zu dem Mädchen neben sich und nahm sie an die Hand.

»Was war das gerade?« Philip war zu ihnen geeilt. »Bitte bleiben Sie doch. Sie hat es nicht so gemeint. Setzen Sie sich wieder.« Er richtete nervös die verwelkten Blumen. Doch seine Mühe war vergebens. »Selbstverständlich geht der Kaffee aufs Haus.« Kurz warf er Kate einen durchdringenden Blick zu und bezauberte die Gäste mit breitem Lächeln.

Der junge Mann hob die Hand. »Nichts für ungut. Wir wollten ohnehin gerade gehen.«

Eilig verließen die Gäste die Terrasse.

Philip rüttelte Kate an den Schultern. »Sind Sie von allen guten Geistern verlassen? Ab in die Küche. Dort können Sie wenigstens keinen Schaden anrichten.« Mit ausgestrecktem Arm zeigte er in die Taverne.

»Wir müssen die Leute vor diesen Substanzen warnen. Was ist, wenn sie das öfter trinken?«

»Einen Teufel werden wir tun. Los, nach hinten.«

Kate holte Luft, um etwas zu entgegnen, ließ es aber bleiben. Stattdessen sagte sie leise: »Vor langer Zeit habe ich vom Kelch des Giddiness getrunken. Seitdem bin ich die Wahrheit selbst.«

»Und wenn Sie vom Himmel herabgestiegen wären, hätten Sie nicht das Recht, mir die Gäste zu vergraulen.«

»Mir fällt es deutlich leichter, die Lebensstrukturen anzupassen und die energetische Essenz des Lebens zu beurteilen, als unter den Menschen zu sein. Das ist oft verwirrend und widerspricht den göttlichen Grundlagen.«

Philip ging vor, ohne darauf einzugehen. Er schüttelte lediglich verständnislos mit dem Kopf.

»Es geht um die Energiegewinnung in jedem Körper, um das Leben bestmöglich zu erhalten und zu entfalten. Ich habe einige Jahre die Steuerimpulse zur Übertragung und Verarbeitung studiert. Die Menschen dürfen diese Basis nicht leichtfertig verändern.«

»Anscheinend sind Sie ein schlaues Mädchen. Wo kommen Sie her?«

»Meine Heimat liegt nahe dem Olymp. Ich habe lange am Schicksalsberg gelebt, bis der große Krieg ausbrach und ich gegen die Regeln der Götter verstoßen habe. Von da an verbrachte ich die meiste Zeit in Lancaster und in den Bergen des Monte Soro.«

»Ich habe mir schon fast gedacht, dass Sie ein rebellisches Mädchen sind. Aber Sie sind attraktiv und könnten ein wenig Schwung in den Laden bringen. Warum sind Sie überhaupt in Kikkinos?«

»Ich suche meinen Sohn. Er ist die einzige Verbindung zu meiner Vergangenheit und vielleicht mein Weg zurück nach Hause.«

»So jung und schon eine Mutter? Hier entlang.« Philip schob sie in die Küche.

»Jung ist relativ. Im Vergleich zu den anderen Göttern haben Sie vermutlich recht, Mister.«

Hier roch es stark nach Buttersäure und Bratenfett.

»Diese Kartoffeln müssen bis heute Mittag geschält sein. Dann gehen Sie Jonas zur Hand. Er ist unser Chefkoch.«

Kate blickte auf einen großen Kartoffelsack.

»Hier liegen die Messer. An die Arbeit.« Er verließ die Küche.

Wozu braucht man Messer für die Kartoffeln? Es muss doch nur die Schale erweitert werden, dann fällt die einfach ab, dachte Kate und richtete ihre Hand auf den Kartoffelsack. Nacheinander platzten die Schalen auf und fielen hauchdünn ab. Sie schüttete den Sack aus und auch die restlichen Kartoffeln verloren ihre Schalen.

»Oh nein«, sagte sie laut. Die Schalen zu erweitern, war gewiss eine göttliche Fähigkeit, und wenn es so war, konnte sie nur ein einziges Mal Kartoffeln schälen. Panisch ließ sie den Strom der Kraft langsamer fließen, sah sich um und fand einen Korb voll Äpfel, deren Schale sich augenblicklich aufblähte, zerriss und ablöste. Jetzt musste sie alles schälen, solange es noch möglich war, fand eine Stiege mit über einhundert rohen Eiern, deren Schalen augenblicklich platzten. Ein Bund Möhren, Zwiebeln, die Rinde von vier Broten und die Beschichtung aller Pfannen lösten sich als Nächstes. In einer Stiege verloren die Tomaten ihre Schalen und die Mandeln, Orangen, Pilze und Knoblauchzehen wurden davon befreit. Jetzt war ihre Arbeit erledigt. Es war alles geschält, was es zu schälen gab, und in der ganzen Küche lagen verteilt die Schalen, Eier und der Fruchtsaft herum. Überaus zufrieden ging sie zu Philip.

»Was soll ich als Nächstes arbeiten?«

Er sah sie eine Spur verstört an. »Nicht nur eine Portion. Es müssen alle Kartoffeln geschält werden.«

»Ist erledigt.«

Genervt verzog er das Gesicht und eilte in die Küche. Schon als die Tür hinter ihm zufiel, hörte sie seinen Wutausbruch.

Zealot kam von der Küste geflogen. Er landete neben Kate und legte eine rot gelbe Kaktusfeige neben ihr ab.

»Danke, mein Freund. Ich kann jetzt ein wenig Kraft gebrauchen.« Sie nahm die Frucht und aß.

Gestärkt ging Kate zu einem jungen Paar, das es sich in der Sonne auf der Terrasse gemütlich gemacht hatte. Er aß eine Himbeertorte und sie die Strawberry Sunrise Creme.

»Darf ich?« Ohne auf die Antwort zu warten, fuhr sie mit dem Finger durch die Sahne und leckte ihn ab.

»Ich arbeite«, sagte sie den beiden stolz. »Die gesundheitsschädigende Wirkung Ihres Kaffees darf ich leider nicht mehr erwähnen, aber sie sollten dieses Zeug auf keinen Fall öfter essen. Es enthält unglaublich viel Weißmehl, schafft die Grundlage zur Verengung der Blutgefäße, das Herz wird damit nicht ewig klarkommen und seinen Dienst früher einstellen als vorgesehen. Außerdem bekommen Sie Rheuma und durch den übertrieben vielen Zucker wird auf Dauer Ihr Immunsystem lahmgelegt, womit sich Bakterien, Pilze und Parasiten einnisten können. Weiterhin raubt es dem Körper die gespeicherten Vitamine und Mineralstoffe. Dabei möchte ich jetzt gar nicht auf die vielen Giftstoffe aufmerksam machen, die bei der fehlerhaften Produktion zugesetzt wurden. Ich würde das jedenfalls nicht anrühren.«

Kate beugte sich hinunter und flüsterte: »Leider ist es Sondermüll, der über viele Dekaden die Umwelt kontaminiert.« Sie stellte sich wieder aufrecht. »Die Natur bietet eine reichhaltige Auswahl leckerer Nahrung. Sehen Sie sich nur um, sie ist überall.«

Selbstzufrieden lächelte sie. Diese Gabe funktionierte bereits zum zweiten Mal. *Ich kann es noch. Dann ist es keine göttliche Macht.* Die Freude verschwand, als sie darüber nachdachte. *Oder es betrifft jeden einzelnen Stoff, der sich anschließend nicht mehr zu erkennen gibt.* Wieder fuhr ihr Finger durch die Sahne und sie wurde heftig an der Schulter herumgerissen.

»Sie machen mich wahnsinnig.« Philip stand mit hochrotem Gesicht hinter ihr. »Packen Sie Ihre Sachen und verschwinden Sie. Ich will Sie hier nicht mehr sehen.«

»Habe ich eine Kartoffel vergessen? Ich kann das nachholen. Sie müssen mir nur zeigen, wie das mit einem Messer funktioniert. Ich lerne sehr schnell.«

»Raus!«

Kate leckte die Sahne von ihrem Finger ab und schmeckte nur unermessliche, widerliche Süße. Demnach war die Erkenntnis der Stoffzusammensetzung den Menschen nicht gegeben.

Zealot flog an ihr vorbei, über die Straße und vor einen betagten, völlig überladenen Laster, der scharf bremste, auswich, einen Tisch mit Stühlen wegschob und überrollte. Rasend schnell erwischte die Stoßstange Kate, drückte sie zurück und sie verlor den Halt, bevor sie realisierte, was geschehen war. Der Laster schob sich weiter über die Terrasse und zerrte Kate über die Fliesen. An der Fassade kam er ächzend zum Stehen. Kate lag eingeklemmt dazwischen und halb unter dem Vorderrad.

Sie rang nach Luft, drückte das Fahrzeug von sich weg, zog ihr Bein hervor und fiel kraftlos zur Seite. *Ich darf meine Fähigkeiten nicht verschwenden,* dachte sie, aber die Schmerzen in ihrer Brust verlangten nach sofortiger Hilfe. Kate vertraute auf die Selbstheilungskräfte der Götter und hielt sich eisern zurück, sich zu kurieren.

Philip kam angerannt und kniete sich neben sie. Zwei Passanten, Jonas und jemand aus dem Nachbarhaus, kamen dazu. Behutsam legten sie Kate flach auf den Boden.

Philip schrie: »Der Doc. Holt den Doc.« Er tätschelte ihr Gesicht. »Sagen Sie etwas, Señorita. Bitte halten Sie durch. Der Doc kommt gleich. Er wird Sie wieder hinbekommen. Sterben Sie jetzt nicht. In meiner Taverne ist noch niemand gestorben. Ich verbitte mir das.«

Kate öffnete ihre Lippen, brachte aber kein Wort heraus. Sie sah auf ihren zertrümmerten Brustkorb, den gebrochenen Arm und ihr kaputtes Bein. Das waren menschliche Schmerzen. Diese Gefühle kannte sie nur aus den Lehrbüchern. Was hatte Pandion mit ihr gemacht? Welcher mächtige Bann betäubte ihre Sinne?

Blut lief ihr über Ohr und Wange. Auch ihre Brust verheilte nicht. Panik stieg auf. Das war ein Notfall. Sie musste ihre Kräfte benutzen, ballte eine Hand zur Faust und beschwor die Sofortige Heilung. Kleine Glitzersternchen leuchteten über ihrer Brust und versiegten. Angsterfüllt suchte sie eine andere Kraft und hatte die Idee mit der Stählernen Haut. Dieser Schutz würde sie ebenso erneuern. Schon nach den ersten Worten trieben helle Winde von beiden Seiten herbei und drangen in sie ein. Doch bevor sie ihre Wirkung entfalten konnten, versiegte die Kraft.

Nein, nein. Das kann nicht sein! Was ist los?, dachte sie und schob die Augenbrauen zusammen.

Zealot kam unter dem Laster hervorgeflogen. Kurz darauf trat Diesel aus, verbreitete sich darunter, floss unter dem Vorderrad hervor und benetzte Kates Beine.

»Diesel«, schrie Philip. »Sie muss weg. Alle zurück. Dimitri, mach die Kippe aus, Mann.« Er zog Kate aus der Lache, die sich weiter unter ihr ausbreitete und zügig bis zur Hauswand floss.

Die ersten Gäste rannten davon. Einer schlug mit der Hand nach Zealot, der mit einer brennenden Kerze aus der Taverne geflogen kam. Zealot wich ihm aus und ließ die Flamme neben dem Fahrerhaus in die Flüssigkeit fallen.

Kapitel 5

»Die Zeittafeln der Parischen Chronik wurden um fünfzehnhundert vor Christi datiert. Viele davon stammen von Paros und dokumentieren einen Teil der Lebensweise der damaligen Kultur. Wir konzentrieren uns heute auf die Sagen von Demeter, wie er das Saatgut erfand, und erfahren von Keleos, der in Gestalt einer Frau auf der Erde verweilte. Grundpfeiler für diese Sagen bilden Schrifttafeln und noch existierende Bauten wie die Heiligtümer und Mysterien von Eleusis.«

Emilia Neverate, die jüngste Tochter von Kate Neverate und Luan Hensley, trug eine Vielzahl dünner Zöpfe, deren helles Blond an den Enden in ein kräftiges Meerblau übergingen. Ihre Haut war auffallend hell und rein. Sie sah aus wie einundzwanzig, ihre Augenränder schimmerten silbern und ihre zierliche Figur wirkte gut trainiert. Der Saal ihrer Vorlesung war auch an diesem Tag gut besucht. Die Kommilitonen klebten an ihren Lippen, wenn sie die alten Sagen so erzählte, als wäre sie selbst dabei gewesen.

»Der Mythos von Demeter, der Göttin des Lebens und der Fruchtbarkeit, ...« Emilia stockte mitten im Satz. Ihr Blick versteinerte und ihr Herz setzte aus, schlug heftig, pochte ihr bis in den Hals und nahm ihr den Gleichgewichtssinn. Sie griff sich an die schmerzende Brust, hielt sich mit der anderen Hand am Pult fest, während ihr Blick sich verengte. Ein übles Gefühl des Furchtbaren schoss durch ihre Adern.

»Wir machen eine kurze Pause«, sagte sie gequält. Ihr Herz schlug unregelmäßig und sie roch deutlich Qualm von Plastik und Diesel, spürte sengende Hitze, als stünde sie im Feuer, und fühlte den Schmerz von verbrennendem Fleisch. Schweiß bildete sich auf ihrer Stirn und sie rang nach Luft, lief gebeugt zur Tür, hielt sich an der Klinke fest und verließ den Saal. Davor sank sie auf den Boden, japste und hielt nach einem Fenster Ausschau. Mit aufgestellter Hand murmelte sie die Worte einer vergangenen Zivilisation, Worte der Hoffnung und Erlösung, die leise im Flur widerhallten und die Fensterflügel aufspringen ließen. Ein frischer Windzug trieb den fiktiven Gestank davon und kühlte ihre Haut. Er kreiste um sie und legte sich als heilende Aura um sie herum wie der Nebel im Morgengrauen.

Zitternd kramte sie nach ihrem Smartphone und suchte die Nummer ihrer Schwester heraus. »Geh ran. Na los, Schätzchen, geh endlich ran.«

»Emi. Schön, dich zu hören. Was gibt es, Kleine?«, meldete sich eine fröhliche Stimme.

»Mutter ist etwas zugestoßen. Hast du es auch gespürt?«

»Nein. Was meinst du?«

»Ich weiß es nicht. Irgendetwas Furchtbares ist passiert.«

»Jetzt beruhige dich erst einmal. Erzähle mir, was du gespürt hast.«

»Noch nie war dieses Gefühl so intensiv wie heute. Giftiger Qualm, Feuer, Schmerzen und Entsetzen. Aber ich kann sie nicht sehen. Ich weiß nicht, wo sie ist. Sie steckt in großen Schwierigkeiten. Ich habe das Gefühl zu verbrennen. Mein Brustkorb fühlt sich wie eingedrückt an und ich bekomme kaum Luft.«

»Oh nein. Das klingt gar nicht gut und auch du klingst nicht gut. Lass dieses Gefühl nicht deine Seele übernehmen. Ich weiß, wie sensibel du auf solche Dinge reagierst, Kleine.

Aber Mutter ist eine große Göttin. Sie wird sich zu helfen wissen.«

»Wir müssen herausfinden, was ihr zugestoßen ist«, sagte Emilia gequält.

»Das werden wir. Im Moment mache ich mir aber größere Sorgen um dich. Lass die Gefühle davontreiben.«

»Es geht schon. Hilfst du mir, sie zu finden?«

Luventa entgegnete mit einem nachdenklichen Brummen: »Ja, Schätzchen. Wir sollten sie nach Hause holen. Es wird höchste Zeit.«

»Dann lass uns aufbrechen. Wo treffen wir uns?«

»Macht Euch keine Mühe. Kate Neverate verweilt nicht mehr auf der Erde«, sagte eine tiefe Stimme neben Emilia.

Sie blickte in das Gesicht eines jungen Mannes mit kurzen schwarzen Haaren und schwarzer Lederjacke.

»Wer bist du?«

»Pandion, Sohn von Erichthonios und Praxithea.« Erhaben verneigte er sich. »Ohne uns beide befinden sich exakt noch drei Gottheiten auf der Erde. Eure Mutter ist nicht dabei.«

»Was ist geschehen?«, fragte sie, hob ihren Finger und sprach ins Handy, während sie ihn im Auge behielt. »Luventa, warte bitte kurz.«

»Wenn ich das wüsste. Aber ich habe sie gewarnt.«

»Wovor?«

»Dass Eure Mutter in Schwierigkeiten geraten würde. Sie wollte einfach nicht auf mich hören.« Er atmete schwer durch. »Jetzt bin ich hier, um wenigstens Euch zu holen.«

»Mich holen? Wieso? Wohin?«

»Die Götter verlassen die Erde und den Olymp und in zwei Monden wird kein Stein mehr auf dem anderen sein. In diesen Tagen holen wir alle zurück, die nicht für die Ewigkeit verbannt wurden. Ihr als Tochter von Kate Neverate gehört zu den Göttern in die neue Welt.«

»Aber ... ich bin keine Göttin.«

Er schmunzelte sympathisch. »Eure göttliche Hälfte ist nicht zu übersehen.« Lächelnd reichte er ihr die Hand.

»Sohn des Erichthonios? Ich kenne sein Sternbild. Euer Vater war ein weiser Gott.« Bereitwillig ließ sie sich hochziehen. »Warum wenden sich die Götter ab?«

»Das ist eine lange Geschichte, verehrte Neverate.«

»Zeigt Ihr Euch in Eurer wahren Gestalt? Ich meine, ich habe außer Tartaros noch nie einen echten Gott gesehen.«

»Natürlich nicht. Bei den Menschen kleide ich mich gerne auf diese Weise. Das erspart mir Arbeit.«

»Besteht am Untergang der Erde kein Zweifel?«

Er schüttelte den Kopf.

»Und jetzt seid Ihr extra wegen mir gekommen?«

»Nicht nur. Ich muss noch Pythia und Eure Schwester begleiten.«

»Ich war noch nie im Olymp. Ich verstehe gerade überhaupt nichts mehr. Seid Ihr wirklich sicher, dass ich zu den Göttern gehöre?«

»Absolut.«

»Und meine Schwester darf auch mitkommen?«

»Das weiß ich noch nicht. Ich muss sie mir erst ansehen und erfahren, welche göttlichen Fähigkeiten sie besitzt.«

»Wartet.« Sie hielt sich ihr Smartphone ans Ohr. »Lu, bist du noch dran?«

»Ich habe alles mitgehört, Kleines. Geh mit ihm. Es war immer dein Traum, eines Tages den Olymp zu sehen.«

»Aber ich kann dich nicht zurücklassen. Ich gehe nur, wenn du mitkommst.«

»Wie es sich anhört, ist es ja noch nicht entschieden. Außerdem ist es in Ordnung, wenn du gehst. Wann beginnt deine Reise?«

»Ich frage ihn.« Sie sah zu Pandion. »Kann ich mit zu Luventa kommen? Ich würde gerne wissen, ob wir gemeinsam gehen können.«

»Natürlich, es ist keine Eile geboten.«

»Was ist mit Mutter? Ich muss wissen, was mit ihr geschehen ist.« Emilia strich sich über den Arm. Tiefes Unbehagen hielt sie gefangen.

»Auf der Erde könnte ich sie jederzeit finden, aber jetzt? Ich kann Euch nicht einmal sagen, ob sie noch am Leben ist.« Pandion wirkte ausgeglichen.

Emilia seufzte. »Ohne den Rat oder den Willen der allmächtigen Urgötter kann Mutter nicht sterben,« sagte sie kämpferisch.

»Zweifellos ist sie mächtig. Wenn man unser kurzes Intermezzo einmal beiseitelässt, habe ich sie zuletzt während ihres Kampfes gegen Perseus erlebt. Sie hat mit der Macht des dunklen Lichtes die Arena und den halben Olymp zerlegt. Dieser Kampf ging in die Geschichte ein.«

»Deswegen wurde sie auf die Erde verbannt.« In sich gekehrt erinnerte sich Emilia an Kate, wie sie ihr davon erzählt hatte.

Pandion verschränkte die Arme. »Wenn Ihr mich fragt, zu Unrecht. Ohne sie wäre niemand vom Rat übrig geblieben. Sie hat das Schlimmste verhindert. Wisst Ihr, ich mag Eure Mutter. Ganz besonders ihre unbändigen Kräfte.«

Sie musste aufsehen, um in seine warmen Augen zu blicken. »Ist es möglich, dass sie bereits in den Olymp geholt wurde?«

»Da muss ich Euch enttäuschen. Wisst Ihr, seitdem der Krieg ausbrach, also nach dem Tod von Zeus, gab es nur wenige Götter, die sie zurückhaben wollten. Entweder hat sie jemand in die neue Galaxie verschleppt oder auf irgendeine Weise verschwinden lassen.« Verlegen sah er zur Seite. »Vielleicht habe ich selbst etwas damit zu tun.«

Gespannt wartete sie auf seine Erklärung, sah ihn kritisch an und verzog eine Augenbraue.

»Nun, während unseres kleinen Spielchens auf Akoníza habe ich ihr ein paar fiese Flüche untergejubelt.« Er machte eine Pause. »Jetzt seht mich nicht so an. Ich wollte ihr wirklich helfen und irgendwie hat es nicht funktioniert. Jetzt tut es mir auch leid. Ganz besonders, dass Kate möglicherweise in die falschen Hände geraten ist.«

»Sie darf nicht tot sein.« Flehend sah Emilia ihn an.

»Ich verfüge über hervorragende Kontakte in der Unterwelt und dem Olymp. Macht Euch keine Sorgen. Wenn sie lebt, werde ich sie finden.« Seine Worte klangen ehrlich.

»Danke.«

»Ihr braucht mir nicht zu danken.«

Emilia hielt sich das Telefon ans Ohr. »Ich komme noch heute nach Eagle River. Es gibt einiges zu besprechen«, sagte sie und schob das Handy in die Tasche.

»Lasst uns diesen Ort verlassen.« Pandion deutete den langen Gang entlang.

»Gerne. Ich freue mich auf die Götter und die himmlische Welt.« Emilia sah noch einmal in den Saal, gab Bescheid, dass die Vorlesung zu Ende sei, und verließ mit dem Sohn des Erichthonios eilig die Universität.

»Ihr lebt bereits einhundertfünfzig Jahre auf der Erde. Was habt Ihr in dieser Zeit gemacht?«, fragte Pandion ehrlich interessiert.

»Nun, als ich siebzehn Jahre alt war, wurde mir bewusst, dass ich anders als die anderen Menschen bin. Ich konnte Dinge verändern und spürte Kräfte in mir, die andere nicht besaßen. Es brauchte eine Weile, bis ich die Zusammenhänge verstanden hatte.«

»Davon müsst Ihr mir unbedingt mehr erzählen.«

»Gerne. Ich kann mich noch gut daran erinnern, wie ich an meinem fünften Geburtstag die Kerzen ausgeblasen habe. Es war ein Wirbelsturm, der durch das Zimmer fegte, die Kerzen umriss und die halbe Torte zerstörte, das Fenster zerbrach und mit meinem Teddy, einer Vase und der geliebten Fensterlampe meines Daddys hinaus in die Wolken trieb. Später, in der Elementary School, habe ich die Kreidebuchstaben an der Tafel durcheinandergebracht, wenn ich sie angesehen habe, und ich wusste, wie Wunden innerhalb von Sekunden zu heilen sind. Ich kann mich noch gut daran erinnern, wie ich meine Heilkünste das erste Mal bewusst eingesetzt habe. Die Knochen wuchsen schief zusammen und das Fleisch überlappte oder blutete nach innen. Natürlich hat mir das niemand zugetraut, aber der arme Lionel konnte nach seinem gebrochenen Bein jahrelang nicht mehr laufen. Ich habe es lange bereut, doch in dem Moment, als ich seinen Knochen bei dem Unfall sah, war ich mir total sicher, dass ich ihm helfen konnte.«

Pandion lachte. »Habt Ihr das Bein schräg anwachsen lassen?«

»Das war nicht lustig. Der Knochen war gesplittert und völlig verdreht. Nach meiner Aktion hatten sich die Wunden geschlossen, als ob nichts geschehen wäre, und niemand konnte sich sein unförmiges Knie erklären. Seine Familie hatte nicht das Geld, um die Sache von den Ärzten wieder in Ordnung bringen zu lassen.« Emilia atmete schwer durch. »Er war schon immer ein anständiger Junge und hat mich nicht verpetzt. Aber seit diesem Vorfall machte er einen großen Bogen um mich.«

»Der Arme«, sagte Pandion ironisch.

»Ja, der Arme«, konterte sie energisch. »Ich wusste es doch nicht besser und mir hat niemand geholfen, diese Macht zu verstehen. Erst viele Jahre später konnte ich diese Angelegenheit wieder in Ordnung bringen. Da er noch immer panische Angst vor mir hatte, musste ich ihn in eine dunkle Straßenecke drängen und mit dem einfachen Stunning Spell lahmlegen.«

»Na, Ihr seid mir ja eine ganz Schlimme.«

»Nur so konnte ich sein Bein richten. Das war ich ihm schuldig.«

»Dann habt Ihr in der Familie nie über Eure Herkunft gesprochen?«

»Meine Schwester war die Einzige, mit der ich reden konnte. Auch sie besitzt einige göttliche Fähigkeiten wie den Weiten Blick, die Analyse der Materie oder die Beeinflussung der menschlichen Gefühle. Außerdem beherrscht sie die Ohnmacht und kann damit die Menschen in tiefen Schlaf versetzen. Wir beide sind übrigens ausgezeichnete Schwimmer und können, genau wie unsere Mutter, stundenlang unter Wasser bleiben.«

»Wann habt Ihr es erfahren?«

»Erst viel später. Mutter offenbarte sich am Todestag unseres Vaters und erzählte das erste Mal, wer sie wirklich ist. Ich kann mich noch daran erinnern, als ob es gestern gewesen wäre. Tartaros war zugegen und wir haben die ganze Nacht über unsere wahre Herkunft, den Olymp und unsere Kräfte geredet. An diesem Tag entwirrten sich meine Zweifel und das Leben ergab einen tieferen Sinn. Die vielen Antworten fügten sich zu einer Einheit zusammen und die Ungewissheit endete. Ihr müsst wissen, dass wir bis dahin wie normale Sterbliche erzogen wurden.«

Sie bogen in die Creek Road ab und setzten sich in ein Café.

»Schon als Kind interessierte ich mich sehr für den Olymp und die Götter. Aber eigentlich war es die ganze Zeit Heimweh. Natürlich veränderte dieser Tag mein Leben. Ich studierte Lehramt für Kunstgeschichte, Philosophie und Geschichtswissenschaft, begann die alten Sprachen zu lernen und erforschte die historischen Ereignisse mit ihren sozialen Hintergründen über die alte Kultur und ihre Zusammenhänge.«

»War Eure Schwester ebenso enthusiastisch?«

»Luventa entzog sich weitestgehend der Lehrmethoden der Menschen und widmete sich lange Zeit der Kunst. Sie ist eine ausgesprochene Partyfrau und liebt den Komfort der Menschen. Übrigens hat sie drei Kinder großgezogen und im Gegensatz zu mir einen enormen Verschleiß an Männern.«

»Ihr habt Euch also für einen Einzigen entschieden?«

Emilia sah in schräg an, was so viel aussagte wie: Das hast du jetzt nicht wirklich gefragt.

»Nein. Ich glaube, es ist schwer, mit Menschen zusammenzuleben und mit anzusehen, wie sie älter und schwächer werden. Mich reizt die Nähe eines Menschen in keiner Weise. Mein Vorbild war stets Aphrodite. Ich würde so gerne Hephaistos kennenlernen oder Phobos und Eros. Vielleicht schlug mein Herz bereits für sie, als ich ein Kind war und nichts von ihnen wusste.«

»Die Zeit ist gekommen, diese Welt zu verlassen, verehrte Göttin. Mit ein wenig Glück werdet Ihr sie bald kennenlernen.«

Emilia konnte ihre Freude nicht verbergen. Ihre Augen erstrahlten, gerahmt von einem warmen Lächeln und ihrer sichtlichen Aufregung.

Sie bestellte sich einen Tee und einen Keks. Pandion winkte ab und sagte leise: »Ich mache mir nichts aus dem Essen der Menschen. Wenn Ihr erst einmal die Reinheit von Nektar und Ambrosia kennengelernt habt, wollt Ihr dieses Zeug auch nicht mehr.«

Pandion sah der Kellnerin auf den Po. Fast beiläufig fragte er: »Und Ihr habt Euch nie nach der Zuneigung eines anderen gesehnt?«

»Einmal hätte ich fast einen Menschen geküsst. Stellt Euch das Mal vor. Er war recht hartnäckig, ist mir fast ein ganzes Jahr hinterhergelaufen und hat sich wirklich viel Mühe gegeben, mich zu beeindrucken. Kennt Ihr den Geruch von Menschen? Geht es Euch auch so, dass er auf Euch abstoßend wirkt?«

»Ich weiß, was Ihr meint, aber mich stört er nicht.« Er beugte sich vor und sprach leiser: »Wenn eine Menschenfrau verliebt ist, bereit und willig, dann strömt sie einen überaus betörenden Duft aus. Es verdeckt zuverlässig den Geruch des Menschen. Sicherlich wird das bei einem Mann nicht anders sein. Vielleicht hättet Ihr es einfach versuchen sollen. Die Liebe der Götter wurde den Menschen gegeben. Sie unterscheidet sich nur minimal von unserer Liebe.«

»Ich finde Euren Duft verführerisch.«

»Dieses Kompliment gebe ich gerne zurück.«

»Denkt jetzt aber nicht, dass ich mich dem Erstbesten an den Hals werfe.«

Er lächelte charmant. »Das muss nicht unbedingt die schlechteste Wahl sein, schönes Kind.«

»Entweder seid Ihr ein Lüstling oder ziemlich ausgehungert. Ich denke, Ihr passt eher in das Beuteschema von Luventa.«

»Wenn Sie, genau wie Ihr, nach Eurer Mutter kommt, könnte mir das durchaus gefallen.«

»Wir sind völlig verschieden. Sie ist groß, hat schwarze Haare, wunderschöne blaue Augen und sie ist sehr agil. Ihr müsstet mal ihren doppelten Salto rückwärts sehen, den sie aus dem Stand springt.«

Sein lächeln wurde breiter. »Ihr macht mich neugierig.«

»Für den Fall, dass sie Euch mag, wird sie Euch mit ihrem Lächeln verzaubern, dem Ihr Euch nicht entziehen könnt. Wenn nicht, wird sie Euch die Augen auskratzen, falls Ihr Euch dennoch nähert.«

Pandion schluckte. »Ich muss sie unbedingt kennenlernen.«

Emilia lachte und nickte dabei. »Schön, aber sagt hinterher nicht, ich hätte Euch nicht gewarnt.«

Seine Gedanken waren nicht mehr an diesem Tisch. »Erzählt mir mehr von ihr. Ich will alles über sie erfahren.«

»Normalerweise würde ich jetzt sagen: Wenn Ihr meiner großen Schwester ein Leid antut, werde ich Euch töten. Aber ich glaube, dieses Vergnügen überlasse ich ihr selbst.«

Er bekam sein Dauergrinsen nicht mehr aus dem Gesicht.

»Übrigens haben wir einen älteren Bruder.«

Augenblicklich verschwand sein liebestoller Blick. Er sah sie ernst an und sagte: »Galeno. Er ist mir bekannt.«

»Dann wisst Ihr, wer das ist?«

»Natürlich kenne ich ihn. Er wurde zu den Menschen geschickt, um ihnen eine tödliche Krankheit zu bringen.«

»Genau. Und wenn unsere Mutter nicht in den Hades gezogen wäre, um ihn zu gebären, gäbe es heute diese Welt nicht mehr, so wie wir sie kennen.«

»Er ist das letzte Kind von Zeus und vermutlich das bösartigste. Habt Ihr Kontakt zu ihm?«

»Nein, wir haben ihn nie gesehen. Meine Mutter war ihr ganzes Leben auf der Suche nach ihm. Irgendwie war ich froh, dass sie ihn nicht gefunden hat. Ehrlich gesagt, habe ich kein allzu großes Interesse daran, ihm zu begegnen. Auch kann ich ihn nicht spüren wie Mutter oder Luventa. Das macht mir ein wenig Angst.«

»Auch er soll in den Olymp geholt werden.«

»Dann kennt Ihr seinen Aufenthaltsort?«

»Er interessiert mich nicht sonderlich. Allerdings weiß ich aus zuverlässiger Quelle, dass wir ihn, im Gegensatz zum Orakel, nicht zurücklassen werden.«

»Also werde ich ihm spätestens im Olymp begegnen.«

»Davon gehe ich aus.« Pandion lehnte sich entspannt zurück und streckte die Beine aus.

»Erzählt Ihr mir vom Olymp? Ich brenne darauf, alles zu sehen und zu lernen, und möchte so viel in Erfahrung bringen wie möglich.« Sie nippte an ihrem Tee und aß einen Keks.

»Ihr werdet es früh genug erfahren.« Er hob den Arm für die Kellnerin. »Soll ich die Rechnung übernehmen?«

Beiläufig bejahte sie.

Pandion schnippte mit seinem Finger und ein Passant bog in das Café ab. Er torkelte zu ihrem Tisch und sagte: »Ja, Meister?«

Pandion kreiste mit dem Finger über der Tasse und dem leeren Teller. »Bezahlen Sie das bitte für mich.«

»Ja, Meister.«

»Ihr habt wohl kein eigenes Geld?«, fragte Emilia lächelnd.

»Wieso? Es gibt so nette Menschen wie diesen hier ...« Er stand auf. »Seid Ihr bereit?«

Emilia stellte sich zu ihm und nickte.

Er kreiste im großen Bogen um ihren Körper, bis ein feiner Windhauch aus dem Boden strömte, der stärker wurde und Staub und Blätter durcheinanderwirbelte.

»Sollten wir das in der Öffentlichkeit machen?«, fragte sie.

»Das Vergessen ist inklusive. Es taucht in deren Träume ab.«

Der Wind bauschte sich auf, umschloss sie zu einer Einheit und ein kleiner Taifun trieb sie davon.

Kapitel 6

»Hier sieht es gut aus«, sagte Jaime, als sich das Taxi dem Concourse Plaza in New York City näherte. »Bitte halten Sie an.«

Der Fahrer fuhr an die Straßenseite und drückte ein paar Tasten am Taxameter. »Das macht sechsundachtzig Dollar.«

Jaime sah zu Trish. »Hast du Geld dabei?«

Mit trüben Augen starrte sie zum Fahrer. Feiner Nebel kroch aus ihr heraus und schwebte nach vorne.

Er schüttelte den Kopf und stieß sie gegen den Oberschenkel. »Ich erledige das«, sagte er besonders laut. Sie machte überhaupt keine Anstalten, mit dem aufzuhören, was sie da auch immer trieb. Der Fahrer begann zu röcheln, fasste sich an den Hals und sein Gesicht färbte sich rot.

Jaime schrie: »Hast du nicht gehört? Ich habe gesagt, ich mache das.«

Trish ließ vom Taxifahrer ab und sah zu Jaime. Ihre Augen wurden wieder klar. »Bitte. Wenn du unbedingt willst.«

Der Fahrer hustete heftig, krümmte sich und brachte ein paar Worte heraus: »Verzeihen Sie mir. Ich weiß nicht ... Mir geht es nicht gut. Gehen Sie. Ich muss ins Krankenhaus.«

Jaime hielt ihm seine Geldkarte entgegen.

»Verschwindet! Schnell.«

Die beiden stiegen aus und das Taxi fädelte sich rasch in den dichten Verkehr ein.

»Wolltest du ihn umbringen?«, schrie Jaime sie an.

»Na ja, er wollte Geld und ich habe keins.«

»Haben wir nicht gesagt, dass du niemanden umbringst? Haben wir doch oder hast du das schon wieder vergessen?«

»Nein, Mensch. Ich habe ihm doch nichts getan.« Sie zeigte dem Taxi hinterher. »Oder ist er nicht gerade quietschfidel davongefahren?«

»Nein, ist er nicht.«

»Mir geht das genauso tierisch auf die Nerven«, schrie sie zurück. »Ich habe keine Lust, mir ständig dein blödes Genörgel anzuhören. Hoffentlich haben wir diese Mission bald geschafft.«

»Ja, hoffentlich.«

Trish reckte ihren Kopf in die Sonne und atmete tief durch. »Spürst du das? Die Luft ist voller elektromagnetischer Strahlen. Herrlich.«

»Ich merke nichts. Aber was soll daran gut sein?«

»Mir gefällt, wie die Menschen sich freiwillig ihrem eigenen Siechtum hingeben. In der Luft wimmelt es von extrem hohen Strahlendosen und giftigen Substanzen. Ich bin begeistert, wie weit sie es getrieben haben. Es ist ein Stand, bei dem es keinen Weg zurückgibt.« Sie schmunzelte verträumt. »Weißt du, Jaime, als ich auf die Erde kam, gab es diese allumfassenden Gefahren überhaupt nicht. Jetzt merken die Menschen noch nichts davon, aber es brennt sich in ihr Erbgut ein. Diese fast schon perfekte Ausrottung beginnt mit eurer nächsten Generation, die Kindersterblichkeit wird rasant zunehmen und von chronisch Kranken überschüttet werden. Ich habe schon immer interessiert verfolgt, wie sich die Menschen von der natürlichen Lebensweise abwenden und zum Beispiel ihre eigene Medizin entwickeln, auch wenn die Gesundheit quasi vor ihrer Haustür wächst. Die Bezeichnung ›Medizin‹ hätte übrigens von mir stammen können. Es ist so schräg, weil das meiste davon nicht wirklich für einen Organismus geeignet ist. Die Menschen streben nach dem Leid ihrer eigenen Spezies. Ich glaube, das war noch nie so deutlich wie in dieser Zeit.«

»Du kennst unsere Medizin nicht. Sie hat große Fortschritte gemacht.«

Sie lachte. »Die Menschen wissen nach all den Jahren nicht annähernd, wie das Leben funktioniert. Falls ich euch nicht zuvorkomme, werdet ihr jämmerlich zugrunde gehen, nachdem ihr das Leid über euch selbst gebracht habt.«

»Das klingt heftig. Aber so ist es nicht. Niemand würde so etwas wollen.«

»Du hast keine Ahnung, was hier läuft. Genau wie die meisten anderen. Oder ist dir die degenerierende Wirkung der Strahlen bewusst und die Wirkung von all den Stoffen, die im Himmel verteilt werden und überall niedergehen?« Sie fasste ihn an den Schultern. »Ich bin froh, kein Mensch zu sein.«

»Also ist es nicht dein Problem.«

»Genau.« Trish schleuderte ihre Haare über die Schulter.

»Ich habe Hunger.«

»Dann wirst du dich damit arrangieren müssen.«

»Nein, werde ich nicht. Ich bekomme schlechte Laune, wenn ich Hunger habe. Können wir kurz Pause machen? Dort drüben, im ›Lou Burger‹?« Jaime zeigte mit ausgestrecktem Arm über die Straße.

»Wir sind hier, um dir Kleidung zu besorgen.«

»Ich weiß ja nicht, wie es bei den Göttern läuft, aber Menschen essen von Zeit zu Zeit.«

»Du bist hartnäckig. Das gefällt mir. Machen wir ein Spiel?«

»Ich ahne nichts Gutes.«

»Das wird lustig. Also, ich töte ein paar Leute und du kannst etwas essen. Sagen wir, pro Minute, die du zum Essen brauchst, ein Mensch.«

»Das ist nicht witzig. Du weißt, dass ich dann nichts esse.«

»Och, komm schon.«

Jaime blieb an einem Hotdog Stand stehen. »Ich hole mir etwas auf die Hand und wir spielen nicht.« Er bestellte, behielt aber Trish im Auge.

Gelangweilt stand sie daneben.

Als er den ersten Bissen machte, brach eine ältere Frau in unmittelbarer Nähe zusammen.

Jaime sah auf seine Uhr. Sein Blick war böse. Schnell stopfte er den Hotdog in seinen Mund und kaute mit vollen Wangen. Bevor eine Minute um war, warf er den Rest auf den Boden und kaute schneller. Neben ihnen raste krachend ein Taxi in ein parkendes Auto.

Mit vollem Mund schrie er: »Was soll das?« Er konnte den Fahrer sehen, der vermutlich eine Herzattacke hatte.

»Du kaust noch.«

Jaime schluckte und zeigte ihr den leeren Mund. »Zufrieden?«

»Nicht schlecht. Nur zwei Leute.«

»Miststück.«

»Können wir jetzt wieder zur Tagesordnung übergehen?«

»Eines Tages wirst du dafür bezahlen«, zischte Jaime und schob seine Hände in die Hosentaschen.

Sie schmunzelte und zeigte in Richtung des großen Gebäudes der Hall of Justice mit seiner imposanten Glasfront. »Siehst du das blonde Mädchen mit der großen Tasche?«

Er folgte ihrem Finger. »Ja, was soll mit ihr sein?«

»Mach sie an.«

»Nein. Das mach ich nicht.«

»Du gehst jetzt auf der Stelle zu ihr und machst sie klar. Wir sind nicht zum Spaß hier.«

Er verzog den Mund. »Muss das wirklich sein?«

Aus der Hüfte wischte Trish kaum merklich durch die Luft und trieb Jaime in ihre Richtung. Wie vom Sturm getrieben, kämpfte er dagegen an und hatte Mühe, auf den Beinen zu bleiben. Böse blickte er zu Trish zurück. Sie grinste, nickte freundlich und machte eine auffordernde Kopfbewegung.

Ihm blieb nichts erspart. Einen halben Meter vor dem Mädchen verschwand der Druck in seinem Rücken und er sprach sie an: »Hallo. Bist du alleine?«

Sie ignorierte ihn und beschleunigte ihre Schritte. Er bemühte sich mitzuhalten.

»Du hast tolle Haare.«

Das Mädchen blieb stehen und schrie: »Hau ab, du perverses Schwein.« Sie schnellte mit ihrem Knie zwischen seine Beine und traf die empfindliche Stelle punktgenau.

Jaime sackte zusammen, schnappte nach Luft und krümmte sich auf dem schmutzigen Asphalt. Viele Schuhe trieben an ihm vorbei, bis er die Stimme von Trish hörte: »Steh auf, Kleiner. Das war wohl nichts.«

»Ich habe dir doch gesagt, dass ich so etwas nicht besonders gut kann«, jammerte er.

Mit Leichtigkeit stellte sie ihn wieder auf die Beine und strich ihm den Straßenstaub von der Hose. »Geht es wieder?«

»Nein.«

»Na, höre mal. Du hast es verdient. Mit diesem blöden Spruch wärst du bei mir nicht so leicht davongekommen. Nimm jetzt die Rothaarige.« Sie zeigte auf eine junge Frau Mitte zwanzig.

»Ich bekomme wieder eine Abfuhr.« Seine Stimme klang gequält.

»Sei kreativ und nicht derart direkt.« Sie stieß ihn von sich und Jaime landete vor den Füßen der Rothaarigen. Er sah zu ihr auf. »Entschuldigung. Ich wurde gestoßen.«

»Schon gut.« Die Frau lief weiter.

»Warte. Ich würde mich gerne mit einem Kaffee entschuldigen.«

»Nicht nötig. Es ist nichts passiert.« Sie tauchte im Menschenstrom unter.

Trish klopfte ihm auf die Schulter. »Du bist auf dem richtigen Weg. Machen wir weiter. Jetzt wird es funktionieren.«

»Wenn das so einfach wäre, hätte ich längst eine Freundin.« Er wurde lauter: »Aber das habe ich nicht.«

»Siehst du die Frau im schwarzen Kostüm? Wenn du versagst, darf ich einen Menschen töten.« Sie grinste überlegen.

»Tolle Motivation.« Mit wehleidiger Miene stand Jaime gekrümmt vor ihr, hatte Schmerzen und schon längst keine Lust mehr auf ihre Spielchen.

Aufmunternd klopfte Trish ihm auf eine Schulter. »Finde ich auch.«

»Das war aber nicht abgemacht.«

»Nichts war abgemacht. Jetzt geh schon.« Sie schubste ihn von sich.

Er warf ihr einen bösen Blick zu und ging langsam zu der Frau, die er auf Anfang dreißig schätzte. Direkt vor ihr blieb er stehen.

»Guten Tag«, sagte er schüchtern. »Können Sie mir sagen, wo es zum Hudson River geht?«

Eiligen Schrittes ignorierte sie ihn. Er folgte.

»Miss. Bitte. Ich muss dringend dort hin.«

Wieder kam keine Reaktion von ihr.

»Okay«, sagte er kleinlaut. »Ich muss da nicht wirklich hin und wurde quasi gezwungen, Sie anzusprechen.«

Jetzt blieb die adrette Frau stehen.

»Sehen Sie die Schwarzhaarige mit dem grauen Pullover? Sie hat mich geschickt, um zu üben, meine Schüchternheit gegenüber Frauen abzubauen. Wenn Sie mir freundlicherweise Ihre Telefonnummer geben ...? Das kann natürlich auch irgendeine andere Nummer sein, Hauptsache ich stehe nicht wie ein Idiot da. Das würde mir wirklich sehr helfen.«

Die Frau holte einen Stift aus ihrem Jackett und griff nach seiner Hand. Dort schrieb sie eine Zahlenreihe auf die Haut, schnippte die Mine in den Stift zurück und steckte ihn ein. Sie zwinkerte ihm zu und lief wortlos weiter.

Jaime starrte auf seine Handfläche. Sie hatte ihm wirklich eine Nummer aufgeschrieben und hinter die letzte Zahl ein kleines Herzchen gemalt.

Breit grinsend kam er zurück und hielt Trish stolz die Handfläche entgegen.

»Gib mir dein Handy«, sagte Trish trocken.

Seine Freude verflog, als er es ihr reichte. Sie tippte die Nummer von seiner Hand ab und schaltete auf Lautsprecher. Es klingelte.

Jaime konnte die Frau mit der schwarzen Businesskleidung zwischen den vielen Menschen verfolgen. Er sah, wie sie ihr Handy ans Ohr nahm.

Aus dem Lautsprecher kam eine Stimme: »Das ging ja schnell.«

Trish sah auffordernd zu ihm und nickte zum Telefon.

Er sagte: »Mein Name ist Jaime. Warum haben Sie mir Ihre richtige Nummer gegeben?«

»Ist deine Freundin in der Nähe?«, kam es aus dem Lautsprecher.

»Ja, sie steht direkt neben mir.«

»Gib sie mir.«

»Ich kann dich verstehen, Lady«, sagte Trish.

»Hör mal, Püppchen. Dein Freund hat das hervorragend gemacht. Du solltest mit diesen Spielchen aufhören, falls du ihn nicht verlieren willst. Hast du das verstanden? Und sag Jaime, dass ich leider nicht auf Waschlappen stehe.« Sie legte auf.

Trish grinste breit. »Diese Schlampe spielt sich auf. Ich werde ihr zeigen, was sie von ihrem losen Mundwerk hat.«

»Nein, das wirst du nicht.« Jaime war wütend. »Ich habe gemacht, was du wolltest. Jetzt lass sie da raus.«

»Wir kommen so nicht voran. Anscheinend begreifst du nie, wie man Mädchen klarmacht. Wir brauchen noch sehr viele Übungsstunden.« Sie richtete ihren Blick aufrecht in den Himmel. Jaime folgte ihm und sah auf eine kleine Ansammlung schwarzer Wolken am sonst klaren Himmel. Ein winziger Tornado bildete sich, raste in atemberaubender Geschwindigkeit herab, schlug neben ihnen ein und verdunkelte den Platz. Kalte Schatten rasten an ihnen vorbei, kreisten um Trish und verschwanden, so rasch sie gekommen waren, säuselnd im Wind. Der Spuk löste sich in der warmen Sonne auf, als wäre nichts geschehen.

Trish hatte ihr überhebliches Lächeln verloren. Ihr offener Mund und die aufgerissenen, gläsernen Augen deuteten auf ihr Entsetzen.

»Was war das gerade?«, fragte Jaime, bückte sich und nahm etwas Sand in die Hand.

»Ich ... Ich muss meine Strategie ändern.« Sie klang nachdenklich.

Er sah sich den Sand genauer an, pustete lose Krümel heraus und ließ ihn in die hintere Tasche seiner Jeans rieseln.

»Was bedeutet das?«, fragte Jaime.

»Das war gerade ein Kundschafter. Er hat mir berichtet, dass Kate keine Gefahr mehr darstellt. Ich habe jetzt die Macht über die Erde.«

»Dann hast du einen Grund zum Feiern?«

»Nein. Es war zu einfach. Ich traue dem Frieden nicht.« Sie sah ihn eindringlich an. »Aber ich brauche dich nicht mehr und muss mich nicht zusammenreißen.« Jetzt fand sie ihr Lächeln wieder. »Du warst in den letzten Stunden ein wenig nervig, aber durchaus amüsant. Deswegen schenke ich dir dein Leben.«

»Dann treffe ich Kate nicht mehr? Die Mission ist beendet?«

»So ist es. Es ist vorbei. Die Erde gehört mir und ich weiß auch schon, was ich machen werde. Leb wohl, Mensch.«

Mit ausgebreiteten Armen stolzierte sie davon. Aus ihren Fingern strömte schwarzer Nebel, der sich über den Gehweg legte und zur Seite quoll. Wie eine heftige Flut legte er sich über den Platz und breitete sich rasend schnell aus. Die Menschen begannen zu schreien und wild durcheinanderzulaufen. Direkt vor Jaime kroch der Nebel in die Hosenbeine eines Mannes und kam rasch aus seinem Kragen und den Ärmeln wieder heraus. Zusehends alterte seine Haut, warf tiefe Falten und wurde grau und schrumpelig. Sein Schrei verband sich mit dem Chor des Todes und er fiel mit weit aufgerissenen Augen auf den Gehweg, wo sich der schwarze Nebel über ihn legte.

Um ihn herum kippten die Menschen um, als ob sie mit einer übergroßen Bowlingkugel getroffen worden wären. Der Platz hatte sich dunkel gefärbt und verschlang jegliches Leben.

Inzwischen trat der Nebel aus den Fenstern der hohen Häuser heraus. Ein Mensch stürzte aus einem oberen Stockwerk, dann noch einer und es wurden immer mehr. Die Häuserfront der belebten Straße war überzogen mit Qualm und die Menschen stürzten sich herunter wie ein Wasserfall. Die ersten Häuser krachten in sich zusammen,

Staub wirbelte auf und legte sich zusammen mit Geröll über die belebte Straße. Lichtmasten kippten um, Autos hupten, rasten ineinander und Feuer brach aus. Der klare Himmel zog sich mit schwarzem Dunst zu, ein Hubschrauber des regionalen TV Senders NYC kam ins Straucheln und raste auf den Concourse Plaza zu, knallte gegen eine Fassade und kippte.

Hinter Trish war der Weg nicht bedeckt und auch Jaime stand in einem sicheren Keil. Er sah die Welt im Sumpf des Bösen versinken, sah Krankheit, Tod und Finsternis.

»Nein!«, schrie er, so laut er konnte. Fassungslos rannte er an den Toten vorbei, ließ die Trümmer, den gebogenen Stahl und die zerstörten Wände achtlos liegen und ignorierte das Elend. Doch dann sah er die Seelen, die als kleine, hellblaue Schimmer aufstiegen und seicht zu Trish strömten. Noch immer stolzierte sie mit ausgebreiteten Armen und sang das Lied der Beschwörung und des Unterganges.

»Mach das nicht, Trish.« Er fasste ihr an die Schulter. Augenblicklich blieb sie stehen und drehte sich um. Er lief auf und spürte ihre weichen Brüste. »Entschuldigung«, sagte er kleinlaut.

»Was willst du noch hier? Lauf um dein Leben, solange du kannst.«

»Was haben dir diese Menschen getan?«

»Getan? Wieso? Es ist Erntezeit.«

»Und, was ist, wenn du alle umgebracht hast? Bist du dann zufrieden?«

»Fürs Erste schon. Vielen Dank für deine Fürsorge, aber ich glaube, ich kann auf mich selbst aufpassen. Und jetzt verschwinde.«

»Sagst du mir wenigstens, warum ich Kate überhaupt treffen sollte?«

»Gut, ich sage es dir.« Ihr Blick wirkte überheblich. »Wie du inzwischen weißt, ist ..., also, war sie eine sehr mächtige Göttin. Genaugenommen die mächtigste von allen. Sie war die Einzige, die mir in die Quere kommen konnte. Doch nun ist sie nicht mehr hier. Sie wurde im Hades gesehen. Jemand hat sie erledigt.«

»Dann muss er mächtiger als Kate gewesen sein.«

»Vielleicht. Oder er stand ihr nahe und hat sie überrascht oder getäuscht. Das ist aber nicht mehr mein Problem. Sie ist Geschichte. Du warst übrigens mein Pfand für den Kampf gegen sie. Wenn mein Plan aufgegangen wäre, hätte sie sich in dich verliebt und ich hätte dich entführt und gefoltert. In Großherzigkeit hätte sie mir einige Bedingungen erfüllt und wäre schwach geworden. Ich hätte sie töten können und die Welt wäre in Ordnung gewesen.«

»Das ist wirklich mies von dir, Melantho, Tochter des Dolios. Du wolltest mich ausnutzen und töten?«

»Klar. Wieso nicht?«

»Ich werde Kate finden und zurückbringen. Dann wird sie dein Chaos wieder in Ordnung bringen.«

Trish lachte höhnisch. »Dann hol sie doch, du Spinner. Verpiss dich, bevor ich es mir anders überlege und mir auf der Stelle deine Seele hole.«

»Wenn du hier bist und wenn es Götter gibt und all diesen Quatsch, an den ich bisher nicht geglaubt habe, dann wird es auch einen Weg geben, dich aufzuhalten.«

Bedrohlich richtete sie ihre Hand auf ihn. »Stirb.«

»Damit kommst du nicht durch. Sie wird dich finden und bestrafen.«

Plötzlich wurden ihre Augen klar und sie senkte die Hand. »Vielleicht hast du sogar recht. Dann wäre ich wirklich im Arsch und der große Plan in Gefahr. Komm mit, Mensch, ich habe eine Idee.«

»Was hast du vor?«

Harsch zerrte sie ihn über die Straße. Er konnte sich kaum auf den Beinen halten, so rabiat zog sie ihn.

»Wirklich schade.«

»Was meinst du, Mensch?«

»Ich finde es echt traurig, dass du so ein zerstörerisches Wesen hast. Sonst hätte ich mich glatt in dich verlieben können.«

»Die Biochemie, die eure Rasse von den Göttern bekommen hat, ist wirklich erstaunlich. Ich will dich töten und du machst mir eine Liebeserklärung. Daran siehst du, wie schwach der Mensch ist.«

»Na und? Lieber bin ich schwach und aufrichtig als das Böse in Person.«

Sie liefen in ein gläsernes Hochhaus, durch eine Halle mit edlem Marmorboden und weißen Wänden und fuhren mit dem Fahrstuhl bis ganz nach oben. Die seichte Fahrstuhlmusik dudelte vor sich hin und die Zahlen der Etagen wanderten über ein Display. Muffiger Geruch stieg ihnen in die Nase. »Was machen wir hier?«

»Das wirst du gleich sehen.«

»Du führst doch nichts Gutes im Schilde.«

»Doch. Ich möchte deine Familie und Freunde beschützen.«

»Wer es glaubt.«

»Hey. Kopf hoch. Du bekommst eine ehrenvolle Aufgabe. Nimm dieses Fläschchen.« In diesem Augenblick fügte sich aus dem Nichts mit dunklen, kreisenden Punkten eine winzige Flasche auf ihrer Handfläche zusammen.

»Was ist das?«

»Ein Trank des Vergessens. Du sorgst dafür, dass Kate ihn trinkt. Es genügt, ihr etwas davon auf die Lippen zu träufeln, und sie wird alles und jeden vergessen.«

»Damit du freies Spiel hast?«

»Ja. Und damit ich dich und alle, die dich kennen, verschone.«

»Eine große Göttin für den Preis meiner Freunde? Das mache ich nicht.«

Sie verdrehte die Augen. »Jetzt zier dich nicht. Du ersparst ihnen großes Leid. Ansonsten werden sie nicht einfach tot umfallen und mir ihre Seele geben. Sie würden fürchterlich leiden. Das würdest du doch nicht wollen?«

»Natürlich nicht. Aber ich kann das trotzdem nicht machen.«

»Sie werden so sehr leiden, dass sie sich wünschen werden zu sterben, aber ich lasse sie eine Weile am Leben. Alle. Deine Mutter, deinen Vater, deine Großeltern und jeden, den du kennst. Kate wird nicht leiden, wenn sie das trinkt. Sie wird nur ein paar Dinge vergessen. Ich denke, es ist ein fairer Tausch.«

»Also stirbt sie nicht davon?«

»Nicht davon.«

»Wie kann ich sicher sein, dass du dein Versprechen hältst?«

»Vertraust du mir etwa nicht?«

»Kein Stück.«

Die Fahrstuhltür ging auf und sie betraten die pompöse Lobby unter dem Dach. Auffällige Lamellen hingen von der Decke. Alles war in Weiß und Beige gehalten, außer den schwarzen Ledersesseln. Der Ausblick über die Stadt war phänomenal. Sie gingen durch eine schmale Tür und ein paar Stufen nach oben. Hinter der Stahltür wehte ein frischer Wind. Von hier oben sah man die gewaltige Auswirkung der Zerstörung. Eine Häuserzeile lag in Schutt und Asche. Die ersten Feuerwehr- und Polizeiautos waren bereits vor Ort und ihre Sirenen tönten durch die Straßen.

Trish hielt sich am Geländer fest. »Komm her. Sieh es dir an. Verschaffe den Menschen etwas Zeit, indem du deine Aufgabe erledigst.«

»Wieso machst du das nicht selbst?«

»Weil sie mich nicht in den Hades lassen.«

»Wenn ich Kate alles vergessen lasse, dann hörst du augenblicklich damit auf.« Jaime zeigte auf die Trümmer. »Du wirst die Menschen verschonen. Nicht nur meine Freunde.«

»Nicht schlecht, Kleiner. Gut, ich brauche dich. Also verspreche ich dir, die Menschheit zu verschonen. Jetzt zufrieden?«

»Schwöre es bei deinem Leben.«

»Ich schwöre.« Sie sagte es wie nebenbei, gleichgültig, als würde sie eine Kugel Eis bestellen.

Jaime verzog den Mund, überlegte und sah sie an. »Wie finde ich Kate?«

»Du wirst sie finden. Jeder kennt ihren Namen. Nimm diese goldene Münze und leg sie dir unter die Zunge.«

Angespannt sah er sie an.

»Jetzt frag nicht und mach schon.«

Er betrachtete die alte Münze mit den vielen Kerben und legte sie unter seine Zunge. Sogleich fuhr sie mit der Hand über seinen Mund, der sich verkrampfte und nicht mehr öffnen ließ. »Wir müssen sicherstellen, dass du sie beim Sturz nicht verlierst.«

»Hm, mmm, hamm hu hor?«, brachte er nur noch hervor.

»Mach dir keine Sorgen und denke bei deiner Aufgabe stets an die Menschheit. Mach´s gut, Jaime Richmond aus Bridgeport. Ich zähle auf dich.«

Heftig schüttelte er seinen Kopf und die Augen wurden immer größer, als sie ihn langsam über das Geländer drückte, bis er den Halt verlor.

Kapitel 7

Für den Bruchteil einer Sekunde konnte Emilia die zahlreichen Seen um die Northern Highlands aus großer Höhe sehen, die im Norden von Wisconsin über die Grenze zu Ottawa verliefen. In dem kleinen Städtchen Eagle River nahm sie das Ufer des Silver Lake wahr und einen Wimpernschlag später spürte sie einen Ruck und kleine Steine unter ihren dünnen Sohlen. Sie standen in einem Stadtviertel mit prächtigen Villen zwischen üppigem Grün.

»Ich bin begeistert. Es ist inspirierend, auf diese Weise zu reisen.«

»Vor allem ist es zeitsparend«, sagte Pandion, der seine wilden Haare bändigte. »Luventa wohnt in einer schönen Gegend. Könnte mir gefallen.«

Emilia schmunzelte, als sie ihn dabei beobachtete, wie er über den See in die Wälder sah. »Sie wohnt gleich dort drüben, im weißen Haus gegenüber.«

Flink, als ob er sich ertappt gefühlt hätte, lief er auf die beschauliche Villa zu, die abseits des Weges hinter einer Mauer und einem klaren, blauen Pool stand.

Sie folgte grinsend.

Emilia klingelte an der Hofeinfahrt, wo ein weiß lackiertes Tor den Durchgang blockierte.

»Wohnt Luventa alleine mit ihren Kindern?«

»Nein, Pandion. Helen, ihre jüngste Tochter, lebt in New Hampshire. Ihre anderen Kinder, Anna und Diam, hat sie bereits überlebt. Sie sind schon lange tot.«

»Was ist ihnen zugestoßen?«

Emilia lachte: »Das Leben, verehrter Gott. Nur das Leben. Sie waren alt. Helen ist jetzt zweiundneunzig. Auch sie wird diese Welt bald verlassen.«

»Die Wahrscheinlichkeit, die göttliche Alterung zu vererben, sollte nicht so schlecht sein.«

»Hey, Emi! Das ging ja schnell. Kommt rein, Schätzchen.« Die Stimme kam aus einem kleinen Lautsprecher an der Steinsäule. Das Tor klackte und rollte zur Seite auf.

Sie betraten das Grundstück über einen sauberen Kiesweg, der hinter der Einfahrt in weißgepflasterte Steine überging. Das klare, blaue Wasser in dem geschwungenen Pool glitzerte in der Sonne. Unter einem gewaltigen Balkon an der Hausfront, der von vier verzierten Säulen getragen wurde, stand Luventa im schwarzen, schulterfreien Overall mit Neckholder und weiten Hosenbeinen. Sie hielt einen Blumenstrauß in der einen Hand und eine Gartenschere in der anderen.

Emilia rannte zu ihr und fiel ihr in die Arme. »Wir haben uns so lange nicht gesehen.«

»Ja, es wird höchste Zeit, kleine Schwester.«

»Ich möchte dir Pandion, Sohn des Erichthonios vorstellen.«

Er reichte ihr die Hand.

Emilia flüsterte: »Er ist ein echter Gott.«

Luventas zweifelnden Augenaufschlag entgegnete Emilia mit sanftem Nicken. Beherzt wandte sie sich an Pandion: »Ich freue mich, Euch kennenzulernen.« Galant legte sie ihre Hand auf die Brust und deutete eine Verbeugung an.

Er knickste leicht und sie begutachtete ihn mit wachen Augen. »Ich habe mir einen Gott immer älter vorgestellt.«

»Das ist nicht seine wahre Gestalt«, mischte sich Emilia ein.

»Nicht? Zeigt mir Euer Gesicht«, sagte Luventa keck. »Wir sind unter uns und ungestört.«

»Das mache ich nur ungern. Ich mag diese Gestalt sehr gerne. Sie verleiht mir Selbstvertrauen. Wenn Ihr also nichts dagegen habt, würde ich dieses Aussehen beibehalten, solange ich auf der Erde verweile.«

»Das, was ich vor mir sehe, gefällt mir gut. Ihr habt Geschmack, auch wenn Ihr beinahe wie sechzehn ausseht.«

»Nun, auch Ihr habt Euch hervorragend gehalten. Wenn ich mir diese Bemerkung erlauben darf.«

»Genug der schönen Worte. Gehen wir in den Garten. Ich mache uns Tee.« Sie ging vor. »Oder was trinken Götter üblicherweise? Mutter bevorzugte reinen Nektar und frisches Obst.«

»Obst wäre vortrefflich. Aber macht Euch keine Umstände. Ich brauche nichts.«

»Nicht so schüchtern. Ich bringe Euch etwas mit. Setzt euch schon mal.« Sie zeigte auf einen offenen Pavillon unter üppigen Palmen.

Als sie im Haus verschwunden war, sagte er: »Ihr Grübchen finde ich total niedlich.«

Sie setzten sich auf einen Platz in der Sonne.

»Wie es mir scheint, beeindruckt Euch nicht nur ihr Grübchen.«

»Sie ist ein wahres Energiebündel.«

»... welches Ihr noch nicht mit voller Energie erlebt habt. Wenn Ihr diesem Temperament standhalten wollt, müsst Ihr Euch ein wenig mehr ins Zeug legen.«

»Danke für Euren Rat.«

»Na, ich sehe doch, was hier läuft.« Emilia grinste wieder. »Schnappt sie Euch.«

Entspannt lehnte er sich zurück und überschlug die Beine.

Kurz darauf kam Luventa mit einem Obstkorb und einem vollen Tablett zurück. Sie verteilte die Tassen und goss Tee ein.

»Was erzählt man sich im Olymp über unseren Bruder?«, fragte sie.

Pandion schnappte sich eine Papaya, biss herzhaft hinein und sagte: »Galeno Neverate wurde gezeugt, um die Menschheit zu vernichten. Das angeborene Virus verlor er im Hades, weil im Fluss des Grauens, dem Ort seiner Geburt, nichts weiter als die verlorenen Seelen und die Kreaturen der Finsternis überleben können. Nur Eure Mutter und Zeus kannten seine Bestimmung. Die Götter brachten ihn an einen abgelegenen Ort, wo er in Einsamkeit aufwuchs. Heute ist bekannt, dass er die Menschen in seiner Region zerfleischte und ihnen viel Leid brachte. Irgendwann muss er ausgewandert sein. Lange Zeit konnten ihn die Kundschafter nicht ausfindig machen. Inzwischen kennt man seinen Aufenthaltsort, den entscheidenden Einfluss auf sämtliche Belange der Menschen und die Absichten dahinter. Seine Macht ist der seines Vaters ebenbürtig. Bisher wagte es niemand, ihm entgegenzutreten und in den Olymp zu holen. Das wird sich dieser Tage ändern, wenn das Leben und die Zustände neu geordnet werden.«

»Hat er nie nach seiner Familie verlangt?«

Pandion zuckte mit den Schultern. »Das ist mir nicht bekannt. Ich bin ihm nie begegnet. Euer Bruder will nichts mit den Göttern des Olymp zu tun haben.«

»Vielleicht ist er gar nicht so übel, wie alle denken.«

»Die Chancen dafür stehen nicht allzu gut.«

»Was ist mit Euch? Wenn schon mal ein richtiger Gott in meinem Garten sitzt, möchte ich natürlich alles über ihn erfahren.«

»Nun, mein Leben ist nicht sonderlich aufregend. Ich besitze etwas Land und ein eigenes Volk. Im Großen und Ganzen habe ich ausgesorgt.« Er kratzte sich im Nacken.

»Sicher habt Ihr besondere Fähigkeiten, eine Frau und einen Hund. Was arbeitet Ihr und was treibt Ihr nach Feierabend?«

»Ich rede nicht gerne über mich. Da gibt es nichts Interessantes zu erzählen.«

»Bei Eurem Aussehen kann ich mir das überhaupt nicht vorstellen.«

»Wenn Ihr wollt, zeige ich Euch gerne mein Reich.«

»Das wäre vortrefflich. Übrigens stehe ich eher auf reife Männer«, sagte Luventa und nippte an ihrem Tee. »Besonders wenn sie aussehen, als wären sie nicht einmal volljährig.«

»Bingo«, sagte Emilia und lehnte sich entspannt zurück.

»Nehmt Euch noch etwas Obst, damit Ihr bei Kräften bleibt.« Luventa schob die hübsch drapierte Obstschale näher zu ihm.

Mit der Hand wedelnd, lehnte er ab. »Ich kann mich nicht über meine Kräfte beschweren. Wie ich gehört habe, seid Ihr ebenso im Besitz einiger göttlicher Fähigkeiten.«

»Ihr habt richtig gehört und solltet Euch in Acht nehmen. Ich kann Euch mit einem Fingerschnippen um den kleinen Finger wickeln.«

»Notfalls werde ich mich zu verteidigen wissen.«

»Wenn ich Euch so zuhöre, könnte ich mich fragen, wer von Euch wirklich die Gottheit ist«, sagte Emilia.

Brausend raste ein Schatten über die Wiese auf sie zu, umkreiste sie mehrfach und materialisierte sich neben Pandion zu einem Zwerg mit feuerroten Haaren und dichtem Vollbart, der fast seinen ganzen Körper bedeckte. Seine streichholzdünnen Beinchen steckten in langen, spitzen Lederschuhen.

»Schlechte Nachricht«, sprach er mit quietschender Stimme und sah sich um. »Können wir vor den Menschen reden?«

»Das sind die Töchter Neverates, mein Freund. Ihr könnt offen reden.«

Der Zwerg schnupperte an beiden, wie es ein Hund nicht besser hätte machen können, und verneigte sich tief vor ihnen. »Es ist mir eine sehr große Ehre, Euch persönlich kennenzulernen. Bedauerlicherweise bringe ich schlechte Neuigkeiten. Eure verehrte Mutter wurde in den Hades gebracht. Trotz meiner außerordentlich guten Kontakte war ich nicht in der Lage, sie ausfindig zu machen.«

»Wie konnte sie dort hingelangen? Nur der Hohe Rat wäre in der Lage gewesen, sie in den Hades zu bringen«, sagte Pandion besorgt.

»Gewiss, mein Herr. Doch der Rat hat nichts damit zu tun. Man erzählt sich, dass sie keine Chance hatte. Mächtige Götter aus der Unterwelt oder üble Kreaturen müssen das veranlasst haben.«

»Danke für Eure Hilfe, mein Freund. Könnt Ihr Euch noch etwas im Hades umsehen? Vielleicht findet Ihr doch noch irgendwelche Hinweise.«

»Ich versuche mein Bestes.« Er nahm sich eine Chirimoya aus dem Korb und steckte sie vollständig in seinen Mund. Dann nuschelte er unverständlich: »Es war mir eine Ehre, Euch kennengelernt zu haben. Gehabt Euch wohl, Ladys Neverate.« Mit diesen Worten drehte er sich, bis er zu einem Wirbelwind wurde, der über den gepflegten Rasen streifte und sich in die Lüfte erhob.

»Faszinierend«, sagte Luventa. »Es gibt verschiedene Varianten der göttlichen Fortbewegung. Wer war das?«

»Sein Name ist Narsh. Er ist ein Pygmaei aus der Familie Kadmos. Sie leben gleichsam im Hades bei den verlorenen Seelen wie unter den Göttern. Ich habe ihm einst das Leben gerettet. Seitdem weicht er nicht mehr von meiner Seite und ist ein treuer Begleiter geworden. Ich vertraue ihm.«

Emilia drückte ihren Rücken durch, wodurch sie gerade saß. »Was meint Ihr? Können wir Luventa in den Olymp mitnehmen?«

»Ich bin mir noch nicht sicher. Zunächst bringe ich Euch fort.«

»Dann findet es schnell heraus.«

»Verabschiedet Euch zunächst. Alles Weitere muss ich klären.«

Emilia legte eine Hand auf die von Luventa. »Dann wurde unser Treffen zu einem Abschied.«

»Das macht nichts, kleine Schwester. Ich freue mich für dich. Du hast es verdient, auch wenn ich jetzt ein wenig neidisch bin.«

Emilia fragte Pandion: »Wann müssen wir aufbrechen?«

»Morgen bei Sonnenaufgang.«

»Werden wir uns wiedersehen?«, fragte Luventa.

»Klar. Ich kann dich doch nicht im Stich lassen.«

»Die Götter bereiten sich auf ihre Reise in die neue Welt vor. Von dort gibt es keinen Weg zurück.«

»Also ist es ein Abschied für immer?«, fragte Emilia und wartete nicht auf seine Bestätigung. Sie ging um den Tisch herum und umarmte Luventa.

»Halb so wild. Du bist die Göttin aus unserer Familie. Ich bin anscheinend nur ein Mensch. Geh und genieße das göttliche Leben dort oben oder wo auch immer.«

Emilias Stimme schwankte: »Ich will dich nicht verlieren.«

»Mach dir keine Sorgen um mich. Du weißt, dass ich unsterblich bin. So kann ich noch eine Weile auf diese Welt aufpassen.«

»Aber ich kenne niemanden im Olymp. Ich brauche dich.«

»Pandion wird auf dich aufpassen. Er scheint mir ein anständiger Junge zu sein.« Sie sah zu ihm. »Ihr gebt doch auf meine Schwester acht?«

»Macht Euch keine Sorgen. Sie wird es hinbekommen.«

Noch den ganzen Tag erzählten sie über die Gegebenheiten im Olymp, den Geschichten einzelner Götter, von Kate als jungem Mädchen und über Episoden von Emilia und Luventa und dem letzten Tag mit Luan. Als die Sonne hinter den Bergen unterging, begaben sie sich ins Haus und bereiteten ein festliches Abendmahl zu.

Das Haus war edel eingerichtet, liebevoll aber dezent und ganz in Weiß. Die Zimmer waren hell und geräumig. Nach dem Essen verabschiedete sich Emilia unter reichlich Tränen von Luventa: »Ich liebe dich.«

»Suche dir einen agilen Gott.« Sie wackelte mit ihrer Hüfte und zwinkerte ihr zu. »Und schicke mir ab und zu eine Ansichtskarte.«

Emilia versuchte zu lächeln. »Danke.«

»Wofür?«

»Dafür, dass du die weltbeste Schwester bist.«

»Komm her, kleines Mädchen.« Sie nahm sie kräftig in die Arme und flüsterte ihr ins Ohr: »Ich liebe dich auch.«

»Sehen wir uns bei Sonnenaufgang?«

»Na klar. Das lass ich mir doch nicht entgehen.«

Emilia gähnte und verließ das Wohnzimmer.

»Sie ist eine tolle Frau«, sagte Pandion und nahm sich etwas Nektar.

»Das ist sie gewiss.« Luventa musterte ihn aufmerksam.

»Was ist? Hab ich einen Krümel im Gesicht?«

»Nein.« Sie schmunzelte vergnügt. »Ich suche die Göttlichkeit in Euren Augen.«

»Und? Findet Ihr sie?«

»Ich fürchte, nein. Deswegen muss ich auf andere Weise herausfinden, ob Ihr wirklich ein Gott seid.«

»Was habt Ihr vor?«

»Ich werde Euch küssen.«

Er verschluckte sich, hustete heftig und schlug sich mit der Faust gegen die Brust. »Verzeiht mir«, röchelte er und hustete wieder.

Viel zu sanft klopfte sie ihm auf den Rücken.

»Geht schon.« Seine Stimme war gequält.

»Mache ich Euch nervös?«

»Nein, nein. Ich ... Ich ... Nicht im Geringsten.«

Sie hielt ihm den Zeigefinger vor den Mund und kam ihm sehr nahe. »Dann werde ich jetzt meinen ersten Gott küssen. Seid Ihr bereit?«

Zärtlich hauchte sie ihn an und streichelte seine Wangen. Er hielt still, als ob er bereits betäubt wäre, im Netz der Spinne, die gleich kommen würde, um ihn zu verspeisen. Sie berührte seine Lippen und es schien, als ob die Luft um sie herum zu knistern begann. Ihr aufgeweckter Blick verwandelte sich in den eines verträumten Mädchens, bis sie ihn auf das helle Sofa warf, herunterdrückte, sich auf seinen Schoß schwang und küssend über ihn herfiel.

Pandion genoss das Spiel und liebkoste ihren Körper. Als er grob ihre Brust freilegte, riss sie ihn an der Jacke zu sich. »Kein schlechter Anblick, für einen Gott«, sagte sie verschmitzt und zog ihre Bluse aus, sprang hinter ihn und riss ihm die Jacke herunter. Willenlos ergab er sich ihrer Schönheit, drehte sich zu ihr und küsste sie, während sie sich über seinen Gürtel hermachte. Als seine Hose fiel, sprang sie wieder hinter ihn.

Er drehte sich um, sie hopste auf die Couch und hielt ihm die Hand entgegen. »Folge mir, schöner Mann. Ich habe noch einen uralten Wein aus eigener Ernte.« Verführerisch lockte sie ihn mit dem Finger, sauste flink in die Küchenecke und hantierte hinter dem freistehenden Herd. Es entging ihr nicht, wie er sie anstarrte und langsam auf sie zukam.

»Du bist wunderschön«, sagte er charmant.

Mit den gefüllten Gläsern kam sie ihm entgegen und hielt ihm eins davon hin. »Trinken wir auf die Götter.«

»Und auf die wunderbaren Menschenfrauen.«

Ihre Gläser klirrten aneinander und sie tranken.

»Das ist wahrlich ein edler Tropfen. Ihr habt nicht übertrieben, schöne Frau.«

Erneut fiel sie über seine Lippen her, umarmte ihn und schob ihre Hand unter seinen schwarzen Pullover. Beiläufig stellte sie ihr Glas ab, um sich vollständig seinem Körper zu widmen, begann zu stöhnen und riss ihm das Tuch vom Hals. Heftig drängte sie ihn zur Couch zurück, nahm ihm das Glas ab, trank einen Schluck daraus und stellte es ebenso auf den Tisch. Dann befreite sie sich aus ihrer Hose und fuhr ihm wild durch die Haare. In Ekstase ließen sie sich auf das Leder sinken und verschmolzen miteinander.

Als das erste Licht des neuen Morgens durch die Fenster fiel, schlief Luventa erschöpft, zerwühlt und zufrieden auf der Couch.

Leise betrat Pandion das Zimmer, bewunderte ihre Schönheit und bedeckte sie behutsam mit einer leichten Decke. Er strich ihr eine Strähne aus dem Gesicht und flüsterte: »Ruh dich aus, meine Wildkatze.«

Sie rekelte sich schlaftrunken, drehte sich um und träumte weiter. Er bedeckte nochmals ihre Schulter mit der Decke und ging zurück auf die Veranda, wo er in die Sterne der Nacht blickte und der Sonne entgegensah.

»Du bist schon munter?«, flüsterte Emilia. Im langen Nachthemd stand sie in der Tür und trat barfuß auf die Fliesen vor den Pool. Ihr fröstelte es.

»Es ist soweit.«

»Ja, ich weiß.«

»Ich muss dir etwas sagen.«

»Gibt es Probleme?«

»Nein, das nicht. Aber ... deine Schwester ... Ich glaube, sie hat mich verzaubert.« Verträumt sah er durch die große Glasscheibe ins Haus hinein zum Sofa, wo sie lag. »Ich kann die beiden jetzt nicht mehr alleine zurücklassen.«

»Die beiden?«

»Ja, beide.«

Sie grinste breit. »Vortrefflich. Das ging ja schnell.«

»Was?«

»Es ist jedes Mal schön, wenn ein Plan funktioniert.«

»Ihr habt ... Was?« Er sprach nicht weiter und umarmte sie. »Ich muss Euch danken, verrückte Göttin. Ihr ahnt ja nicht, wie glücklich Ihr mich gemacht habt.«

»Dankt besser meiner großen Schwester und passt gut auf sie auf, während ich den Olymp erkunde.« Sie rekelte sich in der kühlen Morgenluft und atmete tief ein. Überaus zufrieden sagte sie: »Jetzt vermag ich beruhigt zu gehen.« Sie blinzelte ihm zu.

Kapitel 8

So weit das Auge reichte, gab es nur schwarzes Gestein. Wie Dornen ragten scharfkantige, gar spitze Felsen aus dem Boden, als wollten sie das schützen, was darunter lag. Dazwischen überspannten leuchtende Lavaadern wie ein Netz die Erde und gaben der Finsternis das Licht und die Wärme. Durch den trägen Nebel drang stark gedämpft ein Licht wie die Sonne oder der Schein in einem Tunnel, der wie ein wachsames Auge in die Welt der Finsternis blickte. Hoch oben trieben Heißluftballons und kleine selbst gebaute Fluggeräte.

Jaime lag auf hartem Fels, blinzelte ungläubig und versuchte zu begreifen, wo er war und ob das ein Traum oder die Wirklichkeit war. Tausende Gedanken rasten durch seinen Kopf. Sterben, freier Fall, Panik, Tod, immer wieder Tod und der Asphalt, dem er viel zu schnell näherkam. Die letzten Sekunden hatten ihm die Fehler des Lebens vorgehalten, gnadenlos seine Ängste offenbart und die verlorenen Träume gezeigt. Die freigesetzten Informationen hätten ausgereicht, um stundenlang, wenn nicht sogar Tage darüber nachzudenken.

Er hatte sich bei seinen Eltern gesehen, wie er sie umarmte, dann im Sandkasten spielend und wie er seinen ersten Sand in die Hosentaschen gesteckt hatte. Er erinnerte sich an einen Apfel, den er aus der Auslage eines Supermarktes nahm und aß, und an den darauffolgenden Ärger. Dann kam ihm Samantha in den Sinn, in die er sich mit sieben bis über beide Ohren verliebt hatte. Er dachte an die schmerzhafte Begegnung mit einem Feuerfisch in Great Bay, an der er fast gestorben wäre, und an die vielen Abende, an denen er sich mit seinen Eltern zusammengesetzt hatte und jeder das Schönste und Schlimmste des Tages erzählte.

Dann zogen seine Erinnerungen weiter und je näher er dem Boden kam, umso schneller huschten sie vorüber, als wollten sie ihm alles zeigen – die ganze Geschichte, bis zum bitteren Ende. Dann brannte sich Trish in die Erinnerung und er versteinerte in Schock und unsäglichem Schmerz.

Jaime schrie.

Laut.

Entstellt.

Dann atmete er hektisch und fühlte die Ruhe, spürte den Wind auf seinem Gesicht, beruhigte sich und die Welt trieb davon. Nur die Dankbarkeit blieb zurück wie ein einsamer Fels in der Strömung. Der Abschied, die letzte Sekunde des Lebens war friedlich und angenehm. Sie fühlte sich perfekt an und er wollte sie halten und genießen. Aber der Strudel riss ihm die Gedanken, die Erinnerungen und die Zeit davon und nahm ihn kompromisslos mit sich aus der Welt.

Sein Herz setzte aus und die unendliche Stille bildete die neue Kulisse. Jaime schnappte nach Luft und riss die Augen weit auf. Der Schock saß in seinen Gliedern, betäubte ihn und kettete ihn an den schwarzen Fels.

Er griff sich an die Brust und fühlte sein Herz. Es schlug ruhig und gleichmäßig. Wieder wanderten seine Augen über die triste Landschaft. Verständnislos, irritiert und erfreut.

Er lebte. Verdammt, er hatte den Sturz überstanden und seine Arme, seine Beine, sein gesamter Körper waren heil.

Das Leben war überaus faszinierend. Er wollte es nie wieder ignorieren. Seine Lippen zogen sich in die Breite und er blickte grinsend auf den schwarzen Boden mit dem getrockneten Blut und musste sich fragen, ob es das seine war?

So schlimm konnte es nicht gewesen sein, da er keine Schmerzen verspürte und sich bewegen konnte. Das war ihm doch möglich?

Zuerst wackelte sein Fuß, dann bewegte er die Beine und richtete sich auf. Der Kopf ließ sich drehen und neigen, die Schultern kreisten munter und die Finger tanzten nach seinem Wunsch. Es war still. Eine Stille, die er längst vergessen hatte, die zugleich beruhigte und ängstigte. Leises Blubbern in der Nähe und rollende Steine in der Ferne waren zu hören, als würden sie von einem Lieferwagen abgekippt werden. In der Luft summten zurückhaltend die Propeller eines Fluggerätes.

Wieder fiel sein Blick auf die Blutspuren, die nicht nur an dieser Stelle waren, sondern sich vom angrenzenden Wasser bis zu einer gewaltigen Ruine, den Überresten eines Tores und einer dicken Mauer verteilten. Dazwischen spiegelten kleine, rote Pfützen das dämmrige Licht, falls sie nicht vertrocknet und schwarz geworden waren. Gleich neben ihm befand sich eine Furche mit schillerndem Blut darin. Die verkrusteten Ränder begannen sich aufzulösen und erhoben sich in feinen Plättchen im seichten, stickigen Wind.

Zweifelsfrei war Jaime desorientiert und das Gefühl des freien Falls und der Todesangst saß noch immer tief in seinen Knochen.

Drei eingefallene, tote Körper lagen einige Meter weiter zwischen Knochen und verwestem Fleisch. Weiter hinten lief eine Gestalt gebeugt und langsam über den steinigen Grund in den geisterhaft lang gezogenen Schatten der Ruine. Der leise Hall seiner Schritte und von kleinen rollenden Steinchen unter seinen Schuhen war zu hören.

Jaime blickte in die Nebelschwaden auf.

Es war feucht und warm, die Luft war stickig und roch nach schlechtem Atem und Fäulnis. Als er sich konzentrierte und genau hinhörte, machte er in der Ferne ein durchgängiges, angstvolles Klagen und Stöhnen aus, welches gleichmäßig wie ein sanftes Wiegenlied klang. Das Wasser des breiten Flusses schlug kontinuierlich und ohne Hall gegen die Brandung. Wo war er nur gelandet?

Er bemerkte, wie zerfetzt und verschmiert sein Pullover war. Auch seine Jeans sah nicht gerade besser aus. Sie war an den Beinen zerrissen und blutbefleckt. Aber ihm ging es gut. Nur das zählte im Moment.

Dann dachte er wieder an Trish, wie sie ihn stieß, und die Panik schoss durch seine Adern. Hilfloses Entsetzen folgte, bis er realisierte, dass der Fall unumkehrbar sein Leben beendet hatte. In diesem Moment wusste er, wie Albträume gemacht werden, und er hoffte, dass sie ihn in den Nächten nicht besuchen kämen.

»Miststück«, sagte er leise. Dann schrie er es in den Nebel: »Verdammtes Miststück!«

Zunächst musste er herausfinden, wo er war und wie er hier hingekommen war. War das der Hades, von dem Trish erzählt hatte, oder lag er schlicht im Koma und fantasierte, während sich seine Freunde und die Familie um sein Krankenbett versammelt hatten, ihn angafften oder weinten und seinen komatösen Körper streichelten?

Er versuchte in dem wabernden Licht hinter dem vorüberziehenden Nebel die Menschen zu erkennen und eine Deckenlampe in der Notaufnahme und er lauschte auf mögliche Stimmen. Aber hier war nichts von alledem. Er war alleine und weit weg von Zuhause.

Die ersten Schritte fielen ihm schwer, als ob seine Beine sich wochenlang nicht geregt hätten und sie sich erst mühsam an die Bewegung erinnern müssten. Auch das Gleichgewicht brauchte eine Weile und er balancierte mit ausgebreiteten Armen über den felsigen Boden.

Weit draußen, im Wasser, erkannte er einen menschlichen Körper, der träge an der Oberfläche trieb. Dahinter stakste geruhsam vom anderen Ufer ein Binsenboot, worum das Wasser aufgewühlt war, als ob es kochen würde.

Unter der trüben Oberfläche fiel die grünlich bis graue Färbung des Wassers rasch ins Tiefschwarze ab und eine breite Spur aus glibberigem Schaum mit großen Blasen malte dem Fluss seinen stinkenden Rahmen.

Dicht am Ufer erhob sich gemächlich ein Arm aus dem Wasser. Entsetzt trat Jaime einen Schritt zurück und starrte darauf. Der blasse, abgemagerte Arm drehte sich langsam weiter und offenbarte ihm eine dürre, nackte Frau, deren Gesicht grauenvoll entstellt war. Ihr waren die meisten Haare ausgefallen und Jaime erkannte ihre Rippen unter der fahlen Haut. Als sie sich weiter drehte, kamen große Löcher in ihrer Brust und im Schädel zum Vorschein. Ihr Kieferknochen fehlte auf dieser Seite. Dann tauchte sie gemächlich ab, versank in der Brühe und hinterließ seichte Wellen, die an der Oberfläche auseinandertrieben.

Bestürzt verließ Jaime das Ufer, lief auf die Ruine zu, kletterte über Geröll und trat unbedacht in ein Rinnsal aus glühender Lava, die sofort das Hosenbein entflammte. Hastig zappelte er und klatschte sich gegen das Bein, bis die Flammen erloschen waren.

In unmittelbarer Nähe hörte er es schurren. Aufgeregt sah er sich um.

Hinter einem Felsen erhob sich behäbig ein Körper. Rasch versteckte sich Jaime hinter einer gebrochenen Säule und beobachtete das Geschehen. Die Gestalt stöhnte und ihre Laute verebbten in der Stille, als würden sie von dieser Welt aufgesaugt werden. Dann trat sie aus dem Schatten des großen Felsens ins matte Licht und entblößte einen älteren Mann, dessen nackter Oberkörper voller Blut war.

Vorsichtig ging Jaime auf den Mann mit dem ovalen Kopf und dem kleinen geraden Mund zu. Schräg auf seiner Nase saß eine zerbrochene Brille mit nur einem Glas, die wacklig von einem Bügel gehalten wurde.

»Hey, Mister, wie geht es?«, rief Jaime ihm zu und wunderte sich, wie stark seine Worte vom Nebel verschluckt wurden. Doch der Mann hatte ihn gehört, blieb stehen und drehte sich um.

»Sind wir im Reich der Toten?«, sagte er mit tiefer Stimme und richtete seine verbrannte, gerissene Jeanshose ein wenig.

»Keine Ahnung. Trish hat etwas vom Hades erzählt.« Ihm fiel das Fläschchen des Vergessens ein und er griff an seine Hosentasche, um sicherzustellen, dass es kein Traum war. Der Trank beulte die Hose aus.

»Ist Trish deine Freundin?«

»Nein, sie ist ...«

Jaime fischte das Fläschchen heraus und zog dabei ein Bild hervor, auf dem sie mit ihm zu sehen war. Darauf steckte sie ihre Zunge heraus und blickte ihn mit weit geöffneten Augen an, er selbst zog gerade eine düstere Grimasse und schimpfte über irgendetwas. Beim Anblick des Bildes musste er schmunzeln.

»Ja. Ich glaube, sie ist wirklich so etwas wie meine Freundin. Ich hatte unglaublich viel Spaß mit ihr.« Er gab ihm das Foto. »Und ich hatte niemals vorher so viel Angst.«

»Das hört sich nach einer abenteuerlichen Liebesgeschichte an.«

Leider war es das nicht, dachte Jaime.

»Sie ist ein hübsches Ding.« Der Mann reichte das Bild zurück und zeigte zur Ruine. »Wie es aussieht, existiert die Unterwelt also wirklich. Zu Lebzeiten hätte ich alles, was ich besitze, dagegen verwettet.« Der Mann hielt Jaime die Hand entgegen. »Ich heiße Dustin Jones.«

»Jaime Richmond. Ich fühle mich überhaupt nicht tot.«

»Nein, auch ich hätte mir das anders vorgestellt.« Ein winziger, leuchtender Punkt, so schön wie ein klarer Stern am Nachthimmel, stieg aus seinen Haaren auf und trieb in den Nebel hinein.

»Wie sind Sie gestorben, Dustin?«

»Ich glaube, es war ein Stromschlag. Ja, ich erinnere mich. Ich habe eine Sicherung in der Werkstatt gewechselt ...« Er sah nachdenklich aus. »Da hat etwas nicht gestimmt. Dort war ein loses Kabel. Nur, wer kann das gewesen sein? Jemand muss es herausgezogen haben.« Er sah wieder zu Jaime. »Wollte mich jemand töten? Ich meine, hat mich jemand getötet? Oder war es ein Versehen?«

»Das lässt sich von hier schlecht herausfinden. Bei mir war es definitiv Absicht. Mich hat Trish vom Dach eines ziemlich hohen Hauses gestoßen.«

»Wie es aussieht, war heute nicht unser Tag.«

»Nein, das war er wirklich nicht.« Jaime kletterte auf einen gewaltigen Steinbrocken und betrachtete ein zerfallenes, menschliches Skelett dahinter. Nebenbei fragte er: »Was machen wir denn jetzt? Ich meine, was macht man üblicherweise, wenn man tot ist?«

»Wir müssen uns umsehen, Trinkwasser und etwas zu essen finden, falls wir so etwas noch brauchen. Vielleicht treffen wir auf jemanden, der uns das sagen kann, oder wir stoßen auf eine Stadt.«

»Oder auf Monster und den Fürsten der Dunkelheit«, warf Jaime ein.

»Wäre möglich.«

»Hauptsache, wir gehen von diesem stinkenden Fluss weg.« Jaime sprang vom Felsen herunter und landete neben hohen, steinernen Stacheln, die aus dem Boden ragten. Dahinter lag eine gebrochene und stark verrostete Kette, die an einem schweren Stück Holz befestigt war. »Sieh mal, das könnte ein Tor gewesen sein.«

»So weit das Auge reicht, ist alles zerstört.«

Jaime ging voran. »Erkunden wir die Gegend.«

Sie suchten sich einen Weg durch die Trümmer und trafen auf fingerdicke Würmer, die sich wie scheue Schatten flink hinter den Steinen verbargen, Erdlöcher, in denen sie oder etwas Größeres wohnen könnte, und abgemagerte Vögel, die vage an Raben erinnerten.

Immer wieder bildeten sich schwarze Tropfen an den Spitzen der Steine, die sich lösten und nach oben trieben.

Weit vor dem eingestürzten Tor blieb Jaime stehen. »Hier kommen wir nicht durch.«

Meterhoch versperrten dicke Gesteinsbrocken den Durchgang und sie schlugen einen anderen Weg ein, auf dem sie mühselig vorankamen.

Zwischen abgenagten Knochen fand Jaime ein altes Holzschild. Es steckte unter einem Felsen und er zog kräftig daran. »Dustin. Komm mal rüber.«

Dustin ließ ein paar Knochen fallen und versuchte zu helfen. »Sieht wie ein Wegweiser aus.«

»Ich stemme mich gegen den Stein. Vielleicht bekommst du ihn rausgezogen?« Mit aller Kraft drückte Jaime dagegen und Dustin zerrte an dem alten Holz, doch der Stein war zu schwer und das Holz so morsch, dass es brach.

Auf der Rückseite waren Buchstaben hineingekratzt. Dustin fuhr mit den Fingern darüber.

»Kerberos«, sagte er. »Das ist das Ungetüm, welches den Eingang vom Reich der Schatten bewacht.«

»Woher weißt du das?«

»Ich war auch mal jung und in der Schule, mein Freund. Kerberos war der dreiköpfige Höllenhund und galt lange Zeit als das aggressivste Wesen des Hades.«

»Was weißt du noch über diese Welt?«

»Nicht sehr viel. Zum einen ist es wirklich lange her, zum anderen, nun ja ... Zum anderen waren all das Sagen und Erzählungen. Niemand sagte mir, dass wir es sehen und erleben werden. In diesem Zusammenhang fällt mir nur Hades ein, also der Herrscher der Unterwelt. Das war ein Bruder des obersten Gottes Zeus und er war erbarmungslos und ohne Gnade. Hades war ein Feind der Menschen, der sie ausnahmslos verabscheute. Ich hätte in der Schule besser aufpassen sollen.«

»Nein, das ist gut. Mach weiter.« Jaime warf das Brett weg.

»Sagen dir die drei Ebenen der Unterwelt etwas?«

»Da klingelt nichts.«

»War nicht das Elysion die oberste Ebene, in der Helden und Heilige verweilen? Dann das Reich der Schatten für Leute wie uns, die weder schlecht noch gut waren, und der Tartaros, der schreckliche Teil für die Sünder und Verbrecher, in der die Seelen auf Ewigkeit verloren waren.«

»Wir hatten das Thema letztes Jahr in Geschichte. Aber wir sind nicht sehr genau darauf eingegangen. Sag mal, Dustin, wenn es diese Ebenen wirklich gibt, dann muss ich ins Elysion. Dort wird sich Kate aufhalten.«

»Wer ist Kate?«

»Ich kenne sie noch nicht. Aber ich bin gestorben, um sie zu finden.«

»Das ist ein Anfang, mein Freund. Machen wir uns auf den Weg, um diese Kate zu finden.«

Jaime stieg auf einen hohen Felsbrocken und konnte das erste Mal auf die andere Seite der Mauer sehen. Er staunte nicht schlecht.

»Was siehst du?«

»Wasser, so weit das Auge reicht. Klares, schwarzes Wasser, aus dem Ruinen und kahle Bäume ragen. Und ein Lagerfeuer. Ich glaube, dort gibt es Menschen.«

»Ich komme hoch.« Dustin stöhnte beim Klettern und, bevor er sich aufrichtete, starrte er über die scheinbar endlose Ebene. »Es gibt keinen ordentlichen Weg.«

Sie stiegen über die Mauer und kletterten auf der anderen Seite wieder herunter. Jaime prüfte das Wasser mit der Hand. Es war klar und warm. Darunter lag ein schwarzer Grund und über die Wasseroberfläche hauchten dunkle Nebelschwaden wie Speere, die sich im Tanz bewegten.

Er stakste durch das knöchelhohe Wasser. »Sehen wir nach, wer diese Leute sind.«

Dustin folgte ihm.

Um das Lagerfeuer saßen ein Dutzend Gestalten in schwarzen, abgewetzten Roben mit Kapuze. Zelte und merkwürdige Apparaturen standen im Lager. Sie bestanden aus Holzstämmen, Schläuchen und jedes Ding hatte mindestens einen krummen Schornstein. Hinter ihnen wuchsen kniehohe Pilze, deren dunkles Grau leicht lila schimmerte. Lange Fäden hingen von ihren Kappen, an denen Schleim träge herunterlief.

Das Knistern des Feuers war zu hören und aus der Ferne stöhnten die verlorenen Seelen.

»Guten Tag«, sagte Jaime laut und möglichst freundlich. Eine Gestalt drehte sich zu ihm und winkte ihn heran. »Komm näher, Frischling.« Es war eine raue Frauenstimme.

Jaime trat auf die Plattform, die aus dem flachen Wasser ragte. Er schüttete das Wasser aus seinen Schuhen.

Eine weitere Gestalt drehte sich zu ihnen. Unter ihrer Kapuze war es finster. Jaime konnte nur ein paar Zähne und eine große Zahnlücke sehen, bevor die Gestalt sich wieder dem Feuer zuwandte.

»Ich möchte zum Elysion.«

Die Frau hielt ihm eine Flasche entgegen, an der unzählige perlenbesetzte Schnüre herunterhingen. »Jeder will dorthin, Junge. Jeder, der sich nicht aufgegeben hat. Nimm einen Schluck.«

»Danke, nein. Ich habe keinen Durst.«

Auch Dustin betrat die Plattform und brachte einen Schwall Wasser auf den feuchten Boden.

Die Frau stand auf und kam zu ihnen. Noch immer verbarg sich ihr Gesicht im Dunkeln. »Trink. Es ist genug da.«

»Was ist das?«

»Rum. Er hält ein wenig die Würmer und Maden fern.«

»Das ist nett gemeint, aber meine Mutter hat mir beigebracht, nichts von Fremden zu nehmen.«

»Ist deine Mutter hier?«

Er schüttelte den Kopf und sie stieß ihm die Flasche gegen den Bauch, sodass der Inhalt wild schwappte. »Vielen Dank für Ihre Gastfreundschaft. Aber wir sind nur hier, um nach dem Weg zu fragen.«

»Ich nehme einen Schluck«, sagte Dustin.

Sofort reichte ihm die Frau die Flasche. »Wenigstens einer, der vernünftig ist.«

Dustin trank einen Mundvoll, setzte ab und hustete stark. »Verdammt gutes Zeug«, sagte er und gab das abgenutzte Ding zurück.

»Wenn du mehr davon willst, kostet es etwas.« Sie sah leicht nach oben und ein verfaultes Gesicht kam zum Vorschein. Es war runzlig und grau, mit weit hervorquellenden Augen, von Narben und tiefen Falten überzogen.

»Was verlangen Sie dafür?«

»Was habt ihr dabei? Haben euch die Angehörigen etwas mitgegeben? Ein paar Münzen, eine Karte oder ein Beutelchen?«

»Nein.« Dustin griff sich in die leeren Taschen. »Ich habe nichts.«

Jaime erinnerte sich an die goldene Münze, die er von Trish bekommen hatte. »Bevor ich starb, bekam ich ein Goldstück. Aber jetzt ist es weg.«

»Das Fährgeld«, krächzte die Frau. »Wir alle hatten eine Münze für den Fährmann dabei. Sonst wären wir nicht auf diese Seite gelangt, sondern würden im giftigen Styx treiben, bei den verlorenen Seelen.«

»Wie es aussieht, habe ich nichts weiter als meine Kleidung.«

»Dann genügen mir ein paar Erinnerungen. Eine für jeden Schluck.«

»Erinnerungen?«

»Ja, ihr seid neu hier und verfügt noch über all die schönen Erinnerungen an das Leben, eure Lieben, die Blumen und all diesen Kram. Hier braucht ihr sie nicht mehr. Gebt mir ein paar eurer Erinnerungen.«

»Ich weiß nicht.«

»Du wirst ohne dieses Zauberwasser jämmerlich dahinsiechen. Wenn ich das Mittel früher gehabt hätte, wäre mir das hier erspart geblieben.« Sie schob ihren weiten Leinenärmel nach oben und zeigte den dünnen Arm, der fast nur noch aus Knochen bestand. Sie pulte eine Made aus ihrem Fleisch und aß sie schmatzend. »Jetzt ernähren wir uns gegenseitig.« Ein widerliches Lächeln begleitete das Knirschen ihrer Zähne.

»Gut, ich nehme eine Flasche, wenn Sie uns sagen, wo es zum Elysion geht.«

Ihr knochiger Finger schwang in der Luft hin und her. »Jede Auskunft kostet extra. Aber weil ihr neu seid, gebe ich euch noch einen Tipp gratis. Haltet euch fern vom Sumpf. Mit dem Nebel kommen die dunklen Kreaturen des Mavros. Dagegen hilft auch mein Rum nichts. Also, wollt ihr den Weg zum Elysion wissen?« Sie hielt ihm die Hand entgegen.

Jaime drängte Dustin zur Seite und machte eine Kopfbewegung, die ihm signalisieren sollte, dass er gehen wollte. Doch Dustin schien es nicht zu verstehen. Er griff nach der Flasche.

»Lass es sein, Mann. Wir finden Kate auch so. Gehen wir«, zischte Jaime.

»Vielleicht hast du recht«, sagte Dustin, ließ die Flasche wieder los und wandte sich an die Frau. »Nochmals vielen Dank für Ihre Gastfreundschaft, aber wir sind in Eile und müssen jetzt weiter.«

»Nicht, ohne etwas zu kaufen.«

»Komm, wir gehen«, sagte Dustin und trat mit langen Schritten rückwärts ins Wasser. Jaime folgte ihm.

Die dunklen Gestalten sprangen auf und kamen an das Ufer. Die Frau sagte eindringlich: »Jeder von euch wird etwas kaufen.«

Die Gestalten sammelten sich am Ufer und kamen bedrohlich hinterher.

»Nur ein Gedanke, für jeden von uns. Das tut auch nicht weh«, sagte sie so liebevoll, wie es ihre krächzende Stimme zuließ.

Taktisch verteilten sich die anderen zu beiden Seiten und liefen ebenso ins knöcheltiefe Wasser.

»Lauf!«, schrie Jaime und rannte los.

Dustin folgte. Auch die dunklen Kreaturen zögerten nicht und eilten hinterher.

Die krächzende Stimme der Frau tönte über das Tal: »Das werdet ihr bereuen, Frischlinge.«

In Windeseile rannten sie in Richtung eines versunkenen und abgestorbenen Waldes. Die Verfolger ließen sich nicht abschütteln und kamen bis auf etwa zwanzig Fuß näher.

Dustin schrie auf, torkelte und rannte weiter. Jaime blickte sich kurz um, sah einen der Gegner, der mit einer Schleuder auf sie schoss. Ein anderer breitete die Arme aus und schrie die Worte »Kamía peraitéro!«, woraufhin die Meute stehen blieb.

Jaime trat ins Leere, sackte ab und tauchte unter. Das Wasser war dunkelblau und völlig klar. Der Grund lag weit unter ihm in der Schwärze. Dustin tauchte ebenfalls ins Wasser ab und die Geschosse zeichneten lange Streifen mit einer Spur Blasen hindurch.

Jaime schwamm in Richtung des gegenüberliegenden Ufers. Es lag hinter der Schlucht in etwa zwei Meilen Entfernung. Er musste auftauchen, um Luft zu holen, und schwamm mit kräftigen Armbewegungen an die Oberfläche. Dustin war noch immer den Geschossen ausgeliefert, die unaufhörlich neben ihm durch das Wasser zischten. Dann krümmte er sich und riss den Mund und die Augen weit auf. Blut hüllte ihn wie dunkler Nebel ein.

Jaime erreichte die Oberfläche, schnappte nach Luft, sah, wie sie auf ihn zielten, und tauchte schnell wieder ab. Es war zu gefährlich zurückzuschwimmen, um seinem Freund zu helfen. Der schwebte bereits mit dem Kopf nach unten leblos im Wasser. Mit einem Netz fischten sie ihn heraus. Die anderen schrien aufgeregt, warfen Speere und schossen Pfeile nach Jaime. Er konnte das Pfeifen hören, wenn die Geschosse dicht an seinem Kopf vorbeizogen. Schnell schwamm er weiter, blickte sich noch einmal um und sah, wie sie Dustin an das Ufer zogen.

So schnell Jaime konnte, schwamm und tauchte er zur anderen Seite des Canyons. Immer mehr Schützen gaben ihre Jagd auf. Vorsichtshalber tauchte Jaime noch so lange weiter, wie es ihm seine Kraft ermöglichte. In etwa einer viertel Meile Abstand war er in Sicherheit. Aus irgendeinem Grund schwammen sie nicht hinterher und begaben sich stattdessen zum Lager zurück. Dustin zogen sie an einem Seil hinter sich her. Ihre bedrohlichen Schreie wurden seltener und vermischten sich mit dem Wehklagen vom Fluss des Todes.

Mit langsamen, gleichmäßigen Schwimmbewegungen steuerte Jaime auf das andere Ufer zu. Dort standen kahle Bäume im flachen Wasser und darüber kreisten dunkle Schatten in der Form von Vogelschwärmen.

Etwa auf dem halben Weg stoppte Jaime und steckte sein Gesicht ins Wasser. Er hatte seit einigen Minuten das ungute Gefühl, verfolgt zu werden.

Unter ihm lag eine versunkene Festung. Reste von Häusern, Mauern und Straßen, einer Burg und einem Marktplatz lagen auf dem Grund und er erkannte Marktkarren und alte Holzfässer.

Dazwischen bewegte sich etwas.

Ein großer, lang gezogener Schatten huschte durch die Ruinen und verschwand so schnell im Dunkel der Tiefe, dass er nicht erkennen konnte, was es war. Ansonsten schien es unter Wasser kein Leben zu geben.

Es war mühselig, diese Distanz schwimmend zu überwinden. Jaime war nicht sonderlich in Form für eine Strecke diesen Ausmaßes. Der Wille, nicht so wie Dustin zu enden, und natürlich der Mangel an Alternativen trieben ihn zügig voran. Der Schatten tief unten am Grund förderte zudem seine Anstrengung bis an die Grenzen seiner Kräfte.

Kurz vor dem Ziel zerschnitten Schreie einer Frau vom zurückliegenden Ufer die Stille. Er konnte nichts mehr erkennen, dafür war es zu weit entfernt, doch er ahnte, dass die Gestalten ihr nächstes Opfer gefunden hatten. Wieder und wieder schrie die Frau, bis eine donnernde Männerstimme mit einem wütenden Laut die Ruhe wiederherstellte. Es folgten Gesänge wie bei Ritualen und mystische Klänge.

Jaime erreichte das andere Ufer und den lichten Wald, der schaurig im Wasser ertrank. Von den spärlichen Ästen hingen lange, schwarze Fäden wie Lianen herunter. Die Stämme waren gebeugt, die Äste verkrüppelt. Sie standen vor ihm wie geschundene Kreaturen, die ihr Leid in der Hoffnungslosigkeit schweigend auf ihrem Rücken trugen. Dichter Nebel zog geruhsam durch die kahlen Baumkronen. Hin und wieder ragte ein Felsen aus dem Wasser. Umgestürzte Bäume und unebener Grund erschwerten Jaime das Vorankommen. Die grauen Bäume und das Wasser wollten kein Ende nehmen und zerrissen mit ihrer Gleichförmigkeit seine Orientierung.

Von einem dicken Stamm aus konnte Jaime eine Astgabelung erreichen und er kletterte so weit nach oben, bis er über die Baumkronen hinwegsehen konnte. Der tote Wald erstreckte sich bis zum Gebirge am Horizont. Das tiefe Wasser lag hinter ihm. Nur wenige Fuß neben seinem Baum stand ein aufgespießter Totenkopf im Wasser. Jaime kletterte hinunter und stakste dorthin. Federn und kleine Knochen hingen von dem verwitterten Schädel herunter. Es musste schon lange im Wasser stehen. Der Schädel war verfallen, die Federn ausgedünnt und ausgewaschen. Der Pfahl schaukelte sanft in der Strömung. In dreihundert Fuß Entfernung stand ein weiterer Totenpfahl und Jaime folgte dieser Spur.

Mal war das Wasser kniehoch, mal reichte es bis über seinen Bauch. Manchmal trat Jaime nicht richtig auf oder rutschte von glatten Ästen ab, stolperte über Steine und versank in einer Kuhle. Diese Wanderung zermürbte ihn.

Ein kurzes, lautes Knacken kam aus den Baumkronen. Jaime blieb stehen und suchte ängstlich nach der Ursache. Der Nebel verhüllte die Sicht und das wenige Licht warf lange Schatten zum Fuße des Waldes. Wieder knackte es bedrohlich.

Der nächste Totenkopf besaß ebensolche langen, ausgedünnten Federn, nur dass oben eine dicke, heruntergebrannte Kerze saß, von der das Wachs über die Augenhöhlen und die Nasenöffnungen getropft war.

Einladend ragte hinter dem Schädel ein schräger Baumstamm aus dem Wasser, der sich an einen knorrigen, gebogenen Stamm lehnte und zusammen so etwas wie ein annehmbares Sofa bildete.

Jaime prüfte die Substanz und legte sich darauf. Es wurde höchste Zeit, sich auszuruhen. Mit den Händen hinter dem Kopf döste er und verfolgte den vorübertreibenden Nebel. Dann zog er das Foto aus seiner Tasche. Es war völlig durchnässt, ausgeblichen und hing ihm wie ein Waschlappen über die Finger. Zum Trocknen legte er es neben sich auf den Stamm, strich es behutsam glatt und sah Trish an.

»Du wirst nie wieder in dein normales Leben zurückkehren«, hatte sie gesagt. Ob sie damals schon seinen Tod geplant hatte? In ihren aufgeweckten Augen steckte kein Anzeichen ihrer Boshaftigkeit.

»Sie nennen mich den Abschaum des Tartaros«, wiederholte Jaime leise ihre Worte und musste nicken. Sie war wirklich grauenvoll und hatte ihren Spaß beim Töten. Nur, warum konnte sie nicht schrumpelig und hässlich sein? Warum war sie so niedlich und sah aus, als ob man sie beschützen müsste? Das war nicht fair.

Er verschränkte seine Arme und sah auf das weite, glatte Wasser hinaus. Weit hinten sprang etwas Großes heraus, wie ein Wal oder eine gigantische Schlange. Die Oberfläche wühlte auf, das Tier tauchte wieder ab und Wellen trieben sanft auseinander.

Jaime dachte an seine Kindheit und seine Freunde. Aus der Perspektive des Todes sahen seine Handlungen völlig anders aus als früher. Auch seine Freunde schienen keine wahren Freunde zu sein. Er war in seinem Leben viel zu oft Kompromisse eingegangen, um anderen gerecht zu werden und Gefallen zu tun. Doch warum hatte er erst sterben müssen, um zu erkennen, dass sein eigenes Leben viel wichtiger war, als gut für andere dazustehen. Er hätte sich selbst der beste Freund sein müssen und sich nicht über Dinge ärgern, die ihn nicht betrafen. Wer konnte denn auch ahnen, dass das Leben so schnell vorbei sein sollte? Wenn er heute noch einmal die Chance erhalten würde, dann sollte alles anders verlaufen. Er würde den Tag genießen, das Schöne darin suchen und dem Neid und der Wut entfliehen. Er würde genau wissen, wofür er seine Zeit nutzen wollte, um sie nicht zu verschwenden, wie er es viel zu oft getan hatte. Denn das Leben war ein Geschenk, das größte und wertvollste, das jeder Einzelne bekam. Und nichts würde dies jemals übertrumpfen können. Doch warum hatte er die Dankbarkeit vergessen und nicht danach gelebt? Brauchte es immer das Leid, um zu erkennen, was Glück bedeutet?

Die Nebelschwaden trieben vorüber und Jaimes Augen fielen zu. Er sank in schwere Träume mit Ängsten und Schatten, mit fürchterlichen Gestalten, schrecklichen Schreien und widerlichem Gelächter. Seinen Kopf warf er schnell von einer auf die andere Seite und seine Augen bewegten sich hektisch unter den Lidern. Die Albträume ließen ihn nicht in Ruhe und trieben ihn vor sich her, machten die Angst greifbar und vergifteten seinen Verstand.

Er schreckte aus dem Schlaf, riss die Augen weit auf und schnellte hoch. Vor ihm stand ein alter Mann mit tiefen Narben im Gesicht. Er trug eine bodenlange Robe, deren Ränder im Wasser schwammen. Sein Wanderstock war größer als er selbst.

»Wer sind Sie?«, fragte Jaime viel lauter, als er wollte. Ihn umtrieben noch immer die schrecklichen Erinnerungen an die Träume.

»Du bist neu im Hades und hast deine Bestimmung noch nicht gefunden«, sagte der Mann in ruhigem Ton.

»Ja. Ich wurde ermordet. Aber eine Bestimmung scheine ich zu haben. Ich weiß nur noch nicht, wie ich das anstellen soll.«

»Wenn du möchtest, gehen wir ins Lager. Es ist vier Meilen von hier.« Er zeigte zum Wald. »Dort gibt es ein richtiges Bett und etwas zu essen.«

»Müssen wir essen? Ich meine, wir sind doch tot, oder?«

»Ja, junger Freund. Wir sind wirklich tot. Aber wir hatten Glück, dass sich unsere Angehörigen an den alten Brauch erinnern konnten und uns eine goldene Münze mitgegeben haben.« Er legte eine Hand an sein Ohr. »Kannst du ihre Melodie hören? Das sind die verlorenen Seelen.«

Jaime nickte und erhob sich.

»Ich bin am anderen Ufer ein paar Gestalten begegnet, die unsere Erinnerungen haben wollten. Sie haben einen Freund auf dem Gewissen.«

»Vermutlich war das eine Gruppe der Kynigós. Sie gehören zu den Seelenjägern, leben seit tausenden Jahren in der Gegend und waren bereits lange vor der Flut hier. Mich wundert nur, dass du jetzt vor mir stehst. Normalerweise entkommt ihnen niemand. Und wer über die große Schlucht fliehen will, wird von der schwarzen Schlange gefressen.«

»Warum töten sie die Neuankömmlinge?«

»Es geht immer um die Erinnerungen, mein Freund. Jeder im Hades stirbt, wenn die letzten Gedanken verfliegen. Erinnerungen bedeuten Leben. Außerdem sind sie die Währung und die Macht. Die Neuen sind voll davon. Sie sind wandelnde Goldbeutel, die sich aufdringlich mit ihrer frischen Aura präsentieren und alles um sich herum anziehen. Es sind die Gauner, die Nutten, die Verzweifelten, die Gierigen, die Kranken und alle Kreaturen des Abschaums, die mit ihren feinen Nasen die letzten Reste des Lebens über viele Meilen hinweg riechen können, um es denen zu nehmen, die nicht schnell oder stark genug sind.«

»Dann schaffen es nicht viele durchzukommen?«

»Nicht einmal die Hälfte. Das Schlimme ist jedoch, dass der große Nachschub ausbleibt. Früher kamen täglich viele tausend Sterbliche hinzu. Heute sind es gerade mal dreißig oder vierzig. Die Menschen haben die Götter aus den Augen verloren. Sie glauben nicht mehr an die Erschaffung, den Olymp und die Unterwelt. Deswegen denkt niemand mehr an die goldene Münze und sie landen fast alle im Styx, wo sie anfangen zu begreifen. Nur dann ist es zu spät.«

Der Mann stieg über eine Wurzel und winkte mit seinem knorrigen Finger. »Folge mir. Im Lager kannst du dich ausruhen und von dort aus deinen Weg bestreiten. Weißt du, früher stand in der Nähe das große Tor des Hades. Es wurde von Kerberos, dem dreiköpfigen Höllenhund bewacht. Doch seine Gier brachte ihn zu Fall. Er begehrte nach dem Herzen einer edlen Gottheit und bezahlte dafür mit seinem Leben. Dadurch brach das Chaos aus und die Seelen konnten das Tor erstmalig betreten und verlassen, wie es ihnen beliebte. Hades hat in seinem Zorn ein gewaltiges Beben hervorgerufen, in dessen Folge dieser Landstrich im Wasser versank. Drei Totenrichter entscheiden seither, welche Seele in welchen Teil des Hades gelangen soll. Sie sitzen am Ende der Straße nach Okeanos, die zum Ursprung der Welt führt, und dort, wo sich alle Meere und Flüsse vereinen.«

»Dann muss ich zu den Totenrichtern, um in den Elysion zu gelangen?«

Der Mann begann zu lachen, drehte sich kurz zu Jaime um und ging gezielt weiter durch den Sumpf. »Da hast du dir ja etwas vorgenommen. Warst du zu Lebzeiten auch immer brav, hast anderen mehr geholfen als dir selbst und mehr gegeben als genommen?«

»Glaube nicht. Ich war nicht wirklich fromm, wenn Sie das meinen.«

»Das meine ich gewiss nicht. Du weißt schon, dass dort nur die Unsterblichen hinkommen und die Seelen, die von den Göttern geliebt werden? Seit über vierhundert Jahren ist dort kein Sterblicher empfangen worden. Je nach deinem bisherigen Verhalten wirst du entweder im Reich der Schatten oder im Tartaros deine Zeit fristen, bis deine Seele herabgetragen wird.«

»Ich muss jemanden im Elysion finden. Deswegen bin ich hier.«

»Das musst du mit den Totenrichtern ausmachen. Aber bedenke: Wer ihrem Urteil widerspricht, landet im Tartaros.«

Vor ihnen lag ein schmaler Steg, der ungleichmäßig mit verrotteten Brettern belegt war und eine Handbreit über dem Wasser verlief. An eine brennende Fackel war ein schwarzer Hund gebunden, der aufsprang, mit dem Schwanz wedelte und bellte. Der Mann ging auf ihn zu, gab ihm etwas aus seinem Cape zu fressen und tätschelte ihn. Dann warf er ein Stöckchen in den Sumpf und in übernatürlicher Geschwindigkeit sprang der Hund dem Stöckchen nach und schnappte es, noch bevor es auf das Wasser fiel. Mit nur zwei Sprüngen überwand er die Entfernung von etwa achtzig Fuß und landete wieder auf dem Steg.

Jaime trat ebenso aus dem Wasser und der Hund fletschte augenblicklich seine Zähne und knurrte. Der Mann beruhigte ihn, klopfte auf sein Hinterteil, bis er sich gesetzt hatte.

»Er tut dir nichts, solange du an meiner Seite bleibst«, sagte er. »Wenn du allerdings vorhast zu fliehen, wird er dich in Stücke reißen.«

»Bis jetzt hatte ich das nicht vor. Sie führen doch etwas im Schilde.«

»Mit der Zeit kommt die Ruhe. Ich bin nicht mehr so agil wie die jungen Jäger, doch meine Fangquote kann sich durchaus sehen lassen.«

»Dann bin ich Ihr Gefangener?«

»Könnte man sagen. Wenn du machst, was ich dir sage, wird dir nichts passieren.«

»Was haben Sie vor?«

»Nun, auch meine Seele wird davontreiben, wenn die Erinnerungen aufgebraucht sind. Außerdem benötige ich neue Tauschmittel. Aber keine Sorge, dir verbleiben genug Erinnerungen, damit du es bis zu den Richtern schaffst.«

Jaime blieb stehen und nach wenigen Metern Abstand knurrte der Hund mit fletschenden Zähnen. Der alte Mann drehte sich um.

»Na, na. Du darfst nicht zurückfallen. Es wäre schade um dein schönes Gesicht.« Er drehte sich zur Seite und offenbarte drei tiefe Narben quer über seiner Wange. »Hier haben mich seine Krallen erwischt. Doch wenn er sich festbeißt, wirst du mehr als deine äußere Makellosigkeit verlieren.«

»Wie es scheint, gibt es in der Unterwelt niemanden, dem man vertrauen kann.«

»Jetzt hast du die erste Lektion gelernt. Das gelingt nur wenigen, ohne das Dasein zu beenden. Komm weiter.«

Widerwillig folgte Jaime seinen schwerfälligen Schritten.

»Können Sie mir sagen, was sich hinter dem Okeanos verbirgt? Finde ich dort die Erlösung?«

»Es gibt keine Erlösung. Du befindest dich am Ende aller Dinge.«

Die morschen Bretter stöhnten unter ihren Füßen. Neben dem Steg, der so schmal war, dass er gerade mal Platz für eine Person bot, waren die spitzen Steine zu sehen und hin und wieder ein Schatten, der sich darum schlängelte. Ohne sich zu Jaime umzudrehen, sagte der Mann: »Denn ich sehe in die Ferne, zu den Okeanos und Homer und den Göttern des Ursprungs, und sehe die Vollkommenheit in einem strahlenden Licht, die weit entfernt und unerreichbar für all jene ist, die dem Zweifel erliegen.

Denn ich sehe die Zwietracht, den Graus der Ewigkeit, getrennt durch den Styx und die gewaltige Göttin des herrlichen Hauses, derer Verführung die Seelen verschlingt, und ringsumher die Felsen im Reigen stehen und schweigend den Chor, der winselnden Schreie mit dem Wind über die Lande trägt.

Denn ich sehe meinen letzten Blick und weiß um die Errettung im fernen Land, wenn der Strom seinem Ende entgegengeht und sich mit dem allumfassenden Quell vereint und zum Ursprung der Welt zurückgelangt.

Dann sehe ich dem Himmel entgegen und die glanzvollen Säulen schimmern durch die Nacht und die Erleuchtung wird sich über all jene legen, die vom Rücken dieser Welt getragen wurden und nicht bereuen. Dann weiß ich, dass ich angekommen bin.«

Jaime versuchte sich seine Worte einzuprägen, doch er sprach in Rätseln und das machte es nicht gerade einfach.

»Was bedeutet das?«

»Jeder träumt von seiner Erlösung, aber fast niemand findet sie. Du darfst niemals von deinem Weg abweichen, niemals dein Ziel aus den Augen verlieren und musst mit reinem Herzen vor dem Schöpfer stehen. Dann wird er dir eine glanzvolle Zukunft gewähren.«

»Und wenn wir beide uns auf den Weg zur Quelle machen, dorthin, wo alles entstanden ist?«

»Als ich noch jung war, habe ich es zweimal versucht. Beim letzten Mal bin ich nicht weiter gekommen als bis zum großen Lavasee. Dahinter stiegen die Berge senkrecht in den Himmel auf und üble Kreaturen lauerten dort auf leichte Beute. Sie haben alle erwischt.«

»Wen?«

»Wir waren acht mutige Männer. Ich entkam als einziger und zog mich in den Vorhof des Hades zurück. Seitdem lebe ich hier und versuche über die Runden zu kommen.«

»Aber Sie sagten: ›Die Vollkommenheit liegt im strahlenden Licht. Sie ist weit entfernt und unerreichbar für all jene, die dem Zweifel erliegen.‹ Sie hätten an den Erfolg glauben müssen.«

»Im Angesicht des Todes zeigt sich dein wahrer Charakter. Hier muss deine Stärke von innen kommen. Jede Täuschung und jeder aufgesetzte Gedanke wird in diesem Augenblick schonungslos offenbart. Das ist der Moment der Entscheidung. Der Moment, der zeigt, wer du wirklich bist.«

»Was ist mit denen, die es schaffen?«

»Sie dürfen in die Vollkommenheit. Eine Welt außerhalb unserer Vorstellung und besser als Elysion oder der Olymp der Götter. Es ist ein Ort, an dem kein Leid existiert. Dort entstehen das göttliche Ambrosia und die reine Liebe.«

»Dann brauche ich überhaupt nicht mehr dorthin. Ich habe die reine Liebe bereits empfangen und verspüre sie noch immer. Selbst hier, an diesem dunklen Ort.«

Der alte Mann blieb stehen und drehte sich schwerfällig um. »Wenn dem so ist und deine Liebe wirklich so stark ist, wie du sagst, dann begib dich auf den Weg und zweifle niemals auch nur eine Sekunde an ihrer Wahrhaftigkeit. Alle paar Jahre schafft es jemand. Vielleicht ist die Zeit wieder gekommen?«

»Dann lassen Sie mich gehen?«

»Später, junger Mann, erst später.«

Zwischen den Bäumen leuchteten in einer ungleichmäßigen Reihe Fackeln. Menschliche Stimmen und der Klang einer Gitarre waren zu hören. Dann kamen gleichmäßiges Schlagen auf Metall und ein rhythmisches Quietschen hinzu. Vor ihnen lag eine Siedlung mit einem Schutzwall aus angespitzten Stämmen darum. Alles stand auf Pfählen im Wasser. Der Steg mündete in einer Weggabelung, die um den Wall herum verlief. An der Kreuzung befand sich ein schmales Tor, über dem ein verblasstes Banner gespannt war, das den Kieferknochen eines Wolfes und eine Zweihandaxt darunter zeigte. Es roch nach gebratenem Fleisch.

Der alte Mann bewegte eine Kordel neben dem Tor und eine scheppernde Glocke war drinnen zu hören. Kurz darauf öffnete sich eine Klappe in Augenhöhe und ein zahnloser Mann mit schwarzer Kapuze blickte sie an.

»Asghar, alter Knabe. Hast Frischfleisch mitgebracht. Kommt durch.« Die Klappe schlug zu und das Tor öffnete sich.

Der Alte schob Jaime hinein. Der Zahnlose half kräftig nach und riss an seiner Schulter, spähte kurz zum Tor hinaus und schloss es wieder.

Eine junge Frau kniete im Schmutz. Ihre einst blonden Haare waren verklebt, schmutzig und zerzaust, ihr Gesicht voller Erde und getrocknetem Blut. Sie sah Jaime flehend an und reckte eine Hand zu ihm. Der Zahnlose trat sie weg und sie fiel in den schwarzen Schlamm. Sie hatte Wucherungen am Rücken und überall Wunden, die teilweise bluteten.

»Weiter. Nicht träumen, junger Mann«, sagte der Alte. »Immer geradeaus.«

Im Wasser trieben Essensreste, Leichenteile und verfaultes Holz, das rhythmisch gegen die Bohlen klopfte.

Jedes Gesicht, in das Jaime sah, war zerfressen und schmutzig. Den meisten fehlten die Zähne, teilweise Körperteile, wobei es mal ein Ohr, mal ein Arm oder Bein war, manchmal auch eine Nase oder der halbe Kopf. Eine Frau mit einem Stumpf, an den ein Stück Holz als Unterschenkel gebunden war, kam sehr dicht an ihn heran, roch mehrfach an ihm und stöhnte.

»Verschwinde!« Der Alte schob sie beiseite. »Du riechst süß nach Leben, Kleiner.«

Sie leckte nach ihm, doch er schubste Jaime an der Schulter weiter und trieb ihn durch die engen Gassen, in denen beidseitig kleine Holzhütten standen. Oft waren die Fensterläden verschlossen, manchmal fehlten einzelne Bretter in den Wänden oder gar das komplette Dach. Hier stank es nach Verwesung und Abfall. Der Steg führte auf schlammige Wege, die über die gesamte Breite mit Fußspuren und Pfützen überzogen waren.

»Asghar!« Ein Mann, angezogen wie ein schwarzer Krieger, klopfte dem Alten freundschaftlich auf die Schulter. »Es wird Zeit, dass du wieder etwas mitbringst.«

Der kräftige Mann hatte tiefe, schlammbesetzte Falten im Gesicht, sah aber ansonsten recht ansehnlich aus. Er stellte sich vor Jaime, nahm sein Kinn in die Hand und drehte seinen Kopf, um ihn von allen Seiten zu betrachten. Sein Atem stank nach Knoblauch und Fäulnis.

»Kräftiger Bursche. Wo hast du ihn aufgetrieben?«

»Draußen an der Klippe. Er kam von der anderen Seite.«

»Hast Glück gehabt.« Der Krieger klopfte Jaime so hart gegen den Arm, dass es schmerzte. »Dort lauern die Kreaturen des Mavros. Normalerweise kümmern die sich um die Neuen.«

Sie bogen auf eine Art Marktplatz, wo ein reges Treiben herrschte. Hier wurden Waren feilgeboten, Marktschreier taten ihr Bestes und Trinkspiele wurden gespielt.

»So, hier sind wir«, sagte der Alte und der Kräftige zerrte Jaime grob an einen Holzpfahl, riss seine Hände nach hinten und band sie dort zusammen. Der Hund bewachte ihn mit scharfem Blick und setzte sich daneben.

Der Alte läutete eine Glocke, die sich oben am Pfahl befand. In Windeseile sammelten sich die schaurigen Toten davor und gafften Jaime an, betatschten seinen Arm, seine Haare und die Hose. Jeder wollte etwas abhaben und der Handel war eröffnet. Jemand kaufte zehn Erinnerungen und bezahlte mit einer Flasche Wein. Der Alte fingerte in Jaimes Haaren und stellte seine knochigen Finger auf seine Kopfhaut. Jaime schrie, zappelte und ließ ihn nicht gewähren. Der Kräftige spannte Jaimes Kopf wie in einer Schraubzwinge zwischen seine Hände und ein kurzer, heftiger Stich durchzog seine Stirn. Der Alte hielt ein paar Leuchtpunkte in der Hand, die genauso aussahen wie der Stern von Dustin bei ihrer Begegnung. Seine Erinnerungen wechselten den Besitzer und der Alte rief: »Erinnerungen. Ab einhundert Erinnerungen gibt es eine gratis dazu. Kauft, Leute! Kauft, solange der Vorrat reicht.«

Die Massen tobten und der nächste Schmerz durchfuhr ihn, dann wieder und wieder.

»Aufhören!«, schrie Jaime und ihm wurde der Mund zugehalten. Er trat nach den Leuten, die ihm zu nahe kamen, doch es wurden immer mehr und sie drängten dichter herbei, zerrten an seiner Hose, rissen ihm die Schuhe von den Füßen, geiferten und jaulten. Seine Hose wurde gegen ein altes Holzfass eingetauscht. Der Mann zog daran und riss ihm die Beine vom Boden weg. Jaime rutschte schmerzhaft am Stamm herunter, wehrte sich und schrie, bis sein Mund wieder von der großen Hand bedeckt wurde. Jemand zerrte an seinem Pullover, ein anderer wollte seine Zähne und immer wieder Erinnerungen. Der Alte zählte Diamanten und Goldstücke und häufte immer mehr Waren an. Der Kräftige näherte sich mit einer Zange und riss Jaime den Mund auf. »Wie viele Zähne hat er gekauft?«, fragte er den Alten.

Dann schrie jemand aus der Menge: »Melantho!«

Sofort war es still auf dem Platz. Es war der Mann, der seine Hose gekauft hatte, der nun das Foto von Trish in die Höhe hielt. »Das ist Melantho, die Tochter des Dolios.« Er warf die Hose und das Bild vor Jaime. »Ich mache den Handel rückgängig.«

Aufgebracht warfen die anderen ihre Sachen zurück, stritten und schrien. »Betrüger!«

»Bist du wahnsinnig?«, geiferte eine Frau den Alten an.

»Gib mir den Wein zurück. Ich will diese Erinnerungen nicht«, schrie der Mann und ein anderer quetschte sich nach vorne. »Damit will ich nichts zu tun haben.«

So schnell sich die Leute versammelt hatten, trieben sie wieder auseinander. Der Alte nahm das Bild und sah zu Jaime. »Woher kennst du sie?«

»Das ist meine Freundin. Dieses Bild habe ich bei mir zu Hause aufgenommen. Sie hat mich in die Unterwelt geschickt.«

»Binde ihn los«, sagte er zum Kräftigen, der rasch den Befehl ausführte. Der Alte reichte Jaime die Hose. »Nimm das und verschwinde von hier.« Er gab ihm seine Erinnerungen zurück und verließ eilig den Platz.

Jaime zog sich die Hose wieder an und stand mit zerrissener und schmutziger Kleidung alleine auf dem Marktplatz, als hätte er die Pest. *Aber hallo,* dachte er. *Sie ist der Abschaum des Tartaros und wurde von dort verbannt, weil sie zu übel war.* Jetzt grinste er breit. Trish war seine Eintrittskarte ins Elysion, und überall anders hin.

Der Trank ist verschwunden, dachte Jaime voller Entsetzen und tastete sich selbst an Stellen ab, an denen er unmöglich sein konnte.

Der Typ mit der Hakennase, der seine Jeans gekauft hatte, bog gerade in eine Seitengasse ab. Jaime rannte ihm nach, entdeckte seine Schuhe im Schlamm vor einem Bretterstapel, schnappte sie sich und bekam gerade noch mit, wie der Mann in einem Haus am Ende der Gasse verschwand.

»Verschwinde aus dieser Gegend. Wir können keinen Ärger gebrauchen«, geiferte eine alte Frau und bedrohte ihn mit ihrem Stock.

Er sah, wie sie zum Marktplatz lief, und rief ihr leise hinterher: »Den Ärger habt ihr schon.«

Klar wusste er, dass sie seine Worte nicht gehört haben konnte, doch verschaffte es ihm eine gehörige Portion Selbstvertrauen. Er rieb sich die Hände und lehnte sich an die Hausecke, strich den Morast von den Strümpfen und kroch in seine Schuhe. Dann ging er auf das Haus mit den schrägen Wänden zu, legte seine Hand auf den Türknauf und sammelte Mut. *Trish wird mir beistehen*, dachte er sich, riss die Tür auf und stürmte hinein. Der kleine, dunkle Raum war unordentlich. Es stank nach Schimmel, und die Farben fehlten. Am großen Tisch saß apathisch eine füllige

Frau und sah träge auf, wandte sich umgehend wieder ab und hantierte an der Tischkante. Jaime glaubte, dass sie Fasern vom Tisch aß.

»Wo ist der Mann, der gerade ins Haus gekommen ist?«

Sie reagierte nicht auf ihn, also lief er zum schiefen Durchgang im hinteren Raum, duckte sich unter einem Brett hindurch, das von der Decke hing, und stieß im dunklen Flur mit jemandem zusammen. Erschrocken wich Jaime zurück und sah in das von Haaren verdeckte Gesicht eines verwahrlosten Mädchens.

»Entschuldigung. Ich habe dich nicht gesehen«, sagte er.

»Entschuldigung, ich habe dich nicht gesehen«, wiederholte das Mädchen.

»Hier ist gerade ein Mann ins Haus gekommen. Wo finde ich ihn?«

»Wer will das wissen?« Sie kam ein Stück ins Licht und betrachtete ihn aus der Nähe. Sie schnupperte auffällig.

»Ich bin Jaime. Gibt es weitere Räume oder einen Hinterausgang? Es ist wichtig.«

»Gedanken sind wichtig und die Maden fernzuhalten ist wichtig.«

»Er hat mir etwas gestohlen. Trish, ich meine Melantho, hat es mir gegeben. Ich habe eine Aufgabe.«

Sofort zog sich das Mädchen in den dunklen Schatten zurück. »*Die* Melantho? Sprichst du von der grausamen Melantho?«

»Genau die. Und wenn du mir nicht helfen willst, gehst du mir besser aus dem Weg.« Er zwängte sich an ihr vorbei, während sie weiter an ihm roch, schob Bretter und Laken beiseite und stieg über Unrat.

»Warte«, sagte sie. »Mein Vater ist auf dem Dachboden. Er hat doch nichts Böses getan?«

»Nun, wenn man mal davon absieht, dass er mir das Fläschchen gestohlen hat, nein. Dann hat er mich sogar unbewusst gerettet.«

»Darf ich noch einmal an dir riechen?«

»Wofür soll das gut sein?«

»Dein Duft erinnert mich an das Leben. Ich will die Erinnerung, solange es geht, behalten.«

»Gut. Dann zeigst du mir aber, wo es auf den Dachboden geht.«

Augenblicklich kam sie näher, roch an seinem Arm, an seiner Brust und seinem Hals. Sie stöhnte sehnsuchtsvoll.

»Das ist gut«, sagte sie und nahm noch einen kräftigen Luftzug von ihm, bevor sie voranging. In einer finsteren Kammer ging eine wacklige Treppe nach oben. Schwaches Licht fiel durch eine Luke an der Decke herein, das ihm ausreichend Sicht spendete. Er stieg nach oben und sah den Kerl mit der Hakennase vor einem Bett knien.

»Hey, Mann. Sie haben etwas von mir.« Jaime krabbelte bis nach oben und lief gebückt unter den tief liegenden Dachbalken zu ihm.

»Was habe ich denn?«, fragte der Mann aufgeweckt.

»Mein Fläschchen.« In diesem Moment sah Jaime es auf dem Bett liegen. Der Verschluss lag daneben.

Er sprang vor, griff danach und hielt die Flasche gegen das Licht. Sie war leer.

Jaime schnellte herum und schrie: »Wo ist der Inhalt?« Er stieß den Mann zurück, der auf den Boden kugelte und lächelte. »Jetzt wird Melantho kommen und Sie holen.«

»Wer ist das und wohin bringt sie mich?«

»Sie haben doch selbst allen erzählt, wer das ist.« Jaime stockte. »Oh, nein. Sie haben das Zeug getrunken. Stimmt das? Haben sie die Flasche ausgetrunken?«

»Welche Flasche? Wer sind Sie und wo sind wir überhaupt?«

Jaime fasste sich genervt an die Stirn. »Das kann jetzt nicht wahr sein. Warum muss mir das immer passieren? Sie wissen ja gar nicht, was sie gerade angestellt haben. Dieses Mittel war die einzige Möglichkeit, die Menschheit zu retten.«

»Was ist mit der Menschheit?«

»Ach nichts. Vergessen Sie es.« Er drehte sich um und brabbelte vor sich hin: »Ach nein, du hast ja bereits alles vergessen.« Er kletterte die Treppe hinunter, wo das Mädchen auf ihn wartete.

»Hast du bekommen, was du wolltest?«

Unglücklich ging er an ihr vorbei und winkte ab. »Das hat alles keinen Sinn mehr.«

»Sag so etwas nicht. Es gibt immer Hoffnung.«

Gereizt drehte er sich zu ihr um. »Hast du vergessen, wo wir sind? Sie hat mich getötet, um Kate zu finden. Dafür hätte sie die Menschen verschont.« Schwermütig fügte er hinzu: »Zumindest für eine Weile.«

»Die edle Göttin?«

»Ja, Kate Neverate. Aber das spielt jetzt keine Rolle mehr.«

»Als Entschuldigung kann ich dir einen starken Kaffee machen.« Sie zeigte zum Tisch neben die Frau.

Jaime stellte den Stuhl zurück, verharrte und ging zu dem schäbigen Sofa neben dem kleinen Ofen. Dort ließ er sich fallen und legte breit seine Arme über die Rückenlehne. »Ja, ein Kaffee wäre jetzt gut.«

Augenblicklich hantierte das Mädchen in der Küche, die aus einem Schrank bestand, aus dem die Fronttüren gerissen waren. Sie stellte einen Kupferkessel auf den Ofen, brachte zwei Tassen zu Jaime und setzte sich neben ihn. »Du bist noch nicht lange hier?«

»Genau. Du hast es gerochen. Ich weiß«, sagte er teilnahmslos.

»Ich mag deinen Duft.«

Jaime drehte das Fläschchen in der Luft. »Es ist noch ein Tropfen drin«, sagte er. »Sie hat gesagt, es genügt, ihre Lippen zu befeuchten.«

»Dann ist nicht alles verloren?«

»Vielleicht nicht. Ich könnte es probieren.«

»Was ist das für ein Trank?«

»Der lässt dich alles vergessen. Dein Vater hat ihn getrunken. Ich fürchte, du wirst ab sofort viel Arbeit mit ihm haben.«

»Manchmal ist es besser zu vergessen. Dummerweise werden sie ihn ohne Erinnerungen in drei Tagen holen. Er bekommt, was er verdient.«

Jaime zuckte mit den Schultern.

»Bist du Kate Neverate schon einmal begegnet?«, fragte das Mädchen aufgeweckt.

»Bisher nicht.«

»Ich würde ihr gerne einmal begegnen. Sie hat viel Gutes für uns getan. Sie ist ...« Sie überlegte. »... mein Idol. Ich verehre sie.«

»Weißt du, wo ich sie finden kann?«

»Nein, aber du kannst die Seher fragen.«

»Wo finde ich diese Leute?«

Der Kessel pfiff laut auf und das Mädchen erhob sich, goss das Wasser in zwei Tassen und setzte sich wieder neben ihn.

»In der Schlucht.« Sie nippte an ihrem Kaffee. »Pantognóstis befindet sich in der versunkenen Stadt. Wenn du willst, kann ich dich dort hinbringen.«

»Unter Wasser? Ist er ein Fisch?«

Sie lachte, wodurch ihre Zahnlücken hinter den Schneidezähnen zum Vorschein kamen. »Er ist doch kein Fisch. Die sieben Seher sind die verfluchten Kinder von Priamos und Hekabe.«

Jaime roch an dem Kaffee und trank einen Schluck. Er schmeckte fürchterlich bitter. »Der ist ziemlich stark. Ist das überhaupt Kaffee?«

»Wir nennen es so. Richtigen Kaffee wie auf der Erde gibt es im Hades nicht.«

Mit hochgehaltener Hand sagte er: »Ich will gar nicht wissen, was das ist.«

»Das ist nichts Schlimmes. Es besteht aus den ...«

»Ich habe gesagt, dass ich es nicht wissen will«, schrie er dazwischen.

»Ist ja gut.«

»Was willst du dafür haben, wenn du mich zu Pantognóstis bringst?«

»Nichts.«

»Wie, nichts? Jeder will doch etwas.«

»Nun, ja«, druckste sie. »Ich hoffe, einfach hier rauszukommen. Vielleicht kannst du mich auf deiner Reise mitnehmen?«

Er sah sie genauer an. Ihr Gesicht war mit einer verwischten Schmutzschicht bedeckt, die Haare standen wild zu allen Seiten und sie besaß ein angenehmes Lächeln. Sie trug verschlissene Kleidung in mehreren Lagen übereinander, wovon etwas Spitze aus ihrem knielangen Rock schaute.

»Ich schätze, du bist zu jung für eine schwere Reise.«

»Bitte. Ich werde dir ganz bestimmt nicht zur Last fallen.«

Jaime trank wieder einen Schluck von dem widerlichen Getränk und lehnte sich mit seiner Tasse entspannt zurück. »Ich könnte wirklich Gesellschaft gebrauchen.«

Das Mädchen sprang auf und hopste vor seine Füße. »Toll! Ich packe schnell meine Sachen. Das dauert auch gar nicht lange. Danke, danke, vielen Dank«, sang sie, drehte sich, wirbelte durch das Zimmer, schnappte sich eine Umhängetasche, steckte ein paar Dinge hinein, griff nach einem langen Wanderstock und sprang zu ihm zurück.

»Fertig.« Sie grinste aufgeregt.

Er kratzte sich an der Schulter und trank noch einen Schluck, verzog das Gesicht und stellte die halb volle Tasse ab. »Also gut, dann lass uns aufbrechen.«

Kapitel 9

Liebe Luventa,
bitte verzeih mir, aber ich wollte dich nicht wecken. Deshalb küsse ich dich und wünsche dir alles Gute auf der Erde.
Ich fühle, dass mit meiner Reise die Bestimmung vollendet wird. Du kannst dir gar nicht vorstellen, wie aufgeregt ich bin, endlich den Olymp zu sehen und die echten, großen Götter. Doch egal, was ich dort finden werde, ein Teil meines Herzens bleibt immer bei dir und wacht über dich.
Ich vermisse dich bereits jetzt.
In Liebe, deine Emilia.

Luventa legte den Brief auf den Balken neben die Farbpalette. Sie hatte ihre Latzhose übergezogen, auf der wilde Farbkleckse ihr Zuhause gefunden hatten. Sie stand in ihrem Atelier auf dem geräumigen Dachboden, in dem von allen Seiten durch die langen, schrägen Fenster Licht einfiel. An der einzigen Säule hatte sie Spiegel angebracht und daneben standen die Staffeleien. Mit einem langen Pinsel in der Hand betrachtete sie sich und grinste ihrem Spiegelbild entgegen. Seitlich fuhr sie sich über die Taille und ihre Hüfte.

»Ich bin noch attraktiv genug für einen Gott.« Dann spritzte sie grüne Farbe aus ihrem Pinsel quer über den Spiegel. »Hättest du nicht gedacht, Schätzchen. Er ist ein überaus attraktiver Gott, etwas geheimnisvoll, aber sehr sexy.« Vornehm baute sie sich vor dem Spiegel auf und tat so, als ob sie ein ausgestelltes Kleid hochhielt, und tanzte einen Schritt nach rechts und zwei kleine nach links. Dann drehte sie sich mit auf den Kopf gestellten Fingern. »Mach's gut, liebe Schwester. Ich wünsche dir das Beste dieser Welt.« Bei diesen Worten hörte sie auf, sich zu drehen, und sah betrübt auf ihr letztes Kunstwerk, einer schwarzen Erde, die im Feuer ertrank.

Auch ihre anderen Bilder neigten oft zur Finsternis, zeigten einen gigantischen Atompilz, der kunstvoll und fröhlich über einer Millionenstadt strahlte, dann eine Stadt, die unter dem Sand einer gigantischen Wüste vergraben wurde, wo der Tour Montparnasse, der Tour Prélude und die Spitze des Eiffelturms gerade noch heraussahen. Auf einem weiteren Bild hatte sie eine fröhliche Menschengruppe gezeichnet, zwischen denen jemand mit schrecklicher Aura stand, der alle anderen vergiftete. All ihre Bilder waren kunstvoll, abstrakt und zeigten in leuchtenden Farben die Details des möglichen Schreckens.

Vor ihrem Selbstporträt blieb sie stehen. Es war das einzige Gemälde mit einer durchweg positiven Ausstrahlung. Sie tunkte den Pinsel in die weiße Farbe und übermalte das fertige Bild mit wilden Strichen und fügte einen runden Bogen über ihrem Bauch hinzu. Sie wechselte die Farben und nach einer Weile wurde aus dem Gekritzel ein dicker, nackter Babybauch. Mit Konturen und feinen Schatten vervollständigte sie das Bild und trat zufrieden zurück. Schließlich malte sie ein breites, rotes Schleifenband darüber, als ob ihr Bauch ein Geschenk wäre.

»Ihr wisst es also?«

Sie schrak herum. Pandion lehnte im Türrahmen und sah sichtlich zufrieden aus.

»Ja, ich spüre es so deutlich wie nie. Habt Ihr meine Schwester sicher in ihr neues Zuhause gebracht?«

»Das Schleifenband ist eine gute Idee. Wenn es soweit ist, möchte ich das Geschenk persönlich auspacken.«

»Wo ist sie untergebracht? Was hat sie gesagt? Wem ist sie begegnet?«

»Ihr geht es gut. Sie muss sich zunächst an die neue Situation gewöhnen.«

»Emilia ist nicht der Typ, der sich an irgendetwas gewöhnen muss.«

»Ach verdammt. Ich habe dieses Versteckspiel so satt. Früher oder später werdet Ihr es ohnehin erfahren. Eure Schwester befindet sich nicht im Olymp. Und bevor Ihr mir jetzt Vorwürfe macht oder mir Löcher in den Bauch fragt, muss ich Euch sagen, dass ich nichts darüber erzählen kann.«

»Wo ist sie?«

»Bitte nicht. Es hat etwas mit Eurer Mutter zu tun. Ich muss noch einige Dinge klären, bevor ich es Euch anvertrauen kann.«

»Bringt mich auf der Stelle zu ihr.«

Er strich ihr durch das Haar. Sie wich aus.

»Was habt Ihr getan?«

»Das, was ich tun musste. Ihr geht es gut, sie redet wie ein endlos sprudelnder Wasserfall und Ihr werdet sie wiedersehen. Mehr kann ich im Moment nicht sagen.«

»Das hört sich nicht gut an.«

»Leider habe ich weitere schlechte Nachrichten mitgebracht.«

»Hat sie etwas kaputt gemacht? Ich meine, darin ist sie wirklich spitze.«

»Wenn es nur das wäre. Ich habe Neuigkeiten von Eurer Mutter.«

Luventa ließ den Pinsel sinken.

»Ich habe Eure Mutter verflucht und jemand aus der Unterwelt hat ihre Schwäche ausgenutzt, sie entführt und ihr Dasein verschleiert.«

»Warum habt Ihr das getan?«

»Weil sie etwas besitzt, das viel besser in meine Welt passt als in ihre. Fragt nicht weiter. Die Machtverhältnisse ordnen sich gerade neu und die Aussicht auf Ruhm und Macht verändert manchmal sogar die Götter. Allerdings liegt mir noch etwas ganz anderes auf dem Herzen. Und zwar hat mir Emilia von Euren besonderen Fähigkeiten berichtet.«

Luventa war gespannt, ihre Augen weit geöffnet und klar.

»Ich glaube inzwischen, dass Ihr mich verzaubert habt.«

»Das hoffe ich doch.«

»Ich meine die Macht, Gefühle zu beeinflussen.«

Lässig winkte sie ab und sagte keck: »Ja, vielleicht habe ich das wirklich.«

Er verzog die Lippen. »Ich nehme Euch mit in mein Reich. Emilia ist gemeinsam mit Euch in der Lage, Kate ausfindig zu machen. Dazu muss ich aber das Tor auf eine andere Weise öffnen. Ich will ja nicht, dass Ihr zu Schaden kommt.«

»Dann gehen wir jetzt?«

»Ja, ich muss nur noch eine Kleinigkeit vorbereiten.« Er griff ihre Hand und eilte mit ihr in den Garten. Vor dem Pool stellte er sich auf und nahm Luventa fest an die Hand. »Ich brauche Euch als Verstärker. Konzentriert Euch auf meine Worte und spürt die Energie. Bekommt Ihr das hin?«

Sie nickte und lächelte ihm freundlich zu. »Ich versuche, für einen Moment, nicht an Euch zu denken.«

»Das ist wichtig. Nimm die Sache ernst.«

»Von mir aus können wir anfangen.«

Pandion hob seinen Kopf und die Worte einer längst vergessenen Kultur sprudelten über seine Lippen. Er schloss seine Augen und steigerte den singenden Ruf.

Lautes Dröhnen kam von der River Street. Die Bäume wackelten und ein Auto flog durch die Luft. Schreckliches Gebrüll war zu hören.

Luventa sah ein gigantisches Monster auf sie zukommen. »Pandion! Was ist das?«

Aus seiner aufgestellten Hand strömte blaue Energie. Er sagte seinen Vers auf, war wie in Trance und schien nichts zu bemerken.

Das Monster riss die Mauer ihres Grundstücks ein, schlug mit einer Hand gegen das Tor, welches sich in hunderte Teile über das Grundstück verteilte, die gegen die Hauswand schlugen und im Pool und auf dem Rasen landeten. Es sah wie eine riesige, grünbraune Echse aus, die das Maul aufriss, in dem lange, spitze Zähne steckten sowie zwei hervorstehende Hauer. Auf den Schultern trug es bronzefarbene Schutzschilde und sein Panzer war schäbig. An einer Stelle auf der Brust steckten abgebrochene Pfeile sowie eine Axt, die bei seiner Größe wie Spielzeug wirkte. Sein Atem war sichtbar.

Die Kreatur sprang in den Vorgarten und beim Aufkommen zitterte die Erde. Sie hatte sie gesehen und stieß einen fürchterlichen, hallenden Schrei aus.

»Pandion. Was ist das? Pandion, hört sofort auf damit.« Sie zerrte an seinem Arm, dann rüttelte sie ihn an den Schultern und schrie. »Ihr müsst etwas unternehmen.«

Er reagierte nicht auf sie und beschwor weiter seinen Ruf.

Die Gestalt mit den übermäßig vielen Armen kam auf sie zu. Luventa rannte zum Haus und winkte, um die Aufmerksamkeit auf sich zu lenken. »Komm hierher.«

Kurz überlegte das Scheusal, wohin es gehen sollte, und kam mit großen Schritten auf sie zu, zertrümmerte mit kräftigem Schlag den Brunnen und sprang dicht vor ihre Füße. Sie rannte weg und schrie: »Pandion. Hilf mir!«

Das Untier war unglaublich schnell, sprang in weitem Bogen über sie und stand wieder genau vor ihr. Ein Dutzend Klauen griffen nach ihr, sie wich aus, es brüllte und sein stinkender Atem vergiftete die Luft.

Sie rannte weg, wurde am Fuß gegriffen und hochgeschleudert. Eine Klaue schlug gegen das Vordach. Die Kreatur donnerte ihr einen Schrei entgegen, der ihre Ohren betäubte. Sie sah seine kräftigen Hauer nur wenige Fuß entfernt, wovon einer die Größe ihrer Beine besaß. Dann wurde sie an den Armen gehalten und weitere Klauen hielten jeweils ein Bein. Schrill brüllte sie zu Pandion. Das Monster riss an ihr, wollte sie zerreißen und wurde nach hinten geschleudert. Luventa fiel hart ins Gras. Sie sah ihren Gott in Angriffsstellung, der Energiebälle auf das Ding schoss und eine dunkle Wolke beschwor, die sich rasch darüber bildete.

Das Untier richtete sich auf, wurde von der Energie zurückgetrieben, stürzte und begrub einen Baum und die Mauer unter sich. Sein Brüllen war laut und wütend. Die giftige Wolke senkte sich über ihm ab und schien ihm in den Augen zu brennen. Sie hüllte ihn vollständig ein und verbarg sein hässliches Gesicht.

Pandion kam zu Luventa gerannt. »Seid Ihr in Ordnung?«

»Etwas früher hättet Ihr wohl nicht eingreifen können?«

»Bitte verzeiht mir, edle Tochter von Neverate.«

»Schon gut. Außer ein paar blauen Flecken habe ich nichts abbekommen.«

Er küsste sie und sagte dann: »Das war Briareos, einer der drei hundertarmigen Hekatoncheiren, die nach der letzten großen Schlacht vom Olymp auf die Erde geflohen sind. Er wird unsere Energie gespürt haben und ist hergeeilt. Es gibt noch zwei weitere von seiner Art.«

Laut brüllend kam die Bestie aus der Giftwolke herausgesprungen und landete direkt auf Pandion. Luventa wurde davongeschleudert. Sie rollte über die Wiese und schlug hart gegen eine steinerne Statur.

Die Kreatur war sichtlich zerfressen, wie von Säure aufgelöst. Einige Arme hingen kraftlos herunter und einem Fuß fehlte das Fleisch. Unerbittlich bohrten sich seine Krallen in Pandions Beine und schnappte ihn mit dem Maul. Dieser schoss Energieblitze in seinen Schlund und spannte sich gegen die Kraft des Kiefers.

Luventa richtete sich auf, torkelte, hielt sich an der Statur fest und sah, wie sich das große Maul immer weiter schloss und der Kopf wild zu beiden Seiten schleuderte. Bei jedem Energieschlag zuckte es zurück, ließ aber nicht von Pandion ab, hielt ihn mit zwanzig Klauen und drückte und zerrte an ihm.

Schmerzerfüllt schrie Pandion auf.

Luventa rannte zum Monster und beschwor die erste Kraft, die ihr in den Sinn kam. Es war die allumfassende Macht der Agapi.

Augenblicklich ließ das Untier Pandion fallen und wandte sich ihr zu. Es sprang zu ihr und griff sie mit den Armen und drückte sie fest an sich heran. Immer mehr Arme umschlangen sie und verbargen sie schließlich komplett vor seiner Brust. Sie spürte nur den harten Panzer und ihr Gesicht wurde dagegen gepresst. Kein Stück konnte sie sich bewegen.

Schnell sprang er davon und wurde umgerissen. Sie sah, wie ihn Ranken am Boden hielten und immer weiter nach unten zogen. Sein Brüllen war entsetzlich.

Verzweifelt hielt er Luventa fest umschlossen und versank mit ihr langsam in der Erde. Dann wurde aus dem Brüllen leises Winseln.

Sie konnte sich von einigen Armen befreien, doch zwei Klauen hielten sie fest. Als die Kreatur fast vollständig im

Boden versunken war, ließ sie Luventa frei. Sie sprang zur Seite, blickte zurück und sah in seinen glänzenden Augen nur die Liebe und Angst. Das Böse war gewichen und ein letztes, verzweifeltes Flehen war zu hören.

Die Erde legte sich über sein Gesicht. Nur noch einige Arme und Klauen ragten empor, die sich wehrten und versuchten, sich nach oben zu drücken. Die Erde vibrierte in seinem letzten, sterbenden Gebrüll. Dann war er weg.

Pandion umarmte Luventa. »Es tut mir unendlich leid. Soweit hätte es niemals kommen dürfen. Verzeiht mir. Nur wegen mir seid Ihr in diese Gefahr geraten.«

Sie atmete schwer und starrte zur aufgewühlten Erde.

Er strich ihr die Haare hinter das Ohr und fühlte einen klaffenden Schnitt. »Lasst mich Eure Wunden versorgen.«

»Das ist nicht nötig. Ich beherrsche die flinke Selbstheilung. Wie es aussieht, werde ich *Euch* zunächst zusammenflicken müssen.« Sie deutete auf sein blutendes Bein.

»Wie habt Ihr das angestellt? Warum hat er Euch freigelassen?«

»Ich habe ihn mit der Macht der Liebe bezirzt. Genaugenommen ist er in großer Liebe zu mir gestorben.«

»Cleveres Mädchen.«

»Ehrlich gesagt, habe ich nicht damit gerechnet, dass es bei so einem gewaltigen Monster wirkt.«

Er sah sie schräg an. »Gesteht es. Ihr habt diese Macht auch bei mir angewendet.«

»Was?« Sie blickte unschuldig in die Wolken.

»Na, Ihr wisst schon. Der Liebeszauber.«

Anstatt zu antworten, küsste sie ihn.

Hingebungsvoll umgarnte sie ihn und kümmerte sich zärtlich besorgt um seine Wunden. Sie spürte sein Vertrauen und wie er ihre Nähe genoss. Immer wieder verfolgte er aufmerksam ihre Hände und sah in ihr Gesicht.

»Ihr beherrscht die Heilung vortrefflich.«

Luventa wischte seine Worte beiseite wie eine lästige Fliege. »Warum sind wir nicht im Olymp?«

Pandion setzte sich aufrecht. Er musterte sie mit schmalen Augen, bevor er antwortete: »Ich bekomme das Tor nicht frei.« Dabei sah er zu den Wolken auf und strich sich über den Oberarm. »Meine Rufe wurden nicht erhört. Das könnte bedeuten, dass die Späher ihre Stellung aufgeben mussten. Ich werde nachsehen müssen, was los ist, dann hole ich Euch nach.«

»Und wenn zwischenzeitlich die anderen beiden Kreaturen hier auftauchen?«

Nachdenklich legte er seine Hand an die Lippen. »Ihr habt recht. Sie könnten Euch ebenso finden und angreifen. Ich habe eine Idee. So lange ich fort bin, lege ich einen Schutzwall um dieses Grundstück. Das sollte die Hekatoncheiren fernhalten.« Er küsste sie, doch sie wich keck zurück, sprang zur Seite und sagte: »Gut. Ich werde mich derweil auf die Reise vorbereiten.«

»Kommt her.« Pandion reckte seine Hände zu ihr. »Gebt mir einen Abschiedskuss.«

Luventa sprang auf und sang: »Fangt mich doch.«

Das ließ sich Pandion nicht zweimal sagen und folgte ihr in die Küche, dann durch den Flur und in den Garten. Sie war schneller als er und wenn er glaubte, sie gefangen zu haben, drehte sie sich geschickt aus seinem Griff und stand bereits wieder hinter ihm.

»Ihr seid sehr flink.«

»Küsst mich.«

Skeptisch trat er näher heran und hielt inne.

»Keine Sorge, ich laufe nicht weg.« Sie schloss ihre Augen und er näherte sich skeptisch ein kleines Stück. Kurz vor dem Kuss sauste sie zur anderen Seite des Pools und lachte.

»Ich gebe auf. Ihr habt gewonnen«, sagte er niedergeschlagen.

»Was? Ihr wollt schon aufgeben?« Flink raste sie zum Brunnen, war verschwunden, stand plötzlich dicht vor ihm und küsste ihn auf seine Lippen. Diesmal wich sie nicht zurück und naschte von seiner Zuneigung.

»Ich liebe Euch, Luventa. Habe ich Euch das schon gesagt?«

Schwungvoll drehte sie sich aus seinen Armen. »Ich weiß. Jetzt geht schon. Ich warte bereits sehnsüchtig auf Eure Rückkehr.«

Mit einer kreisenden Armbewegung erschuf Pandion einen Schutzwall über dem Grundstück, der wie eine feine Seifenblase aufleuchtete und kurz darauf nicht mehr zu sehen war.

»Diese Barriere wird niemand durchdringen können.«

»Danke.«

Sie küssten sich ein letztes Mal und er verschwand glitzernd in den Wolken.

Luventa trank einen Tee im Garten, war nachdenklich und besorgt. Auch das herrliche Wetter konnte sie nicht so recht aufmuntern. Also ging sie ins Haus und stieg die Treppen bis in den Dachboden hinauf, wo sie ihre Palette und einen langen Pinsel nahm. Sie versuchte sich an einem neuen Gemälde, doch brachte nichts weiter zustande als ein paar ungeschickte Farbkleckse. Ihre Gedanken waren bei Emilia und den Göttern. Sie sah durch ein schräges Fenster hinaus und beobachtete einen kleinen Vogel, der gegen den transparenten Wall schlug und irritiert das Weite suchte. Dann verfolgte sie die vorüberziehenden Wolken und sah der Sonne nach, bis sie hinter den Bergen unterging.

Auch der folgende Tag brachte Pandion nicht zurück. Sorgenvoll legte sie ihre Hand auf den nackten Bauch und sah immer wieder zu den Wolken auf.

Die Tage vergingen und die Wochen voller Sehnsucht und endlosem Warten flogen vorüber. Sie aß kaum noch etwas und schlief nicht mehr viel.

Dann kam der Regen. Wie so oft in den letzten Tagen stand Luventa im Garten und sah hinauf. Die Tropfen perlten von der Kuppel ab, vereinten sich zu Rinnsalen und liefen herunter. Der Anblick inspirierte sie zu einem neuen Motiv und sie holte sich ihre Staffelei in den Garten und malte dieses merkwürdige Bild.

Gegen Mittag schlug etwas heftig an den Wall. Sie blickte über sich und sah einen bunten Haufen Stoff herunterrutschen. Darin verbarg sich eine junge Frau in weißem Gewand und langen blauen, grünen, gelben und roten Tüchern. Luventa rannte zur umgestürzten Mauer, wo sie heruntergerutscht und ins Gras gerollt war.

»Ich hätte es wissen müssen«, jammerte die Frau, ordnete ihre langen, braunen Haare mit den hunderten Bändchen darin und zog sich eine Kapuze mit goldbesetzten Rändern darüber. Sie trug breite, goldene Armreifen und besaß makellose Haut.

»Wer seid Ihr?« Trotz Barriere blieb Luventa im sicheren Abstand und verschränkte die Arme.

Die bunte Frau rieb sich die Stirn und stöhnte. »Ich fürchte, ich werde langsam zu alt für solche Ausflüge.« Schwerfällig erhob sie sich und ordnete ein wenig ihre Kleidung. Dann stellte sie ihre Arme auf und ein tiefblauer Schleier überzog ihre Hände und verband sich mit der Barriere. An dieser Stelle funkelte es und schien zu kristallisieren. Der trübe Bereich weitete sich aus und schmolz von innen her auf, bis ein sichtbares Loch entstand.

Der Schleier verflog und sie wischte sich die Hände ab, kletterte über die Mauerreste und betrat das Grundstück.

»Mein Name ist Pythia, das Orakel von Delphi, dem Mittelpunkt der Welt. Ich habe gesehen, dass von diesem Ort zweimal das Tor zur Unterwelt geöffnet wurde.«

Luventa verneigte sich und sah sie erstaunt an.

»Ihr meint natürlich das Tor zum Olymp, nicht wahr?«

Pythia schüttelte den Kopf. »Gewiss nicht. Verschwommen sehe ich die Impulse der Macht aus der Unterwelt, kann sie aber nur schwerlich deuten.«

»Ich bin ...«, fing Luventa an, und Pythia ergänzte:

»Luventa Neverate, Tochter von Luan vom Schicksalsberg und Kate Neverate, Gemahlin von Karadimas und Mutter von drei Erdenkindern und einem mächtigen Gott«, ergänzte Pythia.

»Nein. Das stimmt so nicht. Ich kenne keinen Karadimas.«

»Oh, verzeiht. Ich war der Zeit um einiges voraus.«

»Dann wird mein Kind ein mächtiger Gott?«

»Mächtig und einflussreich. Nur wird er im Alter von einhundertsiebenundachtzig Jahren von zwei Göttinnen gleichzeitig begehrt, was ihn innerlich zerreißen wird, weshalb er seine angesehene Position aufgeben muss.«

Sie fasste Luventa an die Schulter und ging mit ihr zum Haus. »Ganz der Vater.«

»Pandion ist also ein Weiberheld?«

»Ich spreche nicht von dem, den Ihr Pandion nennt.«

»Aber Ihr sagtet doch, dass aus seinem Kind ein mächtiger Gott werden wird.« Luventa hielt sich eine Hand auf den Bauch.

»Ich sagte nichts davon, dass er der Vater Eures Kindes ist.«

»Für diesen Fall habt Ihr das Kind vergessen, das ich in mir trage.«

»Manchmal ist es besser, seine Zukunft nicht zu kennen.«

Luventa brannte darauf, mehr zu erfahren.

»Belasst es dabei und fragt nicht weiter nach. Ich werde es nicht ausplaudern«, sagte Pythia ruhig.

»Wisst Ihr, warum er nicht zurückgekehrt ist?«

»Er verbirgt ein schreckliches Geheimnis. Aber macht Euch keine Sorgen, es hat nichts mit seiner Liebe zu Euch zu tun. Er zweifelt zwar, hält aber ebenso daran fest.«

»Wird er mich holen? Ist ihm etwas passiert oder will er mich vergessen? Was ist es?«

»Es ist weit mehr, als Ihr ahnt, weit stärker als Eure gemeinsame Liebe und gefährlicher als die mächtigen Kräfte der Unterwelt.«

»Werde ich ihn wiedersehen?«

»Ich kann Euch nur raten, um seine Liebe zu kämpfen. Er glaubt, Eurem Liebeszauber erlegen zu sein, und damit kamen die Zweifel. Schon bald werden sie die Flamme der Liebe ersticken.«

»Er hat so etwas angedeutet. Aber ich habe wirklich nichts gemacht.«

»Wir beide wissen das.«

»Könnt Ihr nicht zu ihm gehen und es ihm sagen? Euch wird er glauben.«

»Nein. Das liegt ganz bei Euch.«

Luventa schüttelte den Kopf. »Sie werden mich nicht in den Olymp einlassen. Ich bin keine Gottheit.«

»Mein Kind. Ihr seid so alt und immer noch so naiv. Was kann dem Wunsch eines Herzens schon entgegenstehen?«

»Ich Mensch, sie Götter?« Sie zeigte in den Himmel.

»In Euch steckt mehr Göttlichkeit, als ihr ahnt.«

»Meint Ihr eine Gabe?«

»So viele Fragen, so viele Wege und noch mehr Antworten, die in der Zukunft liegen. In jedem Selbst liegt die Kraft der Entscheidung, wohin das Leben führt. Du bist für die Reise und den Kampf bereit, wenn du stark genug bist, zu verlieren.«

Ungläubig sah Luventa sie an.

Pythia wirkte nachdenklich, wie sie zum Wäldchen und nach oben zur Kuppel sah. »Seht, der Regen hat aufgehört.«

»Ja, der Regen. Ich fühle mich gerade, als ob es nie wieder aufhören würde zu regnen«, sagte Luventa niedergeschlagen. »Wollt Ihr etwas Tee?« Sie ließ den Kopf hängen.

»Nur keine auferlegten Höflichkeiten. Außerdem lebe ich ausschließlich von der Liebe der Menschen. Und einer winzigen Farm mit Ambrosia. Aber verratet mich nicht.«

»Ihr wisst doch über all die Dinge auf dieser Welt Bescheid. Könnt ihr mir sagen, was aus meiner Mutter wird?«

»Sie ist eine wichtige Figur am Ende allen Seins. Mir ist bekannt, dass sie derzeit in großen Schwierigkeiten steckt. Mich wundert nur, warum sich der Rat dieser Angelegenheit bisher nicht angenommen hat. Ich denke, jemand spielt auf Zeit. Doch seid gewiss, dass ich mich umsehen werde.«

»Sie wurde in der Unterwelt gesehen. Wir könnten dort mit der Suche beginnen.«

»Verzeiht, aber ich bin deutlich effektiver, wenn ich nicht auf Euch aufpassen muss.«

Luventa schob die Augenbrauen zusammen. »Nehmt mich mit. Ich muss etwas unternehmen.«

»Das ist durchaus edel von Euch, aber die Unterwelt ist nichts für eine edle Göttin.«

»Könnt Ihr mich wenigstens zu der Stelle bringen, an der Mutter entführt wurde?«

»Die Zeit nehme ich mir gerne. Aber was wollt Ihr in Kreta?«

»Ich muss sehen, wie sie gelebt hat, und ich muss herausfinden, was passiert ist.« Sie ließ den Kopf hängen. »Mutter hat doch immer nur meinen Bruder gesucht.«

»Sie wird Galeno finden. Ihre Suche war niemals umsonst.«

»Dann wird sie zurückkehren?«

»Mehr noch. Sie wird selbst zu dieser Welt. Aber bis dahin müssen noch einige Schwierigkeiten aus dem Weg geräumt werden, und die Möglichkeit, wie die Zukunft ausfallen könnte, teilt sich in einhundert Facetten.« Pythia ging ein paar Schritte. »Können wir aufbrechen?«

»Wartet. Was ist mit Galeno? Kennt Ihr seinen Aufenthaltsort?«

»Selbstverständlich. Normalerweise nehme ich für jede Auskunft eine Gabe, aber bei Euch liegt der Fall ein wenig anders. Ihr seid die Tochter der großartigen Kate. Wisst Ihr, sie hat mir einst die Freiheit geschenkt. Der Olymp und ich selbst verdanken ihr sehr viel.«

Sie setzte sich auf einen Gartenstuhl, überschlug ihre Beine und richtete ihren Umhang ein wenig. »Euer Bruder lebt in Minneapolis. Er ist ein überaus erfolgreicher Geschäftsmann. Vor über eintausend Jahren wäre er sicher ein mächtiger Herrscher gewesen und hätte über das größte Heer der Menschen verfügt. Heute läuft die Macht ohne Säbelrasseln ab. Mit seinen Methoden beherrscht er die Welt, ohne seinen Thron verlassen zu müssen.«

»Galeno beherrscht die Welt? Folgt er noch immer seiner einstigen Bestimmung?«

»Nein, diese Bestimmung ertrank bei seiner Geburt im Styx. Er hat sich in den vergangenen Jahrzehnten seine eigene Bestimmung geschaffen.«

»Ich wollte ihm niemals begegnen, aber ... Er ist mein Bruder und ich würde nur zu gerne wissen, wie er denkt und was er fühlt. Vielleicht kann ich ihn dazu überreden, sich mit Mutter zu treffen. Damit würde sie ihre innere Ruhe finden.«

»Nun, das liegt am anderen Ende der Welt. Ich begleite Euch auch dorthin. Wohin wollt Ihr zuerst?«

»Bringt mich nach Kreta.«

»Bedenkt bei allem, was Ihr tut, dass bereits in kurzer Zeit kein Leben mehr auf dieser Erde existieren und der Olymp verlassen sein wird.«

»Dann sollten wir uns beeilen.«

»Ganz wie Ihr wünscht, verehrte Neverate.«

»Was wird aus Euch? Werdet Ihr ebenso diese Welt verlassen und mit den Göttern gehen?«

»Meinen eigenen Platz in der Zukunft kann ich nur schwerlich sehen. Dieser Teil liegt im dichten Nebel meines Schicksals verborgen. Doch die Sterne sagen, dass ich die Erde niemals lebend verlassen kann.«

Die schützende Kuppel fiel in sich zusammen und die eiligen Winde brausten über das Grundstück, hüllten sie ein und trugen sie davon, in die Lüfte und über das weite Land hinweg.

Kapitel 10

Karge Äste, welkes Gestrüpp, Geröll und Totenschädel hatten über die Jahrzehnte die alte Dampflok bedeckt und in die Ödnis eingebunden, als gehörte sie an diesen trostlosen Ort. Einst war sie von den Gleisen gekippt und blockierte fortan die zugewachsene Strecke.

Zeppeline flogen durch den dichten Nebel. Hoch oben ruderte einer davon und seine bizarren Segel verwirbelten die Wolken. Die meisten anderen flogen dicht über dem Wasser. Es waren die vielen kleinen Gondeln, die nicht viel mehr als vier Leuten Platz boten.

Etwas abseits stand ein Wald aus großen Pilzen, von denen die größten wie mannshohe Sonnenschirme aussahen. Merkwürdige Insekten schwirrten durch die Luft, die Jaime nie zuvor gesehen hatte. Die handtellergroßen Tiere besaßen am Kopf einen Trichter und hatten auf jeder Seite vier Flügel, die geräuschvoll und scheinbar unkoordiniert flatterten.

»Sag mal, wie heißt du überhaupt?«, fragte Jaime das schmuddelige Mädchen und beobachtete einen großen Zeppelin direkt über sich.

»Ich bin Lisa. Vor meinem Tod habe ich in Canals gelebt, einer Stadt in der Nähe der Balearen. Ich war gerne am Leben und hatte viel mehr Spaß als hier. Weißt du, meine Mamma hat jeden Sonntag Pfannkuchen gebacken.« Sie schluckte. »Ich vermisse ihre Pfannkuchen.«

»Ich heiße Jaime. Sag mal, im Vergleich zu den anderen kannst du dich recht gut an alles erinnern. Wie lange bist du schon hier unten, Lisa?«

Sie sah in den Nebel auf. Ihre Augen leuchteten und ihre Lippen waren feucht. »Ich kann mich nicht erinnern. Es ist schon zu lange her. Vielleicht sind es fünfzig Jahre, vielleicht einhundert oder mehr?«

»Feierst du keinen Geburtstag?«

Flink tanzte sie über den Steg und hüpfte über einen umgefallenen Baum. »Geburtstag wird hier nicht gefeiert. Niemand macht das.«

»Dann sollten wir damit anfangen.«

»Du bist komisch. Warum sollten wir das tun?«

»Um nicht zu vergessen.«

»Ich habe es bereits vergessen. Was machen wir nun?«

»Dann nehmen wir irgendeinen Tag. Sagen wir mal, den fünfzehnten Mai. Wie klingt das?«

Lisa blieb stehen und blickte ihn traurig an. »Aber es gibt keinen Mai. Hier gibt es nur einen einzigen Tag.«

»Den Todestag?«

»Nein, heute. Es spielt keine Rolle, was zurückliegt, und es spielt keine Rolle, was kommen wird.«

»Heute also. Dann ist morgen auch heute?«

»Jederzeit.«

»Prima. Dann zähle ich eben meine eigenen Wochentage.« Jaime war zuversichtlich. Er wollte nicht zu den Toten gehören und ebenso wenig diese düstere Welt akzeptieren.

»Das ist nicht einfach. Bei uns funktionieren keine Uhren, wir werden nur müde, wenn wir viel gearbeitet haben, und es wird niemals dunkel oder hell. Außerdem gibt es keine Jahreszeiten. Aber du kannst auf den Glockenschlag hören. Wenn der Wind günstig steht, hört man ihn manchmal bis hier.«

»Wie oft schlägt diese Glocke?«

»Einmal pro Woche. Dann werden die Seelen geholt, die ihre Erinnerungen verloren haben.«

Der Steg endete bei einem Pfahl, auf dem ein Totenkopf aufgespießt war. Einige Meter weiter hörte der knorrige Wald auf und die weite Sicht über die wassergefüllte Schlucht war märchenhaft schön.

»Wir sind gleich da«, sagte Lisa.

»Du gehst vor.« Er zeigte mit der flachen Hand zum Wasser.

»Gut, wenn du willst.« Sie lächelte verspielt.

»Ja. Ich habe schon einmal jemandem vertraut und habe beinahe alles verloren.«

Daraufhin sagte sie nichts und stapfte durch das hüfthohe Wasser. Jaime folgte ihr in großem Abstand. Der Weg war beschwerlich. Der unebene Boden und das hohe Wasser ließen sie nur langsam vorankommen. An dieser Stelle überspannte der breite Fluss eine gewaltige Ebene, die bis zu dem Gebirge in der Ferne zu reichen schien. Die knorrigen Bäume, die aus dem Wasser ragten, dünnten sich aus und wurden nach und nach von vereinzelten Felsbrocken ersetzt.

Plötzlich war Lisa verschwunden. Hastig drehte sich Jaime im Wasser, sah über die spiegelglatte Oberfläche zurück zum weit entfernten Wald und wieder zum Felsen und zum Gebirge. Rings um ihn herum war nur Wasser und dicht neben ihm lag die breite Schlucht mit der versunkenen Stadt.

Schatten zogen vorüber.

»Lisa?«, rief er und wiederholte den Ruf lauter. Seine Stimme klang dumpf und wurde von dieser Welt verschluckt, genau wie fast alle anderen Geräusche.

»Das war wieder einmal völlig klar«, sagte Jaime. »Was bin ich nur für ein Idiot. Gleich wird ein großes Monster kommen und mich auffressen.«

Zuerst sah er es aus den Augenwinkeln, dann konnte er es genau erkennen. Dort raste ein Schatten aus dem tiefen Wasser auf ihn zu. Seine Worte oder Gedanken hatten sich materialisiert.

»Wenn du noch länger dort rumstehst, wirst du recht bekommen«, rief ihm Lisa zu, die hinter einem Felsbrocken hervorsah. »Ich habe die Tauchausrüstung gefunden.« Stolz hielt sie so etwas wie einen verrosteten Suppentopf nach oben, der an einer Seite eine festgenietete Glasscheibe besaß.

Jaime lief zu ihr, wobei er den Schatten nicht aus den Augen verlor. »Ich hatte schon befürchtet, dass du verschwunden bist.«

Lisa war mit einem Rohr beschäftigt. Sie riss immer wieder an einem Kabel, wackelte an einem kleinen Hebel und wurde wütend. »Das Ding funktioniert nicht.« Sie sah kurz hoch. »Spring aus dem Wasser. Schnell, mach schon. Die Kidemónas sind rasend schnell.«

Wieder riss sie an dem Kabel, es knallte und ein Geschoss schlug dicht vor ihnen ins Wasser.

Hinter Jaime öffnete sich das Wasser in einer großen Fontaine und eine Schlange, in der Größe eines ausgewachsenen Baumes, wirbelte heraus.

Er kletterte auf den Felsen und duckte sich ängstlich. Die Schlange drehte ab und verfolgte ein kleines, schnelles Ding, das über die Wasseroberfläche davonhüpfte.

»Das war knapp«, sagte Lisa.

»Was war das?«

»Dieses Rohr verschießt die flinken Wassermäuse. Wenn sie freigelassen werden, rennen sie über das Wasser und Kidemónas jagt sie. Jetzt haben wir etwa eine halbe Stunde Zeit.« Sie hielt ihm den rostigen Topf hin. »Setz das auf.«

»Kommst du nicht mit?«

»Nein, jemand muss Luft pumpen.«

»Was ist, wenn du damit aufhörst?«

»Dann würden deine Erinnerungen davontreiben.« Sie grinste versonnen.

Jaime verzog den Mund. »Also bist du doch nur auf meine Erinnerungen scharf?«

»Nein. Ich möchte mit dir gehen, endlich raus und weg vom Vorhof. Ich will die großen Städte im Reich der Schatten sehen, und wenn es gutgeht, einmal Kate gegenüberstehen. Das wäre so schön.«

»Ich traue dir nicht. Bisher wollte jeder in der Unterwelt eine Gegenleistung.«

»Ich kann dich gut verstehen. Hier wimmelt es von Arschlöchern, die vergessen haben, sich an kleinen Dingen zu erfreuen.« Sie kniff ihre Augen zusammen. »Ich schenke dir eine Erinnerung von mir. Was willst du haben? Etwas aus der Schule, etwas aus meiner Kindheit oder vielleicht eine Erinnerung aus dem Urlaub auf Renouf Island? Da war es echt schön.«

»Du willst mir wirklich eine Erinnerung geben? Dann wirst du sie nicht mehr haben und du wirst früher sterben, oder was auch immer.«

Sie lächelte charmant und fasste sich in die Haare. Eine Wange zuckte und ein leiser Seufzer entfloh ihr, dann hielt sie einen strahlend hellen Stern, so winzig wie ein Floh, in ihrer Hand und reichte ihn Jaime.

Staunend und behutsam legte er seine offene Hand unter ihre und sie ließ den Stern auf seine Handfläche schweben. »Diese Erinnerung ist wunderschön.«

»Dann sieh sie dir an und erinnere dich an mich. Es ist nur ein winziger Blick in mein Leben, aber du wirst mich mit meinen Augen sehen und für diesen Moment spüren, was ich gespürt habe.«

»Wie bekomme ich das in den Kopf?«

»Du bist unbeholfen. Nimm die Erinnerung zwischen Daumen und Mittelfinger, stelle die restlichen Finger auf die Kopfhaut und drücke sanft dagegen. Spüre die Energie der Gedanken und fordere diese Erinnerung ein.«

Er tat es genauso, wie sie gesagt hatte, nahm nach einer Weile die Hand vom Kopf und der leuchtende Stern fiel ins Wasser.

Sofort fischte ihn Lisa heraus, schüttelte flüchtig das Wasser von ihrer Hand und drückte über seinem Ohr gegen den Kopf. Dann trat sie zurück. »Voilà. Jetzt denke an Renouf Island, meinen Urlaub in der Einsamkeit.«

»Gut.« Er schloss die Augen und riss sie gleich danach wieder auf. »Wow. Ich fühle den starken Wind und ich sehe die Klippen, die Felsen und die Möwen. Ich könnte schwören, selbst dort gewesen zu sein.«

Sie grinste breit. »Gefällt dir meine Erinnerung?«

»Ja! Sie ist großartig. Ich bin überwältigt, wie einfach das geht. Du sollst dir auch eine Erinnerung von mir nehmen.«

»Das musst du nicht machen.«

»Doch, ich bestehe darauf.«

»Na gut. Was hast du zu bieten?«

Er zuckte mit den Schultern. »Weiß nicht. Alles Mögliche. Nimm dir halt eine. Möglichst nicht die mit meinem Namen. Und lass die Finger von Trish.«

Sie fasste ihm von hinten durch die Haare und drückte ihre Finger auf seinen Kopf. Schon schnitt ein kurzer, heftiger Schmerz durch seinen Schädel und es war vollbracht. Lisa hielt den leuchtenden Punkt zu ihm: »Würdest du so lieb sein und mir deine Erinnerung einsetzen?«

»Was hast du dir genommen?«

»Etwas Erotisches.«

»Na, hoffentlich wird es jetzt nicht peinlich.« Er nahm den Stern, wie er es gelernt hatte, und drückte ihn zwischen ihre

Haare auf die Kopfhaut, dachte fest daran und das Leuchten verschwand in ihr. Sie schloss die Augen, riss sie wieder auf und lächelte. Dann stöhnte sie lustvoll, sah ihn mit großen Augen an und stöhnte wieder, krümmte sich behaglich, breitete ihre Arme weit zur Seite und stöhnte: »Ja, ja, gib´s mir.«

»Was ist es? Was siehst du?«

Sie flunkerte: »Ich habe nur Spaß gemacht. Aber ich weiß jetzt genau, wie es aus deiner Sicht in der Hose aussieht. Und ich kann ihn spüren. Ich kann dich fühlen. Und ich merke, wie mein ganzer Körper in einer Welle der Gefühle überspült wird, wenn er größer wird und fester.«

»Du machst dich wieder lustig über mich, oder?«

Sie griff sich zwischen ihre Beine und hauchte: »Das ist meine erste Erinnerung von einem Mann. Ich danke dir für dein außergewöhnliches Geschenk.«

»Schön, wenn dir meine Erinnerung gefällt. Auch wenn mir das jetzt ein wenig peinlich ist.«

Sie stöhnte: »Du bist ein ganz Schlimmer.«

»Nur mal so, aus reiner Neugier«, fing er möglichst ernst an. »Würdest du mir deine Telefonnummer geben? Ich meine, nicht, dass ich sie haben will. Nur so, aus reinem Interesse. Quasi aus wissenschaftlicher Sicht.«

»Weil ich nun weiß, wie du gebaut bist?«

»Nein, genau das meine ich nicht. Ich meine ..., wenn ich dich sofort gefragt hätte, als ich in euer Haus kam. Ach, vergiss es. Das war eine blöde Frage.«

»Schon gut. Natürlich würde ich sie dir nicht geben. Sehe ich wie ein Flittchen aus?«

»Oh nein. Verzeih mir. Das wollte ich damit nicht sagen. Wirklich. Das meine ich ganz gewiss nicht.« Er vergrub sein Gesicht in einer Hand.

Sie lächelte charmant. »Zum einen gibt es überhaupt keine funktionierenden Telefone und zum anderen wäre diese

Anmache viel zu plump. So kannst du nicht mit Frauen umgehen. Falle nicht gleich mit der Tür ins Haus. Verstehst du? Du kannst nicht sagen: Guten Tag, schöne Frau, willst du mit mir vögeln? Das funktioniert so nicht. Da wirst du jedes Mal eine Absage bekommen und wahrscheinlich als notgeiler Idiot abgestempelt.«

»Ich will nicht mit dir vögeln oder mit den anderen, von denen ich ständig die Absagen kassiert habe. Wahrscheinlich stimmt mit mir etwas nicht.«

»Mit dir ist schon alles in Ordnung. Du bist nur ein bisschen schüchtern, nimmst allen Mut zusammen und, holterdiepolter, knallst du es direkt raus.«

»Ja, natürlich geht das nicht so. Ich bin ein Idiot. Genau, wie es Trish gesagt hat.«

»Du bist kein Idiot. Hey, ich mag schüchterne, knackige Typen. Nur musst du es langsamer angehen. Mach es Schritt für Schritt. Zuerst stellst du Augenkontakt her und wenn sie darauf anspringt, kannst du mit ihr ins Gespräch kommen. Falls ihr beide die gewisse Chemie spürt und mögliche Gemeinsamkeiten herausgefunden habt, kannst du weitergehen. Erst an diesem Punkt fragst du das Mädchen, ob es Lust zum Schädelwerfen oder Rattenbowling hat und wenn dieses Treffen gut gelaufen ist, wirst du spüren, ob du sie fragen kannst. Sieh uns beide an. Wir sind gemeinsam durch den Sumpf gegangen, haben sogar Erinnerungen getauscht und uns nett unterhalten. Für mich wäre jetzt der geeignete Moment gekommen. Aber erst jetzt. Verstehst du?«

»Ich bin zu schnell und will zu viel auf einmal. Danke für deinen Rat.« Er schob die Hände in seine Hosentaschen und streckte die Arme durch.

»Keine Ursache. Setz den Helm auf und tauche endlich ab. Ich will jetzt mit meiner neuen Erinnerung alleine sein.«

Verlegen sah Jaime ins Wasser. »Das ist mir unglaublich unangenehm.«

»Willst du deine Erinnerung zurück?«

Er schüttelte den Kopf. »Behalte sie. Ich werde mich so oder so wieder blamieren.« Gelassen winkte er ab. »Warum wohnt der Seher überhaupt unter Wasser?«

»Seher sind extrem sensibel. Sie werden wahnsinnig, wenn sie länger dem Wehklagen aus dem Styx ausgesetzt sind. Deshalb hat sich Pantognóstis ins Wasser zurückgezogen. Die anderen Seher leben in tiefen Höhlen oder auf den hohen Gipfeln in Einsamkeit.«

Jaime stülpte sich den Helm über, sodass er mit den ausgebuchteten Seiten auf seiner Schulter saß. Lisa schnürte die Ledergurte fest.

»Ach ja, bevor ich es vergesse: Pantognóstis wird etwas von dir verlangen. Aber egal, was es ist, du darfst ihm nichts geben. Hast du das verstanden? Sonst gehörst du ihm. Verweise auf seine Pflicht, die ihm vom blinden Propheten Teiresias aufgebürdet wurde, und trage dein Anliegen vor. Frage niemals zwei Fragen und formuliere deine Frage so eindeutig wie möglich. Umso genauer erhältst du deine Antwort.«

»Und wenn ich noch eine weitere Frage habe?«

»Dann steht es ihm zu, etwas von dir zu verlangen. Und er wird es sich aussuchen und nehmen.«

»Okay. Ich habe verstanden. Nur eine einzige Frage, umdrehen und zurück.«

»Genau. Los jetzt, bevor die Schlange wieder auftaucht. Ab ins warme Wasser.« Sie steckte einen Schlauch an den Helm, schraubte eine Schelle fest und ging zu der rostigen Apparatur, die sie vom Unrat befreite. An einem großen Hebel pumpte sie einige Male. Jaime spürte den Luftzug in seiner Taucherglocke und gab ihr den Daumen nach oben.

»Nimm den großen Stein, damit du schneller nach unten kommst.«

Er hievte den Brocken hoch, stieg in tieferes Wasser und tauchte unter. Mit dem Arm um ein Stahlseil gelegt, das von hier bis zur versunkenen Stadt führte, ging es in die Tiefe durch das klare, schwarzblaue Wasser. Weit unten, dort wo das Licht kaum hingelangte, wurde es kalt und die Strömung stärker.

Jaime erreichte in der Tiefe des überspülten Canyons den Marktplatz, auf dem das Seil an ein Stahlgerüst gekettet war. Der Luftschlauch zerrte an seinem Helm und stoppte seine schwebende Bewegung. Jaime zog daran, doch er gab nicht nach. Also ließ er den Stein absinken, öffnete die Lederschlaufen, holte tief Luft und schwamm zu dem einzigen Haus, das beleuchtete Fenster besaß. Aus dem Helm stiegen die Luftblasen auf wie hastige Tiere, die ein Wettrennen zur Oberfläche veranstalteten.

Die Entfernung war größer als erwartet. Jaime war nicht in Form – schließlich war er überhaupt kein Taucher. Ihm ging die Puste schneller aus als gedacht. Hektisch sah er zum Helm zurück, aus dem kontinuierlich die Atemluft strömte, und zum hell erleuchteten Fenster des Hauses mit der groben Steinwand. Mit kräftigen Bewegungen schwamm er weiter und erreichte ein dunkles Loch vor der Eingangstür.

Er schaffte es nicht mehr, sah die Umgebung mit verdrehten Augen unscharf und öffnete reflexartig den Mund, um Luft zu holen. Da legte sich eine Hand darum und riss ihn hinunter in den Abgrund.

Jetzt ging alles recht schnell. Jaime spürte die Strömung, den Druck auf seinem Mund und vor der Nase und am Arm, an dem er festgehalten wurde. Er wurde im Schacht nach oben getrieben und sah das Licht.

Jaime tauchte auf und schnappte gierig nach Luft, keuchte und spuckte und saugte immer wieder Luft ein, als bekäme seine Lunge nicht genug davon.

Hier befand er sich in einem gemütlichen Zimmer mit Kerzen, Wandbehängen und geschwungenen, altertümlichen Möbeln.

Neben ihm tauchte ein alter Mann auf und stieg an einer Leiter aus dem Wasser. Er reichte die Hand zu ihm herunter.

Jaime griff danach und ließ sich erschöpft hochziehen.

»Sind Sie ...« *Nur eine Frage,* dachte er, atmete kräftig durch, wobei der sich genau überlegte, was er sagen wollte. »Sie sind Pantognóstis.«

»Der bin ich. Bitte hier entlang.« Der Seher trug rüschenbesetzte Hemdsärmel und ein edles Tuch am Hals. Seine Strumpfhose war mehrfach zerrissen und seine spitzen Lederschuhe ausgetreten.

Sie betraten einen dunklen Raum, bei dem nur der untere Rand rings um das Zimmer erleuchtet war. Pantognóstis schloss die schwere Tür und zündete mit einem langen Holz drei Kerzen an, die auf einem Steinsockel standen, der über und über mit Wachs bedeckt war.

Als die letzte Kerze brannte, fegte ein warmer Wind durch den Raum. Die Flammen tanzten und ihre Kleidung wehte wild und zerrte an ihren Körpern. Jaime spürte förmlich, wie unglaublich schnell die Feuchtigkeit aus dem Stoff trieb. Bereits kurz darauf löschte er die Kerzen und öffnete die Tür. »Folgt mir, Sterblicher.«

Pantognóstis setzte sich auf einen pompösen Stuhl neben einer Bücherwand und zeigte auf einen schlichten Hocker davor. »Setzt Euch.« Jaime folgte seinem Erlass.

»Was ist Euer Begehr?«, fing Pantognóstis mit seiner ruhigen Stimme an und nahm unübersehbar Jaime in Augenschein.

»Ich habe so viele Fragen.«

»Nur zu.«

Nein, ich falle nicht darauf herein, dachte Jaime. *Doch welche ist die richtige Frage? Ich muss wissen, wo sich Kate aufhält. Welcher Weg führt zu Kate? Wie kann ich ihr das Mittel verabreichen? Werde ich zu ihr finden?* Es gab so viel zu fragen. *Werde ich jemals wieder die Erde sehen und das Licht der Sonne? Gibt es einen Weg auf die Erde zurück? Wie lange werde ich in der Unterwelt bestehen? Warum wissen die Menschen nichts von der Unterwelt? Wer ist Lisa wirklich? Liebt sie mich? Und könnte mich Trish lieben?* »Kann Trish überhaupt lieben?« *Oh nein.* Er hielt sich die Hand vor den Mund. Das hatte er laut gesagt. »Nein. Ich möchte etwas anderes fragen.«

»Fragt, soviel Euch beliebt. Doch eins nach dem anderen.«

Jaime schüttelte den Kopf.

»Ich sehe doch, dass Ihr nicht wegen dieser Frage den beschwerlichen Weg zu mir gewählt habt. Vergessen wir das und Ihr fragt mich erneut.«

»Wenn ich das mache, ist es die zweite Frage.«

»Wir können so tun, als ob ich nichts gehört hätte.«

»Ich weiß nicht.«

»Es ist ganz einfach. Wo finde ich ...« Pantognóstis sah ihm tief in die Augen und formte mit seinen Lippen das Wort Kate. »Ergänzt die Frage einfach. Nur zu.«

Auch Jaimes Lippen formten sich bereits und er musste sich zurückhalten, um nichts zu sagen. Schnell sprang er auf, wandte sich ab, atmete tief durch und blickte wieder zum Seher. »Schon gut. Ich bin ein Idiot und fürchte, mein Weg war umsonst. Dennoch danke ich Ihnen dafür, dass Sie mich aus dem Wasser gefischt und mir Ihre Zeit geopfert haben.« Er setzte sich an den Rand des Wasserloches und steckte seine Beine hinein. »Ich bin schuld am Untergang der Welt.«

»Wartet, Jaime Richmond aus Bridgeport. Ihr habt Eure Antwort noch nicht erhalten.«

Er winkte ab. »Das spielt jetzt keine Rolle mehr.«

»Doch, das spielt es. Wenn Ihr fragt, werde ich antworten. Egal, wie die Antwort ausfällt, und egal, um welche Frage es sich handelt.« Einladend zeigte er zum Hocker.

Niedergeschlagen blieb Jaime am Wasser sitzen und schüttelte kaum merklich den Kopf.

»Jeder Mensch und jeder Gott trägt sowohl das Gute als auch das Schlechte in sich. Oft überwiegt das Gute, manchmal hält es sich die Waage. Alle paar Millionen Jahre kommt es vor, dass jemand vollkommen rein ist. Mit dem Guten oder dem Bösen. Genau das ist bei Melantho geschehen. Sie trägt, in vollendeter Reinheit, das Böse in sich. Doch wäre sie durchaus in der Lage zu lieben, selbst wenn es sich dabei um ein Gefühl der Güte handelt. Denn Liebe wird nicht maßgeblich von diesen Grundwerten bestimmt. Es wird dadurch unterdrückt und stark beeinflusst, aber wenn die Liebe erst einmal entflammt, verlieren das Gute und das Böse gleichermaßen die Oberhand. Dann zählt nur das Herz.«

»Ich konnte das spüren«, sagte Jaime nachdenklich.

»Macht Euch keine allzu großen Hoffnungen. Ihr besitzt nicht die Stärke, das pure Böse zu überwinden, um zu ihrem Herzen durchzudringen. Dafür seid Ihr zu unbedeutend.«

»Vielleicht bin ich das.«

»Kommt zu mir, Jaime Richmond.«

Langsam trat er vor ihn. Seine nassen Füße hinterließen Spuren auf dem verbrauchten Steinboden. Bedrückt senkte er den Kopf und sagte leise: »Danke, Pantognóstis. Es war wirklich nicht der Grund, warum ich gekommen bin. Aber ich kenne die Regeln und werde nicht weiter fragen.«

Der Seher reckte seine Arme vor. »Kommt dichter. Kniet nieder.«

Jaime folgte anstandslos diesem Wunsch und kniete sich direkt vor ihn. Jetzt konnte er gut seine trüben Augen sehen und die harten Falten im Gesicht.

Der Seher legte seine Hand auf Jaimes Haupt und fuhr mit der anderen im Halbkreis um ihn herum.

»Ich sehe, dass eine große Aufgabe vor Euch liegt. Ihr seid in den Hades gekommen, um die Menschheit zu retten, und darüber hinaus bestimmt Ihr über das Schicksal der Götter. Aus diesem Grund würde ich Euch für nur einen Hosenknopf den Weg nach Vouná Chorió weisen, wo Euch Luan vom Schicksalsberg auf der Suche nach einer edlen Göttin von unschätzbarem Wert sein wird.«

»Aber meine Hose hat keine Knöpfe.«

Pantognóstis lächelte. »Dann werde ich Euch diese Information leider vorenthalten müssen. Es wird Zeit zu gehen, tapferer Recke. Die große Wasserschlange kehrt in diesem Augenblick zurück.«

Jaime sprang auf und schüttelte kräftig mit beiden Händen seine Hand. »Danke, verehrter Pantognóstis. Habt vielen Dank.«

»Übrigens habt Ihr kürzlich die Erinnerung von einer Abfuhr eines Mädchens verschenkt. Werdet alle davon los oder steht darüber, und Ihr könnt unvoreingenommen neue Leute kennenlernen.«

Jaime sah ihn fragend an und stieg die Leiter ins Wasser herunter.

»Ach, noch eins«, sagte der Seher. »In Eurem Gefäß befindet sich noch ein letzter Tropfen. Verwendet ihn mit Bedacht. Denn nur der Narr folgt der Order, die sich gegen das eigene Herz stellt. Lebt wohl, Sterblicher.«

Kapitel 11

Die leichten Turnschuhe rasten über das Band des Lauftrainers. Über das Display huschten Bäume von echten Aufnahmen und der realen Strecke von Minneapolis bis Alexandria. Schweißperlen standen auf den kräftigen Oberarmen und das schwarze Muskelshirt mit den dünnen Trägern war durchgeschwitzt.

Der junge Mann mit Dreitagebart und schulterlangen, gewellten Haaren trainierte vor einer breiten Fensterfront, die den Blick auf einen überdimensionierten Pool, einigen pedantisch geschnittenen Sträuchern und den Browns Bay zeigte. Neben ihm standen zwei wunderschöne Mädchen. Die eine hielt ein Tablett mit hübsch drapierten Getränken, die andere hatte ein weißes Handtuch über ihren Arm gelegt.

Die hohe Holztür zum Fitnessraum ging auf und Trish, die besonders klein dagegen wirkte, trat ein.

Der junge Mann drehte sich kurz zu ihr, sagte: »Warte, ich bin gleich im Ziel«, und rannte kraftvoll weiter.

Trish kam näher, verlagerte ihr Gewicht auf ein Bein und verschränkte mit schräg gestelltem Mund die Arme.

»Geschafft!«, schrie er nach einem Moment, schaltete das Band ab und kam zu ihr. Das eine Mädchen hielt ihm einen Drink entgegen, das andere das Handtuch, welches er wählte und sich damit den Schweiß abtupfte. Er griff Trish im Nacken, zog sie grob zu sich und küsste sie beiläufig.

»Ich habe die Strecke in sechsunddreißig Minuten geschafft. Das ist ein neuer Rekord. Warum bist du schon hier? Bringst du gute Neuigkeiten?« Er warf das Handtuch zu dem Mädchen und sagte: »Verschwindet.«

»Kate wurde in den Hades gebracht.«

»Wie ist das möglich?«

»Ich dachte, du hast etwas damit zu tun.«

»Sehe ich so bescheuert aus? Ich werde ein paar Agenten abstellen, die Mutter suchen und endlich töten werden. Wie es aussieht, bist du offensichtlich nicht in der Lage dazu.«

»Ich hatte nicht vor, Kate umzubringen.«

»Weil du schwach bist.«

»Ich bin nicht schwach. Oder soll ich im Anschluss den ganzen Olymp ausrotten, weil sie uns beide jagen würden?«

»Und wenn schon. Wozu brauchst du die Götter? Wem sind diese Schwächlinge von Nutzen?«

»Meine Eltern leben dort, ebenso unsere Brüder und Schwestern«, schrie sie ihn an.

»Hängst du ihnen immer noch nach? Willst du denen vielleicht einen rührseligen Familienbesuch abstatten und ihnen vergeben? Hast du vergessen, was sie dir angetan haben? Wann willst du ihnen zeigen, wer du wirklich bist? Überbringe ihnen endlich deine glühende Rache. Oder bist du unter den Menschen zu schwach geworden?«

»Es geht doch hierbei gar nicht um den Olymp.«

»Nein? Um was geht es dann, verehrte Dame?«

»Es ging immer um die Erde und Kate. Wir wollten deine Mutter aus dem Weg räumen, weil sie die Einzige ist, die uns in die Quere kommen kann. Die anderen können uns nichts anhaben.«

»Komischerweise hat sie ausgerechnet jetzt ein anderer in den Hades gebracht. Ist das nicht ein lustiger Zufall?«, sagte er gespielt traurig und brauste heftig auf: »Merkst du nicht, dass wir zum Narren gehalten werden? Oder bist du es vielleicht, die mich zum Narren hält? Glaubst du, ich bin ein Narr?« Er nahm ihr Kinn in seine Hand und drückte fest zu.

»Du tust mir weh.«

»Oh, werden wir neuerdings zimperlich? Unfähig, eine Göttin zu töten. Du wirst noch ein schlechtes Licht auf mich werfen.« Er fegte sie mit einer schallenden Ohrfeige von den Beinen. Sie rutschte über das blank polierte Parkett bis zur Hantelbank.

»Du mieses Arschloch«, brüllte sie. »Ich verlasse dich. Dann kannst du diesen Scheiß alleine machen.« Sie hob ihre Hand und maß seine Größe mit Daumen und Zeigefinger. Das Problem war nicht einmal zehn Zentimeter groß.

»Was treibst du da?«

Ja, genau, was mache ich da? Das ist total bescheuert, dachte sie und setzte sich an die Wand.

Mit langsamen, kraftvollen Schritten kam er zu ihr herüber. »Du kannst mich nicht verlassen.« Er stellte sie auf die Beine wie ein Spielzeug und hielt sie an den Armen fest. »Wir sind füreinander bestimmt«, sagte er sanft. »Ich brauche dich.«

»Ich lasse mich nicht länger herumschubsen.«

Er wurde ernst. »Melantho, Tochter des Dolios, ich will dich heiraten.« Hoffnungsvoll blickte er in ihre Augen.

Umgehend wurde ihr Groll gedämpft und sie sagte: »Das hast du mir schon oft versprochen.«

»Diesmal meine ich es ernst. In weniger als zwei Monden präsentiere ich dir das vollendete Grauen und einen grandiosen Untergang der Erde. Ganz so, wie wir es uns immer vorgestellt haben. Das soll mein Hochzeitsgeschenk an dich sein.«

Sie fiel ihm um den Hals. »Wirklich? Das ist so romantisch. Ich möchte eine Hochzeit wie bei den Menschen. Mit roten Rosen und einem langen, schwarzen Kleid.«

Hart nahm er sie in die Arme und küsste sie leidenschaftlich und lange. Als er von ihr abließ, sagte er: »Ich habe jetzt eine wichtige Verhandlung.«

»Um was geht es dabei?«

»Ach«, er winkte ab. »Das langweilt dich nur.«

»Nein. Was ist es?« Trish war aufrichtig interessiert.

»Wir beschließen heute die höheren Grenzwerte für die Radioaktivität.«

»War die nicht bereits im kritischen Bereich?«

Er lachte zynisch. »Natürlich. Aber wir haben heute die Pharmalobby zu Gast. Die brauchen dringend mehr Gewinne. In letzter Zeit schleudern sie ihre Gelder für Kriegsvorbereitungen raus.«

»Halte dich nicht zu lange mit diesem Kram auf. Es bringt sowieso nichts mehr.«

»Ich weiß. Aber sie wissen es nicht. Und ich sehe mir das Schauspiel nur zu gerne an. Wie sie um ihre Macht und den Reichtum buhlen und alles und jeden dafür opfern. Manchmal denke ich, dass die Menschen so bescheuert sind, dass es kein einziger Gott glauben würde, wenn man ihnen das erzählte. Sie zerstören ihre Welt, nur um das Geld aus meiner Druckerei zu nehmen, dann arbeiten sie sich für die Zinsen zu Tode mit einem Geldsystem, das sie selbst erfunden haben, und merken nicht, wie der Zins es unwiderruflich aus den Bahnen wirft.«

Er winkte lächelnd ab. »Ich muss los. Ach ja, kannst du dich bitte um die Sache mit meiner Mutter kümmern? Ich schicke dir zwei Agenten, die du in den Hades bringst. Sie werden ein für alle Mal dafür sorgen, dass Kate endlich verschwindet.«

»Ja, Galeno. Ich werde auf dem Dach warten.«

»Versaue es nicht wieder«, sagte er bedrohlich, zeigte mit dem Finger auf sie und verließ den Fitnessraum.

Trish ging zur Wendeltreppe, die zum Dach des Hauses führte. Auf dem kleinen Glastisch sah sie einen dicken Aktenordner liegen. Dort stand in Großbuchstaben das Wort »Restart« drauf. Normalerweise ließ er nie seine Arbeit irgendwo liegen.

Trish ging zurück und sah es sich an. Der Ordner enthielt sämtliche Atomkraftwerke der Erde und ein Geheimdokument. Jedenfalls eines, das sich genauso betitelte. Darin fanden sich Gleichungen und Hochfrequenzwellen in der Atmosphäre. Immer wieder tauchte der Begriff »High Frequency Active Auroral Research Program« auf. Damit konnte Trish nichts anfangen, schlug den Ordner zu und stieg grübelnd die Treppe nach oben.

Hinter einer Stahltür befand sich ein kleiner Urwald mit prächtigen Palmen und wunderschönen Blüten. All diese Pflanzen gab es auf der Erde nicht mehr. Galeno sammelte die ausgestorbene Flora und hatte in den letzten einhundert Jahren bereits über vierhunderttausend Arten zusammenbekommen.

Trish ließ ihre Hand über die prächtigen Pflanzen gleiten. Mit trüben Augen wisperte sie ein Lied. Augenblicklich welkten die Blumen, verloren die Blätter und die Stämme wurden grau und trockneten aus. Sie ging bis zu einem Glasgeländer am anderen Ende des Daches und sah zur entfernt liegenden City und den hohen Häusern.

Dort lehnte sie sich gelangweilt gegen das Geländer und starrte zu den vielen Bauten der Menschen. Mit Schmollmund malte sie einen Kringel in die Luft, woraufhin sich die Wolken über Minneapolis zusammenzogen, dunkel wurden und den Wind mitbrachten. Die ersten Blitze zuckten über die Stadt und schossen auf die hohen Gebäude herab.

Trish ballte ihre Hand zur Faust, die Wolken wurden schwarz, es begann zu regnen und mit grollendem Donner schoss ein Blitz in den Capella Tower, dann noch einer und zwei, drei und fünf auf einmal. Sie zog ihre Faust ruckartig nach unten, worauf das Unwetter sich über dem Tower sammelte und mit stärkeren Blitzen das Gebäude in Brand setzte.

Als die Flammen so hoch standen, dass sie bis zur Browns Bay sichtbar waren, entspannte sie sich und lehnte sich mit dem Rücken an das Geländer. Jetzt sah sie Galenos verfallene Sammlung der einst prachtvollen Pflanzen, die schnurgerade auf der einen Hälfte grau und schwarz war, und auf der anderen in voller Blüte stand. Sie hauchte einen grünen Atem aus, der sich über die Pflanzen legte und ihnen die Farben nahm. Es dauerte nur wenige Augenblicke, bis auch daraus ein toter, trostloser Wald wurde. Jetzt fühlte sie sich etwas wohler und lächelte sanft.

Ein Mann im dunklen Anzug, mittleren Alters kam zu ihr. »Waren Sie das, Miss?« Er zeigte auf die vertrockneten Pflanzen.

»Kommen Sie her, Mister Stone.«

»Der Boss wird mächtig sauer werden, wenn er das sieht.«

»Das braucht Sie nicht zu kümmern. Welche zwei Leute können Sie von Ihrem Team entbehren? Ich habe eine wichtige Mission, von der sie nicht zurückkommen werden.«

»Welche Art Einsatz wird das?«

»Sie müssen gerissen und skrupellos sein und Waffen selbst herstellen können. Denn dort, wo ich sie hinschicke, werden sie nicht viel mitnehmen können.«

»Malone und King sind hervorragend für Guerillaeinsätze hinter der Feindeslinie geeignet, Miss.«

»Dann schicken Sie die beiden in einer Stunde in mein Zimmer. Sagen Sie, würden Sie sich auch für mich opfern?«

»Selbstverständlich, Miss Melantho. Das ist mein Job.«

»Nein, ich meine, würden Sie sich einfach erschießen, wenn ich das sage?«

»Ja, Miss.« Mit schneller Bewegung holte er seine Pistole aus dem Halfter und hielt sie sich an die Schläfe.

Sie grinste.

Eine ganze Weile standen sie sich auf diese Weise gegenüber. Auf seiner Stirn hatten sich bereits dicke Schweißperlen gebildet, die ihm die Wange und den Hals hinab bis in den Kragen liefen.

»Sagen Sie den Männern Bescheid. Ich möchte, dass Sie für die beiden geradestehen, falls sie versagen.«

»Jawohl, Miss.«

Mit dem Wedeln ihrer Hand schickte sie ihn weg, drehte sich um und sah zur brennenden Innenstadt.

»Wir kehren den Hades nach außen. Dann werden die Leute in den Tartaros ziehen wollen, um Urlaub zu machen«, sagte sie verträumt und ließ einen vorüberfliegenden Schmetterling in der Luft erstarren. Sie verfolgte seinen seichten Fall und freute sich, wie er als lustiger Farbklecks die hellen Kieselsteinchen der Einfahrt schmückte.

Auf dem Hubschrauberlandeplatz erkannte sie Galeno und dieses blonde Zimmermädchen, das ihm letzte Woche um den Hals gelegen hatte. Wie hieß sie doch gleich? Judy?

Trish hatte diese Schlampe schon einmal mit ihm erwischt und sie hatte dieses Mädchen sehr freundlich darauf hingewiesen, dass sie ihr jeden einzelnen Knochen brechen werde, falls sie ihre Finger nicht von ihm ließ.

Trish lachte boshaft und zeigte mit der flachen Hand in ihre Richtung, als ob jemand hier wäre, dem sie es erklären wollte. »Und, was ist das? Willst du mich verarschen, Lady? Ich mach dich fertig.«

Die beiden küssten sich, bevor sie gemeinsam einstiegen und der Helikopter abhob.

Trish sprang über die Brüstung, landete auf dem Sims des Vordaches, schwang sich zum Balkon und setzte neben dem toten Schmetterling im Kies auf. Mit übernatürlicher Geschwindigkeit raste sie auf den Helikopter zu, der sich leicht schräg stellte und davonflog. Sie sprang hinterher, doch er war zu schnell für sie.

Im Gras kniend, blickte sie ihm nach. »Miststück.« Ihre Augen funkelten und ihre Hände ballten sich zu Fäusten. Dann rannte sie dem Helikopter hinterher.

Um einen ovalen Tisch saßen hochkarätige Schlipsträger. Galeno beobachtete gelassen die heftige Diskussion von der Stirnseite aus.

»Wir haben nach Fukushima die Grenzwerte bereits mehrfach angehoben und damit die Haftungsgrenzen für die Staaten deutlich begrenzt. Eine weitere Anhebung über eintausend mSv kann ich nicht mehr vertreten. Dann wird jeder zehnte Mensch zusätzlich Krebs und Leukämie entwickeln«, sagte aufgeregt ein Herr im Nadelstreifenanzug.

»Das wäre für unsere Industrie nicht die schlechteste Lösung. Sie müssen das im Zusammenhang sehen. Unsere Firma gibt jährlich siebenhundertfünfzig Milliarden Dollar zur Unterstützung des Landeshaushaltes, der Kinderbetreuung und für die Gesundheitsfonds aus. Setzen sie die Grenzwerte auf eintausendfünfhundert hoch und ich garantiere Ihnen zusätzliche Einnahmen von einer Milliarde Dollar jährlich.«

Der Mann im Nadelstreifenanzug lehnte sich vor. »Bei dreitausend mSv sterben die Hälfte aller Betroffenen. Wir sollten nicht die Grenzwerte erhöhen, sondern geeignete Maßnahmen zum Schutz vor radioaktivem Austritt veranlassen.«

»Wer sind Sie und wer hat Sie überhaupt eingeladen?«, mischte sich ein anderer Herr mit grauen Haaren ein. »Halten Sie sich für einen Apostel, der die Welt retten will?« Er sah in die Runde. »Jemand sollte ihn hinausbegleiten.«

Die Tür zum Konferenzsaal sprang auf und Trish kam schnaubend herein.

»Wo ist die Schlampe?« Sie war außer Atem.

»Später. Du siehst doch, dass wir mitten in einer Verhandlung sind«, sagte Galeno und kniff die Augen zusammen, wie er es immer tat, wenn ihm etwas nicht in den Kram passte.

»Nein, wir klären das sofort.« Trish verschränkte die Arme.

Genervt verdrehte Galeno die Augen und erhob sich. »Bitte entschuldigen Sie mich einen Moment.« Mit großen Schritten eilte er zur Tür und schloss sie hinter sich. »Kann das nicht warten?« Seine Augen waren schmal und böse.

»Du treibst es immer noch mit Judy.«

Er hielt ihr den Mund zu. »Nicht hier. Komm mit.«

Mit seiner Hand fest um ihren Arm, zerrte er sie den Gang hinunter und stieß sie in die Herrentoilette. »Na und? Noch sind wir kein Paar. Oder habe ich etwas verpasst?«

»Du hintergehst mich schon wieder mit einem billigen Flittchen. Wann hattest du vor, damit aufzuhören? Vor unserer Hochzeitsnacht? Danach? Niemals?«

»Jetzt spiele dich nicht so auf. Judy kann dir nicht das Wasser reichen.«

»So, du vergleichst mich also mit einer Menschenfrau?« Sie stieß ihn heftig gegen die Brust. »Wie oft treibt ihr es?«

»Das geht dich nichts an. Außerdem habe ich jetzt keine Zeit für solche Diskussionen.«

»Ich werde jede Schlampe töten, an die du dich ranmachst.«

Gelassen winkte er ab. »Es gibt genug davon.«

Schwungvoll traf ihn eine Ohrfeige. Sein Kopf schleuderte herum. Er sammelte sich und drehte sich langsam wieder zu ihr.

»Du wirst nie wieder die Hand gegen mich erheben«, sagte Galeno betont langsam.

Ein Blitz schleuderte Trish gegen die grünlichen Fliesen. Sie sank auf den Boden, schnippte mit den Fingern und er würgte sie mit der Kraft der Enge. Trish sprang auf, trat um sich, verfehlte ihn und fixierte mit trüben Augen einen Wasserhahn, der heftig zu wackeln begann, sich aus der Wand löste und Galenos Brust durchschlug. Blutend schoß er aus seinem Rücken heraus und landete klappernd hinter ihm auf den Fliesen. Galeno hielt sich die Hand auf die Wunde und lächelte überheblich.

»Du kleines Aas«, zischte er, riss das Waschbecken aus der Halterung und schlug es ihr über den Kopf. Sie ließ die Bodenfliesen aufsteigen und zu spitzen Geschossen brechen, die unter ihm aufstiegen und in seinen Körper eindrangen. Er vereiste die restlichen Splitter, die sogleich zu Boden fielen, und drückte die Scherben aus seinem Körper, rief den blauen Nebel herbei und schoss ihn zu ihr.

Trish konterte mit einem heftigen Tritt gegen seine Hüfte. Er schleuderte so hart mit dem Hals gegen ein Waschbecken, dass sein Kopf schräg zur Seite hing. Mit der Kraft der Ätzenden Säure des Nebels löste er die Haut ihrer Hände ab.

Jemand im Anzug betrat die Toilette. Augenblicklich ließen die beiden voneinander ab. Galeno richtete seinen Kopf und stemmte sich hinter ihm gegen die Tür.

Feiner Nebel stieg Trish aus den trüben Augen, sie reckte beide Arme nach vorne und entfaltete ihre Hände.

Aus dem Mund des Mannes quoll seine Zunge, dann folgte die Speiseröhre und sein Kinn öffnete sich. Er schrie, während sein Anzug zerplatzte. Das elende Gejammer verstummte beim Zerplatzen seines Schädels. Sein Inneres krempelte sich in Windeseile nach außen und ein blubbernder Fleischklumpen sank zu Boden.

Trish betrachtete den glibberigen Haufen und schmunzelte einseitig. Dann generierte sie ihre zerfressene Haut mit funkelnden, kreisenden Sternchen.

»War wohl der falsche Moment zum Pinkeln«, sagte Galeno. Auch er regenerierte sich in einem Wink. »Na los, nimm dir seine Seele. Ich schenke sie dir.«

Sie nickte, richtete eine Hand auf den Toten und ließ einen hellen Punkt aus ihm aufsteigen. Gierig saugte sie ihn ein, wobei sie die Augen genüsslich schloss. Beschwichtigt sah sie wieder zu Galeno. »Machst du den Dreck weg?«

Er wischte über die erbärmlichen Reste, die augenblicklich anfingen zu brennen und zu einem kleinen Häufchen Asche schmolzen, das er wegpustete. »Du hast es noch drauf, Baby.«

»Du warst aber auch nicht schlecht.« Sie richtete seine Krawatte. »Los, geh. Sie werden schon warten.«

Dicht beieinander sahen sie sich in die Augen.

»Du wirst immer die Beste bleiben, die ich kriegen könnte.« Er küsste sie und sie schlang ein Bein um seins und fuhr ihm gierig durch die Haare.

»Wage es nicht noch einmal, mich zu betrügen«, fauchte sie mit einem gewissen Lächeln.

»Ich werde heute Abend auf dich warten, Kleine. Dann verwöhne ich dich, dass du es nie wieder vergessen wirst.«

»Komm gleich mit nach Hause, ich will dich jetzt haben.«

»Das geht nicht. Die wichtigsten Leute des Landes sind hier.«

»Warum gibst du dich mit denen ab? Schon bald spielt es ohnehin keine Rolle mehr.«

»Sie wollen den Strahlengrenzwert auf eintausendfünfhundert hochsetzen.« Er grinste.

»Gegen dein Vorhaben ist das doch ein Witz.«

»Woher weißt du das?«

»Ich habe in deinen Unterlagen gelesen, wie du die Technik der Wettermanipulation für die atomare Vernichtung einsetzen willst.«

»Verdammt, das sollte doch eine Überraschung werden.« Er fasste sie an beide Schultern. »Mit dieser simplen Methode können wir nahezu zeitgleich alle vierhunderteinundsiebzig Atomkraftwerke auf der Welt zerstören.«

»Nicht schlecht.« Trish nickte gewichtig. »Da wird so viel Radioaktivität durch die Atmosphäre sausen, dass ihre Messgeräte kollabieren.« Kokett zwinkerte sie ihm zu.

»Dann gehört uns die Welt innerhalb von wenigen Stunden, liebe Trish. Und wir werden sie genau so aufbauen, wie wir es immer haben wollten. Mit all den herrlichen Kreaturen und unserer eigenen Weltordnung.«

Sie lächelte verträumt. »Du bist ein Schatz. Ich freue mich auf unsere wundervolle Hochzeit.«

Kapitel 12

»Liebst du sie?« Lisa stützte sich auf die schwarze Steinmauer.

Es war die große Brücke, die den Vorhof von der Ebene des Phlegethon und der Feuerwand trennte. Der Blick über das überschwemmte Tal war grandios, der Nebel an diesem Ort nicht allzu dicht und das Licht, weit hinten über dem dunklen Gebirge, sah fast wie die Sonne aus.

Jaime blickte ins klare Wasser hinunter. Es war unglaublich rein und lud direkt zum Baden ein, erinnerte an den Lac Albanel in Kanada, dort, wo die Einhundertsiebenundsechzig einfach im Nirgendwo aufhörte.

Gedankenverloren wippte sein Kopf und er antwortete: »Ich glaube, es ist geschehen, als wir uns das erste Mal gesehen haben.«

»Aber warum? Ich meine, du bist ein anständiger Junge und sie ... sie ist das personifizierte Grauen. Die übelste Gestalt im Universum.« Lisa setzte sich auf die Mauer, zog ein Bein an und schlang die Arme darum.

»Trish hat nur manchmal ein paar Ausraster. Hat die nicht jeder von uns? Ich kann dir nicht sagen, warum sie manchmal so wütend wird, aber ich bin bereit, ihr zu verzeihen. Vielleicht ist sie so geworden, weil niemand sie mag oder an sie glaubt. Ich habe ihre freundliche Seite kennengelernt. Und außerdem kann sich jeder ändern.«

Lisa griff seinen Arm. »Niemals wird sich Melantho ändern. Sie kann nicht anders handeln. Ihr fehlt das Verständnis für jegliches Gute.«

Jaime riss sich los. »Sie liebt es, gut auszusehen, und fragt mich bei ihren Fingernägeln um Rat. Außerdem ist ihr bewusst, was gut und böse ist und sie muss nicht vom Buffet essen.«

Sie verstand nicht, was er meinte, machte große Augen und zuckte mit den Schultern. Jaime winkte ab. »Niemand versteht das, weil sie gleich als immens böse abgestempelt wird, anstatt vorher mit ihr zu reden.« Er malte einen großen Kreis in die Luft.

»Weil jeder, der mit ihr reden will, auf der Stelle tot umfällt. Sie ernährt sich von den Seelen. Da ist nichts Gutes. Sie tötet aus purem Spaß und bringt Krankheit und Leid im großen Stil.«

Jaime sah zum Horizont. »Ich weiß, wer sie ist und was sie kann. Und ich spüre ihr reines Herz.« Seine Stimme war melancholisch.

»Du bist wirklich verliebt. Dich hat es mächtig erwischt. Ich will dir das nicht kaputtmachen, Schätzchen, aber sie wird dich vernichten. Getötet hat sie dich ja bereits.«

Nach einer Weile des Schweigens sagte Jaime: »Übrigens weiß ich, dass du mit meiner Erinnerung gelogen hast. Der Seher hat es mir verraten.«

»Wieso? Ich verstehe nicht. Warte mal. Hast du deine Frage verschwendet? Was ist da unten gelaufen? Weißt du jetzt, wo Kate ist oder nicht?« Aufgeregt stand Lisa auf.

»Beruhige dich. Wir haben den Weg. Pantognóstis war ziemlich gesprächig. Ja, ich habe mich verplappert, weil ich an Trish gedacht habe, und da ist mir die falsche Frage rausgerutscht. Aber er hat mir alles erzählt. Er kannte den Grund, warum ich zu ihm gekommen war, und ich brauchte keine einzige Frage mehr stellen. Die Sache mit der Erinnerung war sein Bonus.«

»Du hast auch nur die Mädchen im Kopf. Ach, ist das schön, verliebt zu sein.« Sie nahm seine Hand und zerrte ihn von der Brücke. »Was hat er sonst noch über mich erzählt?«

Grinsend nickte Jaime und zog eine Augenbraue hoch. »Alle intimen Details.«

Sie sah ihn ernst an. Dann schlug sie ihm mit der Faust an die Schulter und feixte: »Und? Zufrieden damit, du Spinner?«

Mit Schmollmund tat Jaime übertrieben beleidigt, linste zu ihr und prustete los. »Jepp, das bin ich.«

Sie begaben sich auf die Ebene, ließen das große Wasser hinter sich und folgten dem holprigen Weg.

»Du wirst niemals die Frauen verstehen. Das ist ein Geheimnis, welches von den Jungs nie gelüftet wird. Da spielt es überhaupt keine Rolle, wie viele Fakten du kennst.«

»Vermutlich hast du damit sogar recht.«

»Hey, jetzt lass den Kopf nicht hängen. Wir brauchen die Männer«, sagte Lisa und als Jaime sie ansah, ergänzte sie grinsend: »Manchmal.«

»Ach ja? Etwa zum Holzhacken?«

»Nein, zum Weltretten, mein Held. Los, wir müssen nach Vouná Chorió.« Sie zeigte auf einen verwitterten, hölzernen Wegweiser, dessen Pfahl schräg am Wegesrand stand.

Sie gingen zum Licht, vorbei an zusammengestürzten Städten und morschen Wäldern, und diskutierten über den Hades und das Leben. Und sie kamen immer wieder auf die Liebe zu sprechen, auf ihre verflossenen Freunde und dass bisher nur ein Einziger ihr Typ gewesen war, mit dem sie gerne die Welt erkundet hätte.

Stunden später standen sie vor der hohen Stadtmauer von Vouná Chorió. Die Gerüche von verbranntem Holz, abscheulichem, undefinierbarem Essen und Moder lagen in der Luft. Mehrere Rauchsäulen stiegen auf und das Stimmengewirr vieler Leute war zu hören.

»Ob es nur die eine wahre Liebe im Leben gibt?«, fragte Jaime und betrachtete die zerrissene Fahne mit der Stachelkeule am Durchgang zur Stadt.

»Ich glaube, es gibt irgendwo die beste und größte Liebe, an der du alles messen wirst, und wenn du sie verloren hast, wirst du nach genau dieser Liebe streben. Vielleicht ist das aber ein Fehler. Denn du wirst sie niemals wieder genauso finden und du wirst nicht erfahren, ob eine neue Liebe nicht erfüllender oder passender ist. Ich denke, das Gefühl ist, wie die Menschen selbst, überaus facettenreich.«

»Wer war es bei dir? Wer hat dein Herz gestohlen?«

»Mirja.«

Jaime lachte. »Er hatte einen Mädchennamen?«

»Nein. Sie war wunderschön, gütig und liebevoll.«

Augenblicklich verstummte sein Lachen. »Warst du echt in ein Mädchen verliebt?«

»Ich brauchte ganze vier Männer, um das zu begreifen. Sie alle waren überaus fies zu mir.«

»Es tut mir leid.«

»Dass ich auf Frauen stehe?«

»Nein, na ja, das auch, aber dass du so ein Pech in der Liebe hattest.«

»Hatte ich nicht. Meine Liebe und mein Sexleben waren durchaus befriedigend.« Frech zwinkerte sie ihm zu. »Dann hat dir der Seher wohl doch nicht alles verraten.«

Er senkte seinen Kopf. »Nein. Er hat nichts Konkretes gesagt.«

Sie stieß ihn mit der Faust an die Schulter. »Wolltest es mir heimzahlen?«

»Entschuldige bitte.«

Sie umarmte ihn. »Schon gut. Ich habe das verdient.«

Gemeinsam ließen sie die Stadtmauer hinter sich und begaben sich in die dunkle Stadt mit den hohen Steinhäusern und den schmalen Gassen. Sie war voll mit erbärmlichen Kreaturen, bei denen man nicht von jeder behaupten konnte, dass sie menschlich wäre. Das grobe Kopfsteinpflaster verbarg sich vielerorts unter Bergen von Staub und Dreck, vermischte sich mit Fäkalien und Unrat, über denen weit mehr als Fliegenschwärme kreisten. Die trüben Pfützen schienen zum Leben zu erwachen, sobald sich ihnen jemand näherte.

Gebannt sah Jaime zu der auffällig großen Burg, die hinter der Stadt wie ein steiler Berg hervorragte. Sie war finster, hatte unzählige Türmchen an den Seiten und auf dem Dach und sah wie die restliche Stadt zerfallen und schäbig aus. Beschaulich trieb der Nebel über die Dächer, sodass es aussah, als ob die Burg bis in die Wolken reichen würde.

»Die Festung der Totenrichter.« Lisa zeigte darauf und folgte seinem Blick.

»Ein Beutel Diamanten gefällig?«, geiferte ein alter, zahnloser Mann, der aus der Menschenmenge zu ihnen kam. »Prachtvolle Exemplare. Die schönsten Diamanten des Hades.«

»Verschwinde«, sagte Lisa und wedelte abwehrend mit der Hand.

»Ihr werdet Hilfe benötigen und ein gängiges Zahlungsmittel.«

»Wo finden wir Luan Hensley?«, fragte Jaime.

»Ich kenne keinen Hensley. Wer soll das sein?«

»Er war der Mann von Kate Neverate. Ein Seher sagte, dass wir ihn hier finden werden.«

»Nein, da kommt nichts. Aber ich könnte euch zu Kate führen.«

»Noch besser. Wo ist sie?«

Der kleine Mann hielt seine verfaulte Hand zu ihm. »Ich verlange zwanzig Erinnerungen für diese Information.«

»Eine.«

Lisa zischte Jaime an: »Wir können ihm nicht vertrauen.« Mache niemals Geschäfte auf der Straße.«

»Ich verlange nur zwanzig Erinnerungen und lege zu der Information sogar noch einen Diamanten drauf.« Der Zahnlose zog einen kleinen Stein aus seiner zerfledderten Tasche.

»Nein«, sagte Lisa. »Wie wäre es, wenn ich dir einen Drink für diese Information spendiere?«

Hinter ihnen brüllte jemand. Das Geschrei zog schnell die Menschen an, die sich um die Kämpfer versammelten. Jaime konnte Lanzen und Schwerter erkennen, hörte Todesschreie und sah abgetrennte Gliedmaßen.

»Folgt mir«, krächzte der alte Mann und schien es plötzlich eilig zu haben. Er zeigte zu einer Gasse und hetzte humpelnd voran. Lisa und Jaime folgten ihm über die feuchten abgerundeten Steine. An einer abseits gelegenen Kaschemme blieb er stehen und wartete auf sie. Die Fensterläden waren heruntergerissen und etliche Kerzen brannten im Inneren eines gigantischen Totenkopfes einer unbekannten Bestie, die über dem Eingang hing. Ein Holzschild bezeichnete die Lokation als »Kerberos«.

Jaime sah hilfesuchend zu Lisa. Er war sich unschlüssig, ob sie dem Mann folgen sollten. Da diese zustimmend nickte, betrat er den halbdunklen Gastraum. Dort nahm ihn Lisa an die Hand.

»Fernando. Einen Drink für mich und noch zwei für meine Freunde«, krächzte der Alte zum Tresen.

Schwerer Rauch stand in der Luft. Es roch nach Zigarrenqualm und Erbrochenem. In der Mitte, unter der Decke, hing ein ausladender Kronleuchter. Er bestand aus vielfältigen großen Knochen und war willkürlich mit Kerzen bestückt worden. Etliche Schichten aus unterschiedlichem Wachs hatten sich darübergelegt und tropften gar auf die schwarzen Bohlen herunter.

Der Alte war vorangegangen und winkte aus einer dunklen Ecke. Erst als Lisa nach hinten ging, setzte sich auch Jaime in Bewegung. Er getraute sich kaum, die Leute an den Tischen anzusehen, die mit ihren aggressiven oder gruseligen Blicken zu ihm starrten.

Schon als sich die beiden an den Ecktisch setzten, brachte der kräftige Barmann die Getränke. Einen übergroßen Kelch in der Größe eines Eimers stellte er zu dem alten Mann und zwei schnapsglasgroße Gefäße rummste er schroff an den Rand des Tisches.

»Das macht zweiunddreißig Erinnerungen.«

Lisa kramte in einem kleinen Lederbeutel und schob ihm eine goldene Münze zu. Der Barmann schien damit zufrieden zu sein, steckte sie weg und schlappte zum Tresen zurück.

»Kate befindet sich im Reich der Schatten am Fuße der Festung Hades«, krächzte der Alte.

»Und wo genau?«

»Das müsst ihr schon selbst herausfinden. Aber die Leute kennen das Haus.«

»Das war alles?«

»Ja, das ist die Information.«

Die beiden kräftigen Männer von der Schlägerei stürmten lautstark in die Kaschemme und setzten sich ein paar Tische weiter in eine Ecke. Lauthals redeten sie miteinander, sodass ein paar ihrer Worte zu verstehen waren. Es ging um Kate.

»Wer sind diese Leute?«, fragte Lisa den alten Mann.

Der nahm einen großen Schluck aus seinem Eimer und sagte: »Hab sie noch nie gesehen. Die sind neu in der Stadt. Sie riechen nach Leben und Ärger.«

Jaime versuchte ihr Gespräch zu belauschen, bekam aber nicht viel mit. »Ich glaube, die beiden suchen ebenso nach Kate«, sagte er zu Lisa..

Sie nickte. »Sieht ganz danach aus. Lass uns aufbrechen. Wir sollten uns beeilen, Kate zu finden..« Vorsichtig roch sie an dem Drink, schob ihn eine Armeslänge von sich und erhob sich. Der Alte hielt seinen Krug mit beiden Händen und trank gierig. »Wir brechen auf. Leben Sie wohl, Mister«, sagte sie und griff Jaime am Arm.

Der Alte wischte sich mit dem Ärmel über die Lippen, rülpste und entgegnete krächzend: »Viel Glück, Reisende. Und viel Erfolg.«

Hinter dem Marktplatz führte eine weite Straße zur Burg der Totenrichter, die direkt in eine einhundert Meter breite, ausgetretene Steintreppe mündete. Das gewaltige Eingangstor wurde von mächtigen Säulen eingefasst. Die Fassade war grau bis schwarz, reichlich verziert mit schaurigen Figuren und Ornamenten bis hoch unter das Dach. Sehr viele Leute strömten die Stufen nach oben und einige kamen ihnen entgegen. Die Stimmung war verhalten und die Gespräche verstummt. Wer diese Stufen nach oben stieg, forderte unwiderruflich sein Schicksal heraus. Vermutlich waren es die Mutigsten oder die Verzweifelten, die an diesem Ort versuchten, in das Reich der Schatten zu gelangen.

»Der Seher sagte, dass wir hier Luan finden werden«, sagte Jaime mit Blick auf einen verzierten Balkon über dem Eingang.

»Dann wird es so sein. Suchen wir ihn, bevor wir unser Tor bestimmen lassen.« Lisa hielt ihm die Hand entgegen. »Lass uns hinaufgehen.«

»Warte kurz, ich muss nur noch schnell etwas erledigen.« Er hockte sich vor die Stufen, strich mit der Handfläche über den schwarzen Sand und nahm eine Handvoll davon mit. Gemeinsam stiegen sie die Treppe nach oben und schritten durch das Tor in eine große Halle. Hier saßen die Leute an den Seiten, hatten sich eingerichtet, als ob es ihr Zuhause wäre. Der folgende Durchgang wurde von meterhohen Kerzenhaltern gesäumt und führte in einen weiten Flur mit pompösem Deckengemälde und einer Vielzahl schmaler, hoher Fenster, die eine bedrückende Aussicht auf spitze Felsen und einen Lavafluss im Innenhof boten. Hinter pompösen Säulen standen Holzbänke. Kronleuchter hingen weit von der Decke herab, die mit tausenden brennender Kerzen auf mehreren Etagen den Saal akzeptabel ausleuchteten. Am gegenüberliegenden Ende befand sich knapp unter der Decke ein rundes Fenster, durch das der Mond oder die Sonne oder was es auch immer war hindurchschien. Es herrschte Gedränge. Die Menschen warteten, unterhielten sich oder schliefen auf den Bänken und dem Boden. Die meisten sahen übel zerfallen aus und trugen passend dazu zerfledderte Kleidung. Ihr leises Getuschel hallte von den Wänden wider. Von nebenan waren Musik, laute Stimmen und Hämmern zu hören.

Jaime und Lisa schlängelten sich durch die Leute und betraten einen hohen Raum, in dem eine Reihe von Händlern ihre Waren feilboten.

»Letzte Gelegenheit vor dem großen Tor«, rief jemand nahe des Eingangs. Und eine Frau in weitem Rock hielt dagegen: »Leute, deckt euch ein! Hier gibt es die beste Medizin für die Schattenwelt!«

»Kauft, Leute, kauft, solange der Vorrat reicht«, schrie ein anderer von weiter hinten.

Der Händler am Eingang zeigte auf seine Waren und rief: »Jetzt alles supergünstig. Wadenwickel, Lederhosen und Schuhe in allen Größen.«

Im Vorbeilaufen betrachtete Jaime den hohen Berg der getragenen Schuhe und die viele Kleidung, einen Tisch mit einem wahllos aufgeschütteten Berg aus Kopfbedeckungen und Halstüchern. Alles war abgenutzt, vieles lädiert.

Die folgende Halle war hell und aufgeräumt. Sie erinnerte mit ihrem edlen Marmorboden an ein elegantes Schloss. Hinter ein paar Säulen befanden sich einige Treppenstufen, die zu den Totenrichtern hinaufführten. Sie saßen auf noblen Königsstühlen. Davor knieten ein paar Leute.

»Wenn wir zu ihnen gehen, gibt es keinen Weg zurück. Egal, wo sie uns hinschicken, wir müssen ihr Urteil akzeptieren«, sagte Lisa.

»Ich habe davon gehört. Wir können also nur hoffen, dass sie uns auf den richtigen Weg schicken.« Er nahm ihre Hand und bemerkte, wie sie zuerst darauf sah, dann in seine Augen.

Gemeinsam stiegen sie die Stufen empor. Vor ihnen kniete ein Ehepaar, das auf das Urteil wartete. Schon bald darauf verkündete ihnen ein Richter den Weg. Sie sollte in das Reich der Schatten, er musste in den Tartaros.

Die Frau flehte die Richter an, ihr Mann fragte ungläubig: »Warum? Was habe ich getan? Wir wollen doch zusammenbleiben.«

»Geht durch das Tor.« Die Stimme des Richters war pragmatisch. Er hob seinen Finger und schon eilten zwei bewaffnete Gehilfen herbei, die sich der Sache annahmen und die beiden, trotz lauten Protestes, zu unterschiedlichen Toren führte.

»Ich habe Angst«, flüsterte Jaime.

Lisa zwinkerte ihm zu, drückte fest seine Hand und sagte: »Sie werden wissen, was zu tun ist. Es wird alles gut.«

»Die Nächsten«, rief der rechte Richter.

Jaime trat zurück und gegen einen grimmig schauenden Gehilfen. »Wir wollten zuerst Luan suchen.«

»Kniet nieder, Sterbliche, und legt eure rechte Hand auf den Sockel.«

»Aber ...«, protestierte Jaime.

»Auf die Knie! Oder wollt Ihr auf der Stelle in den Tartaros?« Der kräftige Kerl drückte ihn herunter.

Jaime blickte ängstlich zu Lisa zurück. Sie zuckte mit den Schultern und nickte ihm aufmunternd zu.

Zitternd legte er seine Hand auf die glatte, kalte Fläche. Der Sockel leuchtete unter seiner Handfläche blau auf und die Richter begannen miteinander zu tuscheln. Nach einem kurzen Moment setzten sie sich wieder gerade hin und sahen fast gleichzeitig zu Jaime.

»Tartaros«, sagte der Große in der Mitte und zeigte zum seitlichen Tor.

»Das geht nicht, ich muss Kate Neverate finden.«

Wieder tuschelten die Richter und der rechte sagte ernst:

»Geht! Euer Schicksal liegt im Tartaros.«

»Ist Kate auch dort? Und Luan?«

Die Helfer eilten herbei und zerrten Jaime zur Seite. Er schrie: »Nein, ich muss zu Kate. Lassen Sie mich zu Kate Neverate.«

Der Richter auf der linken Seite hob seine Hand und rief: »Wartet! Meint Ihr Luan Hensley?«

»Ja, verehrter Richter. Der Mann von Kate. Pantognóstis hat mir gesagt, dass ich ihn an diesem Ort finden werde.« Hoffnungsvoll blickte Jaime zu ihnen und wartete, während sie tuschelten und gestikulierten. Immer wieder zeigte einer von ihnen zu Jaime. Dann schienen sie sich einig zu sein und setzten sich adäquat auf ihre Plätze. Einer winkte einem dicken Zwerg zu, der mit seiner Lederuniform und einem Speer wie ein Söldner aussah.

»Tretet vor und legt Eure Hand auf«, sagte der mittlere Richter mit Nachdruck zu Lisa.

Der Zwerg kam zu Jaime und packte ihn grob am Arm. Jaime stemmte sich dagegen, schüttelte stürmisch den Kopf und versuchte sich loszureißen.

»Wo bringt ihr mich hin?«

Die zischende Antwort des Zwerges war nicht zu verstehen. Er bekräftigte sein Argument mit einem Schlag, der Jaime auf die Knie zwang. Mit festem Griff im Nacken wurde er ruhiggehalten.

Lisa sah ihn mit großen runden Augen an, zögerte noch und legte vorsichtig ihre Hand auf die Säule.

Wie zuvor leuchtete die glatte Kugel zwischen ihren Händen blau auf.

»Auch Ihr seid auf dem Weg zu Kate Neverate.«, sagte der große Richter nach unangenehmem Schweigen. Er schrieb etwas auf ein Pergament. Das Kratzen seines Federkiels war leise zu hören. »Ich sehe ein edles Ziel. Geht in das Reich der Schatten.« Mit durchgestrecktem Arm wies er zum mittleren Tor, dem breitesten mit den geschwungenen Säulen und drei grinsenden Totenschädeln mittig darüber.

»Wir müssen zusammenbleiben«, sagte sie und reckte ihre Hand zu Jaime, der ebenso zu ihr strebte. Die Gehilfen zerrten sie auseinander. Lisa wurde zum Tor gebracht, und der dicke Zwerg riss Jaime am Schrein vorbei zu einem Podest mit stählernen Türen.

»Der Nächste«, rief ein Richter.

»Ich kann nicht in den Tartaros«, brüllte Jaime und versuchte sich immer wieder loszureißen. Doch der eiserne Griff war unerbittlich fest. Das Urteil war gesprochen und ein Widerspruch schien nicht möglich zu sein. Die Richter beschäftigten sich bereits mit einem alten Mann, der eine Krücke und eine Beinprothese besaß.

Jaime wurde in eine düstere Gefängniszelle geworfen, deren Wände aus groben, schwarzen Steinen bestanden. Krachend fiel die Stahltür ins Schloss, wie ein Paukenschlag, der das Urteil untermauerte.

Die Wände waren feucht und Wasser tropfte von der Decke. Die Stimmen von draußen waren so stark gedämpft, dass er seinen eigenen Atem hören konnte. Angsterfüllt sprang Jaime vom schmutzigen Steinboden auf, schlug mit den Fäusten gegen die Tür und klammerte sich an das Gitter der kleinen Öffnung, das sich auf Augenhöhe befand. Er musste mit ansehen, wie sie Lisa zum hinteren Tor führten. Ständig zeigte sie in seine Richtung und schrie etwas.

Auch die nächsten Sterblichen schienen mit ihrem Urteil nicht einverstanden zu sein. Anscheinend war heute der Tag, an dem der Tartaros Nachschub gebrauchen konnte.

Noch eine ganze Weile verfolgte er das Geschehen bei den Richtern und setzte sich verzweifelt in die hintere Ecke unter das kleine Fenster, das weit oben den Ausblick in die vorüberziehenden Nebelwolken bot.

Es mussten Stunden vergangen sein und er kannte die Steine schon fast bei ihrem Vornamen, als ein kühler Luftzug durch die Zelle streifte. Die Tür war verschlossen. Jaime stellte sich auf und sah zum Fenster. Hinter sich hörte er den Wind, spürte etwas auf seiner Haut und fuhr hektisch herum. Schwach schwebten blaue Nebelstreifen durch die Zelle.

»Du bist also auf der Suche nach Kate Neverate«, sagte eine sympathische, männliche Stimme, die nicht zu orten war.

Die blauen Winde wurden dichter und bildeten sich direkt neben ihm zu dem leuchtenden Umriss eines alten Mannes. Erschrocken trat Jaime zurück. Der Geist funkelte schwach blau, Lichtschweife durchzogen ihn und seine Konturen waren undeutlich, verzerrten sich und wurden wieder scharf.

»Wer seid Ihr?«

»Die Frage stellt sich nicht, wer ich bin. Wer ich einst war, wäre schon viel interessanter. Jetzt geht es aber einzig und alleine um Euren Platz im Reich der Schatten.«

»Ich habe nichts Unrechtes getan. Warum schickt Ihr mich in den Tartaros?«

»Seid Ihr Euch der Unschuld sicher?«

»Ja. Ich habe nichts Böses getan, Sir.«

»Sir?« Der Geist lachte und schwebte ein wenig auf Jaime zu.

Ängstlich wich er bis zur Wand zurück. »Als ich klein war, habe ich mal ein Bonbon geklaut und ich habe die Taschenlampe von Ken nicht zurückgebracht. Aber ich wollte sie ganz bestimmt nicht behalten.«

»War das alles?«

Er überlegte. »Meint Ihr die Sache mit Joleen? Ja, ich habe nur rumgestanden und zugesehen und ich ... Ich weiß doch, dass ich mich schuldig gemacht habe. Bitte schickt mich nicht in den Tartaros. Ich werde nie wieder wegsehen, wenn jemandem ein Leid angetan wird. Bitte. Ihr habt mein Wort.«

»Nun«, sagte der Geist gelassen und fasste sich an sein Kinn. Das Licht zog lange Bahnen nach und vereinte sich erst wieder mit seiner Gestalt, als er sich nicht mehr bewegte. »Ich glaube, Ihr habt eine wesentliche Sache vergessen.«

»Aber was? Ich war bestimmt kein böser Mensch und wenn ich etwas Schlimmes getan habe, dann war es nicht absichtlich.«

»Niemals ist es Absicht, wenn das Herz an Bedeutung gewinnt.«

»Mein Herz? Was ist mit meinem Herz?«

»Ihr habt es einer Gottheit verschrieben, die an Grausamkeit nicht zu überbieten ist.«

»Trish? Hat sie etwas damit zu tun?«

»Ja. Melantho ist das grausamste Wesen im Chaos der Erde. Und wenn Euer Herz für sie schlägt, bleibt für Euch nur der Ort der Höllenqualen als letzte Station des Seins.«

»Aber ich mache mir nichts aus ihr. Ich bin hier, um mich in Kate Neverate zu verlieben. Wirklich.«

»Wirklich? Dann geht noch einmal tief in Euch und sagt mir, für wen Euer Herz schlägt.«

Jaime senkte den Kopf. Seine Augen wurden feucht und er konnte es nicht verleugnen. »Ihr habt recht, verehrter Geist. Ich liebe Trish. Jedes Mal, wenn ich an sie denke, ihr niedliches Gesicht sehe und ihre weiche Stimme in meine Gedanken spült, schlägt mein Herz schneller und ich habe das Gefühl, als ob Schmetterlinge in meinem Bauch kreisen. Der bloße Gedanke an sie ergießt eine wohlige Wärme über mich und ich vergesse das Leid und ihr fürchterliches Tun.«

Vorsichtig sah er auf, ohne jedoch den Kopf deutlich zu heben. Der Geist schwieg.

»Ich verdiene die Höllenqualen, nicht wahr?«, sagte Jaime traurig.

Flink fegte der Geist auf die andere Seite des Raumes und stellte den Kopf schräg. Es sah aus, als ob er lächeln würde. Es war nur eine Nuance, aber das genügte, um Jaime einzuschüchtern.

»Seht Ihr. Das war doch gar nicht so schwer«, sagte der Geist in aller Ruhe.

»Aber was soll ich dagegen tun? Ich weiß, dass sie eine böse Seite hat. Schließlich habe ich mit eigenen Augen gesehen, wie sie aus Spaß die Menschen umbringt, was sie anrichten kann und ... Ich schwöre: Mir gefällt überhaupt nicht, was sie da treibt.« Er blickte vorsichtig zum Geist. »Dann werde ich mein Schicksal hinnehmen. Die Liebe zu ihr wird mich die Qualen ertragen lassen.«

»Großartig, Mister Richmond. Das war eine wirklich gute Antwort. Ihr gefallt mir. Ein wenig erinnert Ihr mich an meine eigene Jugend. Es ist gut, Euch und Eure Liebe nicht zu verleugnen. Als ich jung war, ging es mir sehr ähnlich. Nur habe ich nichts mit einer üblen Göttin angefangen, sondern mit der schönsten und außergewöhnlichsten Göttin des Olymp. Ich war der Mann an Kates Seite.«

»Luan Hensley? Luan vom Schicksalsberg, der am Nachthimmel einen eigenen Stern bekam?«

Der Geist verneigte sich. »Der bin ich.«

»Ich sollte Euch treffen. Ein Seher hat mir aufgetragen, Euch zu suchen, und Ihr würdet mir helfen, Kate zu finden.«

»Ja, Pantognóstis, das alte Schlitzohr. Er hat es mir bereits gesagt.«

»Dann werdet Ihr mir helfen?«

»Nun, wenn ich bedenke, dass Ihr meine Frau verführen wollt, muss ich mir das noch einmal reiflich überlegen.«

»Ich will sie nicht verführen.« Er fühlte das Fläschchen in seiner Hosentasche. »Ihr wisst es, oder?«

»Sagt mir, was Euch auf dem Herzen liegt.«

»Sie muss ihre Erinnerungen verlieren, damit Trish die Menschheit verschont. Es sind doch nur ihre Erinnerungen.«

»Ohne die Erinnerungen verblasst in der Unterwelt die Seele und reiht sich in das große Gefüge der Götter des Ursprungs ein, um eins zu werden, mit der Ewigkeit.«

»Das hat mir Trish nicht gesagt. Aber ist es nicht ein annehmbarer Preis für die Menschheit? Ich meine, ein Leben gegen das eines ganzen Planeten? Bitte versteht mich nicht falsch. Ich will Eurer Frau nichts Böses, ich will doch nur helfen. Wie kann ich denn einfach zusehen, wie die Erde vernichtet wird? Verlangt Ihr das von mir?«

»Tut Ihr es aus Liebe zu Melantho oder für die Menschheit?«

»Ich weiß nicht.«

»Nun? Ich warte.«

»Für Trish. Ja, ich tue das für sie, weil ich ihr vertraue. Sie hat mir versprochen, die Menschen in Ruhe zu lassen, wenn ich das erledige.«

»Sie hat Euch getötet und dennoch schlägt Euer Herz unablässig für sie.« Luan grübelte. »Das ist wirklich ein starkes Band. Ich bewundere Euch ein wenig dafür. Nur stellt sich die Frage, ob Ihr in der entscheidenden Situation die richtige Wahl trefft. Ich möchte keinen Lakaien, der im Auftrag des Bösen handelt. Denn dann wärt Ihr im Reich der Schatten gewiss falsch.«

»Ich weiß, was recht und unrecht ist«, verteidigte sich Jaime und sah ihn hoffnungsvoll an.

»In Ordnung, Mister Richmond. Jetzt stelle ich Euch die entscheidende Frage. Werdet Ihr meiner Frau die Erinnerungen nehmen und sie damit töten, falls ich Euch den Zugang zum Reich der Schatten gewähre?«

Jaime dachte nach. Vermutlich würde diese Antwort seinen Weg bestimmen. Es war eine Antwort, die er nicht einmal richtig beurteilen konnte.

»Ja«, sagte er aufrichtig und senkte den Kopf. »Ich würde es tun.« Sofort raste der Geist durch die Stahltür davon.

Jaime sah ihn durch das Gitter bei den Richtern. Dann nahm er die Richter in die gedachte Linie zwischen Daumen und Zeigefinger und begutachtete sein Problem. Mit nur drei bis vier Zentimetern war es nicht sonderlich groß.

»Kinderkram«, beschimpfte er sich selbst und ihm war durchaus bewusst, dass es diesmal keine Rolle mehr spielen würde, wie klein er das Problem aussehen lassen konnte. Im Tartaros gab es kein Erbarmen. Dort würde er jämmerlich zugrunde gehen.

Kapitel 13

Luventa trug einen eng anliegenden schwarzen Rollkragenpullover und eine figurbetonte schwarze Jeans. Am Strand von Kokkinos verabschiedete sie sich von Pythia, die etwas auf einer nahegelegenen Insel zu erledigen hatte. In zwei Stunden wollte sie zurückkehren und sie nach Minneapolis zu ihrem Bruder bringen.

Ein drängendes Gefühl veranlasste sie, zum Wasser zu gehen. Normalerweise konnte sie ihre Abstammung von einer Wassernymphe recht gut verbergen, aber wenn sie schon einmal am Meer gelandet war, wollte sie kurz in die Wellen blicken und ihrem fantastischen Klang lauschen. Sie rannte zum Strand und spürte die salzige Luft, genoss die Weite und das hintergründige Gefühl von Freiheit. Eilig zog sie ihre Schuhe aus und ließ sich die Füße umspülen.

Der Duft des Meeres war verführerisch. Sie ging ein Stück weiter hinein, breitete ihre Arme aus und lief so lange, bis das Meer sie vollständig verschlang. Jetzt war sie zu Hause.

Das Wasser war klar und reichlich gefüllt mit Leben in unterschiedlichen Formen und Farben. Es war eine friedliche Welt. Es war *ihre* Welt.

Mehr als eine Stunde verging auf dem Grund des Meeres, in denen ihre Haare in der seichten Strömung trieben und ihre Seele sich reinigte, bis sie sich wieder ihrer Aufgabe besann und zum Strand zurücklief.

Als sie aus dem Wasser auftauchte, wurde sie von zwei Fischern gesehen, die gerade ihr Boot zum Auslaufen vorbereiteten. Fassungslos rief der eine und zeigte auf sie und der andere sprang, ohne zu zögern, vom Boot und kämpfte sich gegen den Widerstand des Wassers zu ihr.

»Ich helfe Ihnen«, sagte der Mann und griff ihr unter die Arme.

Luventa schwamm zur Seite. »Ich bin in Ordnung.«

»Aber ...« Unschlüssig sah er ihr nach und folgte ihr zum Strand.

In Ufernähe erhob sie sich, schüttelte das Wasser aus den Haaren und sagte zum Fischer: »Die Welt braucht solche Leute wie Sie.« Flink sauste sie zum Ufer, schlüpfte in ihre Schuhe und drehte sich nochmals zu ihm um. »Sie sollten heute am alten Riff fischen gehen. Dort wartet ein kleines Wunder auf Sie.« Mit diesen Worten ließ sie die verdutzten Männer hinter sich stehen und eilte in die Siedlung.

Zügig fand sie die Taverne, die Pythia beschrieben hatte. Das Haus und die angrenzenden Gebäude waren bis auf die Grundmauern niedergebrannt. Die Steinwände waren verkohlt und oben, am Ende des Dachgeschosses, war nur ein einziges, kleines Zimmer übrig geblieben. Davor standen ein ausgebrannter Lastwagen und einige angesengte Tische und Stühle.

Sie fragte den erstbesten Einwohner nach dem Besitzer, der ihr den Weg, fünf Häuser weiter, zum Haus seiner Verwandten wies.

»Ja sas«, sagte der Mann, der ihr die Tür öffnete. »Sie sind ganz nass.«

»Guten Tag. Ihr Strand ist unwiderstehlich. Ich hatte nicht einmal die Zeit, mich der Kleidung zu entledigen.« Luventa lächelte freundlich.

»Was kann ich für Sie tun?«

»Ich möchte zu Philip.«

Der Mann rief etwas ins Haus: »Fílippos, kápoios eínai edó gia sas.«

Es folgte eine Stimme von drinnen, dann polterte es auf der Treppe.

Gespannt blieb Philip in der Tür stehen und sah Luventa an.

Sie reichte ihm die Hand. »Ihnen gehört die Taverne?«

»Nun ja. Zumindest das, was noch davon übrig ist. Sie sind ganz nass.«

»Ich weiß.« Sie winkte ab. »Können wir uns unterhalten?«

»Worum geht es?«

»Um meine Mutter, Kate Neverate.«

Seine freudige Stimmung wandelte sich augenblicklich in tiefe Betrübnis. Er nahm nochmals ihre Hand in beide Hände und sagte: »Es tut mir außerordentlich leid, was ihr zugestoßen ist. Mein tiefes Mitgefühl, Miss. Es ging alles so unglaublich schnell.«

»Darf ich reinkommen?«

»Oh, natürlich. Bitte verzeihen Sie mir. Hier entlang.« Er ging vor, Luventa und der andere Mann folgten.

»Mein aufrichtiges Beileid«, sagte der Mann, als sie die gute Stube betraten.

»Setzen Sie sich.« Philip zeigte zu einem bequemen Sofa. Der andere Mann verließ den Raum und zwei Frauen kamen hereingeeilt, die Luventa um den Hals fielen und ihr Mitleid bekundeten.

Die ältere von ihnen tätschelte Luventas Wangen und sagte: »Ihre Mutter war eine wunderschöne Frau. Ich kann Ihren großen Schmerz fühlen. Es tut mir so unendlich leid.«

Luventa erhob sich. »Vielen Dank für Ihre freundliche Anteilnahme. Da ich nur sehr wenig Zeit habe, würde ich jetzt gerne mit Philip alleine sein.«

Bereitwillig verließen die beiden Frauen das Zimmer und Philip setzte sich in den großen Ohrensessel. Gespannt sah er Luventa an.

Sie strich sich eine Haarsträhne aus dem Gesicht, die dort langsam antrocknete. »Erzählen Sie mir etwas über Mutter? Ich habe sie viel zu lange nicht gesehen. Wie ging es ihr? Was hat sie gemacht? Wie sah sie aus? Ich möchte alles wissen.«

»Kate war eine außergewöhnliche Frau. Und, um ehrlich zu sein, hätte ich nicht gedacht, dass sie auch nur einen einzigen Tag älter war als Sie.«

»Ja, sie war immer die Attraktive in der Familie. Irgendetwas hat sie wohl jung gehalten.« Sie schmunzelte, als sie sich an Kates Gesicht erinnerte.

»Ihre Mutter hat sich in der kurzen Zeit ihres Aufenthalts viele Freunde gemacht. Sie sollten mal mit Tony sprechen. Der führt in der Straße einen kleinen Laden. Seit ihrem Tod redet er von nichts anderem mehr. Jedenfalls hat sie bei mir angefangen. Sie tat mir leid, wie sie in dem einfachen Umhang und ohne Schuhe vor mir stand. Außerdem hatte ich schon länger nach einer Aushilfe gesucht. Da kam mir Ihre Mutter ganz recht.

Ich muss schon sagen, in der Küche war sie unglaublich flink und sonst sehr ehrlich. Ein wenig zu ehrlich für meinen Geschmack. Ich hatte ihr die Dachwohnung gegeben und bereits an ihrem ersten Arbeitstag ist es passiert. Zuerst der Lastwagen, dann der Vogel mit dem Feuer.« Er schlug mit der Faust auf seine andere Handfläche, um die Wucht der Explosion zu verdeutlichen.

Die ältere Frau brachte ein Handtuch, Kekse und Kaffee mit Eiswürfeln, lud alles auf dem Tisch ab und eilte wieder hinaus.

Emotionsgeladen erzählte Philip alle Einzelheiten des Unfalls und musste weinen, als er Kates klaffende Wunden beschrieb. Kurz verdeckte er sein Gesicht, rieb sich die Augen und erzählte weiter: »Doch das Merkwürdigste an der Sache war der plötzliche Sturm, der in diesem Augenblick durch die Straßen trieb. Innerhalb von Sekunden zogen schwere Wolken auf und kreisten über der Stadt. Die Blitze haben das Auto von Papadakis getroffen, die Bäume oben bei Sanchos hat es reihenweise entwurzelt und einer ist genau vor der Taverne auf den Boden geschlagen. Danach war Ihre Mutter verschwunden. Wir haben sie gesucht, aber sie war nirgends zu finden. Glauben Sie mir, Miss. Sie war einfach weg.«

»Kann ich sehen, wo sie gewohnt und gearbeitet hat? Ist noch etwas davon übrig?«

Er erhob sich und schüttelte den Kopf. »Es ist alles verbrannt. Kommen Sie, ich zeige Ihnen die Überreste.«

Sie folgte ihm.

Offensichtlich hatte es sich in der Straße herumgesprochen, dass die Tochter der Verunglückten in der Stadt war. Mit ehrlicher Anteilnahme begleiteten viele Leute ihren Weg bis zur Ruine. Philip zeigte zum verkohlten Giebel. »Dort oben war ihr Zimmer. Es ist das einzige, was übrig geblieben ist.«

Luventa ging die Steintreppe nach oben, stieg über verkohlte Balken und betrat die Überreste des kleinen Raums. Das verrußte Metallgerüst eines Bettes stand vor einem schmalen Fenster. Dort putzte eifrig ein alter Papagei seine Federn. Überall lagen Asche und schwarz gewordene Dachziegeln. Reste von Kates Umhang hingen neben dem Waschbecken an einem krummen Nagel. Es war trostlos.

Verbrannt.

Verloren.

Luventa sah in den strahlend blauen Himmel empor und verfolgte einen Vogel, der von weit oben nach Beute Ausschau hielt. An diesem Ort fühlte sie ihre Mutter nicht einmal. Vielleicht hätte Emilia etwas gespürt, aber auch sie war weiter weg als jemals zuvor. Nicht einmal der Ruf ihres Handys würde sie jetzt noch erreichen.

Unter dem Bett entdeckte Luventa ein Bündel, das sie hervorzog und ausbreitete. Darin lagen eine Kordel und ein Lederbeutel mit Goldmünzen und leuchtende Punkte sowie eine halbe Kaktusfeige, die problemlos der Hitze getrotzt hatten. Skeptisch roch Luventa daran und drückte etwas Saft heraus. Diese Frucht enthielt ein starkes Gift. Sie steckte alles ein und verließ die Ruine über die Treppe.

Philip wartete mit etlichen anderen Leuten auf der Straße. »Haben Sie gesehen, was Sie sehen wollten?«

»Zunächst habe ich genug Informationen. Ich denke, ich bin auf der richtigen Spur. Was hier geschehen ist, war gut geplant.« Sie grübelte und strich sich entrückt über den Arm.

»Denken Sie an ein Verbrechen, Miss?« Er kratzte sich am Hinterkopf.

»Ja, das ergibt Sinn«, sagte sie leise und mehr für sich. Dann blickte sie auf und strich Philip über den Arm. »Meine Verbindungen reichen bis ganz nach oben. Vielleicht kann ich ihnen beim Wiederaufbau behilflich sein.«

»Ach, das ist nicht nötig. Es ist alles verloren. Soll ich als alter Mann noch einmal ganz von vorne beginnen?« Er schüttelte den Kopf.

»Warten Sie ab, Philip. Ihr Leben ist deswegen noch lange nicht vorbei. Vertrauen Sie auf die Götter.« Sie reichte ihm die Hand. »Die Zeit drängt. Ich muss auch schon wieder los. Haben Sie vielen Dank für Ihre Freundlichkeit.«

Am Strand wartete bereits Pythia. »Wir müssen uns beeilen. Ich muss dringend in den Hades.«

»Was seht Ihr?«

»Eure Mutter kann ich zwar nach wie vor nicht orten, doch ich habe erfahren, dass mehrere Kräfte unterwegs sind, die auf der Suche nach ihr sind. Ich muss vor ihnen da sein, um das Schlimmste zu verhindern.«

»Dann beeilen wir uns besser. Auf nach Minneapolis.«

In Sekundenschnelle trugen sie die Eiligen Winde um die halbe Welt. Pythia setzte Luventa hinter den schwerbewachten Mauern des Grundstücks ihres Bruders ab, umarmte sie und verschwand eilig in den wirbelnden Winden.

»Geht nach links, durch den Kücheneingang und in die zweite Etage. Dort werdet Ihr Galeno finden«, hatte Pythia gesagt. Luventa sah vor dem Eingang bewaffnete Elitekämpfer, tauchte flink hinter einem Busch unter und schlich zur Seitentür. Sie lugte durch das Fenster daneben, drückte sich an die Wand, sah nach den Wachen und huschte wie ein Windhauch durch die Tür ins Haus.

Der Personaleingang führte sie direkt in die Küche. Es war still und das Licht abgeschaltet. Alles war sauber und besonders gewissenhaft aufgeräumt. Die vielen modernen Geräte wirkten wie neu und waren groß genug, um reichlich Gäste zu versorgen.

Wie Pythia ihr geraten hatte, stieg sie im geräumigen Treppenhaus bis zur zweiten Etage hoch. Die schwere Holztür war nur angelehnt. Dort wollte sie mit ihrer Suche beginnen.

Der Raum mit dunkelbraunem Parkettboden und ebensolchen Möbeln wirkte mit der weißen Decke und den roten Accessoires bieder. Am hinteren Ende stand ein Schreibtisch, hinter dem jemand saß. Es roch nach Zigarrenrauch und alten Möbeln.

»Ich suche Galeno Neverate«, sagte Luventa laut und ging darauf zu. Ihre Stimme hallte knapp.

Der Mann hinter dem Schreibtisch sah zu ihr auf. »Wer sind Sie und wie kommen Sie hier rein?«

»Ich war so frei und habe mich selbst reingelassen.« Sie ging langsam weiter und konnte beobachten, wie er auf dem transparenten Display vor sich einige Menüpunkte drückte.

»Ich bin begeistert. Sie befinden sich in der sichersten Anlage der Welt und Ihr Eindringen wurde noch nicht einmal registriert. Wie haben Sie das angestellt?«

»Es war überhaupt kein Problem. Denn Ihre Abwehr richtet sich gegen Menschen.« Sie stützte sich auf den Schreibtisch. Die beiden starrten sich an.

»Was soll das heißen?«, sagte Galeno laut.

»Du hast Mutters Augen.«

»Wer, zum Teufel, sind Sie?«

»Der Teufel hat damit nichts zu tun. Ich bin Luventa, deine kleine Schwester.«

Die Tür sprang auf und vier bewaffnete Männer kamen mit vorgehaltenen Waffen hereingestürmt.

Er wedelte sie mit der Hand zurück. »Hat sich erledigt.« Die Männer verließen augenblicklich den Raum. Leise klackte die Tür ins Schloss.

Langsam erhob sich Galeno aus seinem pompösen Ledersessel und kam um den Tisch herum, wobei er Luventa keine Sekunde aus den Augen ließ. Beide waren fast gleich groß.

»Du bist es wirklich.« Er musterte sie, ging einmal um sie herum und setzte sich lässig auf die Tischkante. Dann breitete er seine Arme aus. »Komm her, Schwesterherz. Lass dich umarmen«, sagte er strahlend.

Sie traute ihm nicht, ließ sich zunächst nur auf eine flüchtige Umarmung ein und trat etwas zurück.

»Wieso hast du nie nach Emilia und mir gesucht?«, fragte sie mit verschränkten Armen.

»Ich hege keine besonderen Gefühle für Menschen.«

»Pythia ist der Meinung, dass ich zu den Göttern gehöre.«

»Vielleicht. Verzeih mir Schwesterherz. Mein Leben war von Einsamkeit und Misstrauen geprägt. Ich fürchte, dadurch bin ich zu einem einsamen Wolf geworden. Das ändert aber nichts an der Tatsache, dass ich mich ehrlich freue, dich zu sehen. Du hast Mutters Augen. Sag mit, wo hast du in den letzten einhundert Jahren gesteckt? Ich will alles über dich und deine Schwester erfahren.«

Polternd sprang die Tür auf und Trish kam herein. Luventa und Galeno drehten sich gleichzeitig zu ihr um.

»Darf ich dir vorstellen …«, sagte er zu Trish und zeigte auf Luventa, während sie in flinker Bewegung den dunklen Strahl des Verderbens zu ihr schickte, der mit Wucht in ihre Brust eindrang und sich in Windeseile um ihre Organe legte, um sie aufzulösen.

»Was tust du da?«, schrie Galeno und sprang auf. Luventa sank in sich zusammen. Er stützte sie, sah böse zu Trish und brüllte: »Nimm sofort die Macht von ihr.«

»Ich habe dich gewarnt. Ich werde jede Schlampe töten, die du berührst.« Kampfbereit stellte sich Trish am anderen Ende des Raumes auf.

»Das ist meine Schwester, verdammt.«

Böse zeigte Trish auf ihn. »Seit wann hast du eine Schwester?« Sie drehte sich um und rief: »Ich schenke dir ihre Seele.« Mit erhobenem Arm schnippte sie in die Luft und ließ die Tür laut zuknallen.

»Es war schön, dich kennenzulernen«, sagte Luventa schmerzerfüllt, krampfte und stöhnte mit Tränen in den Augen.

Galeno legte sie vorsichtig auf das Parkett, reckte seine heilende Hand zu ihr und flutete ihren Körper mit der blauen Energie. Die Blutbahnen seiner Hand färbten sich schwarz und die Kraft begann zu schmerzen. Seine Finger wurden heiß, dann die Hand und sein Unterarm. Die Haut begann zu pulsieren, bis sie zu glühen schien. Er war nicht imstande, die starke Macht von Trish umzukehren.

Bedrückt und gleichermaßen wütend löste er seine schmerzende und qualmende Hand und schrie gegen die Tür: »Was hast du ihr angetan?« Liebevoll strich er Luventa durch die Haare. »Es tut mir leid, kleine Schwester. Sie hat eine Kraft aus den Tiefen des Tartaros benutzt, die ich nicht zu heilen vermag.«

Luventa zuckte und ihre Augen erstarrten. Das Zittern verließ ihren Körper und ihre Hände und der Kopf legten sich sanft auf den Boden.

Galeno schrie, so laut er konnte, krampfte die Hände zu Fäusten und schlug hart gegen den Tisch. Dann entwich seine Kraft und er beugte sich über sie.

»Vielleicht ist es besser so. Wir hätten uns bestimmt nicht vertragen.« Er hielt ihre Hände und sah sie verstört an.

»Hab ich Euch endlich gefunden«, sagte eine tiefe Stimme.

Ruckartig schoss sein Kopf herum. Augenblicklich war er kühl und konzentriert. Vor den hohen Fenstern stand ein Mann in einfacher Kampfkleidung mit verschränkten Armen.

»Kommt heute jeder einfach so durch die Sicherheitszone?« Mürrisch richtete sich Galeno auf. Er war bereit, den Mann auf der Stelle zu töten.

»Mein Name ist Haliartos, Sohn des Thersandros. Ich hätte nicht gedacht, Euch noch rechtzeitig zu finden.«

»Was wollen die Götter von mir?«

»Nun, Ihr seid der letzte Sohn von Zeus. Euer Platz ist im Olymp. Ich bin hier, um Euch mitzunehmen. Alle anderen haben die Erde bereits verlassen.«

»Verschwindet oder ich töte Euch.«

»Ganz wie Ihr meint. Dann ist meine Aufgabe erfüllt. Übrigens bin ich etwas erleichtert, dass Ihr mir nicht folgt.«

Galeno grinste einseitig. »Geht mir aus den Augen und sagt den Göttern, dass ich jeden töten werde, der jemals seinen Fuß wieder auf die Erde setzt.«

Haliartos verneigte sich.

»Wartet!«, stoppte Galeno dessen Reisevorbereitungen. »Wie konntet Ihr mich überhaupt ausfindig machen?«

»Euer Schutz war für einen kurzen Moment unterbrochen. Das hat genügt.«

Galeno sah zu Luventa und sagte leise mit giftigem Unterton: »Ja, selbstverständlich. Herzlichen Dank, Schwesterherz.«

»Ich wünsche Euch noch eine gute Zeit auf der Erde, Galeno Neverate.« Die Eiligen Winde legten sich um Haliartos.

Galeno ging zum Schreibtisch zurück. »Ich habe es mir anders überlegt. Ihr braucht niemandem etwas auszurichten, denn ich erledige das selbst.«

Ohne sich umzudrehen, feuerte er das sengende Feuer auf Haliartos, das ihn auf Anhieb zu Asche werden ließ. Seine verbliebenen Reste trieben mit den Eiligen Winden davon.

Kapitel 14

»Wie hast du es geschafft, in das Reich der Schatten zu gelangen?«, fragte Lisa mit großen Augen und stieß einen Freudenschrei aus.

»Ich bin dem Geist von Luan begegnet. Er hat mit den Richtern verhandelt und mir das Tor geöffnet.« Jaime war überaus fasziniert von ihrer Reaktion. Er konnte sich ein breites Grinsen nicht verkneifen. Sie sprang ihm um den Hals und küsste ihn auf die Wange. Ihre Lippen fühlten sich angenehm warm an und er genoss fraglos ihre Berührung.

»Ich dachte schon, dass ich alleine weiterziehen muss«, sagte sie aufgekratzt und hopste.

»Wie könnte ich dich alleine reisen lassen? Du würdest es ohne mich doch nicht schaffen.«

Sie stieß ihn in die Seite. »Sehr witzig. Der Grünschnabel schwingt große Worte.«

»Wo müssen wir lang?«

Sie standen vor einem Wegweiser aus Holz, der zum Lavasee, zur Festung des Hades und nach Nekrotháfti, einer Siedlung, wies. Hinter ihnen waberte das mächtige Tor zum Vorhof, als würde es in einer Strömung unter Wasser stehen.

Der Welt der Schatten fehlten die Farben. Hier dominierten Schwarz und dunkles Grau. Die Wege waren staubig und wurden von reichlich Totenschädeln gesäumt. Es roch nach Schwefel und Verwesung. Durch die Lüfte tanzten graue Schatten und vorüberziehende Geister, die sie nicht beachteten. Hier stiegen schwarze Tropfen aus dem Boden auf, die wie ein gleichmäßiger Regen zur Kuppel nach oben strömten. An Stellen, an denen der Nebel nicht so dicht war, sah es manchmal wie ein klarer Sternenhimmel aus.

»Sieh nur, der Nachthimmel.« Jaime war überwältigt von dieser Gegend. Ein wenig keimte das Gefühl des Abenteuers auf und verdrängte wohltuend den dauerhaften Gedanken an den Tod.

»Das sind keine Sterne. Das sind Kristalle an der Decke des Hades, die vom Lavasee angestrahlt werden.« Lisa zeigte nach oben.

»Ist ziemlich gewaltig.«

»Ja, und ebenso gefährlich. Jeder lauert auf dein Leben. Wir müssen hier entlang.« Sie zeigte zum Weg, der zur Festung des Hades führte.

Bis zum Horizont bot sich ein unverändertes Bild von riesigen kahlen Flächen, die mit spitzen Steinen übersät waren und wie schwarze Stalagmiten aussahen.

Furchtlos und voller Elan begannen sie ihre Reise, trafen auf einsame Seelen, die am Wegesrand verendet waren, und auf Landstreicher, die es auf ihre Habe abgesehen hatten. Immer wieder schwebten leise surrend die motorgetriebenen Zeppeline vorüber.

An einem stinkenden See, der überfüllt mit Knochen war, legten sie eine Pause ein.

»Kannst du etwas sehen?«, fragte Lisa und kaute an einem hart gewordenem Brot. Sie hatte sich auf einen großen Schädel gesetzt und genoss die Aussicht.

Jaime stand auf einer Holzkiste inmitten von Totenschädeln. »Dort drüben befindet sich eine kleine Stadt und dort hinten ist ein breiter Fluss.« Er zeigte jeweils darauf.

»Das wird der Styx sein. Dann sind wir richtig.« Ihre Stimme war schwach.

»Du klingst traurig. Was ist los?«

»Nein, ich musste gerade an mein früheres Leben denken. Wie gerne würde ich wieder einmal ein großes Stück Sahnetorte essen und in einem schicken Abendkleid tanzen gehen.«

Jaime sprang von der Kiste, stellte sich vor sie und verbeugte sich. »Das sollte kein Problem sein. Du brauchst nur ein wenig Fantasie.« Er griff nach ihrer Hand. »Darf ich um einen Tanz bitten, Madame?«

»Was? Hier?«

Er zwinkerte ihr zu. »Was hält uns davon ab?«

»Willst du alle eintausend Gründe hören?«

»Nein, nicht einen. Na, mach schon.« Leicht zog er an ihrem Arm, bis sie nachgab und aufstand. »Aber ich muss dich warnen. Ich bin ein lausiger Tänzer.«

Salonfähig legte sie ihre Hände in seine und begann mit einem langsamen Schreittanz. Er ließ sich führen, beobachtete ihre Füße und versuchte möglichst elegant zu folgen, was ihm nicht ansatzweise gelang. Sie drehte sich und griff wieder nach seiner Hand, um geschwind einen Schritt zur Seite zu machen. Unbeholfen blieb er stehen, löste sich von ihr und sah ihren grazilen Bewegungen zu und wie sie verträumt über die schwarze Erde schwebte.

»Du bist wunderschön«, sagte er.

Sie tanzte bis zum Wasser und wieder zurück, drehte sich um ihn und führte ihn noch ein Stück. Jaime war nicht imstande weiter zu tanzen, er konnte nicht anders, als sie anzusehen und zu bewundern. Ihre grazilen Bewegungen spiegelten das Glück und die Vollkommenheit der Erde wieder. Sie waren wie das Leben und alle schönen Erinnerungen.

Als sie genau vor ihm die letzte Drehung beendete, spürte er ihren Atem und einen Augenblick später ihre weichen

Lippen. Noch bevor er es richtig genießen konnte, wendete sie sich ab und sah gedankenverloren über den See.

»Danke, Jaime«, raunte sie.

Leise stellte er sich neben sie und schloss sich ihrem Blick in die Ferne an. »Für den Fall, dass ich wieder nach Hause komme, werde ich mein Leben bewusster gestalten. Ich werde jeden Tag genießen.« Nachdenklich blickte er zu Boden. »Und ich werde ein wenig Sand mitnehmen.« Er ging in die Hocke und kratzte etwas tiefschwarzen Sand zusammen, nahm ihn in die Hand und sah ihn sich genauer an.

»Das ist wunderbar. Halte an der Hoffnung fest, solange es geht.«

»Jedes Mal, wenn ich ihn einsammle, denke ich an meine vielen Fläschchen und wie er im Regal aussehen würde. Ich stelle mir vor, wie ich damit die Leute beeindrucken und eines Tages meine Sammlung in einem bedeutenden Museum ausstellen kann, wo noch niemand zuvor diesen perfekten Sand aus der Unterwelt gesehen hat.«

Lisa schmunzelte. »Das klingt total verrückt, aber ich mag deine Träume.«

Er steckte den Sand in die letzte freie Hosentasche und rieb anschließend die Handflächen aneinander.

»Früher hat mich niemand an das Leben erinnert und die Begeisterung und Zuversicht hier hergebracht. Es ist schön, dass wir uns begegnet sind«, sagte sie, schnappte seine Hand und zerrte ihn auf den Weg zurück.

Weit und breit war niemand zu sehen. Nur in der Ferne sahen sie immer mal wieder voll beladene Kutschen und eine Gruppe Leute. In diesem Ödland gab es nichts zu holen. Hier lag der Verfall und der Tod lauerte an jeder Ecke.

Sie machten einen großen Bogen um Nekrotháfti sowie um die folgende kleine Siedlung mit den tiefen Gräben und spitzen Stacheln darum.

Von einer Anhöhe aus konnten sie das Leuchten des Lavasees am anderen Ende der Ebene erkennen.

Viele Stunden später ruhten sie sich in einem lichten Wald mit kahlen Bäumen und stachligem Gesträuch aus.

In den folgenden Tagen trug ein heftiger Sturm den feinen Sand der schwarzen Wüste über das Land. Er wurde immer dichter und setzte sich unter die Kleidung, zwischen die Zähne und in ihre Haare, legte sich über ihre Gesichter und kroch unablässig unter ihren Mundschutz und in die Lungen. Unter dichten Zweigen, die sie über eine Kuhle gelegt hatten, warteten sie tagelang, bis sich das Wetter beruhigt hatte und die Sicht wieder frei wurde.

In einer morastigen Gegend wimmelte es von dicken Maden und Blutegeln, die aggressiv nach ihnen schnappten. Vereinzelte Bäume, von denen lange schwarze Fäden herabhingen, standen im beklemmenden Nebel über dem Sumpf neben vermoderten Baumstümpfen und abgebrochenen Stämmen.

Am Ende des Sumpfes verlor Jaime einen Schuh, der vom Schlamm verschluckt wurde. Da sich ihnen eine dreiköpfige Schlange näherte, hatten sie keine Zeit, ihn herauszuziehen, und flüchteten mehrere Meilen bis zu einem Leichenberg, bei dem die Schlange ihre Fährte verlor. Hier begegneten sie einem kleinen buckligen Mann, der zwischen den Toten nach Beute suchte und argwöhnisch auf Abstand blieb. Er winkte immer wieder und sagte etwas, aber sie verstanden seine Worte nicht. In der Ferne wütete ein Wirbelsturm, der in seinem Zentrum die Toten und schreienden Seelen davontrug.

Jaime nutzte diese Pause, um die Wunden an seinem Fuß zu versorgen, die er sich von den spitzen Steinen zugezogen hatte. Lisa entfernte ihm vier Maden, die sich dort bereits eingegraben hatten. Er opferte den unteren Teil seiner Jeans, aus dem er mithilfe seines Gürtels einen Fußwickel schnürte.

In den folgenden Tagen mussten sie durch einen schwarzen Fluss voll mit todbringenden Würmern, die ihnen mächtig zu schaffen machten. Mit einem lädierten Kahn entkamen sie und schafften es bis an den Rand einer Gebirgskette, wo sie ratlos vor einem Wegweiser stehen blieben. Die Schilder deuteten in drei unterschiedliche Richtungen, aber sie führten alle zur Festung des Hades. Dahinter befand sich ein verlassenes Zeltlager, in dem sie ihre Wunden versorgten und Kräfte sammelten.

Drei Tage später entschieden sie sich für den Weg durch das Gebirge. Jaime hatte sich eine Krücke gebaut, da ihm sein verletzter Fuß immer mehr Schwierigkeiten bereitete. Lisa hatte mit einigen unschönen Schrammen im Gesicht, die sie sich bei einem Sturz im Sumpf zugezogen hatte, bisher Glück gehabt. Im Gegensatz zu seinen Wunden schlossen sie sich rasch.

Der weite Ausblick über den Hades und die absolute Stille weit oben in den Bergen brachte ihnen nach dem anstrengenden Aufstieg etwas Mut zurück. Hier war die Luft kühl und erfüllt von dem angenehmen Duft nach Blüten. Der Frost hatte die felsige Landschaft mit glitzernden Sternchen überzogen und die Bäche und Pfade vereist. Genau wie unten gab es auch hier Pilzteppiche, nur waren sie hellblau und fast nur fingerhutgroß. Manchmal funkelten ihre Ränder und wenn man sie berührte, zerplatzten sie in kleine Kristalle.

»Es ist so friedlich hier oben«, sagte Jaime. »Man könnte fast denken, es ist die Erde bei Nacht.«

»Ich möchte dir nicht die Hoffnung nehmen, aber auch im Eis lauern die Gefahren. Ich habe vom lebenden Eis gehört. Es sind winzige Käfer, die wie Eiskristalle aussehen und sich unter deine Haut setzen. Wir müssen uns eine Fackel bauen, um sie fernzuhalten.«

»War es das wert? Ich meine, hätten wir nicht besser im Vorhof bleiben sollen?« Er sah auf seinen behelfsmäßig verbundenen Fuß und den schmutzigen, blutgetränkten Stoff.

»Ich habe lange um diese Entscheidung gerungen. Natürlich sind die Gefahren auf dieser Seite größer, aber wenn wir ein Haus hätten, könnte man in der Nähe einer großen Stadt annehmbar leben. Ich habe noch einige Münzen übrig, die uns einen Start ermöglichen. Wenn wir Kate gefunden haben, könnten wir uns ein Häuschen kaufen. Was hältst du davon? Würdest du mit mir dort einziehen?«

»Klar. Warum nicht?.«

»Das klingt nicht gerade erfreut.«

»Nein, wirklich. Ich ziehe gerne mit dir in ein schönes Haus.«

»Ich habe das Gefühl, dass du mir nicht die ganze Wahrheit sagst.«

»Nun, ...« Er stockte. »Ich hatte nicht vor, immer hierzubleiben. Ich ...« Nervös fuhr er sich durch die Haare. »Ich will nach Hause.«

Sie nahm ihn in die Arme. »Ich weiß.«

»Hat es schon mal jemand zurückgeschafft?«

»Es gibt ein paar Ausnahmen, die den Weg herausgefunden haben. Nur waren die meisten von ihnen Götter.«

»Luan Hensley soll es geschafft haben.«

»Stimmt. Der ist dem Tartaros entkommen. Aber er hatte die Unterstützung der Götter.«

»Dann müssen wir Kate fragen. Vielleicht kann sie uns helfen.«

»Meinst du wirklich?« Lisa gefiel dieser Gedanke.

»Ja, klar. Sie soll gutherzig sein und ziemlich mächtig.«

»Das wäre wunderschön.«

Sie zeigte auf einen kleinen Punkt in der Ferne. »Siehst du den leuchtenden Berg, ganz dort hinten, am Horizont?«

»Ja. Was ist das?«

»Genau dort müssen wir hin. Das ist die Festung.«

»Wow. Die ist gigantisch.«

»Das ist sie. Ich habe schon viele Geschichten über die Stadt Hades gehört. Dort soll es angeblich richtige Geschäfte geben, ein Theater mit brauchbaren Schauspielern und Galerien und die Marktplätze sind so groß, dass man es nicht schafft, sie an einem Tag abzulaufen. Dort bieten sie edelste Stoffe an, frisches Obst und jede erdenkliche Medizin. Auch sollen sich dort einige Götter tummeln und ich habe von einem grünen Baum gehört. So richtig mit Blättern und allzeit frischen Früchten.« Verträumt begleiteten ihre Hände die Worte.

»Das hört sich nicht schlecht an.«

»Ich bin gespannt, welche Geschichten davon der Wahrheit entsprechen.«

»Dann lass es uns herausfinden. Es liegt ein weiter Weg vor uns«, sagte Jaime wagemutig und Lisa erhob sich und umfasste seine Hand.

»Bis zum Horizont«, sagte sie und liefen los.

Ihre Reise führte sie tiefer in die verschneiten Berge hinein. Während ihrer Rast und besonders, wenn sie schlafen wollten, hielt immer jemand Wache. Der verletzte Fuß quälte Jaime jeden einzelnen Tag. Doch in der bitteren Kälte hörte irgendwann sein Jammern auf. Der Fuß war erfroren und taub geworden. Nur wenn sie am Lagerfeuer saßen und sich aufwärmten, kamen die stechenden Schmerzen zurück. Oft waren sie heftiger als zuvor und Lisa erhitzte Schnee in einer Konstruktion, die das schmelzende Wasser über einen Ast in eine Steinmulde ablaufen ließ, in die er seinen Fuß und die Hände tauchen konnte.

Ohne größere Zwischenfälle erreichten sie eine Hochebene unterhalb der Schneegrenze. Von hier führte ein geschwungener Weg direkt zur Festung Hades.

Ihre Reise dauerte ganze sechs Wochen, bis sie endlich vor den imposanten Toren der Hauptstadt standen.

In der Luft lag der Tod mit dem Geruch zwischen Verwesung und Großküche.

»Kein Zutritt für Bettler. Geht weiter«, sagte ein Wachmann, der aus einer kleinen Luke herausblickte.

»Wir sind keine Bettler«, sagte Lisa. »Wir sind auf der Suche nach Kate Neverate.«

»Wer schickt Euch?«

»Niemand«, sagte Lisa unüberlegt.

Jaime stieß sie gegen die Seite und ergänzte: »Niemand anderes außer Melantho, Tochter des Dolios.« Er zeigte ihm das Foto.

»Was soll das sein?«

Über dem Foto lag eine dicke, graue Schicht. Natürlich konnte der Wachmann so nichts erkennen. Schnell fuhr Jaime ein paarmal mit den Fingern darüber und polierte das Bild auf seiner Hose. Der feine Staub glitzerte in der Luft wie eine brennende Wunderkerze. »Sieh nur. Was ist das?«

»Faszinierend«, sagte Lisa. »Das ist Sand von der Erde.«

»Ja, ganz normaler Sand aus New York. Ich habe ihn vom East River mitgenommen. Aber wieso brennt der in der Luft?«

»Es handelt sich um Materie aus einer anderen Dimension, die nicht gleichzeitig an diesem Ort sein darf. Wenn du Sand oder Erde in die Unterwelt bringst, wird er sich mit einer Entladung neutralisieren. Er verbrennt schlagartig.«

»Und warum passiert in meiner Tasche nichts damit?«

»Erst wenn sich auch der Stoff dem Reich der Toten angepasst hat, wird er dort reagieren. Bis dahin ist der Sand in der Hose geschützt.«

»Heißt das, meine Kleidung wird irgendwann explodieren?«, fragte Jaime höchst besorgt.

»Um deine Hose brauchst du dir zunächst keine Sorgen zu machen. Das betrifft nur Erde und Wasser und damit natürlich den Sand. Behalte ihn also nicht zu lange, sonst wirst du eines Tages in Flammen aufgehen.«

Jaime reichte das saubere Bild dem Wachmann. Die Klappe schlug zu und kurz darauf knarrte das massive Holz des schweren Tors. Es öffnete sich nur einen kleinen Spalt, aber breit genug, damit sie hindurchschlüpfen konnten. Dort bekam Jaime sein Foto zurück.

»Wenn ihr Ärger macht, verliert ihr euren Kopf.« Der Wachmann zeigte hinter sich, auf vier arg benutzte Guillotinen, bei denen sich schon lange niemand mehr die Mühe gemacht hatte, das viele Blut und die abgeschlagenen Köpfe zu entfernen. Diese stapelten sich in großen Körben und lagen einfach daneben. Ein grauenvoller Anblick.

Jaime schob die Augenbrauen zusammen und sein Magen verkrampfte. Das war in keiner Weise Hunger, auch wenn er sich leer anfühlte. Es war das unangenehme Gefühl der Angst vor dem eigenen Tod, als ob der Sensenmann bereits an der nächsten Ecke auf ihn lauern würde. Ein Mann stieß ihn am Arm und riss ihn unsanft aus den Gedanken. Feindselig sah ihm Jaime hinterher. Der schmuddelige Kerl hatte eine Konstruktion mit großen hölzernen Rädern an den Kniegelenken, die ihn dampfend über das Pflaster trugen. Jaime hatte schon einiges in der Unterwelt gesehen und erlebt, wurde aber ständig wieder von neuen Schrecken geschockt.

»Wo finden wir Kate?«, fragte Lisa die Wache. »Uns wurde gesagt, dass wir sie hier finden werden.«

Leicht kippte der Wachmann seine Lanze nach vorn, was der Verlängerung seines Fingers dienen sollte. »Folgt einfach der großen Straße. Dort trefft ihr am Nekroú-Platz auf ein großes Haus mit Säulen. Ihr werdet es nicht übersehen.«

»Vielen Dank, Mister.« Sie nahm Jaimes Hand. Offenbar bemerkte sie seine Unsicherheit und beruhigte ihn. »Wir haben es bald geschafft. Komm weiter. Kate wird uns retten.«

Gemeinsam schoben sie sich durch die Menschenmenge der überfüllten Straße. Die Leute hatten es eilig, schoben Karren, trugen Säcke über den Schultern und boten Waren feil. An den Rändern saßen die Armen, die um eine milde Gabe bettelten. Feuerspucker und Artisten gab es genauso viele wie Wahrsager und Quacksalber mit Bauchläden.

Die durchgängig graue Farbe der Welt wurde an diesem Ort durch das gelbrote Licht der unübersehbaren Fackeln und Kerzen mit Farbklecksen betupft. Dampfende Kupferkessel an einigen Fassaden, schwarze Bretter und runde, staubige Fenster prägten die Häuserzeile. Geflügelte Ratten – halb Krähe, halb Nagetier – saßen scharenweise auf den Dächern und huschten zwischen den Füßen und Marktkarren hindurch über die schmutzigen Pflastersteine.

Nach einer halben Meile wechselte der holprige Untergrund in ausgetretenen schwarzen und roten Marmor. Hier wurde die Straße breiter und mündete in einen belebten Platz vor der großen Festung des Hades.

»Meint die Wache dieses Gebäude?« Jaime zeigte auf eine Art Tempel mit breiter Treppe und endlos hohen Säulen. Weit oben über dem Eingangstor waren Schriftzeichen angebracht, die er versuchte zu entziffern. »Kannst du das lesen?«

»Das ist die alte Sprache der Götter. Wenn ich das richtig deuten kann, müsste es ein Museum sein.«

Jaime nickte zu den Stufen hinauf. »Also dann. Lass es uns angehen.« Er kam sich vor dem gigantischen Gebäude besonders klein vor, als wäre er in der Welt von Riesen. Über der kolossalen Eingangstür hing eine stehen gebliebene Uhr. Ein Zeiger fehlte, der andere war stark verrostet und hing gebogen nach unten.

Hand in Hand betraten sie den gewaltigen Saal. Jaime sah noch einmal zurück, blickte von hier oben auf die gegenüberliegende Straßenseite und die verfallenen, einst verschwenderisch gestalteten oder skurrilen Fassaden. Über den Dächern glitt summend ein Luftschiff dahin. Es hatte mehrere Propeller und hinterließ dichten, tiefschwarzen Rauch, der sich nur schwerlich über der Stadt auflöste.

Lisa zog an seiner Hand. »Los, weiter. Ich kann es kaum erwarten.« Sie machte große hoffnungsvolle Augen. Mit ihrer dicken gelockten Strähne über einer Wange sah sie abenteuerlich aus.

Jaime ließ die schwere Tür hinter sich zufallen, die es mit einem Windzug und lautem Hall quittierte.

Drinnen standen Skulpturen der Götter, Gemälde, die über vierzig Fuß hoch waren, versteinerte Krüge, Möbel, noble Kleidung und gebrochene Werkzeuge.

Auf der Suche nach Kate eilten sie durch den Eingangsbereich und einen Saal mit Maschinen und Technik sowie einen Raum mit winzigen Möbeln. Ihre Schritte hallten von den hohen Wänden und der Atem kondensierte. Entfernte Gespräche waren zu hören. Das Museum war bescheiden besucht. Über dem Eingang zu einem Nebenraum entdeckte Lisa ein Kupferschild, auf dem der Schriftzug »Kate Neverate« eingraviert war. Freudig klatschte Lisa in die Hände, hopste glücklich und eilte voran.

Als Jaime zu ihr kam, stand sie vor einer Statue aus Granit, die Kate in Originalgröße darstellte. Sie trug ein einfaches Gewand mit Kapuze und Kordel. An den Füßen hatte sie schlichte Sandalen, die bis zu den Knien geschnürt waren, und ihre Hand hatte sie ausgestreckt, als ob sie in diesem Moment eine göttliche Kraft anwendete.

Ehrfürchtig berührte Lisa die Figur und hauchte: »Sie ist wunderschön.« Zärtlich fuhr sie über den kalten Stein und umschmeichelte ihre Hand.

»Gefällt euch, was ihr seht?«, sagte ein kleiner Mann, der ihr bis zur Hüfte reichte.

»Ja, sie ist noch viel schöner, als ich sie mir vorgestellt hatte.«

Der Zwerg grinste und verneigte sich. »Ich bin Sawyer. Seht euch nur um. Alles, in diesem Raum stammt aus meiner privaten Sammlung. Die bezaubernde Statue ist mit Abstand das wertvollste Objekt in meinem Besitz. Sie ist eine Eins-zu-eins-Nachbildung von der legendären Kate Neverate. Seht euch nur die Details an und die brillante Verarbeitung.« Er deutete auf die filigranen Elemente ihrer Augen und Wimpern.

Dann drehte er sich und sagte: »Seht dieses Gemälde an. Es stammt aus dem Pinsel der begnadeten Leto. Es zeigt Amathia, ihre Mutter, die Kate in den Armen hält.« Das Bild war stark verblichen, gerissen und der goldene Rahmen deutlich zerkratzt.

»Ihre Sammlung ist höchst interessant und sehr umfangreich, Mister. Aber wo finden wir die echte Kate?«

Der kleine Mann lachte schäbig, wobei seine schiefen und einzeln stehenden Zähne zum Vorschein kamen. »Ihr werdet ihr niemals näherkommen als an diesem Ort. Das ist ihr größtes Vermächtnis, die erste und einzige bedeutungsvolle Sammlung.«

»Vermächtnis? Aber man sagte uns, dass sie in der Vorstadt sein soll.«

Stolz zeigte der Zwerg in sein Heiligtum. »Sie ist überall. Seht sie euch an und erkennt ihr wundervolles Leben bei den Sternen und an der Seite der großen Götter. Wenn ihr mehr erfahren wollt, stehe ich euch gerne für einen Rundgang zur Verfügung. Ich kenne all ihre Geschichten, von der Geburt bis zu ihrem Tod, der Verbannung und ihrer großen Liebe zu einem Sterblichen.«

»Sie ist eine mächtige Göttin und kann nicht tot sein.« Unverständlich verschränkte Jaime die Arme.

»Gewiss doch. Ihr könnt mir vertrauen«, sagte der Zwerg selbstsicher.

»Das kann aber nicht sein.« Jaime wurde lauter. »Ich habe von einer Göttin den Auftrag, sie aufzusuchen. Außerdem wurde mir zugetragen, dass ich sie hier finden werde.«

Das Gesicht des Zwergs wirkte, als würde es in sich zusammenfallen. Von seiner Freude war nicht mehr viel übrig.

»Natürlich ist sie tot«, krähte er mit rauer Stimme. »Gebt mir ein viertel Goldstück und ich verrate euch die mysteriösen Details von Kate.«

»Von der toten Kate? Ihr wisst überhaupt nicht, wo sie ist!«, sagte Lisa kräftig. Sie kam mit seiner Äußerung nicht klar.

»Wenn ihr meine Dienste in Anspruch nehmen wollt, wisst ihr, wo ihr mich findet.« Verärgert drehte sich Sawyer um.

»Wartet!«, sagte Jaime, kramte das Foto heraus und hielt es ihm entgegen. »Es war Melantho, die uns geschickt hat. Sie ist eine mächtige Göttin der Finsternis und wird ihre Quellen haben. Wenn Ihr nicht wisst, wo sie sich befindet, ist das okay, aber behauptet nicht ihren Tod.«

»Ich weiß, wer Melantho ist. Wer kennt sie nicht? Doch ich will nichts mit ihr und ihren Lakaien zu tun haben. Also wäre es besser, mein Haus zu verlassen.« Die Freundlichkeit des kleinen Mannes hatte sich augenblicklich in Missmut gewandelt. »Hinaus!«, schrie er und zeigte zum Ausgang. »Lasst euch nie wieder blicken oder ich schicke euch die Wachen auf den Hals.« Er wartete, bis sie sich in Bewegung setzten, und zeigte dann in heiterer Stimmung einem anderen Besucher seine Exponate.

»Gefällt euch, was ihr seht?« Er zeigte auf die lebensgroße Statue. Der Mann mit bodenlangem Mantel und Zylinder wollte allerdings etwas anderes von Sawyer. Er übergab ihm ein Ledersäckchen, woraufhin die beiden eilig den Raum verließen.

Kates perfekte Nachbildung faszinierte Lisa in höchstem Maße. Sie musste sie einfach noch mal berühren und strich ihr über den kalten Arm. »Sie ist so wunderschön.«

»Lass uns gehen, bevor wir noch Ärger bekommen.« Jaime nahm sie am Arm mit nach draußen.

Unter den Säulen sagte Lisa: »Dein Foto löst heftige Reaktionen aus. Du solltest mit Bedacht damit umgehen.«

»Mich würde mal interessieren, was die Leute sich über Trish erzählen. Haben sie Angst, sie kommt in den Hades und holt sie?«

»Schon als Baby hat sie mächtig für Ärger gesorgt. Es gibt zahlreiche Legenden darüber. Aber ein Gerücht, dass sie eines Tages kommt, ist mir nicht bekannt. Sie ist wie der schwarze Mann unter dem Bett, der zu den Kindern kommt, wenn sie nicht brav sind.« Lisa legte ihre störrischen Haare hinter ein Ohr. Aber es gelang ihr nicht und sie fielen ihr wieder ins Gesicht zurück.

»Als Baby? Was soll sie da schon groß angerichtet haben?«

»In der Unterwelt gibt es waggonweise schaurige Geschichten, die sich die Leute erzählen. Gerade über den Tartaros mit seinen Höllenqualen werden schlimme Dinge berichtet und ich hoffe stets, dass sie nicht der Wahrheit entsprechen, weil sie wirklich grausam und unvorstellbar düster sind. Aber dann gibt es noch die Geschichten von ihr. Und wenn jemand damit anfängt, zwingst du sogar die Mutigen und Starken in die Knie, die zu beten anfangen und hoffen, ihr nie persönlich zu begegnen.«

»Welche Geschichten kennst du?«

»Wenn du keine Albträume bekommen willst, solltest du sie dir nicht anhören.«

»Nur eine. Ich kann mir beim besten Willen nicht vorstellen, wie grausam ein Baby sein kann.«

»Es wird erzählt, dass Melanto ihrer ersten Nanny die Augen durch den Kopf wandern lassen hat, die sie in ihrem Gehirn sprengte. Einmal bespuckte sie jemanden, der ihr zu Essen gebracht hatte. Dieser dickflüssige Brei klebt wohl heute noch in seinem Gesicht und tropft beharrlich und stinkend davon ab. Das waren nur die harmlosen Geschichten. Im Alter von vier Tagen soll sie angeblich ein komplettes Heer geschlachtet haben und nach einer Woche stellte sie die Ordnung in der Unterwelt auf den Kopf.«

»Krass. Dann ist sie im Vergleich dazu heute relativ friedlich geworden.«

»Auch von oben erzählen die Leute nichts Gutes. Glaube mir, die ist nicht friedlich und wird es nie werden.«

»Mag sein, aber ist sie wirklich der Grund für die Reaktion des Museumswärters? Ich habe das Gefühl, dass noch mehr dahinter steckt und er etwas verbirgt.« Jaime zeigte die Stufen hinunter und ging voran.

»Schon möglich«, sagte Lisa nachdenklich.

Er sah zu ihr zurück. Sie kam ihm nach. »Wir sollten herausfinden, was er noch über Kate weiß. Vielleicht machen wir seine Museumsführung mit.«

»Nein, nein, das ist es nicht. Wir sind nicht auf der richtigen Spur. Wie waren die Worte des Sehers noch mal?« Lisa war wieder stehen geblieben und hatte einen Finger an den Mund gelegt.

Jaime stellte sich auf zwei Stufen und stützte sich auf dem Knie ab. »Er sagte: ›Für einen Hosenknopf würde ich Euch sagen, wo Euch Luan vom Schicksalsberg auf der Suche nach einer edlen Göttin von unschätzbarem Wert sein wird.‹« Seine Augen waren nach oben ins Nichts gerichtet, als er die Worte aus dem Gedächtnis hervorkramte.

»Er hat nicht Kate gesagt?«

»Nicht direkt. Aber Luan, der Geist, hat mich eindeutig gefragt, ob ich seine Frau töten will. Bedeutet das nicht, dass sie am Leben ist?«

»Stimmt. Luan sollte am besten darüber Bescheid wissen. Wir müssen Sawyer die viertel Münze bezahlen. Ich bin gespannt, welchen Tag er für ihren Tod nennt. Möglicherweise hilft uns das weiter.«

»Ich fürchte, er empfängt uns nicht mehr. Außerdem spielt der Zeitpunkt ihres angeblichen Todes jetzt auch keine Rolle mehr.« Lisa hatte sich wieder in Bewegung gesetzt.

»Oh doch. Wenn es wahr ist, was ich denke, dann ist es ein entscheidender Hinweis.«

»Ich habe eine Idee.« Lisa sprang zu dem nächsten Mann, der ihnen auf der Treppe entgegenkam. Jaime beobachtete, wie sie miteinander redeten und sie ihm eine Münze gab.

»Wofür hast du ihn bezahlt?«, flüsterte Jaime, als sie wieder bei ihm war.

»Er wird die Information besorgen.« Sie sah dem Mann mit der nietenbesetzten Weste hinterher.

»Okay. Bis das erledigt ist, sollten wir uns vorläufig trennen«, sagte Jaime.

»Warum?«

»Sawyer war nicht gerade gut auf uns zu sprechen. Für den Fall, dass der Typ mit der Weste uns verrät, wollen wir es ihnen nicht zu einfach machen. Warte abseits der Treppe und ich verstecke mich in der Gasse, bis wir die Information haben.«

»Das gefällt mir nicht. Aber wahrscheinlich hast du recht«, sagte Lisa und rannte die Stufen hinunter.

Jaime verschanzte sich gegenüber hinter einem alten Karren und hatte von dort den Vorplatz recht gut im Blick.

Die Leute trieben vorüber. Jede Seele trug ihr eigenes kleines Bündel mit sich und die Gesichter erzählten vom Leid und ihren Abenteuern.

Einige Zeit später kam der Mann mit der auffälligen Weste aus dem Museum und hielt nach Lisa Ausschau. Da er sie nicht sah, ging er die Treppen hinunter, sah sich dort noch einmal um, zuckte mit den Schultern und mischte sich unter die Leute. Lisa beobachtete ihn, schnellte hinter einer Säule hervor und folgte ihm. Es sah nicht nach einer Falle aus, aber sie wollte vorsichtig sein.

Jaime schlich ihnen von Hauswand zu Hauswand nach und hatte wegen der vielen Menschen Mühe, die beiden nicht aus den Augen zu verlieren. Als er hinter ein rostiges Fass gesprungen war, wurde er derb von hinten gegriffen.

»Was treibt Ihr hier?« Die Stadtwache hatte ihn aufgegriffen.

»Ich bin im Auftrag von Melantho unterwegs«, fiel ihm spontan ein und er sah den Mann mit den tiefen Falten unter den Augen ängstlich an.

Die Wache senkte das abgenutzte Schwert. »Schon wieder jemand von Melantho? Was hat sie vor?«

»Darüber darf ich nicht reden.«

»Gut, aber ich dulde keine Unruhen in der Stadt. Und verhaltet Euch nicht so auffällig.«

Jaime räusperte sich. »Selbstverständlich.« Er stand auf, salutierte und verneigte sich. »Danke, Sir.« Stürmisch sauste er zu Lisa. Er sah noch, wie diese dem Westenmann die Hand schüttelte und er von ihr weglief.

»Hat er etwas herausgefunden?« Jaime japste.

»Ja, er sagte, dass Kate vor zwei Monaten gestorben ist. Plusminus ein paar Tage.«

»Aber das würde bedeuten, dass niemand von ihrem Tod gewusst hat. Weder der Seher noch ihr Mann.«

»Exakt, Dr. Watson.« Lisa lächelte. »Daraus schlussfolgern wir ...?«

»Sie ist still und heimlich gestorben?«

»Unsinn. Keine Göttin stirbt heimlich. Entweder Sawyer ist falsch informiert oder er erzählt nicht die ganze Wahrheit. Nach allem, was er an Schätzen und Wissen über Kate angesammelt hat, kann ich mir nicht vorstellen, dass er dieses wichtige Ereignis nicht genauestens kennt.«

»Wir sollten ihm einen weiteren Besuch abstatten.«

»Ja, am besten, wenn er nicht zu Hause ist«, sagte sie und ging zügig voran.

Jaime eilte ihr nach. Ihm gefiel der Gedanke. »Das machen wir, sobald die Straßen leerer sind.«

An einer Gaslaterne, deren kleine Flamme dicken schwarzen Rauch ausstieß, saß ein Prediger und verkündete das Ende der Welt. Lisa blieb stehen und lauschte seinen Worten. Jaime drängte weiterzugehen und schob sie ein Stück, aber sie hob die Hand, um ihm Einhalt zu gebieten.

»Die Vergänglichkeit war immer Bestandteil dieser Welt und sie wird sich holen die gesamte Erde mit allem, was darauf und darunter existiert. Nehmt Abschied, oh Leute, bevor krachend der Himmel zerbersten wird, die Elemente sich auflösen und alles im ewigen Feuer verglüht. Und es wird keine neue Welt geboren, auf die das endlose Warten zur Erfüllung gedeiht. Vergeblich die Gerechtigkeit wird verloren sein im Schmerz der letzten Entscheidung und mit ihr untergehen, in genau zwei Tagen. Es werden geschehen große Erdbeben und rasende Winde und vom Himmel her sehen wir die Zeichen, die unverkennbar das Ende erwirken.«

»Komm endlich«, sagte Jaime.

»Warte. Vielleicht kennt er sich aus.« Lisa sprach ihn an: »Woher habt Ihr dieses Wissen?«

»Der Tag des Endes ist nah. Zweifelt nicht. Wachet und betet und geht hinauf zu den höchsten Gipfeln der Welt, um mit anzusehen die Woge der Glut und der letzten Stürme der Nacht.«

»Kennt Ihr Euch ebenso in dieser Stadt aus?«

»Ich sehe, dass Ihr auf der Suche nach einer Person seid. Stimmt das, schönes Kind?«

Lisa nickte. »Sawyer, der Mann aus dem Museum. Ich möchte wissen, wo er wohnt.«

»Sawyer, hm.« Der Prediger kraulte seinen schmutzigen Bart. »Er ist ein angesehener Mann. Ihm auf die Füße zu treten, verlangt besonderen Mut. Was ist Euch diese Auskunft wert?«

»Wie wäre es mit einem Kuss?«

Erst jetzt sah sie der Prediger genauer an und sagte knapp: »Er wohnt im Museum.« Mit geschlossenen Augen spitzte er seine Lippen und reckte das Kinn zu Lisa.

Sie sah seinen verklebten Bart und die offenen, teils eitrigen Wunden im Gesicht, verzog ihren Mund und blickte sich hilfesuchend um. Das erstbeste, was sie finden konnte, war eine rundliche Frau mit einem großen Einkaufskorb. Sie hatte eine Idee, ging zu ihr und fragte leise: »Darf ich mir den wunderbaren Fisch kurz borgen? Sie erhalten ihn augenblicklich zurück.« Die Frau war über diese Frage so verwundert, dass sie neugierig einwilligte. Ohne zu zögern, griff Lisa nach dem Fisch und drückte ihn gegen die Lippen des Predigers. Der rümpfte die Nase.

»Eure vernachlässigte Reinlichkeit berauscht mich ein wenig«, sagte er und öffnete die Augen. Entsetzt drückte er den Fisch von sich und quiekte: »Ihr habt mich betrogen.«

»Nein, ich habe nicht gesagt, wer Euch den Kuss schenken wird. Ihr habt viel zu schnell eingewilligt, noch bevor ich es aussprechen konnte.«

Der Prediger schimpfte im lauten Selbstgespräch und mit fuchtelnden Händen. »Der Tag wird kommen, an dem die Dummheit den Sieg erlangt über das Licht und die Würde und sie wird heillos dahinraffen die Seelen und schlimmer als ein Fluch der Fäulnis in unbändigem Zorn das Ende ebnen.«

Lisa legte den Fisch zurück in den Korb und bedankte sich bei der Frau. Sie nahm Jaimes Hand und stürmte mit ihm zum Museum. Der Prediger lief der rundlichen Frau oder dem Fisch hinterher.

Zwei Männer im Gewand der Stadtverwalter entflammten die Fackeln an den Säulen und verriegelten das große Eingangstor.

»Wir sollten warten, bis das Museum wieder öffnet. Wenn Sawyer arbeitet, können wir in Ruhe seine Wohnung durchsuchen«, schlug Jaime vor.

»Oder wenn er schläft.« Lisa hatte große, fast leuchtende Augen. Es waren ihre Begeisterung und die feurige Ungeduld.

»Ja, wenn. Hier schläft aber niemand regelmäßig.«

»Auch wieder wahr. Aber er wird sich mit etwas beschäftigen. Jeder hat irgendein Hobby, um sich die Zeit zu vertreiben.« Sie nahm seine Hand, sagte: »Komm mit«, und zerrte ihn die Stufen hinunter und hinter das Haus.

Die hohen, eintönigen Wände wirkten in der schmalen Gasse bedrohlich, als wollten sie jeden Moment dichter zusammenrücken und sie im Schatten der Abgeschiedenheit zermalmen. Sie stürmten hindurch und entdeckten hinter dem Museum ein Kellerfenster, das mit verrostetem Drahtgeflecht geschützt war. Lisa zerrte daran, stemmte sich mit einem Fuß gegen die Wand und lehnte sich ächzend zurück. Das Gitter gab nach, wackelte wie die heißblütigen Lavablasen im großen See, aber es ließ sich nicht entfernen.

Jaime erledigte das Problem mit ein paar heftigen Tritten.

»Du zuerst«, sagte Lisa und blickte zu beiden Seiten und in die dunkle Gasse zurück, um sicherzustellen, dass sie unbeobachtet waren.

Er zögerte nicht, kletterte mit den Füßen voran hinein und landete weit unten in einem finsteren Gewölbe.

»Ich kann nichts erkennen«, hauchte er nach oben zur Öffnung.

Dort war es still.

»Lisa?«, flüsterte er und wartete auf ihre Reaktion.

Nichts geschah. Das Fenster war zu hoch, um es zu erreichen. Er sah sich um und versuchte etwas in der Dunkelheit zu erkennen, trat vorsichtig zurück und sah ins Licht. Lisa war von hier nicht zu sehen. Einseitig verzog er seinen Mund und atmete die muffige, feuchte und kühle Luft ein. Stetige Tropfen hallten klar und deutlich wie in einer Höhle mit perfekter Akustik.

Jaime bekam es mit der Angst zu tun. »Wo bist du?« Er sprang zum Fenster hoch, bekam den Mauervorsprung mit den Fingerspitzen zu fassen und rutschte umgehend davon ab. Auch die folgenden Versuche missglückten. »Lisa?« Seine Stimme wurde lauter und ungestüm.

Dann leuchtete eine Fackel von oben herein. Jaime presste sich an die Wand und hielt den Atem an.

»Bist du da?«, fragte Lisa zurückhaltend.

Erleichtert, ihre Stimme zu hören, atmete er auf und zeigte sich im einfallenden Licht. »Hier. Ich bin hier.«

»Alles in Ordnung da unten?«, flüsterte sie.

»Ja, alles klar. Komm runter und gib acht. Es ist ziemlich hoch.«

»Du wirst mich doch auffangen?« Ihr Bein kam durch die Öffnung, dann folgte das andere.

»Ich bin bei dir«, sagte Jaime und machte sich bereit, sie abzufedern.

Sie rutschte herein, verlor den Halt und stürzte nach hinten. Brennend landete die Fackel auf dem Boden. Lisa warf Jaime um. Er schlug mit dem Rücken gegen eine alte Badewanne.

»Bist du in Ordnung?«, fragte Lisa und tätschelte ihn.

»Ja«, sagte er gequält und hielt sich die schmerzende Schulter. »Kannst du nicht etwas aufpassen?«

Zärtlich strich sie ihm über den Rücken.

»Au!« Grob nahm er ihre Hand weg.

»Sieh nur, eine richtige Badewanne. Ich würde so gerne mal wieder baden.« Lisa war wie ausgewechselt und ihre Begeisterung hatte sie fest im Griff. Das gefiel Jaime überhaupt nicht. Er ahnte, worauf sie hinauswollte. Und es war definitiv nicht der geeignete Zeitpunkt dafür.

»Ganz bestimmt wirst du das an diesem Ort nicht ändern«, sagte er forsch.

»Warum nicht?« Das Licht der flackernden Fackel spiegelte sich in ihren Augen.

»Weil wir Einbrecher sind und den Kopf verlieren, falls sie uns schnappen?«

»Dann sind wir wenigstens sauber«, sagte Lisa lächelnd und hob die Fackel auf. Damit leuchtete sie den Raum aus. Es war eine Badehalle mit fünf Badewannen und einem Rinnsal, in dem in einer Furche quer über den Boden klares Wasser floss. Am hinteren Ende kam das Wasser aus einem verzierten Auslauf, floss in ein barockes Auffangbecken und ergoss sich in die Vertiefung am Boden. Lisa hielt ihre Hand unter den Strahl, roch daran und kostete vorsichtig mit der Zunge. Dann nickte sie und trank gierig davon.

»Es ist gutes, warmes Wasser.«

»Nein!«, protestierte Jaime. »Schlag dir das aus dem Kopf. Wir haben noch eine wichtige Aufgabe zu erledigen.«

Lisa hörte nicht auf ihn, füllte einen Holzeimer und trug ihn zur Badewanne. »So viel Zeit muss sein.« Sie verschloss den Abfluss der nächstbesten Wanne und goss das Wasser hinein. »Hilfst du mir? Dann bin ich umso früher fertig.«

»Bist du jetzt übergeschnappt?« Jaime stieß ihr den Eimer aus der Hand.

Sie zuckte mit den Schultern. »Niemand ist hier. Was macht das für einen Unterschied, ob wir ein paar Minuten früher ins Museum gehen?«

»Solange ich hier bin, badet überhaupt niemand von uns.«

Ein paar Minuten später saß Lisa nackt in der vollen Wanne und wusch ausgiebig ihren Körper, der es so bitternötig hatte. Sie tauchte ihren Kopf unter und spülte eifrig die Haare aus. Am Ausgang stand Jaime und spähte vorsichtig in den Flur. Er war nervös und trat von einem Fuß auf den anderen.

»Kannst du mir den Rücken waschen?«, fragte Lisa mit verführerischer Stimme.

»Nein.« Seine Antwort war harsch.

»Jetzt hab dich nicht so. Es wird schon niemand kommen.«

»Wir haben keine Zeit für so einen Unsinn.«

»Na gut, dann nicht. Würdest du trotzdem ...?« Sie hielt ihm eine hölzerne Bürste entgegen.

Er verzog den Mund, legte die Fackel zur Hälfte auf ein Schränkchen und riss ihr missmutig die Bürste aus der Hand. »Aber nur ganz kurz.«

Bereitwillig beugte sie sich vor und er schrubbte los.

»Das ist gut. Etwas fester.«

Er drückte kräftiger auf. »Gut so?«

Genüsslich stöhnte sie: »Traumhaft.«

»Du hast einen schönen Körper. Nach all den verfaulten Visagen in den Städten ist dein Anblick eine wahre Wonne.«

Sie sah ihm in die Augen, reckte sich hoch und zog ihn am Pullover zu sich herunter. Sie drückte ihre Lippen auf seine, griff mit einer Hand in seinen Nacken und mit der anderen die Wange. Tropfen liefen ihm den Rücken hinunter. Noch bevor Jaime den Kuss angemessen realisierte und es anfing, ihm Spaß zu machen, stieß sie ihn harsch zurück und sagte: »Schade, dass ich nicht auf Jungs stehe. Sonst würde ich dich vermutlich augenblicklich vernaschen.«

Verunsichert lenkte er ab: »Unter der grauen Schicht hat sich ein richtiges Mädchen versteckt. Bisher habe ich angenommen, dass du ein feiner Kerl bist.«

Sie riss ihn zu sich, er stemmte sich gegen den Wannenrand, rutschte ab und fiel ins Wasser. Planschend befreite er sich aus ihrem Griff. »Spinnst du?«

»Jetzt hab dich nicht so. Es ist genug Platz für zwei.«

Vom Gang waren Schritte zu hören, die schnell näher kamen. Beherzt schnappte Jaime sich die Fackel, versenkte sie am Fußende im Wasser und tauchte selbst zwischen Lisas Beinen ab. Auch Lisa machte sich klein und peilte knapp über dem Wannenrand die Lage. Sie erkannte einen Schatten, der an ihrer Tür vorüberstrich. Die Gestalt hatte nichts bemerkt und ging mit hallenden Schritten eilig weiter. Vorsichtig tauchte Jaime auf und wischte sich das Wasser aus den Augen. Die Schritte waren verstummt.

»Ist er weg? Wieso holst du mich dann nicht aus dem Wasser?«

Sie schmunzelte breit. »Nun ja, ich habe nicht jeden Tag einen Jungen zwischen meinen Beinen.«

Er hob beide Hände. Ein Schwall Wasser tropfte davon ab.
»Tut mir leid. Ich habe nichts gesehen. Wirklich. Es musste alles so schnell gehen.«

Sie sagte nichts und grinste nur. Selbstbewusst stieg sie aus dem Wasser, drehte sich um und sagte über ihre Schulter hinweg: »Du hattest noch nie ein Mädchen, oder?«

»Nicht so direkt.« Er wusch sich den Staub der letzten Wochen aus Gesicht und Haaren.

»Das dachte ich mir schon. Welch eine Verschwendung.«

»Hör schon auf. Bei dir würde sich jegliche Anstrengung nicht mal lohnen. Außerdem bist du zu jung für mich.«

»Wer weiß«, piepste sie dünn und schlüpfte in ihre Sachen. Dann trat sie an die Wanne, zog ihm seinen selbst gebastelten Schuh aus und begutachtete die schwarz gewordenen Zehen und seine lädierte Fußsohle.

»Die Wunden sind verheilt. Nur deine Zehen machen mir Sorgen. Ich fürchte, du wirst sie verlieren. Wir müssen zu einem Arzt, nicht dass der restliche Fuß abstirbt.«

Er lachte laut, dass es hallte, hielt sich die Hand vor den Mund und ergänzte leise: »Verzeihung. Absterben ist ein lustiges Wort für einen Toten.« Er stieg aus der Wanne und band sich den nass gewordenen Stoff wie gehabt unter den Fuß.

Sie verließen das Bad über den dunklen Flur, fanden einen Treppenaufgang und gelangten rasch zum Ausstellungsraum mit den Exponaten von Kate. Vorsichtig schlüpften sie hinein.

Jaime flüsterte: »Ich habe nasse Tapsen hinterlassen. Wir sollten uns beeilen und schnell das Gemach von Sawyer finden.«

»Sieh nur ihre Hand.« Lisa zeigte auf die Statue.

»Was ist damit?«

»Ihre Finger stehen anders als heute Nachmittag.«

»Unsinn. Wie sollte das gehen?«

»Ich hatte meine Finger zwischen ihre gesteckt.« Sie zeigte es an ihren Händen und verflocht ihre Finger miteinander. »Genau so. Doch jetzt passen sie nicht mehr dazwischen.«

»Das kann nicht sein. Wir haben jetzt keine Zeit für so etwas.« Er durchsuchte einige Schriftrollen. »Los, hilf mir. Vielleicht gibt es einen Hinweis.«

»Wenn sie sich nicht bewegt hat, dann ist es nicht die gleiche Figur.« Lisa blieb stur und drückte vorsichtig an Kates Fingern herum. Diese waren starr, wie es sich für ordentlichen Stein gehörte.

»Sie ist es«, sagte Lisa laut.

»Wer ist was?« Jaime richtete sich auf und sah zu ihr.

»Sie ist die Statue. Das ist Kate.«

»Natürlich ist das Kate. Was machst du für einen Aufstand?«

Sanft strich Lisa über den kalten Stein, kniete plötzlich vor ihr nieder und faltete die Hände ineinander.

»Ich habe Euch endlich gefunden. Ihr seid die hinreißendste Person dieser Welt. Sagt, was ist Euch zugestoßen?«

Jaime stellte sich neben sie.

»Verneig dich«, bestimmte sie mit Nachdruck. »Das ist Kate Neverate, eine höchst einflussreiche Göttin des Olymp.«

Ein leichtes Funkeln blitzte nacheinander über Kates Augen und verblasste mit einer nachlassenden Spur entlang ihrer Brauen. Verblüfft zeigte Jaime darauf.

»Hast du das gerade gesehen?« Er warf sich auf die Knie und verneigte sich ebenso. Dann sah er zur Seite: »Sie ist es wirklich. Wir müssen sie mitnehmen und retten.«

Lisa nickte und ohne etwas zu sagen, griffen beide gleichzeitig die Beine. Die Statue war deutlich zu schwer, um sie auch nur ein winziges Stück anzuheben.

»So wird das nichts. Wir brauchen einen Karren und ein paar starke Leute.« Lisa stützte ihre Hand in den Rücken und stellte sich aufrecht.

Jaime überlegte. »Nur wegen ihr bin ich gestorben. Und jetzt soll alles umsonst gewesen sein? Ich gehe auf der Stelle zu Sawyer und prügel die Wahrheit aus ihm heraus. Der hält uns zum Narren. Aber wir haben einen gewaltigen Trumpf. Trish. Er wird uns die Wahrheit sagen. Das verspreche ich dir.«

»Lass es. Er hat einen Heimvorteil, kennt die Stadt und die Leute. Wir können ihn nicht erpressen, ohne dass er uns jagt oder töten lässt. Lass uns eine andere Möglichkeit finden.«

»Aber er ist winzig und wir haben das Überraschungsmoment auf unserer Seite. Wenn du nicht mitmachen willst, erledige ich das alleine. Kein Problem«, sagte Jaime und wischte vor sich durch die Luft.

»Schon gut. Aber wir sehen erst nach, ob er alleine ist.«

Jaime nickte. »Klar. Ich bin doch nicht lebensmüde.«

Die beiden schlichen durch die Gänge, bis sie im Obergeschoss auf eine angelehnte Tür stießen, aus der ein schmaler Streifen flackerndes Licht drang. Vorsichtig spähte Jaime hinein. Sawyer saß vor einem Kamin, trug eine viel zu große Brille und las den »Hades Globe«, die heimische Tageszeitung, die Jaime bereits an einem Zeitungsstand auf dem Platz gesehen hatte. Auf dem Tischchen neben ihm stand ein Glas mit Rotwein oder Blut gefüllt, darunter lag eine Landkarte und etliche Goldmünzen waren verstreut. Der Raum war in Brauntönen gehalten und insgesamt dunkel. Nur das Licht des Feuers im Kamin und drei auf dem Tisch verteilte Kerzen spendeten ruheloses Licht.

»Er ist alleine«, flüsterte Jaime. Lisa bestätigte nickend.

Als Sawyer die Zeitung umblätterte, stürmten die beiden hinein. Sawyer sprang auf, Jaime griff ihn am Arm und zerrte ihn auf den Sessel zurück und verhinderte gerade noch rechtzeitig, dass er den Haken vor dem Kamin erreichen konnte.

Wild schlug Sawyer um sich und schrie: »Verbrecher! Verschwindet. Elendes Lumpenpack.«

Er schaffte es, Jaime umzuwerfen, und ging dabei selbst zu Boden. Lisa stemmte sich mit einem Knie auf den Zwerg und drückte ihn hinunter. Der kleine Mann war kräftiger als gedacht und schleuderte sie gegen den Rand des Kamins. Jaime zerrte ihn herum, sie rollten und rangelten, während er schrie: »Lumpenpack. Das werdet ihr bereuen. Ihr wisst ja nicht, mit wem ihr es zu tun habt.«

Irgendwie erreichte er den Schürhaken doch noch und Jaime schlug ihn gezielt aus seiner Hand. Dabei trat Sawyer ihm gegen das Schienbein. Jaime krümmte sich und Sawyer rammte ihn wie ein wütender Amboss gegen das Sofa. Er bekam den Haken zu fassen und während sich Jaime die schmerzende Hüfte hielt und nach Luft japste, holte er weit aus.

»Haltet ein«, schrie Lisa. Sie hielt eine Büste von Kate in der Hand. »Ich lasse das fallen, wenn Ihr ihm etwas antut.«

»Na und?«

Sie streckte die Hand nach vorn.

Er konzentrierte sich wieder auf Jaime, holte nochmals Schwung und stockte bei dem splitternden Geräusch der Büste. Sawyer drehte sich zu ihr um. Lisa schnappte sich ein großes goldgerahmtes Bild mit Kate von der Wand und hielt es vor den Kamin, dicht an die Flammen.

»Nicht das Bild.« Sawyer ließ den Haken sinken. »Es reicht.«

»Werft den Schürhaken zur Seite.« Sie schob das Bild weiter in den Kamin hinein. Die Flammen züngelten gierig danach.

Der Haken klirrte neben dem Kamin und Sawyer schenkte ihr seine ganze Aufmerksamkeit. »Das ist das einzig erhaltene Gemälde von Oionos. Es ist von unschätzbarem Wert. Nehmt es mit, aber zerstört es nicht.«

Jaime erhob sich träge, stöhnte und hob den Schürhaken auf, mit dem er Sawyer aus sicherer Distanz in Schach hielt.

»Wir sind nicht hier, um Euch auszurauben. Wir wollen lediglich ein paar Informationen.«

Niedergeschlagen ließ sich Sawyer auf das Sofa fallen und beäugte kritisch den Schürhaken. »Ihr wart heute schon einmal hier. Seid ihr nicht die Leute, die im Auftrag von Melantho unterwegs sind?«

»Könnte man so sagen«, sagte Jaime, als sei dies selbstverständlich.

»Ich wusste, dass meine Geschäfte nicht für alle Ewigkeit gut gehen würden. Sagt Melantho, dass ich im Auftrag vom zukünftigen Herrscher gehandelt habe. Es war nicht meine Idee. Er hat mich gezwungen ... sein ... sein ganzes Gold anzunehmen. Was hätte ich denn machen sollen? Ich kann echt nichts dafür.« Seine Stimme wurde zischend: »Oder könnt ihr mir möglicherweise ein besseres Angebot unterbreiten? Dann wäre ich unter gewissen Umständen dazu bereit, meine Einstellung zu ändern. Zum Beispiel für wen ich arbeite.«

Sawyer schien in Plauderstimmung zu sein. Damit das so blieb, wollte Jaime das Spiel mitmachen. Zumindest solange, bis er wusste, worum es überhaupt ging.

»Meine Herrin bestraft jeden Sündigen. Und sündig macht sich jeder, der ihr nicht folgt.«

»Bitte versteht mich nicht falsch. Ich wollte Euch nicht unter Druck setzen. Selbstverständlich trete ich auch ohne Bezahlung in ihre Dienste. Ich benötige nur eine Kleinigkeit zum Leben.«

»Wenn ich mir Euer Heim ansehe, ist mehr als genug von allem da. Was verlangt Ihr?«

»In der Tat ist alles, was Ihr seht, meins.« Seine Augen leuchteten dabei. »Alles. Das Museum, die Ausstellungsstücke und alles andere. Es gehört mir alleine.«

»Wenn das so bleiben soll, brauchen wir ein paar Antworten, kleiner Mann«, warf Lisa ein, die das Bild zur Seite stellte.

»Nur Antworten?« Sawyer grinste.

»Also, was ist Euer Preis?«

Sein Grinsen wurde breiter. »Melantho hat also keine Ahnung. Wie habt ihr mich gefunden?« Seine Stimme zischte herausfordernd.

»Wir stellen die Fragen.«

Er verschränkte seine Arme. »Ihr wisst überhaupt nichts. Ich beantworte keine Fragen mehr.«

»Lisa. Das Bild«, sagte Jaime. »Wirf es ins Feuer.«

Sawyer blieb stur. »Das werdet ihr nicht wagen. Wenn ihr nicht augenblicklich mein Haus verlasst, soll diese Stadt zu eurem Grab werden.«

Schritte vom Flur waren zu hören und schon sprang die Tür auf und zwei Söldner kamen hereingestürmt. Es waren die altbekannten Gesichter aus Vouná Chorió. Einer zückte zwei Schwerter, der andere schoss ein Messer auf Lisa, das sie knapp verfehlte. Sawyer sprang auf, rannte mit seinen kurzen Beinen zu einem Schrank und holte ein Speer dahinter hervor.

»Wer von euch ist Sawyer?«, fragte der eine Söldner.

Sawyer zeigte auf Jaime.

»Töte die anderen beiden.«

»Nein, wartet. Ich bin Sawyer. Tötet die Einbrecher«, korrigierte er sich.

»Also, wer ist es nun?«

Beide zeigten gegenseitig auf den anderen.

Der Kräftigere schob seine Wurfmesser in eine Schlaufe und zog ein breites Schwert vom Rücken hervor. »Dann erledigen wir euch alle.«

Mit erhobenen Waffen stürmten beide Söldner auf die drei zu, einer auf Sawyer, der andere nahm sich Jaime vor. Sawyer konnte ihn mit dem Speer aufhalten, schleuderte dem Angreifer eine Vase entgegen und flüchtete über eine Truhe ans andere Ende des Raumes.

Jaime wehrte den ersten Schlag mit dem Haken ab, der zweite schlug in das Sofa, und der folgende schnitt durch seine Hose. Jaime wich zurück, verdrängte in Todesangst die Schmerzen und sprang hinter den Tisch. Der Söldner war schnell, folgte ihm und holte mit dem harten Stahl aus. Diesen Schlag konnte er allerdings nicht mehr ausführen, da ihm Lisa einen Kerzenhalter von hinten über den Kopf schlug und er nur noch die Englein oder die Lichter der Kerzen sah.

Sawyer schrie. Der andere Söldner hatte ihn offenbar getroffen. Er betätigte einen Hebel und ein Fallkäfig löste sich scheppernd von der Decke und stülpte sich über den Söldner. Dieser tobte, zerrte und rüttelte am Gitter, aber Sawyer trat ringsherum am Boden gegen stählerne Riegel und verschloss damit das Gefängnis. Dann rannte er zum Sofa und drehte ein Stück der Säule am Kamin. Kratzend öffnete sich eine Tür in der Wand, durch die er augenblicklich schlüpfte.

Der eingesperrte Söldner sprengte die erste Halterung. Der andere Söldner bewegte sich stöhnend.

»Weg hier«, sagte Lisa und stoppte die zufallende Geheimtür, indem sie einen Hocker dazwischen stellte.

Sie trat in das Dunkel hinein, das Holz des Hockers krachte, die massive Steintür schob sich weiter zu. Jaime konnte sich gerade noch hindurchzwängen, bevor der Hocker zermalmt wurde.

In dem schmalen Gang brannte eine Fackel. Es war feucht und kalt.

»Dort vorne läuft er.« Jaime zeigte auf den sich bewegenden Schatten, der auf der rechten Seite verschwand.

»Ihm nach!« Lisa war voller Elan und stürmte drauflos.

Jaime humpelte hinterher, hielt sich das verletzte Bein und stöhnte. »Warte auf mich«, rief er, als ihre hallenden Schritte fast verstummt waren. Hinter ihm hämmerte jemand gegen die Geheimtür, dann hörte es sich an, als ob Metall auf Stein schlagen würde.

So schnell, wie es ging, humpelte Jaime weiter, stützte sich immer wieder an der feuchten Wand ab, stieg eine Wendeltreppe hinunter und traf auf einen gewaltigen Gewölbekeller, in dem Lisa vor dem zusammengesunkenen Sawyer stand. Hier lagerten zahlreiche Kisten mit Gold und edlem Geschirr, bergeweise Teppiche, antike Möbel und Skulpturen. Geschwächt kam Jaime unten an. Sawyer lag neben einer offenen Kiste, die randvoll mit glänzenden Goldstücken gefüllt war. Er umarmte seinen Schatz, als gäbe es in diesem Moment nichts Wichtigeres auf der Welt.

Lisa legte den Speer ab und beugte sich zu ihm. Auch Jaime kam näher und erkannte seine schweren Wunden, den blutüberströmten Arm und sein zerrissenes Hemd. Es hatte Sawyer schwer erwischt.

»Ich weiß, dass ihr nicht von Melantho kommt. Aber diese Männer dort oben ...«, er zeigte die Wendeltreppe hoch, »... wurden wirklich von ihr geschickt. Man hat mich vor ihnen gewarnt.« Sawyer hustete.

»Warum waren diese Männer hinter Euch her?«, fragte Lisa.

»Sie interessieren sich für Kate, genau wie ihr.«

»Die echte Kate steht in Eurem Ausstellungsraum. Nicht wahr?«

Er nahm eine Handvoll Goldmünzen und drehte sich verblüfft zu ihr. »Woher wisst ihr das?«

»Das ist jetzt unwichtig. Wie können wir sie aus dem Stein befreien?«

Mit seinem Husten spuckte er Blut auf den Steinboden. »Ich war schon mein ganzes Leben ein großer Fan der Neverate und habe alles gesammelt, was ich bekommen konnte. Vor langer Zeit geschah schließlich ein Wunder und übertraf all meine Sehnsüchte. Sie war persönlich bei mir zu Hause. Bis die Flut kam, wohnte ich am Rande der Stadt des Kerberos unter der großen schwarzen Eiche. Noch heute rieche ich ihren verführerischen Duft, der sich in meinem Heim verfangen hatte. Seit diesem Tag wollte ich mehr. Ich wollte Kate ganz für mich allein. Ich musste über einhundert Jahre auf meine Chance warten, als mir Zealot davon berichtete, dass sie von einem mächtigen Gott gelähmt wurde. Ich band ihm ein Fläschchen um sein Bein und schickte ihn zu ihr zurück.« Sawyer lächelte, krächzte und hustete.

»Ihr habt sie also vergiftet?«, vermutete Jaime.

Sawyers Lächeln war verkrampft. »Aber nein. Zu so etwas sind nur wenige Götter imstande. Außerdem war das nicht mehr vonnöten. Es genügte ein kleiner Trick, um ihre Koordinaten mit den Winden in unser Reich zu tragen. Normalerweise ist der Aufenthalt der großen Götter auf der Erde verborgen, aber mein gefiederter Freund konnte ihr das Mittel verabreichen. Kate brauchte nur noch von der vergifteten Frucht zu essen. Der Rest war ein Kinderspiel. Ich konnte sie durch das Tor in diese Welt holen.« Wieder hustete er Blut. »Sie ist mein größtes Kunstwerk, mein Lebenswerk.« Versonnen ließ er einige Münzen aus seiner Hand auf den Boden fallen, griff in die Kiste und nahm sich die nächste Handvoll Goldstücke heraus, die er schwungvoll durch den

Keller schleuderte. »All das ist nichts wert im Vergleich zur echten Kate.«

»Und am Ende sterbt Ihr wegen Eurer Gier.«

»Ich hatte ein erfülltes Dasein. Mehr kann ein Mann im Reich der Schatten nicht erwarten. Geht zum Herrscher. Er besitzt das einzige Mittel, das eine Gottheit vom Fluch des Steins erlöst. Ich brauche Kate jetzt nicht mehr und niemand soll sie anstarren und betatschen. Geht und erlöst sie von dem Fluch.« Er schloss seine Augen. Die Lippen bewegten sich weiter und die Worte wurde leiser: »Durch meine weitreichenden Beziehungen habe ich das einzige Mittel erhalten, mit dem ich, als einfacher Mann, eine edle Göttin aus dem Olymp in Stein verwandeln konnte. Geht zu Hades. Niemand sonst kann euch helfen.«

»Wie kommt man in die Festung? Sawyer?« Sie rüttelte ihn an der Schulter.

Er hustete Blut und lachte. »Ihr braucht Zeit und einen mächtigen Schutzengel.«

»Wer hat Euch bezahlt? Sagt mir den Namen Eures Auftraggebers.«

Sawyer hustete leise, senkte den Kopf auf die Brust und ließ die Goldstücke aus der Hand gleiten.

»Sagt es uns. Ist Hades Euer Auftraggeber?« Sie rüttelte an ihm und er kippte zur Seite. Seine ausgezehrte Seele stieg als kleiner leuchtender Punkt von ihm auf.

»Lass ihn. Er wird uns nichts mehr sagen.«

Harte Schritte hallten auf der Metalltreppe.

»Wir müssen weg.«

Sie sprangen auf, verließen das Museum durch den rückwärtigen Ausgang und tauchten in den engen Gassen zwischen dem Menschenstrom unter.

Kapitel 15

In der Ferne trällerten etliche Vögel um die Wette, als wollten sie zum Casting vorsingen. Müde öffnete Luventa ihre Augen und erblickte kleine Wolken, die wie hübsch drapierte Sofakissen auf dem Himmel lagen. Es duftete nach saftiger Blumenwiese am Morgen und die Luft war klar und unverbraucht.

Sie lag auf einem edlen Bett aus weißem Marmor und verzierten Eckpfeilern an den Enden. Der Raum war hoch und offen. Riesige Säulen bildeten den Abschluss mit Blick auf ein weitläufiges Land. In der Ferne lag ein flacher Berg, der, in Wolken eingebettet, eine prunkvolle Stadt und ein gigantisches Kolosseum auf seinem Rücken trug. Gleich hinter den weißen Säulen flatterten dutzende bunter Schmetterlinge und fleißige Bienen erledigten ihre Arbeit.

Wo bin ich?, dachte sie. *Was ist passiert?*

Langsam kehrten ihre letzten Erinnerungen zurück, mit Galeno, seinem Palast und der kleinen Frau, die sie töten wollte.

Luventa setzte sich an den Rand des Bettes und sah an sich hinab, prüfte die Schultergelenke und atmete kräftig durch. Dann sprang sie auf, reckte sich und vollführte eine komplette Drehung. Es war alles in Ordnung, ihr fehlte nichts.

Sie lief über den kühlen Steinboden und lehnte sich über die Mauer in Hüfthöhe, auf der die Säulen standen. Diesen Ort kannte sie nicht.

Über einen nahen Weg schwebten zwei Leute in edlen Gewändern.

Sie fühlte die glatte Säule und lächelte. Dieser Ort konnte nur der Olymp sein, mit all seiner Pracht und Güte.

In ihrem dünnen, weißen Kleidchen sauste Luventa flink zur Tür, sah ihre Kleidung ordentlich zusammengelegt auf einem Stuhl liegen, stoppte abrupt und schlüpfte in die Hose. Und dann – noch bevor sie den schwarzen Pullover richtig angezogen hatte – platschten ihre nackten Füße über die Steinplatten und trugen sie durch einen prunkvollen Gang und hinaus. Die Sonne wirkte größer und ihre Wärme umspülte sie angenehm, wie warmes Wasser.

»Halt«, sagte eine schwebende Frau mit tiefer Stimme, die unter ihrer dunklen Haut winzige Implantate als Muster besaß. Narben und Tattoos verliefen seitlich über ihr Gesicht und in ihren schwarzen Haaren hatte sie ein hellgraues Tuch mit Fransen eingeflochten. Sie musste Luventas fragenden Blick bemerkt haben und erklärte: »Laskari, Göttin der Natur und Herrscherin von Zeit und Dimension.« Sie schmunzelte und zwinkerte wohlwollend.

»Bin ich im Reich der Götter?«

»So ist es, mein Kind. Es ist schön, Euch munter zu sehen. Luventa, die Göttin der Heilung hat wieder einmal ganze Arbeit geleistet. Sie ist übrigens die Göttin, der Ihr Euren Namen verdankt.« Laskari legte ihren Arm um Luventas Schulter, während sich ihre Füße auf den Boden senkten. Sie geleitete sie zu einer edlen Bank unter einer prächtigen Weide.

»Auch Luan vom Schicksalsberg hat sie seinerzeit vor dem Tod bewahrt und nach Kates Kampf gegen Zeus musste sie ihm schon einmal helfen. Wie es aussieht, würden die Neverates ohne ihre Hilfe nicht allzu lange überleben.«

»Könnt Ihr mir erklären, warum ich hier bin?«

»Jemand hat Euch mit einer Macht geschützt, damit Ihr nach Eurem Tod nicht in die Unterwelt gelangt, sondern zu uns in den Olymp. Das sieht mir ganz nach der Handschrift vom allwissenden Orakel aus. Schließlich seid Ihr die Tochter von Kate und gehört selbstverständlich an einen Platz in der Sonne.«

»Natürlich. Pythia hat es geahnt. Aber, wenn ich in den Olymp gehöre, so wie Ihr es sagt, warum hat Pandion nur Emilia mitgenommen?«

»Wer ist Pandion?«

Verwundert sagte Luventa: »Der Sohn des Erichthonios. Er ist dafür zuständig, die restlichen Götter von der Erde einzusammeln, bevor sie den Olymp verlassen.«

»Das kann nicht sein. Pandion war ein König vom Geschlecht der Kekropiden. Er starb im Krieg gegen den thebanischen König vor über zweitausend Jahren. Die Späher waren für die übriggebliebenen Götter eingeteilt. Sie haben ihre Aufgabe vor langer Zeit erledigt. Ein Pandion war gewiss nicht unter ihnen.«

»Doch, wenn ich es sage. Er war bei mir. Wir haben ein Kind gezeugt ...« Sie legte ihre Hand auf den Bauch.

»Euer Kind hat es nicht geschafft. Ihr habt es verloren. Es tut mir leid, verehrte Göttin.«

Leise und verzweifelt sagte sie: »Ich bin keine richtige Göttin.«

»Wenn Ihr keine Göttin seid, müssten eintausend andere Götter diesen Platz verlassen. Nein, Luventa. Euer Platz war immer hier. Allerdings solltet Ihr Euch nicht zu sehr daran gewöhnen. Wir starten morgen unsere Reise in eine neue Galaxie. Dort bekommt Ihr ein eigenes schickes Haus und einen prächtigen Garten.«

Luventa ging einen Schritt zurück und wedelte mit der Hand. »Nein, ich will kein Haus und ich will nichts von einer Reise wissen, solange ich Mutter und meine Schwester nicht gesehen habe. Außerdem muss ich in Erfahrung bringen, wer Pandion ist.«

»Wie gesagt, es gibt keinen Pandion. Eure Mutter und Eure Schwester befinden sich in der Unterwelt. So viel konnte ich während Eurer Regeneration herausfinden.«

»Nun gut. Ich habe also nur bis morgen Zeit. Wie gelange ich dorthin?«

»Der Einzige, der Euch in dieser Angelegenheit helfen kann, ist Ker. Er ist einer der wenigen, die sich noch im Olymp befinden.«

Luventa zeigte auf Laskaris Füße. »Ich gehe zu ihm. Wie schnell kann man schweben?«

»So schnell wie der Sausewind. Aber niemand macht das. Die Zeit im Olymp ist endlos.«

»Ja, bis zum Sonnenaufgang. Ich weiß. Also, wie funktioniert das?«

»Ihr wollt Schweben lernen?«

Luventa war genervt. »Ja, klar. Geht das? Ich muss Emilia und Mutter suchen. Bringt mir das Schweben bei.«

»Das geht nicht so schnell.«

Luventa stöhnte. »Ich bin Euch wirklich dankbar für meine Heilung und dass Ihr mich aufgenommen habt, aber jetzt muss ich Euch noch um diesen einen Gefallen bitten. Wie gelange ich zu Ker?«

»Ihr seid wirklich entschlossen.« Sie reichte ihr die Hand. »Haltet Euch gut fest.«

Luventa umklammerte ihre Hand und schon schwebten beide ein paar Zentimeter über dem Boden. »Cool.«

Dann flogen sie zu einem Wald, dem einzigen dunklen Fleck des Olymps. Währenddessen sang Laskari einen Vers von Ker, der den gewaltsamen Tod verkörperte.

»Weiter gehe ich nicht«, sagte Laskari. »Nur die wenigsten gehen freiwillig zu ihm. Er stellt die Verbindung zur Unterwelt dar und es wird erzählt, dass diejenigen, die ihn besucht haben, nie wieder so fröhlich sein konnten wie vor dem Treffen. Also passt auf Euch auf.«

Über dem trostlosen Wald kreisten schwarze Wolken, durch die kaum Licht drang.

Als Luventa den Wald betrat, ließ sie die Farben im Licht zurück. Sie folgte einem verwachsenen Pfad, den stachelige Blätter säumten. Abgestorbene Bäume mit Lianen bildeten die Kulisse. Der Weg war mit groben Pflastersteinen belegt, in deren Fugen sich Moos gebildet hatte. Immer wieder standen mahnende Steinfiguren am Wegesrand, die unterschiedliche göttliche Symbole in die Höhe hielten.

Auf einer Lichtung traf sie auf ein graues Haus aus grobem Sandstein und mit verblassten und zugewachsenen Dachziegeln. Es besaß viele Türmchen und verwinkelte Anbauten und sah genauso verwahrlost aus wie der Garten davor und der finstere Wald dahinter.

Luventa stieg die ausgetretenen Stufen empor und öffnete knarzend die schwere Holztür. Spinnweben und Reste vom Putz und Anstrich hingen von den Wänden und der Decke.

In der geräumigen Diele lockte sie ein flackerndes Licht die geschwungenen Stufen empor und führte ihren Weg in einen antik wirkenden Saal.

Ein großer älterer Mann packte gerade Bücher aus der zimmerhohen Schrankwand in eine Truhe.

»Seid Ihr Ker?«

Er zuckte zusammen und drehte sich um. Sein Gesicht war faltig und grau, seine Augen müde und stechend.

Luventa verneigte sich.

»Geht mir aus den Augen oder ich lasse Euch zu Asche zerfallen«, sagte er zornig.

»»Er verfolge die Vergehen von Göttern und Menschen und strafe sie grausam mit dem Tod, sodass sie lange verspüren das Leid und den Frevel bereuen. Doch nie erhob er seine Hand über eine Göttin und vergab und schickte sie zu denen, die sich ihrer Seele bemächtigen sollten.‹ Diesen Vers habe ich von Laskari. Und er besagt, dass Ihr mir kein Leid antun könnt.«

»Unsinn. Über mich existieren viele Geschichten.« Er sortierte die Bücher ein und erhob sich. Ker war ein großer Mann, kräftig und alt.

»Ich muss in die Unterwelt«, flehte sie und kam näher.

»Warum sollte ich Euch helfen?«

»Weil sich Kate, meine Mutter, im Hades befindet, und sie offensichtlich die Einzige ist, die sich um die Erde sorgt.«

»Die Erde wird vergehen. Da kann Eure Mutter nichts gegen tun.«

»Ach, Ihr seid also auch einer dieser Schlappschwänze, die sich dem Schicksal ergeben?«

»Zügelt Eure Zunge. Ich habe Euch nicht in mein Haus gebeten. Und jetzt verlasst mich.«

»Gerne, aber nur in die Unterwelt.«

Seine Augen verfinsterten sich und er stellte sich direkt vor sie. Luventa musste aufsehen. Sie reichte ihm gerade mal bis zu seiner Brust. »Dann sterbt gefälligst.«

»Glaubt Ihr, ich habe den beschwerlichen Weg von der Erde in den Olymp und zu Euch gemacht, um zu sterben?«

»Sie kommen alle zu mir, wenn sie vom Leben genug haben.« Seine Stimme war tief und gemächlich.

»Na, dann bin ich ja endlich mal eine Abwechslung.«

»Entspannt Euch und packt Eure Sachen wie alle anderen Götter. Es ist zu spät für irgendetwas.«

»Ich werde mich nicht entspannen. Wenigstens mache ich mir noch Gedanken darüber, wie diese Welt gerettet werden kann. Bei Eurer Gleichgültigkeit kann ich allerdings verstehen, dass ihr lieber feige abhaut.«

Mit den Händen in die Hüfte gestemmt, baute er sich vor ihr auf. »Wir sind nicht feige. Ja, wir haben versagt. Aber nur, weil wir zu gutmütig waren. Wenn es nach mir gegangen wäre, hätte ich die Menschen vor über einhundert Jahren gestoppt. Dann bräuchten wir jetzt nicht unsere Koffer packen.« Er wurde lauter: »Glaubt Ihr, mir macht es Spaß? Ich hasse Neues und könnte sehr gut darauf verzichten.«

»Das sehe ich.« Luventas Worte kamen ihr schneidend über die Lippen.

»Kein Wort mehr.«

»Wie mir scheint, fehlen Euch die Hand und das Auge einer Frau, die für ein bisschen Style und Ordnung sorgt.«

»Cleveres Mädchen. Nur liebe ich es genau so, wie es ist. Und jetzt helft mir beim Packen oder verschwindet.«

Sie nahm einen Stapel Bücher aus dem Regal. »Was soll ich einpacken?«

Er stand sprachlos da und sie wartete auf seine Antwort.

»Also, Ker. Was packen wir ein? Das ganze Regal und das dort drüben?«

»Es ist wirklich schön hier. Ich würde nur allzu gerne bleiben.«

»Also haben wir doch eine Gemeinsamkeit. Helft mir, es zu verhindern.«

»Niemand kann jetzt noch etwas dagegen tun. Einige mächtige Götter werden das Ende herbeirufen.«

Mit einem Stapel Bücher ging sie zum übergroßen Koffer. »Meine Mutter wird sie in die Schranken weisen. Doch dazu muss ich sie finden.«

»Die beiden Regale. Und im Nebenzimmer steht auch noch eins. Packt alle Bücher in die Truhen.« Er zeigte jeweils darauf.

»Heißt das, Ihr helft mir?«

»Nein, das heißt, *Ihr* helft *mir*.«

Luventa machte sich sofort an ihre Aufgabe. Sie war deutlich flinker als Ker und räumte ein Regal nach dem anderen in die schweren Holztruhen. Während ihrer Arbeit sagte niemand ein Wort. Als das Werk schließlich getan war, sagte sie: »Was kann ich als Nächstes tun?«

»Ihr bekommt nichts für diese Arbeit.« Ker sah grimmig zu ihr.

»Das ist schon in Ordnung. Ich habe ohnehin kein Zuhause und nichts Besseres zu tun. Also kann ich auch in aller Seelenruhe Euer Haus zusammenpacken, während dort draußen die Welt untergeht. Das macht mir nichts aus.«

»So etwas Hartnäckiges habe ich überhaupt noch nicht erlebt.«

Sie grinste zufrieden. »Sollen die großen Vasen auch mit in Euer brandneues Haus, in der tollen Umgebung, die Ihr nicht kennt, und wo Ihr ewig brauchen werdet, um dort Fuß zu fassen? Oder lassen wir sie besser in Eurem gemütlichen Heim, wo Ihr jeden Winkel bestens kennt und ...«

»Es reicht!«, schrie er dazwischen. »Ich bringe Euch hin.«

Sie legte eine Schatulle ab und stürmte zu ihm, sprang an ihm hoch und umklammerte ihn mit Armen und Beinen. »Danke, danke. Ich wusste, dass Ihr ein gutes Herz habt.« Sie küsste ihn auf die Wange.

Ker befreite sich widerwillig von seiner lästigen Klette, löste sie ab und warf sie angeekelt auf den Boden.

Luventa grinste ihn an. »Ich mag Euch.«

»Aber ich mag Euch nicht.«

Sie konnte sich kaum noch zusammenreißen und zwang sich, ihre Lippen zusammenzuhalten, um ihre Freude ein wenig zu zügeln.

»Ich kann Euch ohne Umwege in das Reich der Schatten bringen oder in den Tartaros. Ganz wie Ihr wünscht.«

»Bringt mich zu Mutter.« Erwartungsvoll riss sie ihre Augen weit auf.

»Ja, aber nur, damit endlich wieder Ruhe einkehrt. Das hält ja niemand aus. Kommt nach draußen.« Er legte seinen Bücherstapel auf einem Tischchen ab und ging vor. Luventa folgte ihm.

»Werden wir uns wiedersehen?«

»Das fehlte noch.« Ker sah sie nicht an, öffnete die große Eingangstür und ließ sie zuerst hindurchschlüpfen.

»Ich könnte Euch ein wenig beim Einrichten helfen.«

»Habt Ihr etwas an den Ohren? Ich kann Euch nicht ausstehen.«

»Das habe ich vernommen«, sagte sie lang gezogen. »Aber insgeheim mögt Ihr mich bestimmt ein kleines Bisschen.«

Sie gingen in den Garten zu einem gewaltigen Schrein, der mit Efeu überwuchert war. Davor standen abgebrannte Kerzen und es lagen Weidenkränze und Unrat herum.

»Tut das weh?« Sie zeigte auf das eingetrocknete Blut auf dem Schrein.

»Nicht, wenn Ihr den Mund haltet.«

Sie hielt sich beide Hände vor den Mund. Allerdings nur, um ihr Grinsen zu verbergen.

»Wisst Ihr überhaupt, wer ich bin?«

»Ein netter, alter Gott.«

»Nein, gottverflucht. Ich bin der Bote des Todes. Derjenige, der den Göttern und Menschen die Seele herauszieht. Versteht Ihr das nicht?«

»Ich weiß. Umso dankbarer bin ich Euch, dass Ihr mir nichts antut. Wollen wir gemeinsam noch ein paar Truhen füllen?«

»Jetzt haltet Euren vorlauten Mund und legt Euch auf den Sockel, ohne zu zappeln.«

Seine Augen funkelten glühend rot, er erhob die Arme und sogleich begannen die Ränder des Schreins zu brennen. Die kalte, blaue Flamme raste den Stein hinauf und fiel wie ein ausgebreitetes Bettlaken auf Luventa herab.

Lautes Pfeifen und Wimmern erfüllten die Luft und ein Geräusch, das an einen bremsenden Zug bei seiner Einfahrt in den Bahnhof erinnerte, war zu hören.

Sie sah noch Kers stechende Augen, bevor sich die Dunkelheit über sie legte und ein starker Sog sie davontrieb.

Kapitel 16

»Tritt ein ins düstere Auge und lass die Zähne klirren, wenn die Seele deinem Herz schreitet voran. Trink vom schwarzen Blut und der Ausblick in die düsteren Abgründe wird im letzten Blick erstarren«, stand auf einer staubigen Steintafel neben dem Tor der Festung Hades.

»Es muss einen anderen Weg geben, Kate zu retten«, sagte Lisa.

»Sawyer hat gesagt, dass nur Hades den Fluch brechen kann. Wir haben keine Wahl.«

»Ich will diese Welt noch nicht verlassen.«

»Hast du Angst?« Jaime druckte fest ihre Hand.

»Ja. Vor Hades und seinen Kreaturen habe ich schreckliche Angst. Bisher bin ich ihnen niemals selbst begegnet und ich habe gehofft, dass es immer so bleibt.«

»Aber jemand muss Kate befreien. Wenn wir es nicht tun, wird Trish am Ende gewinnen.«

»Ich will ja helfen, und da es Kate betrifft, wäre es mir eine große Ehre. Aber ich bin nicht so tough, wie es vielleicht manchmal wirkt.« Sie senkte den Blick.

Ihr verkrampftes Gesicht und ihre gesamte Körperhaltung verrieten Jaime, dass sie dieses Tor niemals durchschreiten würde. »Es ist in Ordnung, wenn du hierbleibst. Bewache Kate, bis ich zurückkomme.«

Lisa lächelte ihn unsicher an und nickte.

»Gut, ich warte im Museum. Was auch immer geschehen wird, sieh Hades niemals in die Augen, sonst verbrennst du auf der Stelle.«

»Was muss ich noch wissen?«

Sie zuckte mit den Schultern. »Keine Ahnung. Widersprich ihm nicht und sei demütig.«

Er umarmte sie. »Danke für deine Freundschaft, Lisa. Falls wir uns nicht wiedersehen, wünsche ich dir alles Gute. Du bist ein anständiges Mädchen.«

Sie wischte sich über ein Auge und zwang sich zu einem Lächeln. Dann reichte sie ihm eine goldene Münze. »Vielleicht kannst du sie gebrauchen. Jetzt geh schon und rette Kate und die Welt.«

Versonnen strich er sich über den Nacken. Dann wischte er ihr eine Träne ab, gab ihr noch einen zarten Kuss auf die Wange und lief durch das Tor. Drinnen drehte er sich noch einmal um und sah, wie Lisa vor einem Söldner davonlief.

»Was ist Euer Begehr, Sterblicher?«

Erschrocken drehte sich Jaime zu der dunklen Stimme um. Ein großer bewaffneter Wachmann stand vor ihm.

»Ich muss zu Mister Hades.«

Der Wachmann schmunzelte. »Mister Hades? Glaubt Ihr, er ist Euer Geschäftspartner?« Daraufhin lachte er laut. »Das habe ich auch noch nicht erlebt.«

Jaime sah wieder zurück. Lisa und der Mann waren zwischen den Menschen untergetaucht.

Heftig wurde er gegen die Schulter gestoßen. »Nicht träumen, Kleiner. Hier entlang, und nehmt noch eine Lunge guter Luft mit rein. Die werdet Ihr gebrauchen können.« Der Wachmann trieb ihn über eine Zugbrücke, unter der sich geruhsam glühende Lava vorbeischob, und weiter zum eigentlichen Eingang der Festung. Von hier sah die schwarze

Mauer noch größer und bedrohlicher aus. Weit oben verschwand der gigantische Bau im Nebel.

Hinter dem Tor wurde Jaime von zwei Wachen gepackt und durch die Halle mit reichlich verzierten Säulen gezerrt. Es war finster und feine schwarze Nebelschwaden zogen hier durch. Ein Fluss aus Lava quälte sich durch eine Rinne in der Mitte der Halle. Offensichtlich handelte es sich dabei um ihre Lichtquelle und die Heizung. An den Wänden hingen erschöpfte Menschen in Eisenketten, die ihre Köpfe hängen ließen. Die meisten von ihnen bluteten oder ihre Wunden waren eingetrocknet. Überall lagen Folterwerkzeuge, Speere und große Äxte herum und die Luft war heiß und stickig.

»Hier rein!«, sagte der Wachmann und stieß ihn vor eine Bank aus verrostetem Metall auf den glitschigen Boden. Schreie hallten durch die Gemäuer.

»Du hast Glück, Sterblicher, der Meister empfängt gerade das Volk. Warte bei den anderen, bis du an der Reihe bist.« Er zeigte in einen Raum, in dem stumm die Leute ausharrten. Jaime sah fragend zu ihm und erhob sich, wischte sich den glitschigen Schmutz von der Hose und ging hinein.

»Noch einer«, begrüßte ihn ein junger Mann abfällig und sah ihn trocken an. Jaime ignorierte ihn und setzte sich auf einen freien Platz auf eine einfache Holzbank. Weiter hinten hatten es sich die Leute gemütlich gemacht, lagen auf Hängematten oder in ihren Lagern auf dem Boden. Sie hatten Decken, Kissen, Töpfe und allerlei Überlebenskram dabei, weiter hinten kochten sie über dem Feuer eine Suppe.

»Wie lange dauert das eigentlich?«, fragte Jaime den Mann neben sich.

Der pulte geruhsam in seiner Nase, sah auf seinen Finger und steckte ihn in den Mund. »Zeit spielt keine Rolle. Entweder du entscheidest dich, hier zu sein, oder du lässt es bleiben. Ganz einfach.« Er spuckte dicken Schleim zwischen seine Schuhe und wischte einige Male mit der Schuhsohle darüber.

»Wie lange sind Sie schon hier, Mister?«

»Wie lange, wie lange? Du bist hier neu, sonst würdest du nicht solche Fragen stellen.«

»Ja, ich bin neu. Wenigstens zähle ich noch die Tage und Wochen und vegetiere nicht vor mich hin.«

»Wahrscheinlich war jeder Frischling am Anfang genau wie du. Mir ging es nicht anders. Irgendwann merkst du, wie die Erinnerungen schwinden und die Zeit ins Land geht. Dann willst du einfach nur noch über die Runden kommen. Völlig egal, wie und wann.«

»Warum wollen Sie zu Hades?«

»Ich? Ja, ich wollte zu ihm, weil ...« Er kratzte sich an den ungleichmäßigen Bartstoppeln. »Ich wollte ... Verdammt, warum bin ich hier?« Grübelnd stand er auf und lief vor der Bank im Kreis. Jaime verfolgte seine Schritte, bis er stehen blieb. »Ich weiß es nicht mehr. Wahr wohl schon zu lange hier.«

»Es spielt sehr wohl eine Rolle, wie lange etwas dauert«, sagte Jaime und lehnte sich an.

»Vielleicht, vielleicht auch nicht«, murmelte der Mann nachdenklich. »Was wollte ich noch mal hier?«

Jaime wandte sich an eine Frau, die den Saum ihres Rockes zusammennähte. »Entschuldigung, gnädige Frau, wissen Sie, wie lange wir warten müssen?«

»Niemand weiß das, junger Mann. Bei mir sind schon viele Glockenschläge im Land verhallt. Doch für meinen Sohn werde ich bis in alle Ewigkeit warten.«

»Was ist mit Ihrem Sohn, Ma´am?«

»Wegen ein paar Kartoffeln haben sie ihm den Kopf abgeschlagen.« Sie beugte sich zu Jaime und fasste ihm auf das

Knie. »Dabei hat mein Kleiner niemals etwas gestohlen. Er war doch kein Dummkopf.«

»Und Hades soll ihn zurückholen?«

»Nur er ist in der Lage dazu. Die Heiler und Quacksalber taugen keinen Schuss Pulver. Sie haben nur mein Gold genommen und nie ist etwas passiert.«

»Darf ich Sie etwas fragen?«

»Das machst du doch schon die ganze Zeit. Was willst du wissen?«

»Bitte verstehen Sie mich nicht falsch, aber warum sollte Hades Ihnen den Sohn zurückgeben?«

»Ich sehe keine andere Möglichkeit mehr. Er ist der Einzige, der in der Lage dazu ist. Ob er mir hilft, liegt nicht in meiner Macht.«

»Und die anderen? Warum sind die hier?«

Sie zeigte mit ihrem knorrigen Finger auf einen schlafenden Mann. »Edgar wartet seit vierzehn Jahren in diesem Loch. Er will als Wachmann in der Festung anheuern.« Dann zeigte sie zu einem kleinen Mädchen. »Frida, sie ist die Jüngste von uns und wurde im Alter von acht Jahren von ihren eigenen Eltern erschlagen. Sie will zurück in die Welt der Lebenden.« Geheimnisvoll hielt sie ihre Hand seitlich des Mundes und tuschelte: »Die Rache treibt sie an. Das dürfte Hades gefallen.« Wieder zurückgelehnt zeigte sie auf die Nächsten. »Diese beiden jungen Frauen sind erst heute zu uns gekommen. Ich glaube nicht, dass sie warten werden bis sie an der Reihe sind. Sie haben alles in Aufruhr versetzt. Anscheinend sind das irgendwelche Damen aus dem Olymp und bilden sich deshalb ein, etwas Besseres zu sein.«

Ein gebrechlicher Mann schlurfte an ihnen vorbei. »Und das ist Paul. Er kam mit seinem Bruder in die Festung. Jetzt ist nur noch er übrig. Ich glaube, sie wollten ein Stück Land am Sumpf erwerben.«

»Ich bin hier, weil ich ein Mittel gegen einen Fluch benötige.« Jaime wischte mit den Handflächen über seine Jeanshose.

»Dann such dir ein freies Plätzchen zum Schlafen, wo du deine Sachen verstauen kannst. Sei wachsam und behalte die anderen im Auge. Es gibt ein paar üble Gauner unter ihnen.«

»Draußen hat die Wache gesagt, dass Hades gerade wieder Leute empfängt. Da wird es doch nicht mehr lange dauern?«

Die Frau lachte heiser. »Ja, einmal im Jahr dürfen ein paar zu ihm. Ich weiß nicht, wann es wieder soweit ist.«

»Verdammt. Die Erde und alle Menschen sind in Gefahr. Gibt es einen anderen Weg?« Jaime stützte sich nervös auf.

»Nein.« Sie griff seinen Arm. »Doch, es gibt einen Weg. Wenn du mutig bist, stell dich krank. Dann kommst du in das Lazarett und kannst von dort aus direkt in die Burg gelangen. Aber wenn sie dich erwischen ...« Sie machte ein kratzendes Geräusch und fuhr mit ihrem Finger die Kehle entlang.

»Danke. Das werde ich versuchen.« Er war überaus erschöpft und döste vor sich hin. Das gleichmäßige Gesäusel der Leute schläferte ihn schließlich ein und ließ seine Gedanken davontreiben.

Mutig ging Jaime zum Ausgang und sagte: »Ich brauche einen Arzt.«

»Was ist, Kleiner? Wo tut es weh?«, sagte die Wache spöttisch.

»Mein Fuß. Die Zehen werden schon schwarz.«

Der Wachmann musterte Jaime ohne eine Miene zu verziehen. Dann trat er ihm, so kräftig er vermochte, auf den Fuß. »Dieser hier?«

Jaime fiel zu Boden und hielt sich den schmerzenden Fuß. »Ja, verdammt.«

»Hättest dir besser Schuhe besorgen sollen«, sagte der Wachmann gespielt mitleidig und schrie zum großen Gitter: »Ich habe einen Verletzten. Bringt ihn ins Lazarett.« Er zerrte Jaime zum Tor und ließ ihn dort einfach fallen.

Bereits kurz darauf wurde er abgeholt, durch etliche dunkle Gänge geführt und landete schließlich in einem Raum, der mehr an ein Schlachthaus als an ein Hospital erinnerte. Die schmutzigen Fliesen waren blutverschmiert, der Raum war dunkel und in der Mitte stand ein einzelnes Krankenbett aus Metall.

Ängstlich fragte Jaime den Mann in der blutigen Fleischerschürze: »Wo sind die anderen Patienten?«

»Hier bleibt niemand lange. Wir kurieren sofort.« Zu den Wachen sagte er: »Legt ihn auf das Bett.«

»Welcher Fuß ist es?« Jaime zeigte auf seinen linken Fuß und entfernte den Wickel.

»Das sieht aber gar nicht gut aus. Ist verfault und muss schnell behandelt werden, wenn du nicht den ganzen Fuß verlieren willst. Hast du Gold für die Behandlung?«

Jaime kramte die einzige Münze aus seiner Hose, wischte den Sand ab und reichte sie ihm.

Der Arzt prüfte das Gold mit seinen Zähnen auf Echtheit und winkte die anderen herbei. Vier Männer hielten Jaime fest, der Arzt kam mit einem Beil und schlug ihm den halben Fuß ab.

Jaime schrie wie abgestochen ...

»Junger Mann. Was ist mit dir los? Beruhige dich wieder.«

Die Frau nähte noch immer an ihrem Saum.

»Wo ...? Wo bin ich?« Hektisch atmete Jaime, bemerkte die grauen Wände und die Wartenden und hob seinen Fuß an. Er saß noch dort, wo er hingehörte. Seine blühende Fantasie hatte ihn zu weit in das Land der Träume getragen, viel weiter und intensiver als je zuvor.

»Ich gehe auf keinen Fall in die Krankenstation«, sagte er und spürte sein pochendes Herz.

»Wer ist der Nächste?« Ein Wachmann stand am Eingang.

Die Frau sah sich um. »Edgar ist an der Reihe.« Sie ging zu ihm und rüttelte ihn wach.

»Lass mich schlafen, Alte. Geh weg«, jammerte der.

»Du bist an der Reihe.«

Edgar drehte sich zur Wand, verschränkte die Arme und zog seine Decke über den Kopf.

»Jetzt bewege deinen faulen Arsch hier raus«, sagte sie harsch. Er brummte mürrisch als Antwort.

Die Frau kam wieder zu Jaime. »Dieser Trottel. Weißt du was? Wenn er nicht geht, nimmst du seinen Platz ein. Du bist jung und voller Energie. Bei Edgar kommt es nicht auf ein paar Monate mehr oder weniger an.« Sie nickte freundlich.

»Meinen Sie wirklich?«

»Jetzt geh schon. Es wird niemanden interessieren.« Sie schob ihn zum Wachmann und sagte laut: »Er ist der Nächste.«

»Nein!«, sagte Luventa, die junge Frau, die an diesem Tag schon mehrmals Theater gemacht hatte. »Wir sind an der Reihe. Wir sind die Töchter von Kate Neverate und haben das Recht, durchgelassen zu werden.«

»Also, wer ist nun an der Reihe?«

»Ich«, sagte Jaime laut.

Die beiden Frauen sahen ihn böse an. Die kleinere drängte ihn zur Seite und zischte: »Ich töte dich, wenn du weiter deinen Mund aufmachst.«

»Seid ihr wirklich Kates Töchter? Ich bin auch wegen ihr in diesem Loch.«

»Was willst du von Mutter?«, zischte Emilia.

Jaime überlegte kurz, entschloss sich aber, ihnen keine Details zu erzählen, solange er sie nicht kannte. »Ich muss sie heilen.«

»Dann weißt du, wo sie sich befindet?«

»Vielleicht?«

Emilia sagte zum Wachmann: »Wir drei gehören zusammen.«

»Gut. Aber nur ein Anliegen. Verstanden?«

»Wer bist du?«, fragte ihn die dunkelhaarige Luventa.

»Ich bin Jaime aus Bridgeport und vor etwa zwei Monaten in New York gestorben. Nur wegen Kate bin ich in die Unterwelt gekommen.«

»Was weißt du von Mutter?«

»Mir hat jemand im Vorhof des Hades gesagt: ›Vertraue niemandem.‹ Inzwischen halte ich mich aus gutem Grund daran.«

Sie reichte ihm die Hand. »Ich bin Luventa Neverate und das ist meine kleine Schwester Emilia.«

Emilia lächelte ihm für den Bruchteil einer Sekunde zu, bevor ihre Mimik wieder versteinerte. Der Wachmann führte sie durch einen dunklen Saal mit dunkelrotem Teppich. Hier standen Maschinen aus grobem Holz und Metall, jede Menge frisch geschnittene Holzbalken und kistenweise befremdliche Einzelteile. Gegenüber war eine altertümliche Schmiede mit Blasebalg und Ambos eingerichtet.

»Trish hat nichts von Kates Töchtern erzählt. Wer sagt mir, dass Kate eure Mutter ist?« Jaime hatte sich ein Herz gefasst, um diese Frage zu stellen. Die ganze Zeit rang er schon mit sich, aber jetzt war es raus und er war erleichtert, auch wenn er nun mit starkem Gegenwind rechnete.

»Pass mal auf, Bübchen. Was du weißt oder denkst, spielt für unsere Sache kaum eine Rolle«, sagte Emilia streng. »Wir gehen da jetzt rein, du hältst deine Klappe und am Ende bringst du uns zu Mutter. Sofern du dich damit arrangieren kannst, kommt jeder lebend davon und wird fortan glücklich sein, bis in alle Ewigkeit. Hast du das soweit verstanden?«

»Ich werde meinen Mund nicht halten. Hades muss mir das Gegenmittel für einen Fluch geben.«

Luventa blieb stehen und hielt Jaime am Arm fest. »Für wen brauchst du das? Für Kate?«

Jaime nickte. »Nur Hades kann sie retten. Und das lasse ich mir von euch nicht kaputtmachen.«

»Ganz ruhig, Kleiner. Du sagst uns jetzt augenblicklich, wo Mutter ist und was mit ihr ist. Reden wir überhaupt von derselben Person? Ich meine, woher kennst du sie?«

»Wenn sie einen Sohn namens Galeno hat und ihr Ehemann Luan hieß, dann wird sie es sein. Die Frage ist doch viel mehr, ob ich euch vertrauen kann. Wieso hat Trish euch nie erwähnt?«

»Du willst, dass wir dir beweisen, wer wir sind?«, Emilia lachte, und Luventa mischte sich ein: »Nein, Schwester. Er hat recht. Woher soll er es wissen? Auch uns hat das Schicksal hart getroffen, weil wir den falschen Leuten vertraut haben und auf Pandion gebaut haben.«

»Gut, du hast recht.« Emilia wandte sich an Jaime: »Luan Hensley hat Kate nach ihrer Verbannung gerettet. Er zeigte ihr die Erde und die Welt der Menschen. Sie haben sich ineinander verliebt, obwohl sie sich nicht mit einem Menschen einlassen durfte.«

»Das könnte jeder wissen.«

Emilia stöhnte. »Du scheinst sie recht gut zu kennen. Die Frage ist doch, warum Trish dich in die Unterwelt geschickt hat. Steckt sie hinter der Entführung?«

»Sie hat nichts damit zu tun.« Jaime stolperte an einer ausgetretenen Steintreppe und fing sich, mit den Armen rudernd, ab.

»Du weißt aber schon, wer Trish ist, oder?«, fragte ihn Luventa.

»Klar. Ich denke, Trish und Kate sind nicht gerade die dicksten Freunde.« Er musste aufpassen, was er sagte. Schließlich war er allein für das Überleben der Menschheit verantwortlich. Auch wenn es nicht sonderlich gut für seine Mission aussah, wollte er sich nicht nachsagen lassen, dass er nicht alles versucht hätte, was in seiner Macht stand. Und, wie er jetzt darüber nachdachte, war es nur noch lächerlich. Wenn er versagte, würde niemand mehr existieren, der mit dem Finger auf ihn zeigen konnte.

Summend stimmte Luventa ihm zu. »Sag mir, wo sich Mutter befindet.«

»Erst, wenn ich lebend hier raus komme.«

Der Wachmann öffnete eine doppelflügelige Tür und sagte laut und bestimmt: »Tretet ein.«

Zwei voll gepanzerte Wachen standen auf beiden Seiten der Tür und hielten bedrohlich Speere in den Händen.

Luventa sagte zu Jaime: »Du redest mit Hades und verlangst dein Mittel. Versaue es nicht. Und falls du aus irgendeinem Grund im Anschluss vergessen hast, wo Mutter ist, dann bist du erledigt. Verstanden?«

»Klingt fair. Ich führe euch zu ihr, sobald wir wieder draußen sind.«

Sie betraten einen ausgesprochen großen Saal, der neun reichverzierte Säulen und einen gewaltigen Kamin besaß. Darin loderte das Feuer so stark, dass seine Flammen weit herauszüngelten.

Eine Reihe glänzender Rüstungen mit gemusterten Umhängen standen neben Truhen und übervollen Regalen. Gegenüber stand eine schier endlose Tafel mit einem schmutzigen Tischtuch darauf, auf dem verschwenderisch die Reste vom letzten Festessen lagen, sowie erloschene Kerzen, umgekippte Weingläser und abgenagte Knochen.

An der Frontseite führten vier ausgetretene Holzstufen zu einem raumbreiten Podest, auf dem ein gewaltiger Thron aus schwarzem, glänzendem Stein stand. Die vielen kleinen Türmchen an den Seiten und auf der Rückenlehne erinnerten an das Modell einer ganzen Stadt, die seitlichen Steinfiguren wirkten bedrohlich, als wären sie einem Horrorfilm entsprungen. Verzerrte und grimmige Köpfe von Dämonen mit Hörnern und großen Hauern glotzten Jaime entgegen und die in Stein geschlagenen Schlangen, Echsen und Greifvögel sahen so echt aus, als ob sie sich jeden Moment bewegen könnten. In der Mitte ragte über allem der Kopf einer Harpyie hervor. Darunter saß eine finstere Gestalt, dessen Haut zu brennen schien. Wie Magma pulsierte sie leuchtend und im Muster großer Schollen.

Du darfst ihm nicht in die Augen sehen, erinnerte sich Jaime und blickte verunsichert zu Boden.

»Wer von euch geht weiter?«, fragte eine Wache harsch und stellte sich ihnen breitbeinig in den Weg.

Luventa und Emilia schoben Jaime nach vorn. »Mach schon. Und denk an meine Worte«, zischte Luventa.

Von der Treppe bis zum Thron bedeckte ein verschmutzter und zerrissener Teppich die dunklen Steine des Bodens. Wie ferngesteuert lief Jaime darüber und seine Füße fühlten sich an, als würden mit jedem Schritt größere Gewichte daran gebunden werden. Wenige Meter vor dem Thron blieb er stehen, knickste und sah brav zu Boden.

Ein Wachmann stieß ihn grob an die Schulter, dass er schwankte. »Trage dein Anliegen vor. Der Herr hat nicht ewig Zeit.«

»Guten Tag, Mister Hades ... Ich meine, Herrscher und Meister.«

»Seid Ihr gekommen, um mir einen Tag zu wünschen, den ich nicht einmal meinen Feinden zukommen lassen würde?« Die Stimme von Hades war tief und durchdringend.

»Nein. Ich glaube nicht. Verzeiht.« Jaime starrte auf die breiten, schwarzen Schuhe des Herrschers und wagte nicht, über dessen Knie hinaus nach oben zu sehen. »Ich möchte Euch um ein Mittel gegen die Versteinerung einer Göttin bitten.«

»Um welche Göttin handelt es sich?«

»Kate Neverate, verehrter Herr.«

Hades stellte seine Füße nebeneinander und setzte sich aufrecht. »Kate Neverate also. Das ist ja interessant. Wie habt Ihr sie gefunden?«

»Ein Seher und der Geist von ihrem Mann haben mir den Weg gewiesen.«

Hades schnippte einen Mann herbei, der einen langen, schwarzen Umhang mit einer spitzen Kapuze trug. Er flüsterte ihm etwas ins Ohr und schickte ihn gleich darauf wieder weg. »Warum sollte ich Euch helfen?«

»Weil nur Ihr in der Lage seid, das Gegenmittel zu besorgen, und weil von Kates Leben die Existenz der Menschheit abhängt.« Jaime schluckte.

»Was kümmern mich die Menschen?«

»Ihr habt recht. Doch was nützt Euch die Macht, wenn es niemanden gibt, den Ihr ausbeuten könnt?« Verdammt, das hatte er so nicht sagen wollen. Seine Beine verwandelten sich in Pudding. Ihm wurde schlecht. Lange würde er der starken, hässlichen Aura von Hades nicht mehr standhalten können.

»Ihr wagt es, über mich zu urteilen?«

Jaime sah, wie der Herrscher seine Hände auf die Lehnen stützte. Er sprach leise, damit niemand seine zitternde Stimme hören konnte: »Herr, nein. Gewiss nicht.«

Hades schnippte wieder mit den Fingern, worauf zwei Wachen zu Jaime eilten.

»Melantho hat mich geschickt«, purzelten panisch seine Worte heraus.

»Wartet!«, rief er den Wachen zu. »Dann wundert es mich nicht, Euch in der Unterwelt zu sehen. Aber sagt mir, wie geht es meinem kleinen Mädchen? Was treibt sie in ihrer Verbannung? Ich habe lange nichts von ihr gehört.«

Fast hätte Jaime aufgesehen. Er drehte seinen Kopf etwas zur Seite und sagte: »Och, sie bringt fleißig Leute um. Das würde Euch sicher gefallen.«

»Warum sollte Euch Melantho schicken, um Kate zu retten? Das ergibt doch keinen Sinn. Niemals würde sie ihr helfen wollen. Also, was ist der wahre Grund Eurer Reise?«

»Melantho gab mir ein Mittel, mit dem Kate die Erinnerungen verliert. Das gelingt aber nur, wenn sie nicht mehr aus Stein ist.«

Luventa und Emilia protestierten lautstark im Hintergrund. Emilia kam auf Jaime zugerannt und sprang ihm fauchend an die Kehle. »Das bringt sie innerhalb von drei Tagen um. Du verdammter Lügner. Ich wusste, dass ich dir nicht trauen kann.«

Zwei Wachen konnten sie voneinander trennen. Emilia schrie Hades an: »Ihr werdet den Tod von Kate nicht unterstützen.« Dann fauchte sie zu Jaime: »Du bist erledigt, kleiner Mensch. Das war es. Ich mache dich fertig.«

Sie schleuderte die Wachen von sich und riss Jaime zu Boden. Fünf Wachmänner konnten sie schließlich bändigen. Sie brachten Emilia zu Hades. »Soll sie in den Turm?«, fragte einer von ihnen.

Emilia sah Hades fest in die Augen. Als Göttin konnte ihr dieser Anblick nichts anhaben.

»Emilia?«, fragte Hades erstaunt. »Ihr seid Emilia Neverate. Wie seid Ihr aus der Gefangenschaft entkommen?«

»Pythia hat mir geholfen. Woher kennt Ihr mich?«

»Ihr seid sehr mutig, hier herzukommen. Aber ich habe nichts anderes erwartet. Ist das dort Eure Schwester?« Er zeigte auf Luventa und ergänzte: »Bringt das Mädchen zu mir.«

»Ja, sie ist es. Aber ...?« Emilia war verdutzt.

Luventa wurde grob zu ihnen gebracht und neben Emilia auf den Boden gestoßen.

»Bekomme ich jetzt mein Gegenmittel?«, fragte Jaime kleinlaut, da sich niemand mehr um ihn kümmerte.

Hades erhob sich, trat vor und verneigte sich vor Luventa. »Bitte entschuldigt den Idioten. Habt Ihr Euch verletzt?«

Sie blickte zu der großen breiten Gestalt auf und ließ sich von ihm auf die Beine helfen. Sein Lächeln war ihr vertraut. Dann dämmerte es und sie fragte vorsichtig: »Pandion?«

Er schmunzelte breit und nickte zustimmend. »Ihr habt mich ertappt.«

Sie fauchte und ballte ihre Hände zu Fäusten. »Lügner. Warum habt Ihr Emilia in den Hades verschleppt? Und warum habt Ihr gesagt, ich wäre keine Göttin? Ihr seid ein verdammter Lügner.«

»Beruhigt Euch. Ich hatte keine andere Wahl. Emilia hatte im Olymp keinen Zutritt und wäre umgehend verstoßen worden. Aber von hier habe ich genug Möglichkeiten, euch beide in das neue Chaos zu bringen. Außerdem wollte ich nicht, dass sie meine Pläne durchkreuzt. Und was Euch betrifft, meine manipulative Göttin, Ihr seid viel mächtiger, als Ihr es ahnt. Ich wollte nicht dazu beitragen, dass Ihr Euch dieser Stärke bewusst werdet.« Seine Größe schrumpfte zusammen und die glühende Haut hörte auf zu pulsieren. Nach und nach veränderte sich Hades in die Gestalt des gut aussehenden Pandion. »Wie habt Ihr Eure Schwester gefunden?«

»Das war nicht besonders schwer. Ihr scheint vergessen zu haben, wie viele Freunde die Neverates selbst in der Unterwelt haben. Außerdem spüren wir einander.«

»Es tut mir alles so leid. Die Dinge sind mir aus den Händen geglitten. Zuerst war ich nur an der Macht des dunklen Lichtes interessiert. Dann traf ich auf Euch, schönes Kind. Ich hätte Euch niemals Schaden zufügen können. Darauf gebe ich Euch mein Wort.«

»Wie kann ich Euch nach allem, was geschehen ist, jetzt noch glauben?«

»Hallo? Was ist mit dem Trank?«, sagte Jaime vorsichtig und winkte auffällig mit der Hand. »Bekomme ich ihn oder nicht?«

Hades, Emilia und Luventa sagten beinahe gleichzeitig: »Halte den Mund.« Woraufhin Emilia losprustete.

»Wie seid ihr zu diesem Spacko gekommen?« Abwertend zeigte Hades auf Jaime.

»Den kennen wir nicht. Wir trafen ihn zufällig in Euren Hallen.«

»Also gut«, sagte Hades und strich sich durch die Haare. »Ihr bekommt das Gegenmittel im Gegenzug zur Macht des Schwarzen Lichtes.«

»Vergesst nicht, Ihr habt einiges wiedergutzumachen, Hades«, sagte Luventa bestimmt. »Immerhin seid Ihr an der Situation nicht ganz unbeteiligt. Gebt dem Menschen, was er verlangt. Er weiß, wo sich Kate aufhält.«

»Mensch«, sagte Hades laut und grübelte. »Ich werde Euch den Wunsch erfüllen. Dafür bekomme ich Eure Seele.«

Zu Luventa sagte er: »Und von Kate erhalte ich das Schwarze Licht.«

»Werde ich genug Zeit haben, um den Fluch zu brechen, bevor ihr mich schon wieder umbringt?«, fragte Jaime vorsichtig.

»Nun, in Anbetracht der Tatsache, dass sich die Zeit auf der Erde stürmisch dem Ende neigt, kann ich Euch nur noch einen einzigen Tag schenken, bevor ich mir Eure Seele hole.«

»Kate ist es wert. Sie wird Trish in die Schranken weisen und den Untergang verhindern.«

Hades winkte mit seinen Fingern. »Zeigt mir das Mittel von Melantho. Ich will sehen, ob Ihr die Wahrheit sprecht und von ihr geschickt wurdet.«

Jaime kramte in den Hosentaschen und zog das kleine Fläschchen hervor. Ein wenig Sand fiel aus seiner Tasche und explodierte in der Luft. Der Rest landete zischend auf dem Boden und schmolz brodelnd ein Loch hinein, als wäre der Sand ätzende Säure.

Augenblicklich veränderte sich die Gestalt von Pandion wieder in die von Hades. »Ihr wagt es, Sand von der Oberfläche mitzubringen und das Gefüge zu bedrohen?«, tönte er. »Werft den Menschen augenblicklich zu den Todbringern. Unser Deal ist geplatzt.«

Die Wachen wichen dem brodelnden Loch aus. Einer griff nach Jaime, der fischte eine weitere Handvoll Sand aus seiner Tasche. Wieder brannte die Luft bis zum Boden und ein weiteres Loch entstand. Auch das Erste fraß sich unaufhörlich weiter durch den Stein und gab bereits die Sicht zum unteren Stockwerk frei. Ein Wachmann schlug Jaimes Hand beiseite und seine ging in Flammen auf. Er schrie erbärmlich und rannte davon. Die anderen Wachen blieben ängstlich auf Abstand.

»Gebt mir das Gegenmittel«, sagte Jaime und hielt den Sand schützend vor sich. Immer wieder funkelte die Luft, als einzelne Körnchen herunterfielen.

»Bringt es ihm«, schrie Hades.

Jaime wich den größer werdenden Löchern aus. Immer mehr bewaffnete Wachleute versammelten sich im Saal, blieben aber auf Abstand.

Eine Wache brachte Jaime den Trank, den er im sicheren Abstand vor seine Füße stellte.

»Nehmt es und erfüllt Eure Aufgabe. Fünf Mann begleiten ihn.« Hades machte eine Geste zu den Wachen, die sich sofort neu aufstellten. »Sobald das erledigt ist, komme ich und hole Euch.«

»Danke, Meister.« Jaime nahm die winzige Flasche, die im Gegensatz zu der von Trish schmal und lang war und einen dicken Korken besaß.

Jemand zielte mit einem altertümlichen Repetiergewehr auf Jaime.

»Ich gehe alleine«, rief er und wich bis zur Wand zurück.

Doch die bewaffneten Männer rückten weiter auf und er schleuderte etwas Sand im Halbkreis vor sich. Ein Schuss fiel, Jaime zuckte zusammen und verlor den restlichen Sand in einer Drehung gegen die Mauer. Zischend und donnernd fraß sich ein Loch dort hinein und sie brach auseinander.

Erneut griff Jaime in seine Tasche, warf den Wachleuten Sand entgegen und nutzte die brodelnde Explosion für die Flucht durch die entstandene Öffnung. Auf einem schmalen Vorsprung, weit über der Stadt, drückte er sich mit dem Rücken an das Mauerwerk, spürte den warmen, stickigen Wind im Gesicht und wackelte Schritt für Schritt seitwärts um den Turm. Hinter sich verteilte er ein wenig Sand, der den Rückweg in Windeseile in Flammen aufgehen ließ und auflöste.

Der Vorsprung führte ihn zu einem geschwungenen Steingeländer, über das er kletterte und auf einem Balkon landete. Er verschnaufte, sah in die gewaltige Tiefe und bekam nachträglich noch mehr Angst, als er gerade schon gehabt hatte. In der eingebrannten Öffnung sah er die Köpfe der Wachleute, die versuchten, ihm zu folgen. Aber der Weg war ordentlich abgeschnitten. Jaime musste weiter. Sie würden einen anderen Weg finden.

Er schob die Balkontür nach innen, raste durch ein pompöses Schlafgemach, verschnaufte wieder und spähte durch die Zimmertür in den Gang. Die Luft war rein. Seine Beine trugen ihn den langen, schmalen Gang entlang bis zu einem winzigen Durchgang, der in einen engen, runden Turm in die Dunkelheit führte. Das schien ein annehmbares Versteck zu sein. Er zwängte sich hindurch. Keinen Augenblick zu früh. Denn er hörte in diesem Moment auch schon die Wachen auf dem Flur rennen.

Die steinerne Wendeltreppe war schmal und führte mit ihren schiefen Stufen steil nach oben. Schier endlos rannte Jaime im Kreis nach oben, japste erschöpft und nahm all seine Kraft zusammen, um so schnell wie möglich davonzukommen. Schließlich landete er auf einem breiten Flur mit Gemälden und feinen Sitzmöbeln. Von hier führte die nächste Treppe weiter nach oben. Dort hielt er kurz inne und zerstörte mit dem letzten Sand von der Oberwelt einen großen Teil davon. Hier kamen sie ohne Leiter jedenfalls nicht auf seine Seite.

Völlig außer Puste verschnaufte er, auf die Knie gestützt, vor einem massiven Tor aus Stahl und Holz. Er löste einen eisernen Riegel, zerrte ihn zurück, öffnete das schwere Tor und schlüpfte nach draußen auf ein kleines Podest mit Vordach. Er befand sich auf halber Höhe der Festung, dort, wo der Nebel bereits dichter wurde und die Vorstadt wie Spielzeug aussah mit ihren winzigen Lichtern und den vielen verwahrlosten Dächern. Von tieferliegenden Balkonen schossen die Wachen mit Pfeilen und Gewehren auf einen Heißluftballon. Zum Glück hatten sie ihn hier oben noch nicht entdeckt. Der Ballon gewann schnell an Höhe und trieb dicht an der Außenwand der Festung auf.

Langsam kam das Gebilde, das aus Stoffecken und Lederresten zusammengeflickt war, auf seine Höhe. Er musste vorsichtig sein, damit ihn die Wachen jetzt nicht entdeckten, und ging hinter dem schweren Geländer in Deckung.

Der Ballon trieb in Reichweite einer Armeslänge vorbei, bis er die Gondel auf seiner Höhe hatte. Lisa winkte ihm zu und rief gegen den Lärm des Feuers immer wieder: »Spring!«

Jaime sah sich hektisch um. Der Abgrund war unerbittlich hoch und die Gondel für einen Sprung zu weit entfernt.

Hinter ihm wurde das Tor aufgestoßen und säbelrasselnd stürmten die Wachen die kleine Ebene. Sie hatten ihn.

Lisa schrie weiter: »Jetzt!«

Jaime bekam die rostige Spitze einer Lanze vor die Nase, duckte sich und sprang auf das Geländer.

Unter ihm brachen Mauerstücke heraus und rasten in die Tiefe. Steine und Möbel folgten und ein schmaler Turm neigte sich, bis er sich langsam der Schwerkraft ergab.

Jaime rannte über das Geländer, sprang über einen Knauf und einen Marmortopf und stieß sich kräftig mit den Füßen ab. Die Zeit in der Luft verging wie in Zeitlupe. Hinter ihm verfolgte ihn die grölende Meute, unter ihm der schier endlose Abgrund und vor ihm Lisa mit dem rettenden Korb. Heftig knallte er dagegen, schlug sich das Kinn und rutschte ab.

Lisa befeuerte den Ballon mit allem, was die Düse hergab, und ließ sie rasch aufsteigen. Schüsse, Speere und Pfeile verfolgten ihren Flug. Der nächste Turm und ein größeres Mauerstück lösten sich grollend unter ihnen vom Gebäude und stürzten in die Tiefe. Jaime klammerte an einem Seil, umschlang es fest mit dem Handgelenk und den Füßen und ließ sich davontragen.

»Halte durch«, schrie Lisa von oben.

»Ich habe das Gegenmittel«, schrie er mit wehenden Haaren zurück und strahlte vor Glück.

Im schwarzen Sumpf lagen Lisa und Jaime auf glatten Felsbrocken und starrten erschöpft, aber zufrieden in den dichten Nebel hinauf. Hinter ihnen versank der Ballon in der trüben Brühe. Nebelschwaden schwebten dicht über der Wasseroberfläche und verdeckten zeitweise die schwimmenden Knochen und halb verwesten Körper. Die Laute der Frösche hörten sich bedrohlich an. Sie waren laut, aggressiv und fordernd, aber oft weit genug entfernt, um sich nicht zu sorgen.

»Du wolltest doch bei Kate warten«, sagte Jaime.

Lisa hatte die Arme hinter dem Kopf zusammengelegt und drehte schmunzelnd ihren Kopf zu ihm: »Ich musste erst noch auf einen Grünschnabel aufpassen.« Sie zwinkerte ihm zu. »Ich habe eine Zeit lang im Museum gewartet, bis eine Göttin kam. Wir kamen ins Gespräch und sie bestand darauf, an meiner Stelle zu warten. Sie hat mich geschickt, um dich zu befreien, und mir gesagt, wo ich einen Ballon herbekomme.«

»Woher wusste sie, dass ich in Gefahr bin?«

»Mal davon abgesehen, dass jeder in Gefahr ist, der zu Hades geht, glaube ich, sie ist das Orakel.«

Er zuckte mit den Schultern. »Hm. Danke übrigens für deine Hilfe und den Mut. Das war verdammt knapp da oben.« Von hier aus konnte er den gigantischen Bau sehen.

Noch immer stieg Rauch von einer Seite bei den kleinen Türmen auf.

»Schon gut. Schließlich brenne ich darauf, Kate einmal richtig zu sehen. Außerdem hatte ich gerade nichts Besseres vor.« Lisa sah wieder in die Nebelwolken hoch.

»Wir dürfen keine Zeit verlieren. Bei dem, was wir angestellt haben, wird uns Hades mit Sicherheit suchen. Ich habe nicht vor, ihm noch einmal zu begegnen.«

Lisa richtete sich auf. »Du hast recht. Lass uns aufbrechen.«

Sie schlichen zur Stadtmauer und brannten mit den restlichen Krümeln Sand aus Jaimes Hose ein Loch hinein, durch das sie krochen und geradewegs zum Museum liefen.

Jaime verzog sein Gesicht, stöhnte und wedelte hektisch mit seiner Hand.

Lisa nahm sie und erkannte deutliche Brandspuren darauf. »Du hast dich verbrannt«, sagte sie. »Ab jetzt bist du einer von uns.«

Er seufzte. »Jedenfalls bin ich ihn rechtzeitig losgeworden.«

Sie betraten das Museum durch den geheimen Hintereingang und landeten in Sawyers Wohnzimmer, von wo es weiter zu dem Raum mit Kate ging.

Die Statue hatte inzwischen ihre Arme weit nach vorne gereckt und blickte zum Ausgang.

»Es ist soweit, mein Held. Löse den Bann.« Lisa war aufgeregt.

Jaime öffnete das sonderbare Fläschchen und übergoss Kate damit. Zuerst ihren Kopf und die Schultern, dann einige Spritzer über die Arme und ihre Brust, bis es leer war.

Sogleich begann der Stein zu dampfen und zu bröckeln. Risse bildeten sich und es knackte an vielen Stellen. Schon bald darauf senkte Kate ihre Arme und die Farbe des Steins veränderte sich mehr und mehr in Hautfarben.

Stimmen und Schritte drangen durch das Museum. Klappern von Metall folgte.

»Sie haben uns gefunden.«

Kate stieg vom Sockel. Sie trug einen grauen Umhang mit Kordel um die Hüfte und das Grau auf ihrem Kopf verwandelte sich in lichtblondes Haar.

Die beiden Söldner von Trish hatten Verstärkung angeheuert. Jetzt waren es etwa ein Dutzend Kampfwillige, die hereinkamen, brüllten und ihre Langwaffen auf sie richteten, bis jeder einen Speer an seiner Kehle hatte.

Aus der Hintertür kam Hades hereingeschwebt. »Wer seid ihr und was wollt ihr hier?«, rief er den Söldnern zu.

»Wir kommen im Auftrag von Melantho und holen uns das Leben von Kate. Und wer seid Ihr?«

»In meinem Reich gelten meine Gesetze. Sie gehört mir.« Hades schwebte zu Jaime und sagte leise zu ihm: »Ihr seid nicht schlecht für einen Sterblichen. Doch Euren Frevel kann ich nicht durchgehen lassen. Ihr habt meine schöne Burg ruiniert.«

Kate schleuderte die Speere mit einer Druckwelle von ihren Hälsen. Die Söldner fielen wie Mikadostäbchen um, schüttelten sich, schnappten wieder die Speere und gaben nicht auf. Schwarzer Rauch trat aus den Händen von Hades und er schleuderte einen Feuerblitz auf sie, der sie zurückwarf und mit qualmenden Augen reglos auf den Boden fesselte. Mit einem letzten Stöhnen hauchten sie ihr Dasein aus.

Hades änderte seine Gestalt in die von Pandion und sank zu Boden.

»Ihr seid es also«, sagte Kate. »Ich habe es bereits vermutet.«

Flüchtig verneigte sich Hades. »So schnell sieht man sich wieder. Auch heute ist mein Begehr noch das gleiche. Und diesmal seid Ihr in meiner Welt. Wie habt Ihr es damals bei Sonnenaufgang am Strand so schön gesagt? Rechnet Euch die Chance für den Sieg aus. Was denkt Ihr, wie es heute ausgehen wird?«

»Die Chancen stehen nicht schlechter als damals. Zumal mir Euer Trank sämtliche Flüche genommen hat.«

»Und wie sieht es aus, wenn ich Euch sage, dass ich Eure beiden Töchter in meiner Burg habe?« Er schmunzelte selbstzufrieden. »Aber ich bin ja kein Scheusal. Ich tausche ihr Leben gegen Eure Kraft. Was haltet Ihr davon?«

Kate verschränkte die Arme. »Dann geht diese Runde an Euch. Doch glaubt nicht, dass Ihr damit durchkommt.«

»Ich wusste doch, wenn man vernünftig mit Euch redet, geht es auch ohne Schmerzen. Dafür danke ich Euch.«

»Nehmt mir endlich die Kraft.« Sie drehte sich mit dem Rücken zu ihm.

Hades näherte sich ihrem Kopf.

»Halt!«, schrie Pythia.

Lisa stieß Jaime an und flüsterte: »Das ist sie.«

Er nickte und beobachtete unbeholfen das Geschehen.

Pythia stand breitbeinig in der Eingangstür, um ihre Hände herum flimmerte die Luft und feine Funken sprühten aus ihren Fingerspitzen. Hades wich zurück, schoss seine Macht in den Boden und knapp fünfzig Skelette stiegen aus den Steinen empor. Sie waren mit Schwertern bewaffnet, trugen Helme und Schilde.

Mit den Würgenden Dornen schnürte Hades Kate ein, die sich mit den heiligen Winden zur Wehr setzte. Die Skelette erhoben ihre Schwerter und stürmten kampfesmutig auf Kate, Pythia, Jaime und Lisa zu.

»Vernichtet das Orakel«, schrie Hades und holte zum nächsten Schlag aus. Der Raum erzitterte und glühende Lavatropfen bildeten sich an der gesamten Decke.

Eine gewaltige Energiewelle brauste durch das Museum und stoppte augenblicklich die Zeit.

Nur wenige Zentimeter über Jaimes Gesicht erstarrte das Schwert eines Skelettes. Pythia betrachtete das Bild und löste Kate mit leichter Handdrehung aus der Zeitschleife. »Schon eine Weile habe ich Euer Schicksal verfolgt und war bisher nicht gewillt einzugreifen.«

»Wegen des alten Hasses auf die Götter?«

»Ja, die alte Geschichte. Aber ich habe das Schicksal der Erde gesehen und .... es sieht verdammt düster aus. Nur Ihr seid in der Lage, das Schlimmste zu verhindern.« Sie verneigte sich. »Wie ich sehe, bin ich keinen Augenblick zu früh gekommen.«

Wie beiläufig befreite sie Jaime und Lisa aus der Zeit und wandte sich wieder Kate zu.

Bei dem Anblick der erstarrten Welt blieb Jaime der Mund offen stehen. Er wich einem Lavatropfen aus und betrachtete die Knochen eines Skeletts aus der Nähe.

»Ich habe Euch einen Gefallen geschuldet, verehrte Göttin, und freue mich, Euch noch einmal gesehen zu haben. Aber nun muss ich mich verabschieden. Die Ereignisse überschlagen sich wie nie zuvor und ich muss die Geister um Rat fragen.«

»Kommt Ihr nicht mit in die neue Welt? Noch heute endet der Zyklus der Zeit. Für mich ist es zu spät, einzugreifen.« Kate strich sich über den Arm.

»Mein Platz ist hier. Ich werde bleiben.« Pythia sah sie mit klaren Augen an.

»Ihr klingt traurig.«

»Ich werde diesen Tag nicht überleben.« Mit feuchten Augen sah Pythia stolz auf.

»Was wird geschehen? Könnt Ihr die Zukunft nicht steuern, wie Ihr es immer getan habt?«

»Diesmal sieht es anders aus. Es ist wie ein Schachspiel, bei dem ich vor dem letzten Zug nahezu unendlich viele Möglichkeiten habe, und jeder Versuch bringt meinen Untergang. Ich vermag das Schicksal nicht abzuwenden. Aber Ihr werdet es schaffen. Irgendwie.«

Kate umarmte Pythia.

»Ihr müsst nicht um mich trauern. Es ist in Ordnung. Bevor ich gehe, habe ich jedoch eine kleine Überraschung für Euch.« Pythia zeigte zur Tür. »Ihr könnt jetzt reinkommen«, rief sie und Emilia betrat den Raum.

»Mutter.« Sie rannte auf sie zu und fiel ihr um den Hals. Tränen der Freude füllten ihre Augen. »Es ist so schön, dich zu sehen. Ich habe mir solche Sorgen gemacht.«

Luventa kam hinterher. Auch sie umarmte ihre Mutter.

»Ich habe euch so sehr vermisst«, sagte Kate und küsste sie abwechselnd auf die Wangen. »Ich danke euch, dass ihr gekommen seid. Aber bevor wir unser Wiedersehen feiern können, müssen wir schnell auf die Erde und sehen, was noch zu retten ist.«

Lisa verneigte sich vor Kate und getraute sich, sie anzusprechen: »Darf ich Euch berühren?«

»Ihr habt mich jedes Mal berührt, wenn Ihr hier wart. Erhebt Euch.« Sie fuhr Lisa unter das Kinn und hob sanft ihren Kopf an, damit sie in ihre Augen sehen konnte.

Langsam erhob sich Lisa und fasste sie zaghaft an den Arm. Kate folgte ihrer Umarmung und alle Stellen, an denen sie sich berührten, glitzerten jeweils mit einhundert winzigen Sternchen. »Ihr seid die schönste Göttin des Olymp. Ich verehre Euch über alle Maßen. Ich liebe Euch.«

»Ich danke Euch für meine Rettung. Ihr seid ein tapferes Mädchen.« Sie küsste sie auf die Stirn.

Lisa grinste breit und sagte zu Jaime: »Jetzt kann ich nie wieder mein Gesicht waschen.«

Er betrachtete ausführlich die Schneide eines Schwertes von einem in der Zeit erstarrten Skelett und stellte sich Auge in Auge mit ihm. Das Skelett hatte seinen Mund aufgerissen und starrte ihn aus ausdruckslosen Augenhöhlen an. »Das ist voll abgefahren. Kann ich eins mit nach Hause nehmen?« Jaime sah erst Kate, dann Pythia fragend an.

»Tritt zurück, Mensch«, sagte sie. »Die Kraft wird gleich dahinschwinden. Dann sollten wir nicht mehr hier sein. Kommt alle zu mir.«

Sie versammelten sich vor ihr und sie flüsterte Hades ins Ohr: »Luventa Neverate, die Tochter von Kate Neverate und Luan vom Schicksalsberg, hat nie die Macht besessen, die Liebe der Götter zu beschwören, Ihr alter Narr. Sie verfügt lediglich über ein reines Herz, dem Ihr vertrauen und von dem Ihr lernen könnt. Verschwindet noch in dieser Stunde, und wenn Ihr nur eins in die neue Welt mitnehmen solltet, dann wird es ihre Liebe sein.«

Sie stellte sich wieder hinter die Gruppe und beschwor die Eiligen Winde herbei, die sie durch das Gemäuer und empor zum Gipfel der Unterwelt trugen.

Kapitel 17

»Ich erschaffe eine neue Rasse, ein arbeitsames Volk auf der ganzen Erde, voller Gehorsamkeit und Hingabe. Es wird sich niemals erheben und brav seinen Dienst im Gleichschritt verrichten, nicht denken und keinen freien Willen besitzen«, sagte Trish verträumt. »Damit errichten wir das Paradies auf Erden.«

Sie trug ein ausladendes, schwarzes Brautkleid, schulterfrei und Armstutzen aus Spitze. Dazu hatte sie sich ein auffälliges Medaillon und ein schwarzes Halsband ausgesucht.

»Endlich ist es soweit, Baby.« Galeno legte seinen Arm über ihre Schultern und führte sie in die technische Zentrale des Hauses.

»Heute, am Tag, an dem sämtliche Götter den Olymp verlassen haben, werde ich die Welt zu unserem Vorteil verändern und eine neue Ordnung erschaffen.« Nebenbei stieß er einen Mann in weißem Kittel von einem Pult weg. »Verschwinde. Und nimm die anderen mit. Ich will niemanden mehr sehen.«

Galeno zeigte auf den großen Monitor, der sich über die komplette Wand erstreckte und einhundertzwanzig kleine Bildausschnitte zeigte, auf denen verschiedene Standorte der Welt eingeblendet waren. Sie alle verdeutlichten Atomkraftwerke, Atomsilos, Flugzeugträger, Atomwaffendepots und Lagerstätten für Uran. Feierlich entsicherte er mit seiner Handfläche auf einem Sensor die Konsole, deren Lämpchen erleuchteten. Leise summend öffnete sich eine Luke, aus der ein Pult von unten herausgefahren kam. Eine Sicherung klappte nach hinten und gab einen kleinen silbernen Schalter frei.

»Du hast die Ehre, schöne Frau.« Stolz zeigte er darauf.

Sie konnte es kaum erwarten. Ihre Augen glänzten wie bei einem Kind am Heiligen Abend.

»Das ist so wundervoll.« Trish fiel ihm um den Hals und flüsterte. »Danke, mein Mann.«

»Noch nicht ganz.« Er küsste sie. »Willst du noch kurz warten? Dann ziehe ich mir schnell den Anzug über.«

Sie legte ihren Finger an den Schalter und strich sanft darüber. »Gut, mach dich chic. Das ist ein feierlicher Moment.«

Er öffnete eine Flasche Rotwein, nahm zwei Gläser und stellte sie davor ab. Dann drehte er sich noch einmal um und sagte freundlich: »Hey, fang nicht ohne mich an.«

Die Tür sprang auf und eine heftige Druckwelle schleuderte ihn durch den Raum zurück und wehte Trish an die hintere Wand. Pythia, Kate, Emilia und Luventa standen kampfbereit vor der Tür. Lisa und Jaime waren dahinter.

Pythia fegte herein und schnürte Galenos Arme an den Körper, Kate erschuf einen Schutzwall vor dem Steuerpult und wirbelte Trish durch den Raum.

»Ihr seid unsere Gefangenen und werdet in der neuen Galaxie die Unterwelt als erste Götter in Ketten einweihen«, sagte Pythia und legte einen zusätzlichen Schutzmantel um beide.

»Die Götter haben diese Welt bereits verlassen. Was macht ihr hier? Verschwindet. Die Erde gehört uns«, schrie Trish.

Ein großes Fenster zerbarst und Gyges, ein Hundertarmiger, kam hereingesprungen und hechtete auf Pythia zu. Kate stoppte ihn mit der lähmenden Fußfessel, sodass er laut nach vorne stürzte, und einige Tische mit Computern unter seinem Gewicht zermalmte. Er schnaubte und brüllte, richtete sich wieder auf und Kate schleuderte eine Druckwelle auf ihn, die ihn gegen die Wand drückte.

Auch das Fenster gegenüber splitterte und Kottos, der letzte Hundertarmige, sprang herein. Hades folgte durch das andere Fenster. Pythia bremste ihn. Kottos warf sie um, Hades verhinderte ihren Schutz und die Kreatur der Unterwelt riss ihr schnaubend den Kopf vom Leib.

Mit der freien Hand schloss Kate den Hundertarmigen in einer Lichtkugel ein, in der er wehrlos zu schweben begann.

Jaime und Lisa verkrochen sich hinter einem Labortisch und wagten kaum vorzusehen.

Hades sagte zu Kate: »Das ist Eure letzte Chance, mir Eure Kraft zu überlassen.«

»Auf welcher Seite steht Ihr?«, entgegnete Kate.

»Bisher habe ich mich aus den Streitigkeiten der Götter herausgehalten, aber wenn Ihr mich so fragt ...« Er schnippte mit dem Finger und Trish konnte sich aus dem Bann befreien. Blitzende Wolken bildeten sich im Raum.

Galeno wurde von Trish befreit, erhob sich und schnürte Kate mit einem brennenden Lasso um den Hals ein.

Kate hielt tapfer die beiden Hundertarmigen in Schach.

»Schön, dich zu sehen, Mutter. Das ist ein richtiges Familientreffen geworden. Dabei habe ich euch gar nicht zu meiner Hochzeit eingeladen.« Lässig schritt er auf sie zu. »Leider brauche ich dich nicht dabei. Verschwinde von dieser Welt. Sie gehört uns.«

»Du hast kein Recht, die Welt zu zerstören.«

»Ich habe kein Recht? Willst du mich etwa aufhalten?«

»Ja, Sohn, das werde ich.« Kate stöhnte.

»Du hättest mich damals töten sollen, als du noch die Gelegenheit dazu hattest. Doch jetzt, Mutter, jetzt ist es zu spät. Es gibt kein Zurück mehr.«

Hades stellte sich neben Galeno und sah mitleidig auf den Rumpf von Pythia herab. »So schnell kann es enden, wenn man sich dem Herrscher widersetzt.«

»Welche Rolle spielst du dabei, Hades?«, wollte Kate wissen.

»Es war von Anfang an mein Plan, die Welt zu übernehmen. Und ich habe immer gewusst, dass Ihr mir im Weg stehen werdet. Das Sawyer in seiner Dreistigkeit dabei geholfen hat, war ein glücklicher Zufall. Der arme Kerl hatte nichts mit unserer Sache zu tun.«

Kate wandte sich an Galeno. »Du folgst diesem Verräter?«

»Nun, eigentlich nicht. Ursprünglich war es seine Idee, Mutter. Aber folgen werde ich ihm nicht.« Der Boden sprang unter Hades auf und spießte ihn mit wuchtigen Stacheln auf, die erst wieder zu wachsen aufhörten, als sie in die Decke eindrangen. Kurz zappelte Hades aufgespießt, bis seine Kraft entwich. Galeno sagte: »Tja, so schnell kann es enden, wenn man sich dem Herrscher widersetzt.«

»Es tut mir leid, Luventa. Ich hätte Euch vertrauen müssen. Leider habe ich zu spät erfahren, dass Ihr mich wirklich geliebt habt.« Winselnd erlosch das Licht seiner Augen. Er starb mit dem Aussehen des gefürchteten Hades und ging zwischen den Stacheln in Flammen auf.

»Es ist Zeit für deine letzten Worte, Mutter.«

»Wage es nicht«, drohte sie erzürnt.

Die Hundertarmigen stemmten sich gegen die Barrieren, tobten und fauchten. Kate hielt ihrer Gegenwehr stand, nur das brennende Lasso schnürte sich stets enger um ihren Hals und schnitt sich in ihr Fleisch.

»Wage es nicht? Das war deine ganze Rede?«

»Du bist mein Sohn, mein Fleisch und Blut. Ich habe dich nicht mein ganzes Leben lang gesucht, um dich jetzt zu töten.«

Galeno lachte. »Nein, aber du bist gekommen, um von mir erlöst zu werden. Aber heute ist mein Hochzeitstag. Also gewähre ich dir einen Familienbonus. Wenn du sofort in die neue Galaxie gehst, verschone ich dein Leben, Mutter.«

»Das kann ich nicht tun.«

»Erwarte nicht noch mehr Großmut von mir. Mit diesem Angebot ist meine gute Tat für die nächsten eintausend Jahre vertan.«

Ihre Augen erstrahlten grell weiß, die Decke öffnete sich, Platten und Geröll kamen heruntergefallen.

Galeno zog das Lasso enger zusammen. Kate japste nach Luft. Ein heller Sonnenstrahl flutete durch die offene Stelle im Dach und die Energie der Sonne bündelte sich in ihren Augen. Galeno rief die dunklen Mächte der Fäulnis herbei, die augenblicklich das Licht abschirmten und als winzige Käfer im Raum kreisten. Sie sammelten sich und schossen im spitzen Keil auf Kate zu.

Sie röchelte: »Es tut mir leid, mein Sohn.« Dann folgte das Licht ihren Augen, traf auf ihren Sohn und bemächtigte sich seines Körpers. Die Käfer verloren sich in der Luft und sanken als Asche zu Boden. Kleine dunkle Punkte stiegen sanft von Galeno auf, und er zerfiel in winzige Teilchen, die davontrieben, bis er sich vollständig aufgelöst hatte.

Trish drehte sich im Kreis und sang ein liebliches Lied. Ihr wunderschönes Kleid funkelte im einfallenden Licht und ihre Augen wurden trüb.

Jaime blutete aus den Ohren. »Ich kann nichts mehr hören«, schrie er zu Lisa und sah, dass es ihr ebenso erging. »Mein Kopf explodiert gleich.«

Auch Kate lief Blut aus den Ohren. Sie konzentrierte sich, sammelte die Energie der Winde in ihren Fingerkuppen und schoss gleißende Blitze gegen die Hundertarmigen. Gleichzeitig fielen sie leblos auf den Boden. Damit hatte sie die Hände wieder frei.

Trish schrie: »Jetzt sind nur noch die hübschen Mädels übrig. Weiß du, kleine glänzende Schlampe, dass du meinen Hochzeitstag ruiniert hast? Das kann ich dir leider nicht durchgehen lassen.« Sie schoss die Kraft der dunklen Macht gegen das Licht der Sonne. Eine Explosion schleuderte Kate zurück und hart gegen die Wand.

Luventa schoss die sofortige Ohnmacht gegen Trish, die sie spiegelte und auf Luventa und Emilia gleichzeitig zurückwarf. Simultan fielen sie um.

»Ups«, sagte Trish. »Da waren es nur noch zwei – wenn man die lästigen Menschen nicht mitzählt.«

Sie hörte auf, sich zu drehen, und ging langsam auf Kate zu. Dabei sammelte sie die göttliche Vernichtung in ihren Händen, die sie mit finsterem Nebel einhüllte und von ihr auf den Boden überging. »Sag goodbye, schöne Welt.«

Ein prasselnder Strahl aus dunkler Energie schoss auf Kate herab. Sie erhob sich und stellte die schützende Wand des Lichtes dagegen.

Trish sang wieder ihr liebliches Lied, als es ihre Beine nach hinten riss und den schwarzen Strahl unterbrach. Kate hatte sie überraschend getroffen. Nun sammelte sie die Energie des Lichtes und schloss Trish in einer gelb schimmernden Blase ein. Dort zappelte sie, konnte sich nicht halten und drehte sich langsam auf die Seite und kopfüber.

»Selbst wenn das Böse manchmal übermächtig wird, kann es in der Welt der Götter niemals siegen.« Kate baute den finalen Schlag auf und richtete ihre Hand auf sie. »Ich werde Euch diese Welt nicht überlassen.«

Jaime rannte durch den Raum und stellte sich mit ausgebreiteten Armen direkt vor Trish. »Tötet sie nicht, verehrte Göttin. Hat nicht jeder noch eine zweite Chance verdient?«

»Geht aus dem Weg, Mensch.«

»Ich sollte Euch im Reich der Schatten töten. Aber ich habe es nicht getan, oder? Ich habe mich mit Hades angelegt, um Euch den Arsch zu retten. Ihr schuldet mir einen Gefallen. Bitte verschont Trish.«

»Warum verteidigt Ihr sie?«, fragte Kate.

»Noch vor zwei Monaten hat mich nicht einmal ein Mädchen angesehen. Und jetzt? Jetzt kämpft die schönste Göttin des Olymp auf meiner Seite.« Er knickste in ihre Richtung. »Genau wie das Mädchen eines alten Göttergeschlechts.« Er zeigte zu Lisa. »Sie steht zwar nicht auf Jungs, aber, hey, ... sie redet mit mir. Und nicht zuletzt schauen mich gerade die schönsten Augen des Universums an.« Er drehte sich zu Trish um. »Okay, reg dich nicht auf. Der Rest ist mindestens genauso schön. Außer von Zeit zu Zeit deine Fingernägel.« Jaime schnellte wieder herum. »Ich liebe Trish.«

Stille.

Kate senkte ihre Arme und Trish schlug hart auf den Boden auf. Benommen richtete sie sich auf.

»Danke, Mensch«, flüsterte sie hinter ihm.

»Lasst uns einander vertrauen.« Jaime nahm seine Hand aus der Hosentasche und goss Wein in die beiden Gläser. »Erheben wir die Gläser.« Er reichte ein Glas Trish und brachte das andere zu Kate. »Bitte. Es ist schon genug Schlimmes passiert.«

»Auf den tapferen Menschen, der sich zwischen Himmel und Hölle stellt«, sagte Trish und hielt ihr Glas weit nach oben. Sie wartete nicht auf Kate und trank den Rotwein mit einem kräftigen Zug aus.

»Vertragen wir uns«, sagte Jaime und hörte hinter sich das leise Summen vom Lied des Todes. In der folgenden Sekunde schoss dichter, schwarzer Nebel von allen Seiten in den Raum und Jaime hörte es am Schaltpult klicken.

Kapitel 18

Gleichzeitig explodierten die Atomkraftwerke in den chinesischen Städten Shidawan und Haiyang sowie die Lagerstätte für Atomsprengsätze in dessen Nähe. Innerhalb von wenigen Sekunden starben über vier Millionen Menschen in der glühenden Hitze. Zu diesem Zeitpunkt waren die Orte heißer als der Kern der Sonne. In der Geschwindigkeit von mehreren Millionen Meilen pro Stunde breitete sich der gewaltige Energieschub über die umliegende Landschaft aus, trieb eine Feuerwand voran und löste ohne Zeitverzögerung Menschen, Gebäude, Autos und jegliche Natur über dem Boden in der Hitze auf. Der Sauerstoff im Radius von über acht Meilen wurde durch die Flammen aufgebraucht und ließ die Menschen, die sich unter Tage und halbwegs in Sicherheit befanden, einfach ersticken. Eine Druckwelle folgte in rasender Geschwindigkeit, war heftig wie eine weitere Explosion und ebnete weite Teile der Städte ein. Die enorme Hitze ließ Metall schneller schmelzen, als es in jedem Hochofen möglich gewesen wäre. Die zweite Druckwelle trieb Bodenwinde von mehr als achthundert Meilen pro Stunde durch die Straßen. Brennende Geschosse rasten vom Kern aus in alle Himmelsrichtungen. Das Gelbe Meer begann zu kochen. Einige Meilen weiter schlugen die ersten Geschosse in den Boden ein. Unter ihnen zahlreiche brennende Menschen. Autoreifen fingen an, sich spontan zu entzünden, Straßenschilder schmolzen und der Teer schlug Blasen. Der

Sturm verlor erst viele Meilen weiter an Kraft, war aber noch stark genug, um alles mitzunehmen, was nicht schwer genug oder fest verschraubt war.

Im Kern war jegliches Leben erloschen und in den entfernten Gebieten brannte die unerträgliche Hitze die Haut von den Körpern. Die Druckwelle zerschlug selbst in vierzehn Meilen Abstand noch Fensterscheiben.

Feuerstürme und Gasexplosionen folgten.

Im äußeren Ring kühlte sich die Luft auf etwa zweihundert Grad ab. Was bisher noch nicht tot war, starb an der anhaltenden Hitze.

Dann kam die Strahlung, die mit dem Staub und dem Wind davongetragen wurde.

Das war lediglich die erste Entladung der Ionosphäre. Weitere vierhundertzwanzig Angriffe folgten in den nächsten acht Sekunden, über die gesamte Welt verteilt.

Atomare Sprengsätze aktivierten sich und zweiundvierzig Atomkraftwerke in China, über fünfzig in Frankreich, zwölf in England, einundzwanzig in Indien und neununddreißig in Japan wurden beschädigt oder zerstört. Die Welle der Explosionen löschte in wenigen Minuten die gesamte Menschheit aus und tilgte weitestgehend das Leben auf diesem Planeten.

Die Atmosphäre füllte sich mit Unmengen an radioaktiven Partikeln, die sich vor die Sonne legten und sie verdunkelten.

Die Menschheit hatte genug Waffen produziert, um sich selbst und ihre Welt problemlos und dauerhaft zu vernichten. Dafür war keine übernatürliche Kraft notwendig gewesen. Die Menschen hatten sich lange auf dieses Ereignis vorbereitet und alles Notwendige dafür akribisch organisiert. Und niemand hätte sagen können, dass der finale Knopf zwar gebaut, aber niemals gedrückt werden würde. Sie hatten es immer gewusst. Alle.

Ruß legte sich über diese Welt und bereitete sich vor, für die kommenden zwanzig Millionen Jahre radioaktiv zu strahlen.

Der beinahe einzig unversehrte Ort lag in Minneapolis, in einer Gegend der Superreichen. Er wurde von einer göttlichen Barriere geschützt, die sich wie eine Kuppel darüber gelegt hatte.

Im Labor hatte sich der Nebel weitestgehend verzogen.

Kate hockte vor den bewusstlosen Körpern ihrer beiden Töchter. Neben ihr lagen Scherben eines zerbrochenen Weinglases.

Trish saß vor den Monitoren und sah stumm dem Rauschen zu. Kein einziges Fenster zeigte noch ein Bild.

Kate erhob sich, breitete ihre Arme aus und schickte ihre Töchter auf die Reise in die neue Galaxie. Sie lösten sich zu Lichtpunkten auf, die durch die Decke in den schwarzen Himmel aufstiegen.

Schweigend sah sie zu Jaime.

Er wagte es kaum, ihr in die Augen zu sehen, und sagte: »Entschuldigung.«

»Euch trifft keine Schuld, Mensch. Es ist kein Fehler, an das Gute zu glauben. Ich war aus der Übung. Mir hätte das nicht passieren dürfen«, sagte sie leise, während Trish summte und an den Knöpfen der Konsole spielte.

Kate rief die heiligen Winde herbei, die sie umgarnten und ihre Haut glitzern ließen. Ihre Aura begann zu leuchten und die Sternchen breiteten sich über ihren Körper aus.

»Verlassen Sie mich jetzt auch?«, fragte Jaime verunsichert.

»Ab sofort werde ich immer bei Euch sein.«

»Und was wird aus Ihr?« Er zeigte zu Trish.

Kate zwinkerte ihm zu. »Ihr werdet wissen, was zu tun ist.«

Lisa eilte zu Kate: »Bitte, verehrte Göttin, geht nicht.«

Kates Haut funkelte stärker und winzige Sternchen stiegen geruhsam von ihr auf und verbreiteten sich unter ihren Füßen, wie eine schillernde Welle.

»Ich liebe Euch«, flehte Lisa.

»Das ist gut, mein Kind. Umso besser werdet Ihr auf mich aufpassen.«

Unter Kate riss der Boden auf, ein greller Strahl aus dem Erdkern flutete den Raum und verschluckte die Konturen darin. Rasch löste sich Kate in diesem Licht und einer leuchtenden Sternenwolke auf, die sich über den Fußboden verteilte und bis zu den Wänden und der Decke nach oben kroch. Das Funkeln hüllte alles und jeden in dem Raum ein und erschuf eine befreiende Atmosphäre, wie in einem zauberhaften Märchenschloss.

Es war, als ob die Engel singen würden und mit ihren lieblichen Stimmen und den göttlichen Instrumenten das pure Glück mitgebracht hätten.

Sanft grollend schloss sich der Boden immer weiter, bis der grelle Abgrund nicht mehr zu sehen war und das dunkelbraune Parkett aussah, als ob es nie zerstört gewesen wäre. Nur zögerlich verglühten die funkelnden Sternchen und hinterließen Wärme und die Behaglichkeit der Glückseligen.

Das restliche Glitzern hielt noch eine Weile an.

Jaime sah durch ein zerstörtes Fenster hinaus in eine dunkle Welt mit Flammen und dem Tod. Blitze zuckten durch die schwarzen Wolken, die es kaum schafften, ihr Licht durch die dichte Asche in der Luft zu zeigen.

Jaime spürte ein Kribbeln in den Füßen. Es wurde stärker und der Boden vibrierte. Steinchen hopsten darauf und die Einrichtung knackte und klapperte. Hektisch schaukelten die Deckenlampen und Ordner fielen aus den Schränken. Ein Regal kippte, die restlichen Fensterscheiben zerbarsten zeitgleich und eine Wand brach heraus.

Es folgte eine enorme Druckwelle aus dem Inneren der Erde. Sie trieb kontinuierlich nach oben und riss das Dunkel mit sich empor. Trümmer, Wracks, Gebäude und tote Körper schleuderten auf der ganzen Welt in den Himmel und verglühten in der Atmosphäre. Der Schmutz und die Reste einer vergangenen Zivilisation trieben von der Erde in alle Richtungen davon.

Die Finsternis nahm die Krankheiten und die verseuchte Atmosphäre mit sich und schickte sie hinauf zum verlassenen Olymp.

Übrig blieb eine Welt mit reinster, klarer Luft und einer Atmosphäre des Ursprungs.

Jaime rannte zum gegenüberliegenden Fenster, stolperte über die Hand eines Hundertarmigen und fing sich an der Fensterbank ab. Der Anblick ließ ihm den Mund offenstehen. Er sah in den strahlend blauen Himmel. Es bot sich ihm ein wundervoller Ausblick einer imposanten neuen Welt, deren Ruinen mit jeder einzelnen Sekunde von mehr Pflanzen überzogen wurde, bis nichts mehr von dem Chaos zu sehen war.

Aufgeregt lief er zu Trish. »Kate hat sich für die Erde und für uns geopfert. Sie ist selbst zur Welt geworden.« Seine Augen wurden feucht. »Wir müssen sie beschützen. Vor der Habgier und der Unvernunft. Sie ist alles, was wir noch haben.«

»Welche Welt?«

»Oh. Der letzte Tropfen hat seine Wirkung nicht verfehlt.« Jaime kramte das Fläschchen aus seiner Tasche und stellte es neben die Weinflasche ab.

»Wer bist du?«, fragte sie.

»Nun«, überlegte Jaime. »Eigentlich bin ich wie Rumpelstilzchen, nur dass ich nicht darauf warte, bis du meinen Namen herausgefunden hast. Ich werde auch so dein Erstgeborenes ...« Er überlegte. »... über alles lieben, großziehen, mit ihm spielen und ihm geduldig beibringen, was ich weiß.«

»Schön, dich kennenzulernen, Rumpelstilzchen.«

Gutgelaunt reichte sie ihm die Hand.

»Ich heiße Jaime. Meine Freunde nennen mich Jay.«

»Du weißt echt, wie man ein Mädchen anspricht, Jay.«

Vergnüglich sang sie leise ein Lied in einer längst vergessenen Sprache.

ENDE

Epilog

Ker brachte Luventa und Emilia sicher in die neue Galaxie. Er kümmerte sich liebevoll um die beiden, wie ein Großvater, der endlich seine ersehnten Enkeltöchter bekam. Er gab sich stoffelig und jammerte über sie, doch tief in seinem Herzen genoss er ihre Gesellschaft wie die versteckten Rosen und den einsamen Sonnenstrahl in seinem Garten.

Während sich die Überreste der vergangenen Zivilisation nahezu vollständig aufgelöst hatten, blieb das Haus von Philip mit allen darin befindlichen Personen wie durch ein göttliches Wunder verschont.

Genau dreizehn Monate nach dem Ende der Welt bekamen sie von Jaime, Trish und Lisa Besuch. Ganze zwei Tage und zwei Nächte erzählten sie sich Geschichten von Kate, den Göttern und der Unterwelt, von der Dankbarkeit und ihrem Neuanfang.

Am folgenden Morgen ruderten die Drei mit einem kleinen Boot über das spiegelglatte Wasser zur Insel Akoníza.

Nahe des weißen Strandes blieben sie vor einer ungewöhnlich dicht bewachsenen Stelle stehen, auf der die schönsten Blumen und Gewächse der Region gediehen. Unter den saftigen Blättern befand sich ein Totenschädel, an dem man noch immer die weißen Formen erkennen konnte, die wie Stoßzähne gebogen waren und unterhalb der Augen bis zum Kinn verliefen.

Ein alter Papagei saß einige Meter entfernt auf einem Felsen und beobachtete das Geschehen.

Pantognóstis, der Seher, kam mit seinem langen, abgewetzten Gewand über den Strand zu ihnen. Jaime humpelte mit seiner Krücke zu ihm.

»Wieso seid Ihr auf der Erde?«, fragte er spontan und hielt sich entsetzt die Hand vor den Mund. »Oh nein. Das wollte ich nicht fragen. Entschuldigt.«

»Keine Sorge, ich verlange für meine Antworten keine Aufmerksamkeiten mehr, mein junger Freund.« Er reichte seine Hand zur Begrüßung. »Es freut mich, Euch wiederzusehen.«

Sie umarmten sich.

»Das ist also Euer Mädchen, nach dem Ihr Euch erkundigt habt?«

»Ja, das ist Trish. Ist sie nicht bezaubernd?«

Trish stellte sich neben Jaime und verneigte sich vor Pantognóstis. »Er hat mir viel von Euch erzählt.«

»Nun, manchmal ist es besser, nicht zu viel zu erzählen und die Vergangenheit ruhen zu lassen.« Der Seher zwinkerte Jaime zu.

»Was meint Ihr damit?«, fragte sie.

Er winkte ab und sagte stattdessen: »Denkt Ihr nicht, dass es an der Zeit für eine Heirat ist?«

Trish und Jaime sahen sich einander an. Sie grinste breit.

Er sagte: »Warum nicht?«

»Spinnst du? Bin ich nur ein ›warum nicht‹?« Sie zog einen sympathischen Schmollmund.

»Oh, ich fürchte, ich habe noch keine Erfahrung in solchen Dingen.« Verlegen kratzte sich Jaime im Nacken.

»Wage es nicht, mit jemand anderem zu üben.«

Jaime blinzelte ihr zu. »Dann werde ich es einfach bei dir versuchen.« Er kniete sich vor sie und sagte: »Jeder hat mir gesagt, du bist nichts für mich und ich werde dich niemals lieben können und du könntest mich nicht lieben. Doch seitdem ich dich das erste Mal gesehen habe, gab es nur noch eine Frage für mich. Wie könnte ich die Zukunft ohne dich ertragen? Und trotz aller Widrigkeiten habe ich nie aufgehört, um dich und deine Liebe zu kämpfen. Denn ich bin unheilbar in dich verliebt. Und weil du gleichzeitig meine Sonne und meine Sterne bist und ich ohne sie nicht leben kann, bitte ich dich hiermit, meine Frau zu werden.«

Pantognóstis und Lisa klatschten. Sie sagte: »Gute Rede. Da könnte ich mir glatt überlegen, auch zu heiraten.«

»Würdet Ihr uns trauen, Pantognóstis?«, fragte Jaime behutsam.

»Na endlich, junger Freund. Das ist die richtige Frage.«

»Was sagst du?«, fragte Jaime Trish.

Lässig zuckte sie mit den Schultern. »Wer weiß, ob mir nicht noch ein besserer Typ über den Weg läuft.«

Jetzt war es Jaime, der schmollte.

Sie stieß ihn in die Seite. »Hey, das war ein Scherz. Ich bin glücklich mit dir. Ich liebe dich.« Keck küsste sie ihn und wandte sich an Pantognóstis: »Wann habt Ihr für unsere Trauung Zeit?«

»Die Zeit spielt keine Rolle mehr. Ich werde euch finden, wenn ihr bereit dazu seid.«

»Dann bleibt Ihr auf der Erde?«

»Hier ist es sehr ruhig geworden. Ja, alle Seher haben sich über die Welt verteilt. Wir werden den Überlebenden helfen zurechtzukommen und sich an das alte Wissen zu erinnern.«

»Sie haben mir in der Unterwelt gesagt, dass ich nicht die Stärke besitze, das pure Böse zu überwinden, um ihr Herz zu erreichen. Doch wie Sie sehen, muss ich Sie enttäuschen. Diesmal haben Sie sich geirrt.« Jaime schob seine Hände in die Jeanshose.

»Das habe ich nicht. Ich wollte Euch lediglich den nötigen Ansporn verleihen. Ihr hattet es bitter nötig. Deswegen bin ich froh, dass mein Plan funktioniert hat.«

Jaime schob das Blumenmeer auseinander, sodass er den Totenschädel besser sehen konnte, und sagte: »Kate hat mich gebeten, Sie aufzusuchen. Sie hat mir auf unserer Reise aus der Unterwelt erzählt, welch wunderbare Frau sie gewesen sind. Ich soll Ihnen ausrichten, dass Kate ihren Platz in dieser Welt gefunden hat. Außerdem soll ich sagen, dass sie stolz auf all ihre Kinder ist.« Er zeigte um sich herum und erhob sich. »Jetzt muss ich noch eine Kleinigkeit erledigen.«

Trish sah ihm nach, wie er am Wasser den restlichen Sand aus seinen Taschen holte und ihn über dem Meer verstreute. Die feinen Körnchen schwebten wie eine glitzernde Wolke davon und zischten, als sie das Meer berührten.

Sie kam zu ihm. »Das sieht wundervoll aus.«

»Der Sand ist nicht von dieser Welt. Mit seiner Vernichtung hat alles wieder seine Ordnung.«

Der Seher verschwand hinter einer Anhöhe am Ufer. Es war der gleiche Abend, an dem Zealot sein Leben aushauchte.

Die Sterne leuchteten besonders schön in dieser Nacht und ein Stern im Sternbild des Orion erstrahlte viel heller als sonst.

Jaime sagte zu Trish: »Mir hat einmal eine gute Freundin gesagt, dass ich mich genau an dem Tag in Kate verlieben werde, an dem dieser Papagei stirbt. Ich sollte sie trösten und ihr zeigen, wie wundervoll diese Welt sein kann.«

»Wage es nur, mich zu betrügen«, sagte sie gut gespielt. »Und, wo ist deine Göttin nun?«

»Sie wusste nicht, dass ich bereits in dich verliebt war und es niemals geklappt hätte. Außerdem ist Kate jetzt überall und wir sollten ihr danken.« Er legte seine Krücke ab, ging auf die Knie, beugte sich vorn über, küsste den Boden und sagte: »Ich liebe dich, Kate, und ich werde dich beschützen, solange ich atme, genau, wie du uns beschützt. Das verspreche ich dir.«

»Sie hat uns immer geliebt, nicht wahr?«, sagte Trish.

»Ja, ich glaube schon.« Er zog einen zerknüllten Zettel und ein verblasstes Foto aus seiner Hosentasche. Den Zettel faltete er auseinander.

»Was hast du da?«, fragte sie.

»So habe ich dich beschrieben, als ich dich noch gar nicht kannte.« Er reichte ihr den Zettel.

»Treu, ehrlich und unternehmungslustig. Ja, das bin ich. Aber wieso hast du den Rest durchgestrichen? Habe ich etwa keinen unglaublichen Humor und Modelmaße?«

»Damals habe ich zu sehr an mir selbst gezweifelt und nicht daran geglaubt, meine Traumfrau zu finden. Heute weiß ich es besser. Ich hätte nicht einen einzigen Punkt durchstreichen müssen. Du hast alles und viel mehr, als ich mir je erträumt habe.«

»Was ist mit dem Bild? Zeig mal.«

»So hat alles angefangen.«

»Das bin ich«, sagte sie und sah auf ihre Finger. »Sieh dir nur meine coolen Fingernägel an. Daran kann ich mich gar nicht erinnern.« Ein Windstoß nahm das Foto mit und trug es hinauf in die Wolken. Sie verfolgten den Flug, bis es nicht mehr zu sehen war.

»Das ist Vergangenheit. Das Leben findet heute statt, egal, was einmal geschehen ist.«

Jaime erinnerte sich an einen Vers aus der Unterwelt und sagte ihn auf: »Dann sehe ich dem Himmel entgegen und die glanzvollen Säulen schimmern durch die Nacht und die Erleuchtung wird sich über all jene legen, die vom Rücken dieser Welt getragen wurden und nicht bereuen. Dann weiß ich, dass ich angekommen bin.«

Weiter Veröffentlichungen des Autors im Franzius Verlag

»Kate – Eine Göttin auf Erden«

Kate, die wunderschöne Meeresnymphe, wird vom Olymp auf die Erde verbannt. Sie muss sich ohne ihre göttlichen Kräfte auf der Erde zurechtfinden und auf die unbekannte und primitive Spezies der Menschen einlassen. Bisher hatte sie keine Vorstellungen von ihrem Leben, entdeckt die Welt mit ihrer ganz eigenen Art und sorgt für reichlich Wirbel unter ihnen. Eigentlich wäre ihre Verbannung gar nicht so übel, wenn nicht ein mächtiger Gott versuchen würde, sie zu töten.
Fantasyroman, ISBN 978-3-96050-049-0

»Für eine Stunde«

Noch vor ihrem 18. Geburtstag muss Amy Graham ihr Elternhaus verlassen. Auf dem Weg zu ihrem unbekannten Großvater wird sie brutal vergewaltigt.

Darauf hin versteckt sie schwere Depressionen hinter einer quirligen, offenherzigen Art, die die Menschen um sie herum tief berührt. Doch niemand erkennt ihren Schmerz, außer einem Fremden, der jeden Tag für genau eine Stunde aus einer längst vergessenen Zeit zu ihr kommt.

"Wenn ein Mädchen zur Frau wird, oder ein Junge zum Mann, dann bilden sich Synapsen, die mit neuer Lebensenergie den Geist im Wandel der Dualität vollenden. Wird dieser Moment unterbrochen, dann befindet sich deine Seele außerhalb der Ordnung aller Dinge."
Thriller, ISBN 978-3-96050-130-5

Novitäten 2018 im Franzius Verlag

Romane

»Im Kreis des Drachen«
Fantasyroman von Frank Bergmann, ISBN 978-3-96050-132-9

»Auf leeren Seiten«
Mystery-Thriller von Melanie Bottke, ISBN 978-3-96050-145-5

»Grazie Roma @ schön, dass es E-Mails gibt«
Roman von Claudio Gallo, ISBN 978-3-96050-134-3

»Übelst – Wie Luitpold von Scharffenlow das Tor zu einem besseren Leben entdeckte«
Roman von A. A. Reichelt, ISBN 978-3-96050-139-8

»Betty und Paul – Zwei auf einer Bank«
Liebesroman von Marion Schinhofen, ISBN 978-3-96050-099-5

»Das Labyrinth des Narren«
Roman von Peter Dumat, ISBN 978-3-96050-095-7

»Mit dem Herbstlaub kommt der Tod –
Kommissar Maiwalds erster Fall«
Kriminalroman von Kathrin Hölzle, ISBN 978-3-96050-086-5

»Yoga, Chaos und ein Mörder«
Kriminalroman von Kathrin Hölzle, ISBN 978-3-96050-141-1

»Rich & Mysterious – Sie ist dein Ruin«
Band 2 der »Rich & Mysterious« -Reihe
Kriminalroman von Neal Skye, ISBN 978-3-96050-103-9

»Die Schakale der Inquisition – Eine Liebe aus karmischer Sicht«
Roman von Mirjam Wyser, ISBN 978-3-96050-127-5

Biografien

»Elisabeth Amandi. Die Biografie – Kreativität macht glücklich«
Von Yngra Wieland, ISBN 978-3-96050-123-7

Kinder- und Jugendbücher

»Die Siegel Asinjas Teil 2: Im Auge des Drachen«
Von Andi LaPatt, ISBN 978-3-96050-101-5

»Die Kristallkinder und das Geheimnis der acht goldenen Haare«, Band 2 der »Kristallkinder«-Reihe
(Illustriert von Merli (Gabriele Merl))
Von Mirjam Wyser, ISBN 978-3-96050-106-0

»Acello und der Riese Philemon«,
Band 3 der »Acello«-Reihe
Von Mirjam Wyser, ISBN 978-3-96050-125-1

Sachbücher und Ratgeber

»Eine Seele in zwei Körpern –
Der Weg der Dualseelen in eine glückliche Beziehung«
Von Petra Liermann, ISBN 978-3-96050-118-3

»KETOGA – Ketogene Ernährung und Yoga«
Von Fabrizio P. Calderaro, ISBN 978-3-96050-120-6